啄木鸟文丛（2023）

以中华美学精神的名义

张晶 著

本书系中国文联理论研究重大项目『中华美学精神与马克思主义文艺理论中国化时代化研究』阶段性成果。
（项目编号：ZWLBJKT202302）

中国文联出版社

图书在版编目（CIP）数据

以中华美学精神的名义 / 张晶著 . -- 北京：中国文联出版社 , 2024.2
（啄木鸟文丛）
ISBN 978-7-5190-5437-3

Ⅰ . ①以… Ⅱ . ①张… Ⅲ . ①文艺美学－文集 Ⅳ . ① I01-53

中国国家版本馆 CIP 数据核字 (2024) 第 039513 号

作　　者	张　晶
责任编辑	张凯默
责任校对	田宝维
封面设计	孔未帅

出版发行	中国文联出版社有限公司	
社　　址	北京市朝阳区农展馆南里 10 号	邮编：100125
电　　话	010-85923025（发行部）	010-85923091（总编室）
经　　销	全国新华书店等	
印　　刷	北京市庆全新光印刷有限公司	

开　　本	880 毫米 ×1230 毫米　1/32
印　　张	12
字　　数	283 千字
版　　次	2024 年 2 月第 1 版第 1 次印刷
定　　价	78.00 元

版权所有·侵权必究
如有印装质量问题，请与本社发行部联系调换

2023年《啄木鸟文丛——文艺评论家作品集》编委会

主　编　徐粤春

副主编　袁正领

编　辑　都　布　　王庭戡　　张利国　　何　美
　　　　陶　璐　　王筱淇　　向　浩　　唐　晓
　　　　杨　婧　　韩宵宵

总　序

文艺评论是党领导文艺工作的重要手段和方式，是社会主义文艺事业的重要组成部分，是引导创作、推出精品、提高审美、引领风尚的重要力量。中国文艺评论家协会（以下简称"中国评协"）作为文艺评论界的桥梁和纽带，在团结引领文艺理论评论工作者、繁荣发展社会主义文艺事业方面肩负重要职责。重任在肩，使命光荣。近年来，中国评协在习近平新时代中国特色社会主义思想指引下，紧紧围绕学习贯彻习近平总书记关于文艺工作重要论述特别是关于文艺评论的指示批示精神，以推深做实中宣部等五部门《关于加强新时代文艺评论工作的指导意见》和中国文联《加强新时代文艺评论工作实施方案》为重点，聚焦"做人的工作"与"引导文艺创作"两大核心任务，锚定中国文艺评论正面、坚定、稳重、理性的正大气象，建体系、强制度、树品牌、立标杆、展形象，在理论建设、示范引领、人才培养、行业评价、平台阵地等方面取得明显成效。我们欣喜地看到，在习近平文化思想的引领下，一支体系完整、门类齐全、梯次完备、数量可观的文艺评论人才队伍正在形成。

为进一步提升中国评协会员服务能力和水平，坚持出成果、出人才、出思想"三位一体"，激励文艺评论工作者发扬"啄木鸟"精神，涵养褒优贬劣、激浊扬清的品格，经中国文联批准，中国评协、中国文联文艺评论中心、中国文联出版社联合启动《啄木鸟文丛——文艺评论家作品集》（以下简称《文丛》）出版计划。《文丛》面向中国评协会员和中青年文艺评论骨干征集作品，经资格审查、专家评审、会议研究、公示等程序，最终确定了10部作品集纳入2023年出版计划。收入《文丛》的10部作品集涵盖文学、戏剧、影视、美术、书法等多个艺术门类，还包括网络文艺这一新类型，作者多为长期以来活跃于评论界的优秀文艺评论家，他们具有开阔的学术视野、深厚的理论功底、严谨的治学精神和敏锐的艺术感知，在各自的专业领域具有较大的影响。相信《文丛》的出版将会对作者学术研究和专业评论起到促进作用，也相信《文丛》的出版必定会在文艺评论界乃至文艺评论事业的发展进程中产生积极的影响。

此次《文丛》出版，各单位的积极推荐、中国评协会员的踊跃申报，体现了广大文艺评论工作者对于加强文艺理论评论工作的自觉意识和积极履行文艺评论职责的使命担当。此次收入《文丛》的10部作品集有以下共同的特点：一是注重正确的评论导向。作者们坚持以马克思主义文艺理论指导学术研究和评论实践，注重传承和弘扬中华优秀文论传统和中华美学精神，努力于中华优秀传统文化的创造性转化和创新性发展。二是彰显实践品格。《文丛》的作者们紧跟时代，关注当下的艺术实践和艺术现象，坚持从作品出发，注重发挥文艺评论价值引导、精神引领和审美启迪作用。三是努力开展专业、权威的文艺评论工作。《文丛》所收作品尊重学术民主、尊重艺术规律、尊重审美差异，注重开展建设性文艺评论，写评论坚持以理立论、以理服人，努力营造百家争鸣的学术和评论氛围。四是文风的清新朴实。注重改进评论文风，注重评论文章的文质兼美，是这批作者的共同特点。总之，《文丛》的出版，将优秀文艺评论工作者的评论成果予以汇聚和展示，将有助于推动文艺评论界形成良好的学术和评论氛围。我们期待更多文艺评论工作者能够陆续加入丛书作者的队伍中。

此次《文丛》出版工作得到中国文联党组的有力指导，也得力于中国文联文艺评论中心、中国文联出版社的通力合作。特别要感谢中国文联出版社为《丛书》的编辑出版发行提供了宝贵的经费支持。同时，也要感谢中国评协各团体会员、各专业委员会、各中国文艺评论基地的积极推荐，感谢踊跃申报的各位中国评协会员，以及为书稿的征集、评审和出版付出辛劳的专家和工作人员。希望以《文丛》出版为新起点，在习近平文化思想引领下，在新时代文艺繁荣发展的实践中，能涌现出更多优秀文艺评论人才，推出更多精品文艺评论佳作，推动新时代新征程文艺评论事业高质量发展。

是为序。

夏　潮

2023年10月

前　言

将这部《以中华美学精神的名义》呈现给读者，书的作者，当然是怀抱着一份期待的，同时也有一种被"曝光"的感觉。作为《啄木鸟文丛——文艺评论家作品集》之一，自然应该以评论为主；而这部小书，是由理论而评论的。

这部小书分了三个版块，一是关于中华美学精神；二是人民主体与文化自信；三是文艺美学及批评。这三个版块当然也是密切关联的。也可以说，拙著在这个意义上看，可以视为一个整体。之所以将这些论文合为一帙，并且作为评论集申请出版，是有一个一以贯之的内在基底，那就是以中国古典美学的眼光，来理解和阐释现实的文艺现象及理论问题。这三个版块之间的有机联系，其内在逻辑清晰可见。

习近平总书记2014年在文艺工作座谈会上的讲话中提出了"中华美学精神"的核心观念，是对中国美学的历史与现状的基本概括，同时也是新时代美学及文学艺术的灵魂。"中华美学精神"的提出，获得了美学界和文学艺术界广泛而热烈的响应。因为"中华美学精神"是从中华美学的深厚土壤中生长出来的，而且在当代的文学艺术理论与创作中都有广泛体现。很多学者都对"中华美学精神"作出了自己的理解与阐释，笔者从自己的古代文论及中国思想文化的积累出发，较为系统地阐发了"中华美学精神"的内涵，同时也探寻着"中华美学精神"在文学及各门类艺术中的蕴含。因此，我在2015年之后，曾经写了多篇与中华美学精神相关的文章，收在此书中，如《三个"讲求"：中华美学精神的精髓》（《文学评论》2016年第3期）、《试论中华美学精神的基本特质》（《江西师范大学学报》2015年第3期）、《作为中华美学精神生成基因的诗学元素》（《中国文艺评论》2020年第3期）、《中华美学精神与当代审美追求结合的重要命题》（《中国文艺评论》2022年第5期）等等。"中华美学精神"决非只是一种传统，更不只存在于中国古代的审美理论或作品之中，而是在当代的文学艺术中都有充沛的活力。"中华美学精神"并不是现成的理论概念，而是我们今天在回望博大精深的中华文学艺术长河时所作出的美学反思。"精神"当然是要活在当下的。

"以人民为中心"尤其是习近平总书记关于文艺的重要论述的核心观念，这对扭转文艺界的不良风气，对于社会主义文艺的健康发展，都是具有重要指导意义的。"以人民为中心"是马克思主义文艺观的题中应有之义，同时也是植根于深厚的中国古代文艺传统的。从屈原到杜甫，从白居易到元好问，无不是以人民疾苦、苍生忧患为关注点的。如习近平总书记在文艺工作座谈会上的讲话中所指出的："文艺要热爱人民。有没有感情，对谁有感情，决定着文艺创作的命运。"与人民同呼吸共命运，才能创造出时代精品。在批评标准问题上，人民不仅是文艺表现的主体，同时也是文艺审美的鉴赏家和评判者。在这个问题上，近年来笔者有多篇文章阐发自己的理解。如《人民是文艺审美的主体》（《现代传播》2015年第1期）、《把人民作为文艺审美的鉴赏家和评判者》（《中国艺术报》2022年8月23日）等。"以人民为中心"的观念中应该有一个重要的内涵，就是人民的审美观问题。在我看来，真正的以人民为中心，就要秉持着人民的审美观。在本书中也有几篇文章专论这个观点。"文化自信"是"四个自信"的基础，也是我们建设中国式现代化的文化前提。本书中若干篇关于文化自信的文章，都是将传统文化的雄厚力量及当代价值与文化自信进行内在的建构，使"文化自信"这个重要理念得到中华优秀传统文化的支撑。

最后一个版块是关于文艺美学及批评。似乎文艺美学问题是一个理论性很强的问题，其实它是和评论息息相关的。文艺美学是普通美学（或哲学美学）与文学艺术相通的中介，它的美学观念对文学艺术的批评，是不可或缺的。对于文艺美学，我有自己的认识。我一向主张，文艺美学大有可为，尤其是在新的历史条件下，文艺美学可以得到重要的突破。文艺美学有深厚的中国古代文艺理论的根基，向中国古代文艺理论汲取资源，恰恰是文艺美学发展的一个路径。我在近年来撰写和出版了《偶然与永恒——中国古代文艺理论对文艺美学的建构意义》（人民文学出版社2020年版），同时，发表了一系列关于文艺美学的文章。收在本书的只是其中一部分。如《关于文艺美学的反思》（《文艺争鸣》2021年第2期）、《文艺美学：经验、抽象与建构》（《南国学术》2022年第2期）、《新时代文艺美学的建构维度》（《现代传播》2018年第1期）等等。与此相关的，这个版块有几篇针对具体文艺作品和现象的文章，评论的色彩更为鲜明一些。

中华美学精神，源自于中华思想文化的深处，并非几句话、几篇文章可以阐发清楚的。同时，它又是散发在、活跃在我们的文学艺术创作实践和作品中的，它也会给我们以创造性的动力。以此作为这部小书的主线，应该是题中应有之义！

笔者没有那种"究天人之际，通古今之变，成一家之言"的底气，但确是以中华传统文化及美学思想来联系当代的文艺实践。作为评论集，也许它不够"纯粹"，却是对当代一些重要的理论问题的个性化理解。

理论研究当然要继续，评论每天都在层出不穷。面向公众，呈现这部小书，就意味着它要经受时间的检验！

2023 年 9 月 10 日第 39 个教师节

目录

总序 / 1

前言 / 1

壹 中华美学精神

三个"讲求":中华美学精神的精髓 / 3

试论中华美学精神的基本特质 / 15

中华美学精神及其诗学基因探源 / 34

作为中华美学精神生成基因的诗学元素 / 58

中华美学精神与当代审美追求结合的重要命题 / 88

从"诗用比兴"到"弘扬中华美学精神" / 106

中华美学精神的诗性洞照 / 115

——《中华美学精神的诗学基因研究》丛书总序

中华思想文化术语的审美之维 / 121

中西文论关键词研究之浅思 / 142

命题在中国美学研究中的建构性价值 / 150

贰 人民主体与文化自信

人民是文艺审美的主体 / 161

——对习近平同志在文艺工作座谈会上讲话的美学理解

坚守人民立场与秉持人民审美观 / 178

以人民的审美观来创造伟大时代的艺术精品 / 183

把人民作为文艺审美的鉴赏家和评判者 / 187

美学的、历史的、人民的、艺术的：新时代文艺批评标准的核心 / 191

文化自信与传统文化的当代价值 / 198

以文艺评论推动文化自信自强 / 202

文艺的中华文化辨识度与文化自信自强 / 206

更好把握建设文化强国的方向与思路 / 214

叁 文艺美学及批评

关于文艺美学的反思 / 219

新时代文艺美学的建构维度 / 234

文艺美学：经验、抽象与建构 / 251

文艺美学的进境在哪里？ / 268

中国古代文艺理论如何进入文艺美学 / 273

习近平关于文艺经典理论的美学诠解 / 288

马克思主义文艺理论中国化时代化赋能文艺评论 / 304

经典文艺形象：时代文艺的重要标识 / 313

文艺精品的历时增值与生成要素 / 318

创新是文艺的生命 / 322
  ——对习近平总书记文艺创新思想的初步理解

从意象看审美范畴的规范使用 / 338

生动呈现平凡的真实与可爱 / 344

灿烂星空在我头上，道德律令在我心中 / 348
  ——关于《中国文艺评论工作者自律公约》（修订版）的一点感悟

以美感的神圣荡涤畸形审美 / 354

后记 / 359

壹 中华美学精神

三个"讲求":中华美学精神的精髓

一、中华美学精神:作为中国精神的审美层面

习近平同志《在文艺工作座谈会上的讲话》的全文于2014年10月15日发表,使我们对"讲话"的精神实质有了更为全面的理解,也有了更具实践意义的文化自信。尤其是"中华美学精神"的命题,无论是对于当下的文学艺术创作、文艺批评,抑或中国美学或文艺理论史的研究,都有非常重要的指导意义。

"中华美学精神"在全文的背景中凸显了其独特的理论内涵和定位。我们可以看到,中华美学精神是中国精神的重要组成部分,同样也是社会主义核心价值观在审美方面的体现。所谓"中国精神",是中华民族植根于历史、发扬于现在、擎响于未来的灵魂。中华美学精神是中国精神的审美层面,是中华民族审美意识的集中体现。在中华民族的文学艺术史和当下的文学艺术活动中,中华美学精神都有着全面而生动的呈现。中华美学精神的根基源自于中国精神,同时,又通过具体的文学艺术活动传递和展示了中国精神。

关于中华美学精神的内涵,不同论者有着不尽相同及不同角度的理解,学界已多有讨论。笔者认为这是完全正常的。中华美学精神可

谓博大渊深，有待于我们的辨析探讨。然而，习近平同志在讲话中所指出的这段话为我们理解和把握中华美学精神作了颇为深入的概括："我们要结合新的时代条件传承和弘扬中华优秀传统文化，传承和弘扬中华美学精神。中华美学讲求托物言志、寓理于情，讲求言简意赅、凝练节制，讲求形神兼备、意境深远，强调知、情、意、行相统一。我们要坚守中华文化立场、传承中华文化基因，展现中华审美风范。"[1] 可以认为，这是对中华美学精神的高度提炼。返观中国文学艺术发展的瑰丽长河，深感这段论述对中华美学精神的概括颇中肯綮，所言不虚。习近平同志这里所说的三个"讲求"和一个"强调"，是对中华美学精神的最为精准的表述。"讲求托物言志、寓理于情"，是中国的文学艺术创作中的审美运思的独特方式；"讲求言简意赅、凝练节制"，是中国文学艺术创作中的审美表现的独特方式；"讲求形神兼备、意境深远"，是中国的文学艺术作品的审美存在的独特方式。不难看出，这三个"讲求"，提摄了中华美学精神的主要内核，有着深刻的内在逻辑联系。

二、托物言志、寓理于情：审美运思的独特方式

从中国的文学艺术创作的普遍情况而言，写物、抒情、言志和寓理是一体化的，而非彼此剥离互相分离的。"情景交融"是中国的诗学和艺术理论的基本命题，但它并不能完全概括中华美学在审美运思方面的独特之处。在中国美学发源的诗骚传统中，就已经以"托物言志，寓理于情"为其审美运思的特点了。诗之抒情言志，都是在托物感兴中进行的。"比兴"作为基本的创作思维方式，是贯穿于中国诗学漫长历程始终的。"比"和"兴"作为两种诗歌创作手法，虽然路向不

---

[1] 习近平：《在文艺工作座谈会上的讲话》，北京：人民出版社，2015 年，第 26 页。

同，但都是托物而成的。故《周礼注疏》中说："比者，比方于物也。兴者，托事于物。"[1]所托之物，主要是自然物色，后来也加入了社会事物。刘勰在《文心雕龙》中揭示了诗人的审美情感与物之感发的关系："春秋代序，阴阳惨舒。物色之动，心亦摇焉。""岁有其物，物有其容。情以物迁，辞以情发。"[2]西方诗学强调诗的抒情性质，极具代表性的如英国著名诗人华兹华斯所说："一切好诗是强烈情感的自然流露。"而其所说的诗人情感，并非由外物触发而是由内心的回忆而来："它起源于在平静中回忆起来的情感。诗人沉思这种情感直到一种反应使平静逐渐消逝，就有一种与诗人所沉思的情感相似的情感逐渐发生，确实存在于诗人的心中。一篇成功的诗作一般都从这种情形开始，而且在相似的情形下向前展开。"在华兹华斯这样的抒情诗人看来，诗人的天才或灵感恰恰表现在缺少外在刺激的情况下而能产生诗情。他又说："总括说来，诗人和别人不同的地方，主要在诗人没有外界直接的刺激也能比别人更敏捷地思考和感受，并且又比别人更有能力把他内心中那样产生的这些思想和情感表现出来，但是这些热情、思想和感觉都是一般人的热情、思想和感觉。"[3]这种观念在西方美学中是有很大的普遍性的。而中国的美学以比兴方式为代表的审美运思，都是托物抒情或托物言志的。《毛诗正义》云："比者，比方于物，诸言如者皆比辞也。兴者，托事于物，则兴者，起也。取譬引类，起发己心，《诗》文诸举草木鸟兽以见意者，皆兴辞出。"[4]在中国美学的长期发展历程中，

---

1 《周礼注疏》卷二十三，见《十三经注疏》，北京：中华书局影印本，1979年，第796页。
2 范文澜注：《文心雕龙注》，北京：人民文学出版社，1958年，第693页。
3 华兹华斯：《〈抒情歌谣集〉一八〇〇年版序言》，见伍蠡甫、胡经之主编《西方文艺理论名著选编》中卷，北京：北京大学出版社，1986年，53页。
4 《毛诗正义》，朱自清：《诗言志辨 经典常谈》，北京：商务印书馆，2011年，第84页。

感兴成为能够代表中华美学民族特征的普遍性发生机制,"触物起情"是诗论中随处可见的说法,最典型的是宋人李仲蒙的:"触物以起情谓之兴,物动情者也。"[1]感兴思维是中国美学的集中体现,这样认识是客观的存在。陶水平教授在其论述"中华美学精神"的文章中指出,"兴论美学是中华美学精神最生动的集中体现",是"中华艺术与美学精神的文化原型",从而着力揭示兴论美学对于彰显中华美学精神的重要意义,[2]是颇有见地的。

"诗缘情"和"诗言志"在中国诗学中被视为两途,前者出于陆机《文赋》中的"诗缘情而绮靡",后者是出自《尚书·尧典》。"诗缘情"被认为是诗歌创作的唯美与抒情的本质,而"诗言志"则被认为是诗歌表达怀抱志意的功能。这在诗学史上是两种不同的诗歌本体观。比较而言,"言志"有更为突出的理性色彩。实际上,在中国诗学的动态发展中,"志"又往往和"情"兼容并用,所谓"情志一也"。南北朝时期著名史学家和文学家范晔说:"情志既动,篇辞为贵。抽心呈貌,非雕非蔚。"[3]著名文论家刘勰在《文心雕龙》中谈及诗歌的创作发生时也说:"人禀七情,应物斯感;感物吟志,莫非自然。"[4]都是以"情志"合而为一。"托物言志"在笔者的理解中,是情志合一之志,其重心则在"托物"。或是比方于物,或是触物起情,都不是徒言情志,而是在物我合一中抒写襟抱。这的确可以视为中国美学的独物之处。

与此密切相关的是"寓理于情"。这也是在中国的艺术创作中所体现的审美运思方面的特征所在。中国美学思想在艺术创作中并不排斥

---

1 胡寅:《崇正辩 斐然集》,北京:中华书局,1993年,第386页。
2 陶水平:《深化文艺美学研究·弘扬中华美学精神》,《江西师范大学学报》(哲学社会科学版)2015年3期。
3 范晔:《后汉书·文苑传赞》,北京:中华书局,1965年,第2658页。
4 范文澜注:《文心雕龙注》,北京:人民文学出版社,1958年,第65页。

理性的感悟，但却反对空言"性理"。诗学史上曾出现过"江左篇制，溺乎玄风""平典似道德论"的玄言诗以及理学背景下空言性理之诗，但均非诗之主流，且被诗学家们痛加诟病，斥之为"理窟""理障"。南宋严羽的名言"夫诗有别材，非关书也；诗有别趣，非关理也"[1]成为文论界和美学界争论的焦点。严羽对仅空言性理，"以议论为诗"的倾向是明白的。然而，严羽并非主张诗中无理，所谓"诗有别趣，非关理也"，是指诗的运思方式不应是理论的逻辑的方式，而应出之以"兴趣"。严羽接着补充说"然非多读书，多穷理，则不能极其至"，又论历代之诗说："诗有词理意兴。南朝人尚词而病于理；本朝人尚理而病于意兴；唐人尚意兴而理在其中；汉魏之诗，词理意兴，无迹可求。"[2]严羽论诗以盛唐之诗为理想范型，"截然以盛唐为法"，而认为唐诗是"理在其中"。对于南朝诗，他认为是"缺理"的，而宋诗则是"尚理"却没有意兴，这都远非理想状态。认为创作中应该寓理于情者则是大有人在，成为谈诗论艺的主流。明清之际大思想家、诗论家王夫之以"神理"论诗，其本质内涵便在于寓理于情。王夫之是主张诗中必有理在，但却不能以"名言之理"也即概念化的逻辑名理形式存在。如其论诗所说："王敬美谓'诗有妙悟，非关理也'，非谓无理有诗，正不得以名言之理相求耳。"[3]王夫之不同意诗与理的对立，而认为诗之"妙悟"的内涵即是理，只是诗中之理不应是名言之理。"神理"的重要意蕴便是寓理于情。如其论诗所说："诗入理语，惟西晋人为剧。理亦非能为西晋人累，彼自累耳。诗源情，理源性，斯二者岂分辕反驾者

---

[1] 严羽：《沧浪诗话·诗辨篇》，见郭绍虞《沧浪诗话校释》，北京：人民文学出版社，1983年第2版，第26页。
[2] 严羽：《沧浪诗话·诗辨篇》，见郭绍虞《沧浪诗话校释》，北京：人民文学出版社，1983年第2版，第148页。
[3] 王夫之：《古诗评选》卷四，见《船山全书》第十四册，长沙：岳麓书社，1996年，第687页。

哉？不因自得，则花鸟禽鱼累情尤甚，不徒理也。取之广远，会之清至，出之修洁，理顾不在花鸟禽鱼上耶？"[1]船山认为，只要是出于自得，诗中的理与情就是可以相因互即的。船山还主张诗中之理应该饱含着诗人之情，如其评李白《苏武》诗说："咏史诗以史为咏，正当于唱叹写神理，听闻者之生其哀乐。"[2]清代著名诗论家叶燮以"理、事、情"三者作为诗歌的客体因素，并主张三者的相通条贯。如说："曰理、曰事、曰情三语，大而乾坤以之定位，日月以之运行，以至一草一木一飞一走，三者缺一，则不成物。文章者，所以表天地万物之情状也。然具是三者，又有总而持之、条而贯之者，曰气。"其又指出："惟理、事、情三语，无处不然。三者得，则胸中通达无阻，出而敷为辞，则夫子所云'辞达'。"[3]都是主张寓理于情的。可以认为，"寓理于情"是中国美学中审美运思的独特方式。

三、言简意赅、凝练节制：审美表现的独特方式

审美表现的方式，主要是指文学艺术的物化表现，也即运用不同艺术门类的艺术语言或云媒介进行构形，从而创造出具有物性的文学艺术作品。习近平同志在讲话中提到的第二个"讲求"，也即"言简意赅、凝练节制"，则是中国的文学艺术在不同门类中都有明显体现的美学原则。如在诗论中的以少总多、言不尽意，都是主张以凝练简约的辞语表现，来含蕴更多的情感内容。刘勰在谈到诗的语言表现外

---

[1] 王夫之：《古诗评选》卷四，见《船山全书》第十四册，长沙：岳麓书社，1996年，第588页。
[2] 王夫之：《唐诗评选》卷二，见《船山全书》第十四册，长沙：岳麓书社，1996年，第953页。
[3] 叶燮：《原诗•内篇下》，见《原诗•一瓢诗话•说诗晬语》，北京：人民文学出版社，1979年，第21页。

在"物色"时说:"莫不因方以借巧,即势以会奇,善于适要,则虽旧弥新矣。是以四序纷迴,而入兴贵闲;物色虽繁,而析辞尚简,使味飘飘而轻举,情晔晔而更新。"[1]面对纷繁杂多的物色,刘勰主张以"析辞尚简"的原则进行描写,认为这样不但无碍于对象的表现,反而可以产生虽旧弥新的艺术魅力。刘勰还举了若干《诗经》中的经典例子:"皎日嘒星,一言穷理;参差沃若,两字穷形,并以少总多,情貌无遗矣。"[2]使之提升到总体的美学原则的层面。唐代司空图在其著名的《二十四诗品》的"含蓄"一品中开篇即说:"不着一字,尽得风流"。这并不是说写诗无须词语文字,而是以最简的文字而获极丰的意味。最后两句则是:"浅深聚散,万取一收。"[3]都是通过简约的文字来产生更大的艺术效用。郭绍虞先生阐释道:"含蓄则写难状之景,仍含不尽之情,也正因以一驭万,约观博取,不必罗陈,自觉敦厚。"[4]"以一驭万"在表现上必须是凝练节制的。中国诗歌之所以"言简意赅",与其格律形式的严格要求有必然联系。近体诗如七律、五律、七绝、五绝体式短小而又格律谨严,要求诗人能够"戴着镣铐跳舞"(闻一多语)。最短如五言绝句,只有区区 20 个字,成为经典的作品,都能收到言简意丰的审美功效。如王夫之评唐人崔颢《长干行》说:"五言绝句,以此为落想时第一义。唯盛唐人能得其妙。如:'君家住何处?妾住在横塘。停船暂借问,或恐是同乡。'墨气所射,四表无穷,无字处皆其意也。"[5]中国的音乐也是以简为尚,《礼记·乐记》中有"大乐必易,大礼

---

[1] 范文澜注:《文心雕龙注》,北京:人民文学出版社,1958 年,第 694 页。
[2] 范文澜注:《文心雕龙注》,北京:人民文学出版社,1958 年,第 694 页。
[3] 司空图:《二十四诗品·含蓄》,见郭绍虞:《诗品集解·续诗品注》,北京:人民文学出版社,1963 年,第 21 页。
[4] 郭绍虞:《诗品集解·续诗品注》,北京:人民文学出版社,1963 年,第 22 页。
[5] 王夫之:《姜斋诗话》卷二夕堂永日绪论内编,见戴鸿森注:《姜斋诗话笺注》,北京:人民文学出版社,1981 年,第 138 页。

必简"[1]之语，清人孙希旦阐释道："乐之大者必易，一唱三叹而有遗音，而不在幼眇之音也。礼之大者必简，玄酒、腥鱼而有遗味，而不在乎仪物之繁也。"[2]《礼记·乐记》中的易简观念对于中国的文学艺术的发展是有重要影响的。中国古代的文人画，以笔墨简省为其艺术追求，认为简率的笔墨反而更能体现造化之功，天地之美。唐代大诗人杜甫尤以题画诗著称，其《戏题王宰画山水图歌》开端即说："尤工远势古莫比，咫尺应须论万里。""咫尺万里"后来成为中国画的艺术价值标准。唐代著名画论家张彦远认为画有"疏、密"二体，他更推重疏体为上，在《历代名画记》中，张彦远指出："张、吴之妙，笔才一、二，像已应焉。离披点画，时见缺落，此虽笔不周而意周也。若知画有疏密二体，方可议乎画，或者颔之而去。"[3]宋代大文学家苏轼同时也是文人画的代表，他在诗中评画时所说："谁言一点红，解寄无边春！"[4]便是寓含着笔墨简约而呈现无边春色之意。元代大画家倪瓒，在笔墨简率中张扬自我怀抱，且标榜"逸笔""逸气"，其言也多为世人所知："仆之所谓画者，不过逸笔草草，不求形似，聊以自娱耳。""余之竹聊以写胸中逸气耳。岂复较其似与非，叶之繁与疏，枝之斜与直哉！"[5]倪氏所说的"逸笔"，正是文人画的典型画风，也即用笔简率。明末清初画家、书法家程正揆谈画力主笔墨从简，其《山庄题画》诗中有："铁干银钩老笔翻，力能从简意能繁。临风自许同倪瓒，入骨谁评到董源。"

---

1 《礼记·乐记·乐论》，见孙希旦：《礼记集解》，北京：中华书局，1989年，第987页。
2 孙希旦：《礼记集解》，北京：中华书局，1989年，第988页。
3 张彦远：《历代名画记》卷二《论顾陆张吴用笔》，北京：人民美术出版社，1963年，第25页。
4 苏轼：《书鄢陵王主簿所画折枝二首》，见王水照选注：《苏轼选集》，上海：上海古籍出版社，1984年，第189页。
5 倪瓒：《论画》，见沈子丞编：《历代论画名著汇编》，北京：文物出版社，1982年，第205页。

在其《题石公画卷》中，程氏也说："予告石溪曰：'画不难为繁，难于用减，减之力更大于繁……'"[1] "用减"与"用繁"相对，就是指画家作画时呈现在画面上的笔墨简省。然我们不难看到，所有主张用笔简率者都不是以简为目的，而恰恰是为了丰富画作的意境与韵味。钱钟书先生指出："南宗画的原则也是'简约'，以经济的笔墨获取丰富的艺术效果，以减削迹象来增加意境。"[2] 以少胜多、以简驭繁，在中国的诗画或其他艺术中成为通行的美学观念，从而也成就了中华民族独特的艺术风貌。在审美表现这个层面，很多文学家艺术家都有这种共识。

四、形神兼备、意境深远：作品审美存在的独特方式

习近平同志在谈到"中华美学精神"时所提出的第三个"讲求"是"形神兼备、意境深远"，在笔者的理解中，这正是中华美学精神体现在文学艺术作品中的审美特征，也是能够在审美形态上充分展示中华文化基因的标志。

形神兼备是中国的文学家艺术家对于作品的至高期许，也是鉴赏家或读者（观众）对于作品的艺术价值、审美价值的通行标准。这个命题至今都有着不可忽视的现实意义，具有颇为鲜明的民族色彩。诗歌、小说、散文、绘画、书法等领域，都以是否臻于形神兼备作为精品的标志，文学家艺术家也都以此作为最高的艺术追求。

形神关系是中国哲学的一个重要问题，从先秦时开始，汉代关于"神灭"和"神不灭"的哲学论争已成为焦点。到魏晋南北朝时期，形神之争既是思想界的核心问题，同时，又已延伸到美学理论之中，而对当时及后世的艺术创作形成了至为深远的影响。形神关系本来指的

---

[1] 钱钟书：《七缀集》，上海：上海古籍出版社，1985年，第3页。
[2] 钱钟书：《七缀集》，上海：上海古籍出版社，1985年，第11页。

是人的肉体和灵魂的关系问题。形即人的身体，神即人的灵魂或精神。所谓"神灭"与"神不灭"之争，前者认为人的身体死亡，灵魂也就随之消亡，而"神不灭"论者则主张人死而灵魂不死，即所谓"形尽而神不灭"。如佛教思想家慧远有"形尽神不灭"的专论。形神之争的另一层含义是形神二者的主从关系问题。如《淮南子》主张的"神主形从"说。在形神之争发展中，神的含义越来越侧重于人的精神，这就为形神关系进入美学领域提供了顺理成章的逻辑进路。

"形神"论从哲学进入艺术美学的关键人物当属南朝画家宗炳。宗炳是画家，也是佛教思想家。他一方面追随慧远，提倡"神不灭"论；另一方面写出了第一篇山水画论《画山水序》。在这篇文章中他提出"至于山水，质有而趣灵"，其实提出了"山水有灵"的观念，将"神不灭"的思想转注到山水画的审美思维中。南北朝时期大画家顾恺之主张"以形写神"，虽以"传神"为画之旨归，但并非轻形重神。值得指出的一点是，顾氏所谓"神"，已远非早期形神论中之灵魂，而是人的精神气韵。宋代文人画的价值取向则是重神轻形，如苏轼所说的："论画以形似，见与儿童邻。"但这毕竟是较为偏颇的认识。普遍的观点是主张通过形似以传写出神似，也即形神兼备。如明代画家莫是龙所说："看得熟自然传神，传神者必以形，形与手相凑而相忘，神之所托也。"[1]认为画作之神恰是心手相忘、形神相得中呈现出来的。清代著名画家布颜图谈山水画时所说"山川之存于外者，形也；熟于心者，神也。神熟于心，此心练之也。心者手之率，手者心之用。心之所熟，

---

[1] 莫是龙：《画说》，见俞剑华：《中国古代画论类编》，北京：人民美术出版社，1957年，第717页。

使手为之，敢不应手？"[1]与前举之莫是龙的观点非常相近，认为心手相应即是形神兼备。在艺术作品之中，形为外显的形象，而神则是内在的精神气韵。中国美学注重传神，但又主张形神相即，不可分为二途。

至于意境的重要意义，在中国美学中可谓举足轻重，领略中国文学艺术，研治中国美学，岂有不谙意境之理！关于意境研究的论著车载斗量，难以胜数，无须笔者再为之议。但可以指出的是，意境作为最能代表中国美学特色的核心范畴，适足与西方美学之典型论相颉颃相抗衡，而且其在不同艺术门类中的适用程度，远大于西方美学之典型。正如朱良志教授所言："画有画境，书有书境，诗有诗境。"[2]词曲、戏剧、小说之类，各有其境，只是不同的门类是作者以其各自不同的艺术语言创构而成。作为意境理论的集大成者的王国维，有"词以境界（即意境）为最上。有境界则自成高格，自有名句"。（《人间词话》）是以"境界"之有无为词品高下之准的。王氏也以意境论元曲："然元剧最佳之处，不在其思想结构，而在其文章。其文章之妙，亦一言以蔽之曰：有意境而已矣。何以谓之有意境？写情则沁人心脾，写景则在人耳目，述事则如其口出是也。"[3]足见意境对于不同艺术门类的普适程度。而意境作为中国美学的核心范畴，其内涵首在于形神兼备。这其实是意境论在其初始时就已具备的题中应有之义。

中华美学精神的提出，体现了我们民族的文化自信，同时也亮出了一面耀眼的旗帜。无论是对创作界抑或理论界，都有着强劲的吸附

---

1. 布颜图：《画学心法问答》，见俞剑华：《中国古代画论类编》，北京：人民美术出版社，1957年，第200页。
2 朱良志：《中国美学十五讲》，北京：北京大学出版社，2006年，第284页。
3 王国维：《宋元戏曲史》，见叶朗主编《中国历代美学文库·近代卷》下册，北京：高等教育出版社，2003年，第392页。

力和向心力。《讲话》中通过三个"讲求"来涵盖中华美学精神的要义,虽是寥寥数语,无法囊括其中华美学精神的全部内涵(事实上也无法定于一尊),然其画龙点睛之功效,却给我们提示了把握其精髓的路径。能不令人考量之,探颐之!

(原载《文学评论》2016年第3期)

试论中华美学精神的基本特质

习近平同志在文艺座谈会上的讲话中提出:"要结合新的时代条件传承和弘扬中华优秀传统文化,传承和弘扬中华美学精神。"[1]对于当下的中国美学理论建设来说,这是一个非常重要且具有丰富内涵的命题,值得我们认真思考,领会其中的内涵。作为一种"精神",它来自中华文明的远古,却又活跃在当下中国人的审美生活中,是中华民族集体性的审美意识的精髓与灵魂。它是一种精神实体,却并不会表现为固态的形质,而是体现在中华民族的优秀审美创造的结晶体中,如文学、绘画、书法、音乐、建筑、园林等领域,使中国的文学艺术彰显出与西方的文学艺术迥然有异的独特风貌和发展轨迹。它不仅存在于中华文明的历史之中,而且活跃在当下的中国文学艺术的创造之中,它还将在未来的中华民族的艺术创造和审美生活中生生不息地延续下去。

"中华美学精神"的命题,立足于中华文化的高度,在与西方美学精神的参照中显示出其独特的气象,体现了中华民族的文化自信。中华美学精神固然贯穿于中国人审美生活的各个方面,但是最为典型、也最有形式感的当在文学艺术之中。本文尝试从主体感受所领悟到的中华美学精神外显的几个特质加以分析。

---

[1] 习近平:《在文艺工作座谈会上的讲话》,北京:人民出版社,2015年,第26页。

一

　　中国哲学传统中最根本的"天人合一""万物一体"的哲学观念，形成了人与自然和谐相处的整体思维，使中国人的审美观念中具有普遍性的感兴创造思想和宇宙生命观。"天人合一"作为中国人最为基本的宇宙观，与西方的主客二分有明显的不同。中国的哲学传统，从先秦时期开始，直至明清时期，"天人合一"都是最基本、最核心的世界观、宇宙观。无论是儒家学说，抑或道家学说，还是后来的理学、心学等哲学思潮，在天人关系上的基本看法是一致的。儒家所讲的"仁爱"，就包括着对自然万物的珍爱与关怀，如孔子所说的"仁者乐山，智者乐水"，仁智之士之所以乐山乐水，首先在其能爱。不爱如何能谈得上乐？再如孟子所说的"亲亲而仁民，仁民而爱物"。蒙培元先生指出："儒家仁学的最高成就，就是'万物一体'思想。所谓'万物一体'的'物'，不仅指社会事物，而且指自然界的事物。所谓'一体'，就是将天地万物视为一个有机整体，如同人的身体一样，每一物都有自己的地位与作用，有一物不能'遂其生'、'顺其性'，就如同自己身体受到伤害一样。这种普遍的宇宙关怀，是仁的最高成果。"[1]道家则更为明确地提出"道法自然""人与天一"的命题，为天人合一思想奉献了独特的内涵。老子提出"人法地，地法天，天法道，道法自然"的同时，又提出"故道大、天大、地大、人亦大。域中有四大，而人居其一焉"。[2]老子的基本态度是，人应遵循自然法则而善待万物，使万物各得其所，各遂其生。庄子认为，人与自然界处在生命的有机统一体中，他说："夫形全精复，与天为一。天地者，万物之父母也。"[3]北

---

[1] 蒙培元：《人与自然》，北京：人民出版社，2004年，第50页。
[2] 陈鼓应：《老子注译及评介》，北京：中华书局，1984年，第163页。
[3] 陈鼓应：《庄子今注今译》，北京：中华书局，1983年，第465页。

宋著名思想家张载则正式提出"天人合一"的命题,他说:"儒者则因明致诚,因诚致明,故天人合一,致学而可以成圣,得天而未始遗人,《易》所谓不遗、不流、不过也。"[1]同时,张载还提出"民我同胞,物吾与也"[2]的思想。著名理学家程颢提出"仁者以天地万物为一体,莫非己也",[3]"仁者浑然与物同体"[4],等等。诸如此类的话语是不胜枚举的。"天人合一"成为中国哲学传统中最为基本的世界观和宇宙观。这种"天人合一"的基本观念,给中国人的审美意识带来的是非常普遍的"感兴"论的审美观。"兴"本来是诗之六义之一,在中国诗歌发展历程中成为具有普遍性的文学艺术创作观念。"感物"也是感兴论的基本内容。"感兴"就是诗人(或艺术家)受到外物触发而兴发审美情感,也就是"感于物而兴"。关于"兴",有不同的解释,如郑众所说的"兴者,托事于物",有朱熹的"先言他物以引起所咏之词也",有宋人李仲蒙所说的"触物以起情谓之兴,物动情也"。笔者认为恰恰是并不特别有名的李仲蒙对兴的界定是最符合感兴的特质的。感兴是人与自然的感通,也即产生于"天地与我为一""仁者浑然与物同体"的哲学思想基础之上的。在中国的文学艺术创作观念中,审美的艺术创造,总是与造化万物相通,如《礼记·乐记》所说:"凡音之起,由人心生也。人心之动,物使之然也。感于物而动,故形于声。"[5]陆机《文赋》中所说的"遵四时以叹逝,瞻万物而思纷。悲落叶于劲秋,喜柔条于芳春"。[6]

---

1 张载:《张载集》,北京:中华书局,1978年,第65页。
2 张载:《张载集》,北京:中华书局,1978年,第62页。
3 程颐、程颢:《二程集》,北京:中华书局,1981年,第15页。
4 程颐、程颢:《二程集》,北京:中华书局,1981年,第16页。
5 张少康、卢永璘:《先秦两汉文论选》,北京:人民文学出版社,1996年,第260页。
6 张少康校释:《文赋集释》,北京:人民文学出版社,2002年,第20页。

刘勰也说:"人禀七情,应物斯感;感物吟志,莫非自然。"[1]都是说诗的创作缘起在于人心之感于物而兴情。在画论领域,姚最提出了"心师造化"论,也即以造化为师;宗炳在《画山水序》中提出的"应目会心";王微在《叙画》中所说的"望秋云,神飞扬;临春风,思浩荡。虽有金石之乐,珪璋之琛,岂能仿佛之哉!披图按牒,效异山海"。[2]这种感兴论的审美观念在中国的艺术理论中是相当普遍的。中国古代美学中的感兴理论,与西方美学思想中的灵感学说颇有相似之处,都指文学艺术创作中那种无法控御的灵感思维状态。如陆机《文赋》中所描述的"若夫应感之会,通塞之纪,来不可遏,去不可止。藏若影灭,行犹响起。方天机之骏利,夫何纷而不理?"[3]刘勰则径直称之为"神思"。在这方面,中国古代的文艺理论中有难以胜数的论述。但是,值得我们特别注意的是,西方的美学家论述灵感基本上都是对主体的"天才"的分析。如康德所说:"它是怎样创造出它的作品来的,它自身却不能描述出来或科学地加以说明,而是它(天才)作为自然赋予它以法规,因此,它是一个作品的创作者,这作品有赖于作者的天才,作者自己并不知晓诸观念是怎样在他内心里成立的,也不受他自己的控制,以便可以由他随意或按照规划想出来,并且在规范形式里传达给别人,使他们能够创造出同样的作品来(因此,天才'genie'这字可以推测是从'genius'(拉丁文)引申而来的,这就是一特异的,在一个人的诞生时付予他的守护和指导的神灵,他的那些独创性的观念是从这里来的)"。[4]康德是以先验的天才禀赋来解释灵感的。黑格尔对

---

1 范文澜注:《文心雕龙注》,北京:人民文学出版社,1958年,第65页。
2 沈子丞:《历代论画名著汇编》,北京:文物出版社,1983年,第16页。
3 张少康校释:《文赋集释》,北京:人民文学出版社,2002年,第241页。
4 [德]康德:《判断力批判》上册,宗白华译,北京:商务印书馆,1964年,第153-154页。

于灵感有很客观的理解与描述，把它看作是"构造形象的能力"，但仍然认为天才在其中起着关键的作用，他认为"天才和才能愈卓越、愈丰富，他学习和掌握创作所必需的技巧也就愈不费力。因为真正的艺术家都有一种天生自然的推动力，一种直接的需要，非把自己的情感思想马上表现为艺术形象不可"。[1]特别重视灵感的天才因素。中国美学中对灵感的发生、艺术佳作的产生，并不强调主体的天才因素，而是以人与自然外物的遇合感通作为发生的契机，这在中国古代的文艺理论中比比皆是。如宋代诗论家叶梦得所说："'池塘生春草，园柳变鸣禽'，世多不解此语之工，盖欲以奇求之耳。此语之工，正在无所用意，猝然与景相遇，借以成章，不假绳削，故非常情所能到。诗家妙处，当须以此为根本，而思苦言难者，往往不悟。"[2]景即自然外物，也即刘勰所说的"物色"。苏轼也认为，"夫昔之为文者，非能为之为工，乃不能不为之为工也。山川之有云雾，草木之有华实，充满郁勃而见于外，夫虽欲无有，其可得耶？"[3]宋代画家董逌论画说："世人不识真山而求画者，叠石累土，以自诧也。岂知心放于造化炉锤者，遇物得之，此其为真画者也。"[4]认为真正的画家是在与外物的遇合中，在与造化的感通之中创为佳作的。明代诗论家谢榛论诗特重感兴，指出："凡作诗，悲欢皆由乎兴，非兴则造语弗工。"[5]"兴"是诗人与外物的遇合遭逢，而非词前立意。因此他说："诗有天机，待时而发，触物而成，

---

[1] [德]黑格尔：《美学》第一卷，朱光潜译．北京：商务印书馆，1996年，第362页。
[2] 何文焕：《历代诗话》上册，北京：中华书局，1981年，第426页。
[3] 苏轼：《南行前集叙》，《苏轼文集》第一册，北京：中华书局，1989年，第323页。
[4] 于安澜：《画品丛书》，上海：上海人民美术出版社，1982年，第307页。
[5] 谢榛：《四溟诗话》，见丁福保：《历代诗话续编》，北京：中华书局，1983年，第1194页。

虽幽寻苦索，不易得也。"[1] 清代诗论家王夫之也以感兴作为诗的关键："含情而能达，会景而生心，体物而得神，则自有灵通之句，参造化之妙。"[2] 清代诗论家叶燮推原诗歌创作本源，也以感兴为基。在诗人主体方面，是才、识、胆、力四种要素，在事物客体方面则是理、事、情三种要素，二者相遇相触而兴起为诗。《原诗》中说："原夫作诗者之肇端而有事乎此也，必先有所触以兴起其意，而后措诸辞、属为句、敷之而成章。"[3] 可见，感兴的创作观念，在中国古代的文艺理论中是非常普遍的存在。

感兴的审美创造思想与我们一般所说的主客体相统一的哲学认识有所不同，而是以中国哲学中的"万物与我为一"的观念为其基础。感兴是审美主体与客体的"物化"，是在相互感通中所形成的奇妙境界。谢榛颇为理论化地阐述了这种境界，其言："作诗本乎情景，孤不自成，两不相背。凡登高致思，则神交古人，穷乎遐迩，系乎忧乐，此相因偶然，著形于绝迹，振响于无声也。夫情景有异同，模写有难易，诗有二要，莫切于斯者。观则同于外，感则异于内，当自用其力，使内外如一，出入此心而无间也。景乃诗之媒，情乃诗之胚，合而为诗，以数言而统万形，元气浑成，其浩无涯矣。"[4] 在这种境界中，主体和客体已无法分开，浑然而为一体。王夫之评谢灵运诗时说："言情则于往来动止、缥缈有无之中，得灵䰠而执之有象；取景则于击目经心、丝分缕合之际，貌固有而言之不欺。而且情不虚情，情皆可景；景非

---

[1] 谢榛：《四溟诗话》，见丁福保：《历代诗话续编》，北京：中华书局，1983年，第1161页。
[2] 王夫之：《姜斋诗话》，见《清诗话》，上海：上海古籍出版社，1996年，第13页。
[3] 叶燮：《原诗》，北京：人民文学出版社，1979年，第5页。
[4] 谢榛：《四溟诗话》，见丁福保：《历代诗话续编》，北京：中华书局，1983年，第1180页。

滞景，景总含情；神理流于两间，天地供其一目，大无外而细无垠。"[1]这也是主客不分的取向所在。当代著名哲学家张世英先生从这个角度分析了中西美学思想的分野所在，他认为："学者们一般都把审美意识放在主客二分关系中来讨论：有的主张审美意识主要来源于主体，有的主张审美意识主要来源于客体，有的主张审美意识是主客的统一。不管这三种观点中的哪一种，都逃不出主客二分的思模式……实际上，审美意识是人与世界的交融，用中国哲学的术语来说，就是'天人合一'。这里的'天'指的是世界。人与世界的交融或天人合一不同于主体和客体的统一之处在于，它不是两个独立的实体之间的认识论上的关系，而是从存在论上来说，双方一向就是合而为一的关系，就像王阳明说的，无人心则无天地万物，无天地万物则无人心，人心与天地'一气流通'，融为一体，不可'间隔'，这个不可间隔的'一体'是唯一真实的。"[2]这也正是中国人的审美意识与西方审美意识的根本区别所在。

由"天人合一"的观念出发，中国的文学作品中作为审美对象的"物色"，并非仅仅是客观之景，而是一种充满生命感的存在，这种生命感也非仅是个体的，而是宇宙自然所生发出来的。它们是化育流行的，是吸纳了宇宙万物的创造伟力的。在中国古代审美活动中，尤其是文学艺术审美中，情景的对应，其实并非是一对一的，而是主体浸染于造化的脉动之中。由诗人或艺术家的审美观照而作为对象呈现在作品中的物象，给人的感觉，决非个体化的存在，而是"与天地为一""万物一体"的整体性关联。宗炳《画山水序》中所说的"圣人含道映物，贤者澄怀味象。至于山水，质有而趣灵。山水以形媚道，而

---

[1] 王夫之：《古诗评选》，见《船山全书》十四册，长沙：岳麓书社，1996年，第736页。
[2] 张世英：《美在自由》，北京：人民出版社，2012年，第78页。

仁者乐。"[1]认为山水作为审美对象，是有生命力的，有灵趣的。陶渊明《时运》："山涤馀霭，宇暧微霄。有风自南，翼彼新苗。洋洋平津，乃漱乃濯。邈邈遐景，载欣载瞩。"王羲之《兰亭序》："是日也，天朗气清，惠风和畅，仰观宇宙之大，俯察品类之盛，所以游目骋怀，足以极视听之娱，信可乐也。"这些叙述，都使人感到自然造化的生命力的脉息。这可以视为中国人的艺术审美方式的独特之处，其中是贯通着中华美学精神的。

二

真善美高度统一的审美价值观在中华美学中是核心的内容。中华美学精神的突出特点，还在于真善美的高度统一性。在中华民族的价值观里，"真"不仅表现为客观事物之真实，还表现在主体心灵的真诚无欺。因此，"诚"在中国人的观念中是与真直接相关的理念。诚又和善是密切结合的，所以，真善美的统一，形成了完整浑然的境界。这在中国人的审美意识中是非常普遍的，这也是中国人所秉持的审美价值观。真、善、美是人类不同的精神活动的范畴类型，它们之间不是等同的，却又有着非常密切的关系。

在西方美学中，有的主张美与真的统一，如布瓦洛在《诗简》中提出："只有真才美，只有真才可爱。"而作为德国古典哲学开创者的康德，则是以审美意识来统一真和善，认为自然界的秩序和道德领域的秩序有其同一性，此即审美意识，审美意识能体悟到自然界的必然性和道德自由之间超越性的统一。美不再受自然和道德的束缚。在海德格尔那里，美明显居于比真高的地位。在中国人的美学思想中，真善美是高度统一的。这在儒家美学观念中最为突出。孔子讲"里仁为

---

[1] 沈子丞：《历代论画名著汇编》，北京：文物出版社，1983年，第14页。

美",就是最为典型的表述。在儒家思想中,仁是善的最高表现形态,"尽善尽美"也是美善统一的著名命题。孔子又讲"质胜文则野,文胜质则史,文质彬彬,然后君子"。[1] 文质彬彬是一个人的道德修养与其外显的完美统一。叶朗先生对此阐发道:"孔子认为,一个人缺少文饰('质胜文'),这个人就粗野了。一个人单有文饰而缺乏内在道德品质('文胜质'),这个人就虚浮了。只有'文'和'质'统一起来,才成为一个'君子'。文和质的统一,也就是'美'和'善'的统一。"[2] 颇为明确地道出了儒家美学思想的核心内涵。对于美和真的统一关系,在中国古代美学思想中也是非常普遍的,同时,真善美的统一,也在对真与美的关系中得到了体现。汉代思想家王充,斥"虚妄"而求"实诚",首先是以真为美,同时也蕴含着善的价值取向在其中。如其指出在文学艺术创作中背弃真实的弊病所在:"世俗所患,患言事增其实;著文垂辞,辞出溢其真。称美过其善,进恶没其罪。何则?俗人好奇。不奇,言不用也。故誉人不增其美,则闻者不快其意;毁人不益其恶,则听者不惬于心。闻一增以为十,见百益以为千。使夫纯朴之事,十剖百判,审然之语,千反万畔。"[3] 王充主张"文以章善",反对徒事笔墨华丽而无关善恶之实的文风,认为:"夫文人文章,岂徒调墨弄笔,为美丽之观哉?载人之行,传人之名也。善人愿载,思勉为善;邪人恶载,力自禁裁。然则文人之笔,劝善惩恶也。谥法所以章善,即以著恶也。加一字之谥,人犹劝惩,闻知之者,莫不自勉。况极笔墨之力,定善恶之实,言行毕载,文以千数,传流于世,成为丹青,故可尊也。"[4] 王充对于真善美统一的思想在中国美学中是颇具代表

---

[1] 朱熹:《四书章句集注》,北京:中华书局,1983年,第89页。
[2] 叶朗:《中国美学史大纲》,上海:上海人民出版社,1985年,第47页。
[3] 王充:《论衡校释》,北京:中华书局,1990年,第381页。
[4] 王充:《论衡校释》,北京:中华书局,1990年,第869页。

性的。真的概念不仅在于客观事物的真实,更在于主体心灵的真诚无欺。"诚"在中国哲学中具有非常重要的地位,它包含着真和善两个方面的内涵。《中庸》里说:"唯天下至诚,为能尽其性;能尽其性,则能尽人之性;能尽人之性,则能尽物之性;能尽物之性,则可以赞天地之化育;可以赞天地之化育,则可以与天地参矣。"[1]《孟子》也说:"悦亲有道,反身不诚,不悦于亲矣。诚身有道,不明乎善,不诚其身矣。是故诚者,天之道也;思诚者,人之道也。至诚而不动者,未之有也;不诚,未有能动者也。"[2]孟子认为,如欲使父母双亲愉悦,最好的方法就是一个"诚"字,诚即真心诚意,只有诚才能使双亲感动。诚是真与善直接相通的关键。宋代著名理学家周敦颐以"诚"为作圣之根本:"诚者圣人之本。'大哉乾元,万物资始',诚之源也。'乾道变化,各正性命',诚斯立焉。纯粹至善者也。故曰:'一阴一阳之谓道,继之者善也,成之者性也。'元亨,诚之通;利贞,诚之复。大哉易也,性命之源也。""圣,诚而已矣。诚,五常之本,百行之源也。静无而动有,至正而明达也。五常百行,非诚,非也,邪暗塞也。故诚则无事矣。至易而行难。果而确,无难焉。故曰:'一日克己复礼,天下归仁焉……'"[3]在周敦颐的话语中,诚是最大的善,也即"至善"。金代最为杰出的文学家元好问在其诗论中提出"以诚为本"的命题:"唐诗所以绝出于三百篇之后者,知本焉尔矣。何谓本?诚是也。——故由心而诚,由诚而言,由言而诗也。三者相为一,情动于中而形于言,言发乎迩而见乎远。同声相应,同气相求,虽小夫贱妇孤臣孽子之感讽,皆可以厚人伦、敦教化,无他道也。故曰不诚无物。"在元好

---

1 朱熹:《四书章句集注》,北京:中华书局,1983年,第32页。
2 朱熹:《四书章句集注》,北京:中华书局,1983年,第282页。
3 中国社会科学院哲学研究所中国哲学史研究室编:《中国哲学史资料选辑·宋元明之部(上)》,北京:中华书局,1962年,第60页。

问看来,诗歌创作最大的弊病便在于"不诚",倘若"不诚",诗歌便失去了最基本的功能和感人力量,所以他又指出:"夫惟不诚,故言无所主,心口别为二物,物我邈其千里,漠然而往,悠然而来;人之听之,若春风之过马耳,其欲动天地感鬼神难矣。其是之谓本。唐人之诗,其知本乎,何温柔敦厚蔼然仁义之言多也。"[1]元好问所倡导的"以诚为本",指的就是诗人情感的真切感人。如果不能表现出诗人的真情实感,作品就不会产生审美价值;那些虚情假意之诗,在元好问看来,是令人作呕的。他在《论诗三十首》第六首以潘岳诗为例:"心声心画总失真,文章宁复见为人。高情千古《闲居赋》,争信安仁拜路尘。"[2]潘岳是南北朝时著名诗人,然人品卑污,谄事当时权奸贾谧,有望尘而拜的丑行。他的《闲居赋》却俨然是一副清高超脱的形象。元好问把潘岳拿来当作"不诚""失真"的典型予以犀利的嘲讽。清初大思想家、诗论家王夫之,对诗歌创作最重即时所见之真,他说:"身之所历,目之所见,是铁门限。即极写大景,如:'阴晴众壑殊'、'乾坤日夜浮',亦必不逾此限。非按舆地图便可云'平野入清徐'也,抑登楼所得见者耳。隔垣听演杂剧,可闻其歌,不见其舞,更远则但闻鼓声,而可云所演何出乎? 前有齐梁,后有晚唐及宋人,皆欺心以炫巧。"[3]王夫之的评诗标准不免有些苛刻,而其以真作为诗美的价值尺度,则是非常鲜明的。

三

理性与感性的动态和谐是中华美学精神的要义。在审美活动中,

---

[1] 元好问:《杨叔能小亨集引》,见《宋金元文论选》,北京:人民文学出版社,1984年,第450页。
[2] 郭绍虞:《元好问论诗三十首小笺》,北京:人民文学出版社,1978年,第62页。
[3] 王夫之:《姜斋诗话》,见《清诗话》,上海:上海古籍出版社,1996年,第9页。

理性与感性的关系是非常重要的内容。在西方美学思想中，理性与感性的关系时常处于紧张的状态之中。美学本身是以人的感性为其研究对象的，因此，作为"美学之父"的鲍姆嘉通为美学划定的范围就是感性。但研究美学却并非是感性能够做到的，美学又是哲学的重要分支。很多思想家强调的是以审美为理性服务。如黑格尔所说的"美是理念的感性显现"等。近代西方哲学非理性思潮崛起，如柏格森、弗洛伊德等人的理论在20世纪的美学理论中具有突出的代表性。反观中国的美学思想，一向是以感性与理性的动态和谐为其基本格局。中国美学思想以"中和"观念为其主流，如《中庸》所说："喜怒哀乐之未发，谓之中；发而皆中节，谓之和。中也者，天下之大本也；和也者，天下之达道也。致中和，天地位焉，万物育焉。"[1]《中庸》所说的"中和"，最重要的便是性和情的中和。这对中国美学的发展，有着至关重要的作用。从诗学来说，"吟咏情性"是诗的本体功能所系。刘勰称诗之本义为："诗者，持也，持人情性；三百之蔽，义归无邪：持之为训，有符焉尔。"[2]"情性"在中国哲学中是一对重要的范畴，而同时对美学来说，也具有重要的理论意义。情性合而为一，本身就已包含着感性和理性的中和与调节。情是人的自然情感，喜怒哀乐包含于其中；性是人的形上本质，却有着人之为人的道德理性。性情并举，就是既有自然情感的发动，也有先验理性的调节。情性统一，即为中和。孔子所说的"乐而不淫，哀而不伤"（《论语·八佾篇》），其实正是讲感性与理性的协调。汉代大儒董仲舒明确提出"性情相与为一瞑。情亦性也"[3]的命题，主张以性节情。魏晋时期著名玄学家王弼主张"圣人有情"，认为圣人也和常人一样是有情的，"然则圣人之情，应物而无

---

[1] 朱熹：《四书章句集注》，北京：中华书局，1992年，第18页。
[2] 范文澜注：《文心雕龙注》，北京：人民文学出版社，1958年，第65页。
[3] 董仲舒：《春秋繁露义证》，北京：中华书局，1992年，第298页。

累于物者也"。[1]圣人之情能在与外物接触时不受外物的干扰，不陷溺于哀乐情感中不能自拔。王弼又提出"性其情"的命题："不性其情，焉能久行其正此是情之正也。"[2]性其情，就是以性统率情。性情统一，在很大程度上就是感性与理性的和谐统一。诗学中的"吟咏情性""持人情性"，都是以中国思想史上的情性统一的观念为其渊源的。北宋著名思想家张载，将情性问题与"文势"联系在一起，认为："孟子之言性情皆一也，亦观其文势如何。情未必为恶，哀喜怒发而皆中节谓之和，不中节则为恶。"[3]张载提出情是性之所发，但是有"中节不中节"之别。情之所发必须合于道德理性，这也是宋代理学家所认同的普遍观点。

中国的文学艺术理论中贯穿着儒家的教化思想，但又反对空洞抽象地言理，更不主张堕入"理窟""理障"。南北朝时期著名诗论家钟嵘批评玄言诗："永嘉时，贵黄老，稍尚虚谈。于时篇什，理过其辞，淡乎寡味。"[4]这种对忽视审美创造、空谈性理的倾向的批判，在之后的艺术理论发展中是深入人心的。南宋著名诗论家严羽，以禅家妙悟为诗学根本，主张："大抵禅道惟在妙悟，诗道亦在妙悟。……惟悟乃为当行，乃为本色。"[5]严羽还以下面这段引起相当大的争议的论述，阐明了诗歌创作与理性思维的区别："诗有别材，非关书也；诗有别趣，非关理也。然非多读书，多穷理，则不能极其至。所谓不涉理路、不落言筌者，上也。诗者，吟咏情性也。盛唐诸人惟在兴趣，羚羊挂角，无迹可求。故其妙处透彻玲珑，不可凑泊，如空中之音，相中之色，

---

1 何劭：《王弼传》，见楼宇烈校释：《王弼集校释》，北京：中华书局，1980年，第639页。
2 王弼：《论语释疑》，见楼宇烈校释：《王弼集校释》，北京：中华书局，1980年，第631页。
3 张载：《张载集》，北京：中华书局，1978年，第323页。
4 陈延杰注：《诗品注》，北京：人民文学出版社，1961年，第1页。
5 郭绍虞校释：《沧浪诗话校释》，北京：人民文学出版社，1961年，第12页。

水中之月，镜中之象，言有尽而意无穷。"[1] 严羽认为诗歌创作有其特殊的材质，与书本知识无关；诗歌创作有独特的兴趣，与理性思维不同。上乘之作应该是如那些盛唐诗歌那样"羚羊挂角，无迹可求"的浑融审美境界。严羽的这种观点，被有些论者斥之为神秘主义或非理性主义。其实，这也许是对严羽诗论的误判。严羽虽然以"非关书也""非关理也"作为诗歌的独特思维方式，但他并不否认书和理在诗中的存在。"然非多读书，多穷理，则不能极其至"，认为诗人要达到最高的境界，恰恰是要读书穷理的。与严羽活动时间很近的魏庆之编有《诗人玉屑》一书，录有《沧浪诗话》的《诗辨》一篇，其中在"非关理也"后面又有"而古人未尝不读书，不穷理"，[2] 并非无据。在对诗史的整体性批评中，严羽更是倡导"词理意兴"的兼容全备。他说："诗有词理意兴。南朝人尚词而病于理；本朝（宋朝）尚理而病于意兴。唐人尚意兴而理在其中；汉魏之诗，词理意兴，无迹可求。"[3] 所谓"意兴"，即他所说的"兴趣"，具有感性性质的审美情致。他认为南朝人辞语绮丽却缺乏理思，宋朝人则是长于理思而缺少神韵。严羽是最为推崇唐人之诗的，在他看来，唐人崇尚意兴而理思则溶化于其中。严羽又称汉魏之诗是"词理意兴，无迹可求"。是不是在严羽的诗学眼光中汉魏之诗高于唐诗呢？其实不然。严羽认为，诗的根本在于"妙悟"，汉魏之诗浑然天成，却是未经妙悟的，而盛唐诸人之诗是妙悟的产物。如其所说："然悟有浅深，有分限，有透彻之悟，有但得一知半解之悟。汉魏尚矣，不假悟也。谢灵运至盛唐诸公，透彻之悟也。他虽有悟，皆非第一义也。"[4] 在其看来，汉魏之诗虽好，却是天然的初始

---

1 郭绍虞校释：《沧浪诗话校释》，北京：人民文学出版社，1961年，第26页。
2 魏庆之：《诗人玉屑》，北京：中华书局，2007年，第3页。
3 郭绍虞校释：《沧浪诗话校释》，北京：人民文学出版社，1961年，第40页。
4 郭绍虞校释：《沧浪诗话校释》，北京：人民文学出版社，1961年，第12页。

状态，没有经过悟的过程，即所谓"不假悟也"，而盛唐之诗则是悟的最高境界："透彻之悟"。所谓"悟"，必然是有理性的产物的。严羽所说的"理"，就是理性之"理"。中国古代的文学艺术所言之"理"，有时并非是理念之理，而是"物理"，但同样是可以抽象出来的理。在古人的审美创造思想中，理最好是包含在感兴和神采之中的。如宋代画论家董逌谈到对题材的观察时说："观物者莫不先穷理，理有在者，可以尽察，不必求于形似之间也。"[1]此处所言之理，则是"物理"，但也是经过了主体的抽象过程的。清初大思想家王夫之论诗重"理"，在《姜斋诗话》中，王夫之高度推崇谢灵运之诗说："谢灵运一意回旋往复，以尽思理，吟之使人卞躁之意消。《小宛》抑不仅此，情相若，理尤居胜也。王敬美谓'诗有妙悟，非关理也。'非理抑将何悟？"[2]此间王夫之对于谢诗的评价，已经上升到对诗中之理的普遍性思考。所谓"妙悟"的内容和结果，必然与理性有关。但王夫之所说的理，却有着独特的规定性，即并非那种纯粹抽象的义理即"名言之理"，如说："王敬美谓'诗有妙悟，非关理也'。非谓无理有诗，正不得以名言之理求之耳。"[3]"名言之理"正是逻辑思维的理性概念，认为诗中之理不能是逻辑思维的产物。王夫之认为诗并非与理对立，二者并不相互排斥，但诗之理不是那种"名言之理"，而应是"神理"。王夫之所言"神理"是蕴含在感性形象中的理，具有明显的动态性。如说："以神理相取，在远近之间。才着手便煞，一放手又飘忽去。"[4]王夫之认为理是诗中的最高意蕴，但诗不能"死于理中"，其评谢灵运诗说："理关至极，言

---

[1] 董逌：《广川画跋》，见于安澜：《画品丛书》，上海：上海人民美术出版社，1983年，第264页。
[2] 王夫之：《姜斋诗话》，见《清诗话》，上海：上海古籍出版社，1996年，第6页。
[3] 王夫之：《古诗评选》卷四，见《船山全书》第十四册，长沙：岳麓书社，1996年，第687页。
[4] 王夫之：《姜斋诗话》，见《清诗话》，上海：上海古籍出版社，1996年，第6页。

之曲到。人亦或及此理，便死理中，自无生气。此乃须捉着，不尔飞去。"[1]在他看来，"神理"对诗歌来说是至关重要的，是诗的灵魂。他论诗说："神理流于两间，天地供其一目，大无外而细无垠。落笔之先，匠意之始，有不可知者存焉，岂徒兴会标举，如沈约之所云者哉！"[2]王夫之所言的"神理"，远非那种以知性分解所得到的抽象之理，而是超以象外、广远精微的精神实体。清代诗论家叶燮论诗也以"得古人之兴会神理"[3]为标准，又将描写对象的客观事物析为理、事、情三大要素，如："曰理、曰事、曰情三语，大而乾坤以之定位，日月以之运行，以至一木一草一飞一走，三者缺一，则不成物。"[4]叶燮又以情与理的高度融合为诗之至境："夫情必依乎理，情得然后理真。情理交至，事尚不得耶！要之作诗者，实写理事情，可以言言，可以解解，即为俗儒之作。惟不可名言之理，不可施见之事，不可径达之情，则幽渺以为理，想象以为事，惝恍以为情，方为理至事至情至之语。"[5]主张感性与理性的统一和动态的和谐，在中国美学思想中是普遍存在的，也对文学艺术有着广泛的影响。

四

超越模仿现实的意象与意境追求是中华美学精神的艺术表征。西方的审美意识，是以模仿说为主导的，从古希腊时期就开启了源头，艺术品或诗应该是对现实的模仿。模仿而至最佳，便是典型。或如达

---

[1] 王夫之：《古诗评选》，见《船山全书》十四册，长沙：岳麓书社，1996年，第742页。
[2] 王夫之：《古诗评选》，见《船山全书》十四册，长沙：岳麓书社，1996年，第736页。
[3] 叶燮：《原诗》，北京：人民文学出版社，1979年，第10页。
[4] 叶燮：《原诗》，北京：人民文学出版社，1979年，第21页。
[5] 叶燮：《原诗》，北京：人民文学出版社，1979年，第32页。

芬奇所说的"第二自然"。而中国人普遍化的审美创造观念，则是以意象和意境的生成为上乘，故而就与西方的美学精神有着深刻的差异。《易传》中说的"观物取象"，对于中国美学来说，具有开端的意义。《易传》中说："古者包牺氏之王天下也，仰则观象于天，俯则观法于地，观鸟兽之文，与地之宜，近取诸身，远取诸物，于是始作八卦，以通神明之德，以类万物之情。"[1]这可以说是中国美学中意象观念的来源。著名美学家叶朗先生在其美学论著中以意象为核心范畴，并把它作为审美意识的本体观念。对于中国美学的普遍性观念而言，是揭示了中华美学精神的特质的。叶朗先生认为："中国传统美学一方面否定了实体化的、外在于人的'美'，另一方面又否定了实体化的、纯粹主观的'美'，那么，美在哪里呢？中国传统美学的回答是：美在意象。中国传统美学认为，审美活动就是要在物理世界之外构建一个情景交融的意象世界，即所谓'山苍树秀，水活石润，于天地之外，别构一种灵奇'，所谓'一草一树，一丘一壑，皆灵想之独辟，总非人间所有'，这个意象世界，就是审美对象，也就是我们平常所说的广义的美。"[2]叶朗先生对中国传统美学的这种认识，关系到美的本体观，也体现了中国美学精神的一种特质。《周易》之后，意象越来越成为中国的文学艺术审美创造方面的主要追求。魏晋南北朝时期的著名文论家刘勰在《文心雕龙·神思》篇中所提炼出来的："然后使玄解之宰，寻声律而定墨，独照之匠，窥意象而运斤：此盖驭文之首术，谋篇之大端。"这是最早把意象作为一个完整的审美范畴提出的，对其后的文学艺术影响甚为深远。魏晋南北朝时期的著名画家宗炳在画论名作《画

---

[1] 周振甫：《周易译注》，北京：中华书局，1991年。
[2] 叶朗：《美学原理》，北京：北京大学出版社，2009年，第55页。

山水序》中提出"澄怀味象",这个象,指画家所摄取的山水之象。唐代诗人王昌龄《诗格》中谈到创作状态时说:"久用精思,未契意象。"司空图《二十四诗品》中也说:"意象欲出,造化已奇。"唐代诗论家殷璠编选《河岳英灵集》,以"兴象"之有无作为评选诗歌是否佳作的标准,如评陶翰诗"既多兴象,复备风骨";评孟浩然诗"无论兴象,兼复故实"。所谓"兴象",是由感兴而得的意象,是意象的一种类型。正如叶朗先生所指出的:"所谓'兴象',就是按照兴这种方式产生和结构的意象。"[1]在诗歌创作领域,意象的观念已经相当普遍。书画论中也多有意象的范畴出现。张怀瓘《文字论》中说:"探彼意象,入此规模。"以意象作为文学创作基本要素,成为广泛的存在。

与意象密切相关的是意境成为中国美学的核心范畴。意境观念离不开意象的观念。如叶朗先生所指出的:"象与境的区别在于象是某种孤立的、有限的物象,而境则是大自然或人生的整幅图景。"[2]唐代诗人刘禹锡提出"境生于象外",高度概括了象与境的关系。到近代王国维倡导"境界"说,则使境界成为中国美学最有代表性的核心范畴。从唐代到清代,有许多文学家艺术家以意境论艺,使意境成为中国美学最有代表性的核心范畴。认为意境是堪与西方的"典型"概念相抗衡的中国美学范畴,是学术界颇有代表性的认识。意象和意境,在艺术作品的层面充分体现着中国美学精神。

习近平同志在文艺座谈会上的讲话,将"中华美学精神"作为一个当代中国美学思想建设的总体概念加以倡导,是高度概括的。既有深厚的历史感,更有强烈的时代感。对于当下中国的文学艺术事业和文化繁荣来说,具有非常重要的指导意义,同时,对于美学理论研究,

---

1 叶朗:《中国美学史大纲》,上海:上海人民出版社,1985年,第263页。
2 叶朗:《中国美学史大纲》,上海:上海人民出版社,1985年,第270页。

开拓了崭新的研究视野和更为广阔的思路。目前来看，关于"中华美学精神"的内涵，尚无一致的理论界定，有待于我们的深入理解和探讨。本文尝试对中华美学精神的特质加以粗浅的分析和描述，以期此理论命题得到更为深入的理解。

（原载《江西师范大学学报》2015年第3期）

中华美学精神及其诗学基因探源

中华民族是一个热爱美、追求美的民族，中华文化是一种创造美、弘扬美的文化。中华美学精神，就是建立在这样的民族本性和文化基因之上的关于美与审美的文明表征。正是这个作为存在之生命境遇的美的文化精神，一直引领着我们从日常生活到灵性境界的身体实践和心灵归属。中华文化的美学精神，以它独有的诗意特性，开启、引领、推动、更新着中华民族的感性、理性乃至灵性的各类智慧。

宗白华先生曾于二十世纪四十年代痛切地发问："我们丧尽了生活里旋律的美（盲目而无秩序）、音乐的境界（人与人之间充满了猜忌、斗争）。一个最尊重乐教、最了解音乐价值的民族没有了音乐。这就是说没有了国魂，没有了构成生命意义、文化意义的高等价值。中国精神应该往哪里去？"[1]而如今，我们的民族历经百年沧桑，我们的文化精神已经回归家园，审美价值观的重新树立正在成为民族伟大复兴的重要标志之一。我们不仅要民主与科学、真理与良知，我们还要美丽与繁荣、理想与境界。中华美学精神从哪里来？我们要追溯到传统的诗教礼乐中去，更新它，重塑它，发扬它，创造它，使它成为与时俱进

---

[1] 宗白华：《中国文化的美丽精神往哪里去？》，《宗白华全集》第二卷，合肥：安徽教育出版社，1994年，第403页。

的先进文化和自强不息的时代精神。当下我们党的文化战略更是旗帜鲜明地指出了精神文明的发展方向,"要结合新的时代条件传承和弘扬中华优秀传统文化,传承和弘扬中华美学精神"[1],要"坚定文化自信","文化自信,是更基础、更广泛、更深厚的自信,是更基本、更深沉、更持久的力量"[2]。坚守中国精神、坚定文化自信,这正是中华文明发扬光大的基本要求。中华美学精神的研究,也必须从此出发,深入到民族文化精神之高等价值的挖掘中,以守护国魂、捍卫人文。

一、中华美学精神研究的方法论意义:精神活性

中华美学精神的研究,在方法论上是有别于中国美学思想研究的。首先是"中华"与"中国"的区别。很显然,"中华"比"中国"是更具有文化共同体意义的概念,因为我们的精神文明、我们的文化传统从来不是单一独行、一成不变的,而是多元并行、与时俱进的,"中华"二字更能彰显中华民族所独有的"和而不同""美美与共""生生不息"的文化特质,即巨大的包容力和强大的传承力。其次是"精神"与"思想"的区别,这里需要更为清晰地加以说明。

我们认为,美学"精神"研究与美学"思想"研究的对象、范围、重心有所不同。精神研究应更加关注"落实"的文明与"持续"的文化,它不必像思想研究那样,追求全面、翔实,以及对历史语境的还原,即它不必关注那些无法复活的死的意识形态,而应重点关注那些依然活跃在民族生命中的或有极大可能被再次激活的传统,即那些可以"落实"到当下现实的实践性的精神文明和能够"持续"生成理想

---

1 习近平:《在文艺工作座谈会上的讲话》,北京:人民出版社,2015年,第26页。
2 习近平:《在中国文联十大、中国作协九大开幕式上的讲话》,北京:人民出版社,2016年,第6页。

世界的恒久性的意识形态。所以，美学精神的研究相对于美学思想的研究，应该格外强调对文化实力的真实性、可行性和续航性的科学论证。而对文化基因进行深刻而精细的探测、分析、编辑与重组，应该是一项非常重要的基础工作。对此我们党也已作出明确的指示："中华美学讲求托物言志、寓理于情，讲求言简意赅、凝练节制，讲求形神兼备、意境深远，强调知、情、意、行相统一。我们要坚守中华文化立场、传承中华文化基因，展现中华审美风范。"[1]这里指出的三个"讲求"，高屋建瓴地概括了中华美学精神的文化基因所在。具体说来，"讲求托物言志、寓理于情"是中华民族审美运思方式的独特性，"讲求言简意赅、凝练节制"是中华民族审美表现方式的独特性，"讲求形神兼备、意境深远"是中华民族审美的存在形态的独特性。[2]中华美学精神研究必须在这些文化基因上进行层层探测与分析，科学地把握自身文化的生成轨迹与发展方向，才能真正地坚定中华文化立场，自信地展示中华审美风范。

同时，我们也应该领会一个"强调"，即"强调知、情、意、行相统一"的方法论意义，即当前对中华美学的研究，不应该只是思辨性的研究，它应该是情感性、意志性、实践性的美学意识形态研究。这正是我们所主张的美学精神研究不同于美学思想研究的根本所在。"精神"不止形成于"知"，它还传承于"情"，发扬于"意"，更要凝结于"行"，成为真正的民族灵魂。这其实也是一种方法论的传统回归与文化自信，即回到"经世致用"的信念中去，使我们的美学研究不回避现实，不固守理论，而是同民族情感、文化意志、艺术实践相结合，落实到精神文明的创造中，使中华审美文化散发历久弥新的文化魅力，

---

[1] 习近平：《在文艺工作座谈会上的讲话》，北京：人民出版社，2015年，第26页。
[2] 张晶：《三个"讲求"：中华美学精神的精髓》，《文学评论》2016年第3期。

从而成为世界文明进程中的重要力量。

当下学者们对中华美学精神的研究，在方法论上已经不约而同达成了一定程度的共识。尤其自习近平总书记的讲话发出明确指示以来，关于中华美学精神的研究方兴未艾，很多成果明显突破了以往的思想研究，凸显出美学作为意识形态的当代性与实践性。比如，董学文对"精神活性"的强调。他认为，"即便是在'中华美学精神'中寻找某种'不朽'的因素，那这种所谓'不朽'，也不是一种凝固僵硬的东西，而是指它在当代乃至未来仍有一种精神活性。而且这种活性，又可以优化当代的美学生态，使得当今的文艺和审美更加具有朝气与活力。所以说，'中华美学精神'是存在于时间之中的，只是这个时间不能被解释为一种静止的时间，而应当被解释为像真理一样是个流动的过程。……从传统的实在自身出发所能够发现的包括'美学精神'在内的'精神'，只是'精神'的古董和'精神'的化石。它是'精神'失去精神活性后的残骸，不是精神本身。只有那些既能存在于传统中又能超越传统，在现时代仍具有活力的东西，才属于精神性的存在"[1]。再比如马龙潜对中华美学精神在当前作为"社会主义意识形态"的强调也是一种共识。他认为，"中华美学精神并非一种抽象的理论规定的结果，而是具体存在于中国特色社会主义文化的整体结构中，存在于社会主义改革开放的伟大实践中，是通过它所发挥的独特功能和作用得以确认的。从意识形态在文化整体结构中的核心地位看，作为意识形态诸形式的艺术、道德、政治和法律思想、哲学和宗教等，是这种功能结构的最集中、最深刻、最全面的表现"[2]。

---

[1] 董学文：《结合新的时代条件弘扬中华美学精神》，《中国艺术报》2015年1月21日。

[2] 马龙潜：《"中华美学精神"的理论定位及其功能特性》，《文艺报》2015年4月15日。

由此可见，中华美学精神的研究，与以往的中国美学思想研究有所不同。它在方法论上更加注重美学作为一种意识形态建构力量的当代文化实践，它的研究对象、范围以及重点都有新的规定。简言之，这种研究就是对文化基因的激活，即对"精神活性"进行"持续"创化，使其"落实"于当代中国乃至世界的文化现实中。

事实上，就中国传统意义的"精神"观念来说，它本身就是"活性"的。《淮南子·精神训》曰："夫天地之道，至纮以大，尚犹节其章光，爱其神明，人之耳目曷能久熏劳而不息乎？精神何能久驰骋而不既乎？是故血气者，人之华也；而五藏者，人之精也。夫血气能专于五藏而不外越，则胸腹充而嗜欲省矣。胸腹充而嗜欲省，则耳目清、听视达矣。耳目清听视达，谓之明。五藏能属于心而无乖，则勃志胜而行不僻矣。勃志胜而行之不僻，则精神盛而气不散矣。精神盛而气不散则理，理则均，均则通，通则神，神则以视无不见，以听无不闻也，以为无不成也。是故忧患不能入也，而邪气不能袭。"[1] 显然，"精神"是人于天地间恒久生存的一种力量，其活性不仅表现于生命机体的活跃，更表现于它能通过超越机体而凝聚全部宇宙秘密于人心的盛大。对于中国人，这种活跃盛大的精神活性，是人之所以为人的本质属性，是人以生命的整全性即形体、脏器与神理、天道的圆融一体的境界来实践创化不已的伟大智慧。因此，中华美学精神研究，必须以捕捉"活性"为构架、为线索，在尊重历史、尊重发展的前提下，精准提取文化基因，清晰阐释美学内涵，从而将文化创新的理论实践持续下去。

---

[1] 刘文典撰，冯逸、乔华点校：《淮南鸿烈集解》，北京：中华书局，2013年，第266-267页。

二、文化基因路径的中华美学精神研究：人文智慧

所谓文化基因，就是指民族精神的内核，是一直存在于民族本性中的始终没有磨灭的文化特质，它更多是一种精神文明形式的存在，往往在社会环境发生巨变后仍然显现于民族文化生活的诸多方面。尤其是历史悠久人口众多的民族，这种基因在个体和群体中的文化建构力会格外坚韧和强大。中华民族是人文觉醒极早、文明传承连贯、文化辐射广远的民族，我们的文化基因非常强大，它持续性地生成着和创化着民族自身的精神力量。从文化基因入手的精神研究，就是对精神的内在原力的追索，这一路径不仅要梳理出精神是什么，更要探测这些精神的原形态和源动力，要对"精神活性"再探测、再分析、再检验、再创化，搞清它们"从哪里来"，把握它们"往哪里去"。就中华美学精神而言，文化基因的路径探讨格外必要，美学本身的意识形态属性和文学艺术的人文本质，是重要的决定因素。而更为重要的是，中华文明的"诗性智慧"发达而持久，同时我们这种智慧又与强大的"诗教传统"并行不悖，因此，诗词曲赋、琴棋书画等文艺及其美学精神，本质上都是诗学基因的生化。作为中华美学精神的原形态和源动力，诗学基因就是我们民族独有的诗智（诗知与诗情）与诗教（诗意与诗行）的根本合一。中国诗学的"学"不是学科、学问，而是"智慧"与"教化"的传承和实践。所以，我们所说的诗性智慧就不是西方知识体系中的关于诗的艺术或诗的思辨的学问，"中国诗学"所展现的诗性智慧有着自己的文化命脉和精神特质，它与中华美学精神的基因式关联也具有自己独特的链接类型和黏合方式，这也正是本文最核心的研究问题。

如果从严格的现代学科角度看，中华文化本无美学。众所周知，美学学科是现代中国西学东渐的重要成果之一。但是就民族精神的成

长来说，美学学科的引进激发了一种利用原有人文资源进行全新知识生产的热潮，这不仅使一个新的学科诞生了，更重要的是激活了一大批沉睡已久的智慧，使它们以新的知识形态出土，以新的话语方式言说。这就是长期以来所谓现代转换的研究路径。它严格按照西方思辨哲学的知识生产方式，即从范畴的界定到命题的论证再到体系的建构这一清晰路径，将中国智慧重新阐释，以达到同西方学术在同一种话语系统下进行有效对话的目的。尽管我们在一定程度上完成了这种现代转换，但同时也引发了严重的失语焦虑。我们的文化精神进展，需要这个过程，但不能完全依赖于此。摆脱失语焦虑的方案之一就是回归中华家园，带着游走四方的生命体验，重新观察故土的一草一木，发现它的特别与珍贵，爱护它、滋养它、培育它，使这安身立命之所更加丰饶与美好。如今这种研究方向应该也是一种共识了。中华美学精神的诗性基因研究，其实就是中华民族诗学化的人文智慧的研究，我们的诗教也是包含在这种智慧中的教化，它不是与智慧相分离的。我们要诠释自己的诗学术语，梳理自己的文化命脉，言说自己的人文情怀，推行自己的美丽精神。总之，我们要"强调诗知、诗情、诗意、诗行统一"的全美智慧。

我们认为，中华美学精神的诗学基因研究，首先应该强调"智慧"观念的回归。关于这一点，已经有学者提出过一些看法（甚至试图建构所谓中国智慧美学的理论体系），比如郭昭第就认为："西方美学充其量只是知识美学，中国美学则根本上是智慧美学，其学术宗旨不是建构概念范畴和知识谱系，而是追求圣人人格理想。"[1]"西方所谓智慧常常是一种知识和德性，而且总是与善相联系。但中国所谓智慧并不仅

---

[1] 郭昭第：《智慧美学：中国美学精神及当代价值的重新发现》，《当代文坛》2013年第4期。

仅是一种知识乃至德性，而且往往体现为对知识的中止乃至否定和超越，这是因为知识往往依赖经验的积累和增益，智慧却常常并不依赖经验的积累和增益，甚至体现为对经验的削弱和减损，是将经验减损到极致而生成的本心的自然呈现。"[1]"最重要的是，中国智慧美学拥有西方美学所没有的周遍无碍的学科优势，及统一世界美学的基本思维方式和世界精神。"[2]尽管我们并不赞同所谓"统一世界美学"的说法，但是把中国美学精神的特质落脚于超越知识与经验的"智慧"层面上，这确实是一个值得重视的观点。

所谓智慧，其实就是一种不断实现生命"超越"的能力，不仅要超越知识，还要超越情感、超越意志、超越经验，即超越一切当下的知、情、意、行的单一维度，而以它们的整体面貌即完整自然的人格或人性理想，跟世界、跟宇宙、跟自然进行多维度的有效交往。正如有学者所言："智慧是在对前人的知识和经验总结基础上的创造性思维，是人类辨析判断、发明创造的一种能力。在一个个体与另一个体或群体相对应时，智慧是这个个体超越另一个体或群体的能力；在今天和昨天相对比时，智慧是今天超越昨天的能力。"[3]所谓创造性思维，核心就是"超越"，超越旧的，创造新的，走出已知，走向未知，在有限的时空中向无限的宇宙超越。因此，智慧不只是知识的增量，更是从知识的束缚中挣脱出"自在的精神"来；智慧不只是情感的深厚，更是从情感的负累中生长出"空灵的精神"来；智慧不只是意志的坚定，更是从意志的执着中领悟出"广大的精神"来；智慧不只是行动

---

[1] 郭昭第：《智慧美学：中国美学精神及当代价值的重新发现》，《当代文坛》2013年第4期。
[2] 郭昭第：《智慧美学：中国美学精神及当代价值的重新发现》，《当代文坛》2013年第4期。
[3] 王世梅：《智慧与智慧场》，西安：西北大学出版社，2016年，第10页。

的精进，更是从行动的切实中通晓出"和谐的精神"来。可以说，智慧就是一种超越的精神，就是一个民族文化恒久弥新的活性基因。事实上，就人类总体来说，智慧本身并没有什么东方西方之分，"超越"精神是整个人类文明得以生存发展的原动力。但是，就"超越"精神的具体形态来说，东方和西方确实存在差异。仅就古希腊哲学智慧和中国先秦儒道智慧而言，前者可以说是在"灵肉""人神"关系中思索有关"人性"的超越智慧，而后者则是在"性情""天人"关系中思索有关"人格"的超越智慧，于是，前者将智慧凝结于"神"之"理式"，后者则将智慧凝结于"圣人"之"道"。所以，前者在"灵魂"升华的"迷狂"中获得"神谕"之智慧，而后者则于"人生"在世的"和乐"中获得"心灵"之智慧。

从智慧的层面，即从超越之精神的层面，而不是从单一的知识或经验的层面去探寻中华美学精神的文化基因，这将使中华智慧的诗性特征凸显出来。我们的智慧类型，就像泰戈尔所言，它"不是科学权力的秘密，而是表现方法的秘密。这是极其伟大的一种天赋"[1]。宗白华认为这天赋就是"中国民族很早发现了宇宙旋律及生命节奏的秘密，以和平的音乐的心境爱护现实，美化现实"的"文化的美丽精神"[2]，宗白华把这"乐教"即尊重"宇宙旋律及生命节奏"的文化传统，称之为"国魂"。中国的"诗""乐"本就一体同源，皆为人心之所出。《毛诗·序》曰："诗者，志之所之也。在心为志，发言为诗。"《礼记·乐记》曰："乐者，音之所由生也，其本在人心之感于物也。"所以根本上，我们文化的美丽精神就是"人心"之智慧，我们的国魂就是"人文"之精神。《文心雕龙·原道》曰："文之为德也大矣，与天地并生者

---

[1] 转引自宗白华：《中国文化的美丽精神往哪里去？》，《宗白华全集》第二卷，安徽教育出版社，1994年，第400页。
[2] 宗白华：《宗白华全集》第二卷，合肥：安徽教育出版社，1994年，第402页。

何哉？……惟人参之，性灵所钟，是谓三才。为五行之秀，实天地之心。心生而言立，言立而文明，自然之道也。""道心惟微，神理设教。光采玄圣，炳耀仁孝。"[1]中国人的智慧正在于此，以"人"为天地之心，以"文"明自然之道，以"圣"立世间之德，以"理"传生命之神。方东美在《中国人的智慧》中明确论述过，中国人是通过"人文的途径，透过生命创进"而获得智慧，"整个宇宙，无论它被分割成多少领域——自然界或超自然界，现实界或理想界，世俗界或神性界，在中国人文主义看来，都是普遍生命流行的境界，这种大化流衍，范围天地而不过，曲成万物而不遗，而人类承天地之中以立，身为万物之灵，所以在本质上便是充满生机，真力弥漫，足以驰骤扬厉，创进不已"[2]。

我们认同这样的观念。中国"智慧"的核心就是以"人文"之途径去"创进"去"超越"的精神，而这种人文精神却不是人类中心主义的，更不是二元对立的，而是以人心映照宇宙、以人生顺应自然、以人情寄寓万物的"广大而和谐"的精神。中国智慧的超越性、创造性，实现于无限的生命流转中、绵延的人文教化中、坚定的精神传承中，它从不拘泥于一人、一物、一世、一代，而是永远要把这一人、一物、一世、一代放回到人生在世中、生命流转中、宇宙大化中，去见证价值与意义。"数千年以来，我们中国人对生命问题一直是以广大和谐之道来旁通统贯，它仿佛是一种充量和谐的交响乐，在天空中、在地面上、在空气间、在水流处，到处洋溢着欢愉丰润的生命乐章，上蒙玄天，下包灵地，无所不在，真是酣畅饱满，猗欤盛哉！"[3]但同时，"在自然的大化流行中，中国哲学认为人应体广大和谐之道，充分实现自我，所以他自己必须殚精竭智的发挥所有潜能，以促使天赋之

---

[1] 范文澜注：《文心雕龙注》，北京：人民文学出版社，1958年，第1页、第3页。
[2] 方东美著、李溪编：《生生之美》，北京：北京大学出版社，2009年，第94页。
[3] 方东美著、李溪编：《生生之美》，北京：北京大学出版社，2009年，第100页。

生命得以充分完成，正因自然与人浩然同流，一体充融，均为创造动力的一部分，所以才能形成协合一致的整体，如果有人不能充分实现自我而有遗憾，也就是自然的缺憾，宇宙生命便也因不够周遍而有裂痕"[1]。的确如此，"广大和谐"的中国智慧，最终会形成一种人格理想，无论是个体还是群体乃至民族整体，都将以实现这一理想为人生的价值与意义。就人格形象来说，这种领悟且践行了"广大和谐"之道的人，就是圣人、真人、神人，而就人格特征来说，他们智慧充盈，能以超越的精神进入全美境界，他们的"知、情、意、行"统一而完整，充实而包容。正如《孟子·尽心》曰："充实之谓美，充实而有光辉之谓大，大而化之之谓圣，圣而不可知之之谓神。"由"美"及"大"及"圣"及"神"，人格一步步成长超越，最终凝结为一种文明之秘密。

总之，我们只有回到"广大和谐"的智慧层面去追索中华美学精神的文化基因，它的人文创化、诗性超越的特征才会浮出水面。由此，我们再精进，诗性基因的内核也会有目共睹，而我们也能够充分证明，正是因为诗性基因（即诗学诗教并行不悖的人文智慧）的存在及其不断地变异和创化，才有所谓的源远流长、生生不息的中国智慧、中国精神。

三、中华美学精神的原形态与源动力：诗学教化

如果说，我们中华民族有一种精神活性，那就是人文智慧，即把人当作宇宙之心、万物灵长，人与宇宙万物和谐共处的智慧，那么，与诗教美育并行不悖的人文诗学就是这广大智慧始终保持活性的原形态和源动力。我们认为"中国诗学"不同于西方诗学，它不是纯粹思辨的学科体系，而是"智慧"的和"教化"的，是对人生境界与人格

---

[1] 方东美著、李溪编：《生生之美》，北京：北京大学出版社，2009年，第105页。

理想的建构与实践。从"诗经之学"到"诗品之学""诗体之学""诗式之学""诗格之学"再到"诗话之学""诗理之学""诗评之学""诗艺之学"等,中国诗学在两千余年的人文传统中,始终没有脱离"以智慧求境界"与"以教化树人格"的精神式晋级路径。无论哪种诗学,它都要展示自己的智慧发现和境界追求,也都要表达由己及人的教化意志和人格向往。中国古代士人首先是"诗人",即在诗教中成长的正人君子,"诗性"是他作为文明之人的本色、底色,然后才是旁及各类学术、艺术而生成的其他身份。没有诗学参与的学术和艺术,没有诗学教养过的书家、画家、乐者、论者,在中国传统世界中是无法想象的。但我们在现代化的进程中,一度不仅将诗教剔除于诗学,而且也将诗学剥离于美育,似乎中国文人挥洒画笔、抚琴笑傲时,便是跟赋诗寄情、属文说理的自己毫无干系。事实恰恰相反,不仅诗学与诗教并行不悖,美学与美育亦是并驾齐驱。《论语·季氏》曰:"鲤趋而过庭。曰:'学诗乎?'对曰:'未也'。'不学诗,无以言。'鲤退而学诗。"《论语·阳货》曰:"子曰:'小子何莫学夫诗?诗,可以兴,可以观,可以群,可以怨。迩之事父,远之事君;多识于鸟兽草木之名。'"这是中国最著名的诗学命题"兴观群怨"说的出处,可它难道不也是诗教和美育的命题吗?诗学,对于一个中国人的成长来说,它就是生命能力逐步养成的整体智慧,它是对万物的感应与际会(兴),是对世事的观察与应对(观),是对他人的接纳与交往(群),是对人生的体味与思量(怨)。这其实就是把认识的(知)、情感的(情)、意志的(意)、实践的(行)智慧全部安排在一场诗性的生命进程中,以学而养、教而化的人生,超越个体与当下,趋向生生不息之至境。

诗学,是中国人表达智慧和实现教化的重要方式,智慧在"诗言"与"言诗"中被整体性内化和外显,内化为个体的修养与灵智,外显为超越于个体的经典与文章。在内是学而养的生命历练与体味,在外是教而化的精神播撒与传承。但这内修外化不是两个分裂的过程,而是从生到死的并行与交融,甚至可以说,"诗"几乎是一个中国人终生的信念。这个"诗"当然不是专指诗歌这种文学体裁,而是指人文化育之下的全美智慧,也就是我们所说的诗性基因。吟诗、作诗,此为"诗言",评诗、论诗,此为"言诗",这根本就是文人、学人的一种日常生活,甚至"诗言"与"言诗"也不是那么界限分明,甚至以诗言诗,这于中国诗学也并非罕见。更重要的是,我们几乎把所有的智慧都以"诗言"或"言诗"的方式来呈现,诗论与乐论、书论、画论、曲论等文章的书写方式、思考方式、传承方式等,无不相似而共通。这是因为,中国诗学的"诗"是"诗者持也,持人情性"的"诗",这个"诗"是中华审美文化的总出发点,是在所有学术和艺术中最为流通无碍的人文精神,我们甚至要说,"持人情性"就是中华美学精神的一号基因。

《文心雕龙·明诗》曰:"大舜云:诗言志,歌永言。圣谟所析,义已明矣。是以在心为志,发言为诗,舒文载实,其在兹乎!诗者,持也,持人情性;三百之蔽,义归无邪,持之为训,有符焉尔。"[1]刘勰于此表达的诗学观念,有一种智慧的推进。他从汉代纬书中借来"诗者持也"的说法,把"诗言志""诗缘情"推进到"持人情性"的层面,这是中国诗学的一次智慧性飞跃。之所以说它是智慧的,是因为"持人情性"不仅将"言志""缘情"这两个有内外偏重的表达进行了统一,而且也将"持人"即人文教化的含义继承下来结合进去,从而使"诗"作为人文智慧的特征得到了极大突显。"诗者持也"本自《诗纬·诗含神雾》,其曰:"孔子曰:《诗》者,天地之心、君德之祖、百福之宗、

---

[1] 范文澜:《文心雕龙注》,北京:人民文学出版社,1958年,第65页。

万物之户也。刻之玉版、藏之金匮。集微揆著，上统元皇，下叙四始，罗列五际。故诗者，持也，以手维持。上以风化下，下以风刺上，主文而谲谏，言之者无罪，闻之者足以戒。"[1]这里的"持"显然不是刘勰的"持人"之义，而是"持德""持君"之义，即承天地之德、佐君主之政的意思。而刘勰提出的"持人情性"的"持"，则是周振甫在《文心雕龙今译》中解释的"扶持端正"[2]之意，又如陆侃如、牟世金释为"培养教育"[3]的意思，"持人情性"就是通过诵诗、学诗、作诗、论诗而能持存"圣人性情"（人格理想）、体悟"自然之道"（生命境界）的诗学实践。很显然，对于一种精神文明的传承来说，"持人"比"持君"和"维持君德"更具有超越和创化的积极意义。

众所周知，西方美学最初是作为感性学从哲学中独立出来的，其核心研究就是对美的本质、对艺术美的本质和形态、对美感的本质和心理机制进行连续而深刻的追问。在这种知识体系中，人格理想和生命境界并非它的核心议题，至少不是学问的根本目的。但是，在中国的人文智慧中，思辨追问最终总要落到如何抵达人格高度和生命广度这样的问题上，我们对美、美感、艺术与诗的本质思考必须与这个问题相关联才能获得答案。所以，从学科角度附会的话，我们似乎应该把中国美学视为"性情学"而不是"感性学"，把中国诗学视为"人文学"而不只是"诗艺学"。当然，我们的研究其实是要打破中国美学与中国诗学之间的学科界限，把它们看作一体，即"性情"教养与"人文"智慧的不可分。如果说，西方美学最终要在"艺术之诗"中抵达"感性的灿烂"与"人性的深邃"，那么中国美学便是要在"人文之诗"中抵达"性情的和谐"与"生命的广大"。我们特别将"持人情性"当

---

1 赵在翰辑：《七纬·附论语谶》，北京：中华书局，2012年，第253页。
2 周振甫：《文心雕龙今译·附语词简释》，北京：中华书局，2013年，第56页。
3 陆侃如、牟世金译注：《文心雕龙译注》，济南：齐鲁书社，2009年，第139页。

作中华美学精神的一号诗性基因,意义也正在于此。而且我们必须看到,这个命题的"精神活性"非常强大,从古到今,多重延异多次激活,形成了中国人文诗学最灵动的一条精神线索,它跨越"言志"与"缘情",走向"神理"与"神思"、"物色"与"体性",最终又走向"神韵"与"性灵",此中皆是"圣人性情"与"自然之道"并行不悖合二为一的诗家"本色"。

作为中华美学精神的诗性基因,"持人情性"所包含的诗教美育内涵并非等同于"维持君德"之"化下刺上"的政治教化。我们要的是这一诗学命题的当代性和实践性,也就是所谓的"精神活性",即每一个文化共同体的成员都能拥有"温柔敦厚"的"圣人性情"、领悟"天地之心"的"自然之道"这样的诗学实践。这个活性隐藏在原初语境中,它需要一个全新的激活和创进。这是一种不同于政治教化观的"人文教化观",确切说,它始于刘勰。《文心雕龙》所言的"神理设教""温柔在诵",正是以"原道""征圣""宗经""明诗"为先导的"自然之学""性情之学""人文之学""神理之学"。它其实是一个"广大和谐之智慧"的演进历程,人从天地中来,创化以理、精进为心,又返回天地中去,生命便是这无碍流转的天人合一、人伦承续的"神理"教化,这才是中华文明的根本教化,它不是一君一朝之教育,而是精神传承的整体生命实践。《文心雕龙·原道》曰:"爰自风姓,暨于孔氏,玄圣创典,素王述训,莫不原道心以敷章,研神理而设教。"[1]《征圣》曰:"陶铸性情,功在上哲。夫子文章,可得而闻,则圣人之情,见乎文辞矣。先王圣化,布在方册,夫子风采,溢于格言。"[2]《宗经》曰:"诗主言志,诂训同书,摛风裁兴,藻辞谲喻,温柔在诵,故

---

[1] 范文澜:《文心雕龙注》,北京:人民文学出版社,1958年,第2-3页。
[2] 范文澜:《文心雕龙注》,北京:人民文学出版社,1958年,第15页。

最附深衷矣。"[1]《明诗》曰："人禀七情，应物斯感；感物吟志，莫非自然。""民生而志，咏歌所含。兴发皇世，风流二南。神理共契，政序相参。英华弥缛，万代永耽。"[2] 这些论述显示了一种生命整体性的教化智慧，"道心敷章"为源、"神理设教"为流，"陶铸情性"于内、"温柔在诵"于外，"神理共契"在此、"万代永耽"在彼，中国诗学之诗教正是这种整体性、超越性人文智慧的核心所在。所以我们要明确提出，人文诗教的核心正是中国诗学与西方诗学的本质差异。相对而言，西方诗学的发展路径是一条少数人的冒险之旅程，而中国诗学的绵延承继则是一片祥和安然的生活世界，前者为思辨之学，后者为教化之功。我们美学精神的研究应该比美学思想的研究更加关注这一点，即诗教美育作为诗性基因原形态和源动力对中华美学精神的生成与创化所具有的根本建构性。

关于诗教美育与中华美学精神的关系，有学者已经关注到并试图进行深入的揭示。比如陈望衡就提出，"教化与审美统一的理论，是中华美学的核心精神，这一精神在唐代基本上达到完善地步，此后，教化与审美两者要不要统一的问题似乎不再突出，如何统一的问题则更为文人所重视"[3]。这个说法的具体细节虽然还需进一步考察，但他对"核心精神"的强调却是我们赞同的。再比如金雅提出，"与西方美学精神突出的理论旨趣相比，中华美学精神最为突出的特点，就是其鲜明而强烈的实践旨趣"；"中华美学精神的实践旨趣，指向人的生命和生活，具有突出的人文意趣、美情意趣、诗性意趣。这也构筑了中华

---

1 范文澜：《文心雕龙注》，北京：人民文学出版社，1958年，第22页。
2 范文澜：《文心雕龙注》，北京：人民文学出版社，1958年，第65、68页。
3 陈望衡：《教化与审美的统一：中华美学精神论之一》，《长江文艺评论》2016年第3期。

美学最为重要的理论内核"[1]。这个观念显然与我们所强调的中国诗学的诗教核心以及人文智慧、精神创化等观点深度契合。与上述研究有所不同的是，我们将摆脱一般性的范畴或命题性梳理，把最具有精神活性的那部分人文智慧，从遮蔽或隐藏的状态中激活，使其中的诗性基因能够创化出新的审美精神、新的审美文化，并流行于当下生活与未来文明的建构中。

四、诗性基因与美学精神的生成与创化：审美感兴

中华美学精神的生成与创化源于它的诗性基因，即以人文智慧的诗教美育为原形态和源动力的中国诗学，而这一基因如何能够滋养这种精神文明不断生成与创化即它具体的运行机制是怎样的，是需要继续深入讨论的问题。我们说中国的诗性智慧是"持人情性"的诗学、是"神理设教"的诗教、是"自然之道"的美学、是"温柔在诵"的美育，但其实它们根本上是一件事，它们都由"持"这一具有文化传承意义的精神实践贯彻着、落实着、推动着，即持于人、持于理、持于道、持于文。我们必须超越语义学来了解这个"持"作为精神力量的独特性。

司空图《二十四诗品·雄浑》曰："大用外腓，真体内充。返虚入浑，积健为雄。具备万物，横绝太空。荒荒油云，寥寥长风。超以象外，得其环中。持之匪强，来之无穷。"[2]此中所谓"持之匪强，来之无穷"之"匪强""无穷"，便是这"持"的力量，自然而然而又恒常不朽，这是一种了解自然而后顺应自然进而利用自然的博大恒久、既温

---

[1] 金雅：《中华美学精神的实践旨趣及其当代意义》，《社会科学辑刊》2018年第6期。
[2] 司空图撰、郭绍虞集解：《诗品集解》，北京：人民文学出版社，1963年，第3页。

柔又劲健的精神之力。那么，如何才能"持"呢？或者说，如何才能"持之匪强"而"来之无穷"呢？《自然》曰："俯拾即是，不取诸邻。俱道适往，著手成春。如逢花开，如瞻岁新。真与不夺，强得易贫。幽人空山，过雨采蘋。薄言情语，悠悠天钧。"[1]如此"持新"便能"匪强"。《精神》曰："欲返不尽，相期与来。明漪绝底，奇花初胎。青春鹦鹉，杨柳楼台。碧山人来，清酒深杯。生气远出，不著死灰，妙造自然，伊谁与裁。"[2]如此"持初"便能"无穷"。这是一种世界观和价值观的独特坚守，它是以"岁新""初胎"为意义持存的基本意象。对于生活世界在生命个体（包括人与物）上的首次敞开，中国的人文诗学给予了无限的关注，因为它就是"持"的起点和"周而复始"的一个全新过程。我们的精神文明从未将"终"或"死"作为思想的核心，因为"生生不息"才是终极理想。尤其在诗学中，"生气远出，不著死灰"这几乎是一种最直截了当的批评话语了。中国诗学无论儒还是道，都是从这"生生"思维中创化出根本的精神来。"持"就是"生生不息"，"诗者持也"就是"文之不朽"，"持人情性"就是守持本性与真情，也就是初心与本色。好的诗书画乐，从来都是与生气充盈的大自然同在，它是"生生不息"的"自然之道"在人文世界中一次又一次敞开的"众妙之门"，它就像自然"岁新"、人类"初胎"一样持续不断地发生、消逝、重来，人文智慧就在生命的流转、绵延、来往之中深刻体验到孕育的张力与重生的惊奇。所以，"持"根本上也是"返"，回到初心，回归自然，在一切尚未生成的时空里即在"虚静""澄明"的境界中，从头再来、重新推演。这就是老子所说的"游乎太初"与

---

[1] 司空图撰、郭绍虞集解：《诗品集解》，北京：人民文学出版社，1963年，第19-20页。
[2] 司空图撰、郭绍虞集解：《诗品集解》，北京：人民文学出版社，1963年，第24页。

"涤除玄鉴",也是孔子所说的"思无邪"与"绘事后素"。所谓"返",不是在原初不动,而是周而复始,必先有"周"而后有"复",所以"持"与"返"都是一种"周行"的运动,只是这运动总要有静止的瞬间,由此构成一种生命的节奏,那个瞬间就是"萌新"与"初始",它不是绝对的始终,而只是无始无终的宇宙节律的一次更停与止息。

可以说,没有哪一种诗学或美学比中国诗学更加关注这个周行的运动和重启的止息,这就是中国人的天赋,即对宇宙节奏的秘密了如指掌的智慧。如果说,人的精神活性之核心在人文,人文之核心在诗性,那么,诗性的核心就在这个伟大天赋上,而我们的研究将把这天赋锁定在"感兴"这个只在中国诗学里才大放异彩的美学精神形态上。审美感兴的诗学实践,是最具中国特色的美学原则,也是最具精神活性的诗性智慧,它是最中国的而同时也是最美学的,或者说,是中国美学精神中最有可能将某种知识美学转化为智慧美学、将感性美学转化为性情美学、将思辨诗学转化为文化诗学的基因性内核。因为审美感兴是流通于中国诗书画乐等全部文艺类型及审美文化中的普遍性观念,而且它有着绵长、丰沛、广泛的理论形态,而审美感兴论的开启与延宕,正是在"持新""守初"的独特精神成长轨迹中实现了自身的积淀与成熟。所谓感兴,就是感于物而兴于诗,"感"是人与世界的基本交往方式,它既是感觉、感知,也是感动、感慨,还是感想、感悟,而"兴"则是人文之首启的显现方式,是以心灵的应答跟宇宙大化交谈的第一种姿态,是人作为天地之心萌发的初次诗意,它既是兴发、兴奋,也是兴趣、兴味,还是兴致、兴意。但同时,"感兴"不是简单的"感"与"兴",它们的黏合性表达精准描述着甚至规定着"持人情性"的精神起点与生长轨迹,即"感物而动""兴来如答"这样周行止息的生命节奏。可以说,"感兴"的精神形态,就是生命不断重启众妙之门、重辟自然之道的智慧，它一次次开启人心、引领人文，并指向一切显现之外的无限境界。中国的审美感兴论，既不能拿西方古典诗学的灵感论也不能拿现代诗学的惊奇论来诠释，因为它不是非自主的、一次性的、不可捕捉的，更不是效果性的、情感性的，审美感兴是可以在诗学实践中控制自如的心灵技术，也是可以在诗教美育中被学习、被传承的灵性训练，而且它贯穿在诗性智慧成长的全过程，因此根本上，审美感兴是贯穿感性、理性与灵性即整个精神成长过程的一种内在文化机制，是与宇宙节奏根本契合的生命图式。它是"持人情性"这一文化基因生成创化的运动轨迹和精神落实。

《论语·泰伯》曰："子曰：兴于诗，立于礼，成于乐。"这正是"持人情性"的基本步骤。皇侃《论语义疏》曰："此章明人学须次第也。兴，起也。言人学先从《诗》起，后乃次诸典也。所以然者，诗有夫妇之法，人伦之本，近之事父，远之事君故也。又江熙曰：览古人之志，可起发其志也。""学诗已明，次又学礼也。所以然者，人无礼则死，有礼则生，故学礼以立身也。""学礼若毕，次宜学乐也。所以然者，礼之用和为贵，行礼必须学乐，以和成己性也。"[1]这也是中华文明教化之道的一种具体程序，学诗以培育丰富而真挚的情性、学礼以训练规范而节制的理性、学乐以养成仁和而文明的心性，它们是一个在自然、自律、自在中人格得以完善的旅程。我们所说的审美感兴，首先指的正是这种诗教、礼教、乐教中的"持人情性"之进程。"兴于诗"是一个起始训练，"立于礼"是一个中间过渡阶段，"成于乐"则是一个情理和合之人生境界的抵达。而且这个过程并非只有一次，它可以像四时流转一般周而复始，只要一个人掌握了回归自然与重启世界的技术，即懂得审美感兴的适时发动，那么他便是在"持"守生命

---

[1] 皇侃撰、高尚榘校点：《论语义疏》，北京：中华书局，2013年，第193页。

的价值与意义。可以说,所谓"兴于诗",便是不断回到诗性的世界里,每一次都仿佛"初"生一般地去发现世界的"新",陶冶性情、澡雪精神、涅槃重生。《二十四诗品·流动》曰:"若纳水輨,如转丸珠。夫岂可道,假体如愚,荒荒坤轴,悠悠天枢。载要其端,载闻其符。超超神明,返返冥无。来往千载,是之谓乎。"[1]诗是流动在宇宙之中的一种精神,其可"超超神明",亦可"返返冥无",这是周行不已的有无相生。如此再想"兴于诗"这一教化之始,便能领悟在中华人文智慧的教化传承中,诗既是起点也是顶峰,而所谓"兴"其实既是一种起始也是一种止息,是起止之间的刹那觉醒与转变,精神于"流动"中重回"雄浑"之"真体"。

历来学者讨论中国美学中的审美感兴论都格外强调"触物起情"的基本内涵,但是这会把审美感兴论局限于审美发生学意义,而掩盖了这一思维机制在个体审美经验的全过程中和在文化共同体的美育训练中的丰富意义,或者简单说,以"触"掩盖了它的"持",即对"持人情性"之含义的忽视。我们认为,审美感兴论必须同时强调"触物起情"与"持人情性"这两条原则,才能真正体现出中国诗性智慧的独特性,才能跳出灵感论、移情论、惊奇论、偶然论等解读,回到更为浑然流通的中国人文精神中。具体而言,"持人情性"是"触物起情"的先决条件与推行机制,感兴的发生与持续,必然是在一个"性情之人"的生命经验中的事件性存在,而这个"性情之人"即诗人,是首先存在于诗教传统中的,即"兴于诗"的人文启蒙中。我们说,"诗"并不是"文"之起源,而是"文"之"心",是人文觉醒之后的"圣人性情"所领悟"自然之道"的一种高级形态,它把宇宙的神秘节奏吟

---

[1] 司空图撰、郭绍虞集解:《诗品集解》,北京:人民文学出版社,1963年,第42-43页。

咏出来，成为族群中人人共通的精神载体，因此是最早的文化共同体的意识形态。因此，"兴于诗"所教化的正是"人文之心"即"圣人性情"，"触物起情"所触之"物"和所起之"情"，皆是人文之物、人文之情，而非无心之物、无文之情。正是"持人情性"的人文内涵，把审美感兴论与西方的神谕式灵感论区分开，同时也不会将诗性智慧简单地归结为原始的巫术思维，而是更加强调人类自身的心智与灵性，这恰恰就是中国人文智慧的基本特色。

在历代的审美感兴论中，《文心雕龙·物色》中的两个命题应该格外加以关注，即"入兴贵闲"和"兴来如答"[1]，这两个命题非常精准地概括出审美感兴内在机制中"触物"与"持人"的根本关联。"闲"是一种人心的止息状态，却又是"入兴"的最佳时机，性情返回到虚静澄明、浑然天真的初心中，这是一种积极的闲适，在无所为中蕴蓄映照万物、容纳万有的一片胸襟。"答"则是心灵迎来了"万有"入心之后的透彻明了，人心与自然有来有往地持存着生命的价值与意义，"兴来"便是自然入心之后以神思意象显现出生命答案的一种觉醒和领悟。所以，对于一个中国诗人或艺术家来说，诗以及其他所有艺术，是一种通过审美感兴的文化机制去寻求生命答案即生命的价值与意义的活动。甚至可以说，没有"兴于诗"这一文化机制的运行，中国人尤其是中国文人的精神世界将无法建构起健康积极的价值观、人生观乃至世界观，因为以感兴论为根本特色的中国诗性智慧，是给出生命答案的最直接方式。吟诗作画是传统中国文人几乎贯穿一生的修身养性之术，因为这是直接在"闲"中，与自然、与天地进行直接的对话，是使心灵自由敞开并顺应宇宙的节奏从而聆听到生命根本意义的回答时刻，"兴于诗"不只是幼童之学，而是赤子之心的一生持存与时刻复

---

[1] 范文澜注：《文心雕龙注》，北京：人民文学出版社，1958年，第694-695页。

观。审美感兴论在这个更大更深的层面上去思考，从生命价值与意义的整体智慧中去思考，才能使其文化基因的特性得到更具活性的挖掘和发扬。

中华美学精神的诗性基因研究，是一次探寻民族根基的旅程，我们希望从"精神活性"中发现这个基因的具体编码和文化能量。在这个起点上，中华文化深厚的"人文智慧"慢慢滋养出一棵挺拔茂盛的精神之树，它的枝叶不断超越着原有的时空，一直繁衍生息着诗意和合的新世界。我们的文化基因，是人文的，更是诗性的，它在"持人情性"的诗学诗教中孕育生长，也在"审美感兴"的诗理诗智中成熟再生。

综上，在方法论上，我们首先试图将"持"与"兴"无穷循环的诗性特征以精神现象学的方式尽可能地描述出来，因为只有对"中华美学精神"做现象学式的精确描述，其内在的活性基因才能清晰可辨地被分离出来，才能被当作一种可再生的力量进行创造性的重组与编辑。同时，我们的研究不仅要回归精神现象学的准确描述，还要由此出发进行创造性的阐释，即以中国或现代阐释学的方法进行独树一帜的理论创新，冲破传统束缚，激活那些独有的美学概念和命题，使它们在多种可能的路线上获得精神成长的自由。精神研究必然是更加倾向于阐发和推扬，因为它重在对文化活性基因的探索，它必须是生成式的研究而不能仅仅是回归式的复古，必须在我们的研究中有新的精神可以落实的关键点。当然，这并不意味着我们可以随心所欲地进行穿凿附会，我们要在中国阐释学的根本原则基础上自由发挥，在尊重意义相对性原则的同时，守护意义确定性的界限。正是在这样的方法论之下，我们对中国诗学中"持"与"兴"的回环并进特征格外地关注和强调，因为中华美学精神的内在机制依然有着"未发之语""未竟之意",每一代人都将探测出自己的一片全新领地,实现解蔽之梦与开辟之任。

(本文与刘洁博士合作,原载《江苏社会科学》2022年第6期)

作为中华美学精神生成基因的诗学元素

2014年10月15日，习近平同志主持召开了文艺工作座谈会，并在会上发表了重要讲话。在这篇重要讲话中，习近平同志提出了"中华美学精神"的核心命题，并将中华美学精神概括为"讲求托物言志、寓理于情，讲求言简意赅、凝练节制，讲求形神兼备、意境深远，强调知、情、意、行相统一"。作为一个新的时代命题，"中华美学精神"的提出，无论对当下的文学艺术创作、文艺批评，抑或是对中国美学或文艺理论史的研究都有非常重要的指导意义。"中华美学精神"是对优秀中华传统文化的美学升华，有着深厚的中国哲学基础，同时又有着生生不息的活力，在当代中国人的文艺创作和审美生活中成为活的灵魂。"中华美学精神"植根于中华优秀传统文化之中，有着渊深博大的中国哲学、中国思想史的背景。习近平同志就是在传承和弘扬中华优秀传统文化的意义上提出"中华美学精神"这个基本命题的。这也是"文化自信"在美学领域中的集中体现。"中华美学精神"并非一个抽象的、形而上的概念，而是体现在中华民族审美意识、审美方式、审美表达等方面的内核式的存在。它往往最为集中地体现在中华民族数千年来的艺术活动和作品之中。作为中华美学精神的话语体现，最为普遍地存在于中国诗学之中。从中国古代文艺理论来看，中国古代诗学，对于其他艺术门类或体裁，有着原发性的基础作用。而从各个艺术门类或体裁的创作及评论中展现出来的美学观念，也可以追溯到诗学文献之中。因此，对于"中华美学精神"的研究，不能停留在抽象的理论辨析上，而应该在具体的文学艺术创作和评论中寻绎和整合。本文意在以"中华美学精神"为纽结，发掘其诗学元素与思想史的连通路径。

一、感兴思维作为审美发生的核心观念

对"中华美学精神"的理解与阐释，国内若干著名学者都以感兴方式作为中华民族在审美思维上的主要特征，学者之间并无这方面的沟通与协调，可见这是通过认真研究和深度思考后获得的学术共识。在研究"中华美学精神"的论著中，如陶水平先生的《深化文艺美学研究·弘扬中华美学精神》[1]一文，便以"兴论是中华美学精神最生动的集中体现""兴论美学是中华艺术的与美学精神的文化原型""兴论美学对于彰显中华美学精神的重要意义"为其基本论点。张晶在《试论中华美学精神的基本特质》[2]等文章中，认为"对触物起情之感兴的普遍重视，形成了中华美学中独特的价值观"。著名美学家叶朗先生也一向以"审美感兴"作为中国美学的核心理念，并认为其是"现代美学体系"中的基本范畴。[3]如此还有许多相关的论述。习近平同志在概括"中华美学精神"所说的"讲求托物言志、寓理于情"，其中就包含着感兴的基本内涵。

"感兴"观念起于诗学，而不止于诗学，在中国古代文艺理论中，

---

[1] 陶水平：《深化文艺美学研究·弘扬中华美学精神》，《江西师范大学学报》2015年第3期。
[2] 张晶：《试论中华美学精神的基本特质》，《江西师范大学学报》2015年第3期。
[3] 叶朗：《现代美学体系》，北京：北京大学出版社，1988年。

成为文学艺术创作发生论的主要观念。很显然,"感兴"源起于诗之"六义"中"赋、比、兴"之"兴",却在其发展中凝聚为"触物起情"的基本美学思维命题。也可认为,中国美学中关于审美创作发生的观念,以"触物起情"的"感兴"最具本质特征,也最具民族思维品格。其他艺术门类中具有代表性的创作发生论,其指向与诗学中的感兴论是有着内在的一致性和相通性的。如《礼记·乐记》中关于音乐的发生学思想体现了"感兴"艺术思维,如说:"凡音之起,由人心生也。人心之动,物使之然也。感于物而动,故形于声。声相应,故生变,变成方,谓之音。比音而乐之,及干戚羽旄,谓之乐。"[1] 在画论领域中,南朝著名画论家宗炳提出"应目会心""应会感神"等命题,其言:"夫以应目会心为理者,类之成巧,则目亦同应,心亦俱会,应会感神,神超理得,虽复虚求幽岩,何以加焉。"[2] 宋代画家董逌所说的"遇物兴怀""天机自张",都是"感兴"的审美创造方式。如论李伯时画:"伯时于画,天得也。常以笔墨为游戏,不立寸度,放情荡意,遇物则画,初不计其妍蚩得失,至其成功,则无毫发遗恨。"[3] 这些"感兴"的审美观念,存在于不同的艺术门类之中,成为中国古代文艺理论中创作论的一个具有鲜明民族特色的基本观念。

感兴论无疑是在诗学中成长和成熟起来的,从"诗经学"里作为创作手法之一的"兴",到"感于物而兴"的"感兴",有一个逐渐发展的过程。在这个过程中,"感兴"也就超出了一般的诗学范畴,而具有了文艺美学的涵盖性。不言自明的是,在诸种艺术门类包含着"感

---

[1] 《礼记·乐记》,引自胡经之主编:《中国古典美学丛编》,南京:凤凰出版社,2009年,第268页。
[2] 宗炳:《画山水序》,见沈子丞编:《历代论画名著汇编》,北京:文物出版社,1983年,第14页。
[3] 董逌:《广川画跋》卷五,见于安澜编:《画品丛书》,上海:上海人民美术出版社,1982年,第290页。

兴"理念的评论或理论中，尤以诗学文献最为全面，最具理论深度，最有呈现其发展的线索。"兴"的原初含义是作为诗之六义之一，如《诗大序》中说的："诗有六义焉：一曰风，二曰赋，三曰比，四曰兴，五曰雅，六曰颂。"风、雅、颂，是诗经中的三类诗，这没什么大的争议；而关于"兴"，则有很多不同的认识，最基本的说法就是诗的三种创作手法。孔颖达在《毛诗正义》中所解："然则风、雅、颂者，诗篇之异体，赋、比、兴者，诗文之异辞耳。大小不同而得并为六义者，赋比兴是诗之所用，风雅颂是诗之成形，用彼三事，成此三事，是故同称为'义'，非别有篇卷也。"[1]这也是迄今为止都认可的说法。在诗经学的意义上，"比"和"兴"的含义有重叠之处，都有譬喻的作用在，所以朱熹在《诗集传》中对诗句的定性，便有"比也""兴也"及"赋也"，同时，还有"兴而比也"等。关于"赋、比、兴"的功用，朱氏如是主张："比者，以彼状此，如《螽斯》《绿衣》之类是也。兴者，托物兴词，如《关雎》《兔罝》之类是也。盖众作虽多，而其声音之节，制作之体，不外乎此。故大师之教国子，必使之以是六者三经而三纬之。"[2]朱氏对"兴"的解释，涉及到创作中诗人与物之间的关系，但并未揭示出"兴"的独特之处。我认为从命题的成熟性上来说，以宋人李仲蒙对"兴"的界定最为明确，也最具有阐释的理论价值，换句话说，也最具有当代文艺美学的借鉴意义。李仲蒙的界定是："触物以起情谓之兴，物动情者也。"[3]这个命题是从"兴"到"感兴"的嬗变之完成，也是关于"感兴"的最明确、具有概括力的揭示。钱钟书先生对

---

[1] 孔颖达：《毛诗正义》，见《十三经注疏》，北京：中华书局，1980年影印本，第271页。
[2] 朱熹：《诗传纲领》，见《朱子全书》第一册，上海：上海古籍出版社、合肥：安徽教育出版社，2010年，第344页。
[3] 胡寅：《斐然集》卷十八，北京：中华书局，1993年，第386页。

此颇有见地,其云:"胡寅《斐然集》卷一八《致李叔易书》载李仲蒙语:索物以托情,谓之'比';触物以起情,谓之'兴'。叙物以言情,谓之'赋'。颇具胜义。'触物'似无心凑合,信手拈起,复随手放下,与后文附丽而不衔接,非同'索物'之着意,理路顺而词脉贯。"[1]其说甚为中肯。感兴是感于物而兴或者直接谓之"触物以起情"。而正是这个命题,明确指出了"比"和"兴"的区别。李仲蒙对"比"的界定是"索物以托情谓之比,情附物者也"[2]。认为"比"是诗人有意识地寻求"物"来附载"情","兴"则是诗人与物触遇而"兴情"。"触物以起情"实际上是将魏晋以来的感兴美学作了明确的理论概括。

"触物起情"的感兴思想,从魏晋以来成为艺术创作论的主导观念,它已然超出了诗歌创作手法的范围,而具有普遍性的艺术创作思维的性质。感兴观念所具有的主要理论特征有如下几个方面:一是以触物或感物为其前提,诗人或艺术家发生审美创作冲动的必要条件是与外物的触遇;二是感兴契机的偶然性;三是感兴作为艺术杰作产生的创作论因素;四是感兴论中审美主体的功能与心理机制。这些内容都是西方美学传统中所罕有论及的,而在中国美学中则有着系统的理论建构。

感兴观念一开始即以"触物"为前提。"感兴"的关键在于"触物"也即主体与外物的触遇,而非刻意求取。笔者曾对感兴之于"触物"的关系有过这样的认识:"感兴之'兴',首在于'触物',也就是诗人以自己的特殊情志作为底色,在耳目的直接感知中与外物偶然触碰遇合,从而产生难以遏制的创作冲动,营构出内心的意象,并以符合诗歌形式规律的语言加以艺术表现的过程。"[3]在笔者看来,"触物起

---

[1] 钱钟书:《管锥编》第一册,北京:中华书局,1986年,第63页。
[2] 胡寅:《斐然集》卷十八,北京:中华书局,1993年,第386页。
[3] 张晶:《触遇:中国诗学感兴论的核心要素》,《复旦学报》2016年第6期。

情"是在艺术创作论范畴内的概念，它的内涵并不仅在于通过与外物相遇合而兴起情感，而是作为艺术佳作产生的发生学前提。这些关于"触物起情"的论述，是中国美学的独特理论，体现了鲜明的民族特色。在现存的文献中，晋人孙绰最早以"触物"为"感兴"前提，其言："情因所习而迁移，物触所遇而兴感。"[1]正是谈及"三月三日兰亭诗"这组文学史上名作的创作缘起。诗人正是在与这样的物色触遇中"致兴"。刘勰是中国古代对感兴论有重要贡献的理论家。《文心雕龙·比兴》篇，是对比兴审美功能的正面阐述。刘勰在《比兴》篇的赞语中有"诗人比兴，触物圆览"二句，看似综论比兴，实则侧重于"兴"。关于比兴二者在《比兴》篇中的关系，其实是有些复杂的，本文不拟细论；而笔者的总体认识是，刘勰以"触物圆览"作为比兴的发生契机。刘勰在分述比兴二者的不同功用时说："故比者，附也；兴者，起也。附理者切类以指事，起情者依微以拟议。起情故兴体以立，附理故比例以生。比则畜愤以斥言，兴则环譬以记讽。"[2]"兴"的作用是什么？就是"起"，起情，也就是唤起情感。"比"的作用在于"附理"；"兴"的作用则在于"起情"。黄侃先生指出："原夫兴之为用，触物以起情，节取以托意，故有物同而感异者，亦有事异而情同者，循省六诗，可榷举也。"[3]甚合刘勰之旨。中国古代诗学中都是以"触""遇"作为感兴的基本条件。笔者对于"触""遇"作过这样的分析："中国诗学中的'触'，并非心理学中的触觉之意，不是身体某部位和物体的直接碰撞。触更多地强调主体与外物感官（耳目等）接触；遇则是主体与外物的邂逅相遇的偶合性质。触遇有时分用，有时连接，但都是用

---

1 孙绰：《三月三日兰亭诗序》，见《全上古三代秦汉三国六朝文》第2册，北京：中华书局，1965年，第1808页。
2 范文澜注：《文心雕龙注》，北京：人民文学出版社，1958年，第601页。
3 黄侃：《文心雕龙札记》，北京：商务印书馆，2014年，第163页。

来说明感兴的起因所在。"[1]"触物起情",最大程度揭示了感兴的创作契机的偶然性。这对中西方美学来说,都是值得高度重视的论题。在笔者看来,感兴论从创作发生的意义上来说,最根本的特点便在其偶然性。这未必是美学理论系统中的主流话语,但在中国古代美学中确实是客观的和大量的存在。西方美学没有这方面体系性的论述。就笔者所见,黑格尔曾论及艺术美中必然和偶然的关系:"美的对象必须同时现出两方面:一方面是由概念所假定的各部分协调一致的必然性,另一方面是这些部分的自由性的显现是为它们本身的,不只是为它们的统一体。单就它本身来说,必然性是各部分按照它们的本质即必须紧密联系在一起,有这一部分就必有那一部分的那种关系,这种必然性在美的对象里固不可少,但是它也不应该就以必然性本身出现在美的对象里,应该隐藏在不经意的偶然性后面。"[2]这种对艺术创作中的偶然性的论述,是非常具有美学价值的。巴尔扎克也特别看重小说创作中的偶然性因素,他认为:"偶然性是世上最伟大的小说家,若想文思不竭,只要研究偶然就行。"[3]这是西方文论与美学中看到的关于艺术的偶然性的论述。在西方的美学传统中,这种对偶然性的论述还是很少的。而在中国诗学中,以偶然性契机来说明创作冲动的产生,则是大量的客观的存在。如陆机在《文赋》中所描述的:"若夫应感之会,通塞之纪,来不可遏,去不可止。藏若景灭,行犹响起。方天机之骏利,夫何纷而不理?"[4]这里对创作契机产生的描述,无疑是以偶然性为特征

---

1 张晶:《触遇:中国诗学感兴论的核心要素》,《复旦学报》2016年第6期。
2 [德]黑格尔:《美学》第一卷,朱光潜译,北京:商务印书馆,1981年,第148页。
3 [法]巴尔扎克:《人间喜剧总序》,见《文艺理论译丛》第二册,北京:人民文学出版社,1957年。
4 陆机:《文赋》,见李壮鹰主编:《中华古文论释林·魏晋南北朝卷》,北京:北京大学出版社,2011年,第63页。

的。以偶然性为创作契机的特征,也是中国诗学在创作论上所体现的重要特色。在某种意义上,这种情形,不能不视为中国美学的独特之处。钱钟书先生又征引了若干材料加以佐证:"'若夫应感之会,通塞之纪,来不可遏,去不可止'按自此至'虽兹物之在我,非余力之所戮,故时抚空怀而自惋,吾未识夫开塞之所由'一大节皆言文机利滞非作者所能自主,已近后世'神来''烟士披里纯'之说。《梁书·萧子显传·自序》:'每有制作,特寡思功,须其自来,不以力构';《全唐文》卷七〇九李德裕《文章论》引自撰《文箴》:'文之为物,自然灵气,恍惚而来,不思而至'以至贯休《言诗》:'几处觅不得,有时还自来'(欧阳修《六一诗话》引无名氏恶诗道'好句难得':'尽日觅不得,有时还自来')或《镜花缘》第二三回林之洋强颜自解:'今日偏偏诗思不在家,不知甚时才来';莫非道此情状。"[1] 钱先生是以不可控御性来统摄这类材料的,其实,这正是偶然性的集中表现。遍照金刚的《文镜秘府论》中引王昌龄《诗格》中有"十七势",其中的"感兴势"云:"人心至感,必有应说,物色万象,爽然有如感会。"所谓"爽然感会",也是偶然的机缘。明代诗论家谢榛,论诗以感兴作为根本旨归,在其《四溟诗话》中多处以"漫然""偶然""偶尔"等作为感兴的创作契机,如说:"诗有不立意造句,以兴为主,漫然成篇,此诗之入化也。"[2] "诗有天机,待时而发,触物而成,虽幽寻苦索,不易得也。如戴石屏'春水渡傍渡,夕阳山外山',属对精确,工非一朝,所谓'尽日觅不得,有时还自来'。"[3] "皇甫湜曰:'陶诗切以事情,但不

---

1 钱钟书:《管锥编》第三册,北京:中华书局,1986年第2版,第1205页。
2 谢榛:《四溟诗话》,见丁福保辑:《历代诗话续编》,北京:中华书局,1983年,第1152页。
3 谢榛:《四溟诗话》,见丁福保辑:《历代诗话续编》,北京:中华书局,1983年,第1161页。

文尔。'湜非知渊明者。渊明最有性情，使加藻饰，无异鲍谢，何以发真趣于偶尔，寄至味于澹然？"[1]"作诗有相因之法，出于偶然"[2]，诸如此类，还有很多。可以认为，谢氏是以"偶然"论感兴最为深入者。由"偶然"而生的"感兴"，并非仅是诗人的漫不经心，如果那样理解中国美学中的"偶然"，就会使这个命题大减其色了。情况恰恰相反，在中国诗学理论中，偶然契机的感兴，在诗学家看来，却是艺术精品乃至很多经典产生的创作成因。诗论中所举的个案，往往都是一流的篇什。宋人戴复古在论诗绝句中写道："诗本无形在窈冥，网罗天地运吟情。有时忽得惊人句，费尽心机做不成。"[3]南宋大诗人杨万里作诗以"兴"为最上。诗学多有"天机"之说，其实也是感兴的另一种说法。凭"天机"创作出的作品，当然是上乘之作。陆机《文赋》中所说的"方天机之骏利"，也是指杰作的产生。宋代诗论家包恢以"天机"论诗，尤是指"天下至精"的佳作。其云："盖古人于诗不苟作，不多作，而或一诗之出，必极天下之至精。状理则理趣浑然，状事则事情昭然，状物则物态宛然，有穷智极力之所不能到者，独造化自然之声也。盖天机自动，天籁自鸣，鼓以雷霆，豫顺以动，发白中节，声自成文，此诗之至也。"[4]诗学中的"天机"论，对中国画学理论有直接的渗透。宋代画论家董逌便是以"天机自张"来评价一流的画家，如说

---

[1] 谢榛：《四溟诗话》，见丁福保辑：《历代诗话续编》，北京：中华书局，1983年，第1161页。

[2] 谢榛：《四溟诗话》，见丁福保辑：《历代诗话续编》，北京：中华书局，1983年，第1229页。

[3] 戴复古：《论诗十绝》，见郭绍虞等编：《万首论诗绝句》，北京：人民文学出版社，1991年，第120页。

[4] 包恢：《敝帚稿略》卷二《答曾子华论诗》，见李壮鹰主编，刘方喜分卷主编：《中华古文论释林·南宋金元卷》，北京：北京大学出版社，2011年，第109页。

王维"如山水平远，云峰石色，绝迹天机，非绘者可及"[1]；评著名山水画家范宽的创作成就时说："余于是知中立（范宽字——笔者按）放笔时，盖天地间无遗物矣。故能笔运而气摄之，至其天机自运，与物相遇，不知披拂隆施，所以自来。"[2]

感兴的创作方式，何以能成为杰出艺术品的创作机制？感兴论都是主张外物对诗人心灵的感发作用，似乎在偶然的契机下，诗人的心灵受到外物的触发，就可以写出好诗了。其实这是一种误解。感兴是在诗人的精湛艺术修养、民胞物与的家国情怀以及锲而不舍的艺术追求的前提下，才能发挥作用的。

笔者以为，感兴论之所以在中国美学中具有非常重要的地位，最根本的还在于"触物"。宋代诗论家叶梦得以对谢灵运诗的个案分析来揭橥"感兴"的艺术创造之秘，是最为中肯的。叶梦得说："'池塘生春草，园柳变鸣禽。'世多不解此语为工，盖欲以奇求之耳。此语之工，正在无所用意，猝然与景相遇，借以成章，不假绳削，故非常情所能到。诗家妙处，当须以此为根本，而思苦言难者，往往不悟。钟嵘《诗品》论之最详，其略云：'思君如流水'，既是即目，'高台多悲风'，亦惟所见，'清晨登陇首'，羌无故实，'明月照积雪'，非出经史。古今胜语，多非补假，皆由直寻。颜延之、谢庄尤为繁密，于时化之，故大明泰始中，文章殆同书抄。……牵挛补衲，蠹文已甚，自然英旨，罕值其人。'余每爱此言简切，明白易晓，但观者未尝留意耳。自唐以后，既变以律体，固不能无拘窘，然苟大手笔，亦自不妨削镵于神志

---

[1] 董逌：《广川画跋》卷五，见于安澜编：《画品丛书》，上海：上海人民美术出版社，1982年，第287页。

[2] 董逌：《广川画跋》卷五，见于安澜编：《画品丛书》，上海：上海人民美术出版社，1982年，第303页。

之间,斫轮于甘苦之外也。"[1]叶氏这段颇具理论价值的论述并未引起更多的关注。其实,在宋代诗学思想史上,叶梦得的诗学思想值得我们去深入研究。囿于本文题旨,无法展开进一步的探讨,但它最有价值的便是深刻地揭示了"触物起情"的偶然性感兴契机之所以能够创造出艺术杰作乃至经典的秘密所在。正因其"猝然与景相遇",所以"常情所不能到",其兴发的审美情感具有不可重复性,因而恰恰具备了成为艺术经典的条件。叶梦得是将其作为诗学创作论的根本规律来谈的,上升到了美学的普遍意义。

二、理性与感性的动态和谐及其诗学体现

习近平同志在概括"中华美学精神"的三个"讲求"中首先是"讲求托物言志、寓理于情",准确地把握了中华美学的核心本质特征。笔者则从感性与理性关系的角度,来探索中华美学精神的内在精髓,同时,考察诗学传统中的相关美学观念。

理性与感性的分野,在西方哲学中是颇为鲜明的。欧洲大陆理性主义和经验主义的不同路向,深刻地说明了这种趋势。自美学作为学科创建以来,似乎就是感性的专属领地,鲍姆嘉通提出"美学"之名,音译为"埃斯特惕卡",意谓"感性学",中译则为"美学"。鲍姆嘉通在他的博士论文《关于诗的哲学默想录》中提出:"'可理解的事物'是通过高级认知能力作为逻辑学体系去把握的;'可感知的事物'[是通过低级认知能力]作为知觉的科学或'感性学'来感知的。"[2] 鲍姆嘉通对诗提出了这样的命题——"诗即感性谈论的完善",并认为"诗即

---

[1] 叶梦得:《石林诗话》卷中,见何文焕辑:《历代诗话》,北京:中华书局,1981年,第426页。

[2] [德]鲍姆嘉滕:《美学》,简明、王旭晓译,北京:文化艺术出版社,1987年,第169页。

明晰又模糊的表象"。[1]对于诗而言，鲍姆嘉通都是置于感性表象的范围里来作为价值尺度的。但美学又是哲学的分支学科，缺乏抽象思辨是无法建立起美学大厦的。很多理性主义的思想家，是以审美为理性服务的。如黑格尔所主张的"美是理念的感性显现"即是。中国美学是近代以来由哲学家、思想家所建构而来的，研究中国古代美学，只能是面对大量的具有审美意识的文献。客观地说，中国美学中并不存在着理性与感性的对立关系。有一种习焉不察的观点，认为中国美学是直观的、感性的，是以经验形态为主的，缺少体系。这种观点其实是肤浅的和缺乏依据的。在笔者看来，中国美学是建立在非常深厚而广泛的审美经验基础之上的，创构某种审美观念的主体，往往就是某一门类或几个门类的艺术家。如王维是著名诗人，但也是地位颇高的大画家。他提出的"水墨为上"，就是广为人知的绘画美学命题。苏轼是著名诗人、词人和画家，他提出了很多影响深远的美学观念，如"欲令诗语妙，无厌空且静。静故了群动，空故纳万境"，又如"论画以形似，见与儿童邻；赋诗必此诗，定非知诗人"。元好问是金代杰出的文学家，其诗词文在金源一代都是冠绝一时的。他的《论诗三十首》提出"以诚为本"等美学观念。中国美学具有充分的经验性质，这是可以认同的；但如以为中国美学缺少体系，缺少思辨，缺少抽象，那就未必符合客观情况了。中国美学有与生俱来的哲学背景。儒家、道家、佛家，以及玄学、理学及心学等思想史的渊源，在中国美学思想上打下了深刻的烙印。这些思想体系既有很大差异，同时，它们之间又有很多互相渗透之处。很多文学家、艺术家本身又是具有思想史背景和哲学造诣的学者，如嵇康、宗炳、谢灵运、韩愈、刘禹锡、柳宗

---

[1]［德］鲍姆嘉通：《诗的哲学默想录》，王旭晓译，北京：中国社会科学出版社，2014年，第37页。

元、苏轼、黄庭坚、欧阳修、陈献章、汤显祖等。这些文学家或艺术家提出了很多具有独特美学理论价值的范畴或命题，而这些范畴或命题，往往是既有哲学根基又建立在艺术创作体验之上的，如嵇康提出的"声无哀乐"，宗炳提出的"澄怀味象"，谢赫的"气韵生动"，顾恺之提出的"传神写照"，司空图的"思与境偕""不著一字，尽得风流"，刘禹锡提出的"境生于象外"，皎然的"作用"，严羽提出的"大抵禅道惟在妙悟，诗道亦在妙悟"，陈献章的"自然之乐"，王夫之的"现量"与"神理"，王士禛的"神韵"，王国维的"词以境界为上"，等等。这些美学范畴或命题，在中国美学史上都是经过了时间考验并有许多艺术创作实践的理论瑰宝。它们代表了中国文学艺术的不同审美形态，然而，又并不仅是作家艺术家创作经验的凝结，而且还是以某种哲学思想体系作为其理论根基的。

以情、景为主客体的二元，这在中国诗学中是最具代表性的。如谢榛所说的"作诗本乎情景，孤不自成，两不相背"[1]，王夫之所说的"情、景名为二，而实不可离。神于诗者，妙合无垠"。[2] 这类说法得到人们的普遍认可。似乎诗歌创作最基本的元素就是情景二元，诗歌篇什的表层似乎就是如此。但笔者以为，在诗的价值系统中，是不可能缺少了"理"的存在的。关键在于：一、中国诗学中的"理"的性质如何？二、诗中之"理"应以一种怎样的方式存在？在回答这两个问题之前，笔者表明这样一个判断，即无论是在优秀的中国传统文化系统中，还是中国诗学的价值视角上，诗中之"理"都是不可或缺的重要部分。"理"当然具有理性的基本性质，然而诗中之"理"，对于中

---

[1] 谢榛：《四溟诗话》，见丁福保辑：《历代诗话续编》，北京：中华书局，1983年，第1180页。
[2] 王夫之著、戴鸿森注：《薑斋诗话笺注》，北京：人民文学出版社，1981年，第72页。

华民族成员的家国情怀、人生态度、价值取向和处世智慧，都有着不可低估的作用。在作为中华文化经典的诗词作品中，有无数的篇什，因其理性的光辉贯穿民族文化的血脉洞照不同时代人们的心灵，成为薪火相传的精神力量。而就经典的形成因素而言，这类作品成为经典的比重非常之大，其文化价值、审美价值及教育价值，往往高于那些抒情写景之作。下面回答上面提出的这两个问题。

一是中国诗学中的"理"的性质如何？作为中国诗学中的价值形态之一的"理"，当然具有理性的性质。它可能以两种不同的方式存在，或是以诗学理论中的命题方式存在，或是以作品中的理性蕴含的方式存在。无论哪种，都不是哲学思维中的理性方式。在这个意义上，诗中之理的性质是迥然不同于别林斯基所提出的"形象思维"概念的。别林斯基认为"诗是寓于形象的思维"。他对"形象思维"最经典的阐述是："诗是直观形式中的真理；它的创造物是肉身化了的观念，看得见的、可通过直观来体会的观念。因此，诗歌就是同样的哲学，同样的思维，因为它具有同样的内容——绝对真理，不过不是表现在观念从自身出发的辩证法的发展形式中，而是在观念直接体现为形象的形式中。诗人用形象来思考；他不证明真理，却显示真理。"[1] 笔者不在这里辨析"形象思维"，因为这不是本文的主旨所在；但是笔者坚定地认为，中国诗学中的"理"，不同于哲学中的"真理"，即如别林斯基所说的"绝对真理"，而是一种独特的理性存在方式。它不是经过逻辑抽象的路径而得出来的，而是由审美抽象的路径生发出来的。抽象作为人类的思维方式，可分为逻辑抽象和审美抽象两类，而诗学中的"理"，则是审美抽象的产物。笔者主张，审美过程中是不可能没有抽

---

[1] ［俄］别林斯基：《智慧的痛苦》，见中国社会科学院外国文学研究所外国文学研究资料丛刊编辑委员会编：《外国理论家作家论形象思维》，北京：中国社会科学出版社，1979年，第58页。

象的思维方式的，但它不同于逻辑思维的抽象，而是一种有着特殊概括与提升路径，并使审美活动获得意义的基本思维方式。笔者对此作过这样的界定："审美抽象指审美主体在对客体进行直觉观照时所作的从个案形象到普遍价值的概括与提升。审美抽象与逻辑思维抽象的不同之处在于：虽然它们都是从具体事物上升到普遍的意义，但逻辑思维的抽象以语言概念为工具，通过舍弃对象的偶然的、感性的、枝节的因素，以概念的形式抽出对象主要的、必然的、一般的属性和关系；审美抽象则通过知觉的途径，以感性直观的方式使对象中的普遍意义呈现出来，在艺术创作领域中表现为符号的形式。逻辑抽象是在个别的和偶然的东西中发现一般的合乎规律的东西，用马克思的话说就是'完整的表象蒸发为抽象的规定'，它意味着舍弃对象的全部丰富具体的细节、特征和属性，这当然是和审美的、艺术创作与鉴赏的过程殊异的。"对于审美抽象的认识，笔者也是经历了一个过程的。在这个过程中，笔者认为审美抽象可以产生两种形态的产物，一种是由作家艺术家（很多理论家本身就是文学家艺术家）的艺术创作经验升华而成的审美命题，如诗学中的"诗缘情而绮靡""窥意象而运斤""读书破万卷，下笔如有神""超以象外，得其环中"等；另一种形态，就是作为符号的艺术作品。从本文的题旨来说，前者可称为"诗学中的理"，后者可称为诗中之"理"。本文的重心在于后者。在这类作品中，最为直接地体现了感性与理性的动态和谐关系。

哲学中的"理"，是逻辑思维方式得到的理论形态，是从哲学家的课堂或哲学教科书中得以传授的；诗中之理，不是在教科书上可以找到的现成定义，不具有哲学经典的抽象规定性，而产生于诗人的审美感兴之中。它是千差万别的，有着特殊的丰富性、具体性。诗中之"理"不是封闭的，不具有现成性，相反，它有着明显的生成性。它带着鲜活的生机,给人以深入思索的余地与潜势。也许诗中之"理"的边界有些模糊,很多时候需要读者的品味与阐释;但这并不影响此类作品的理性力量。略举几例,如王之涣的"白日依山尽,黄河入海流。欲穷千里目,更上一层楼"(《登鹳雀楼》),刘禹锡的"朱雀桥边野草花,乌衣巷口夕阳斜。旧时王谢堂前燕,飞入寻常百姓家"(《乌衣巷》)、"瞿唐嘈嘈十二滩,此中道路古来难。长恨人心不如水,等闲平地起波澜"(《竹枝词》),元稹的"曾经沧海难为水,除却巫山不是云。取次花丛懒回顾,半缘修道半缘君"(《离思》),苏舜钦的"寺里山因花得名,繁英不见草纵横。栽培剪伐须勤力,花易凋零草易生"(《题花山寺壁》),苏轼的"横看成岭侧成峰,远近高低各不同。不识庐山真面目,只缘身在此山中"(《题西林壁》)、"人生到处知何似?应似飞鸿踏雪泥。泥上偶然留指爪,鸿飞那复计东西"(《和子由渑池怀旧》),王安石的"飞来峰上千寻塔,闻说鸡鸣见日升。不畏浮云遮望眼,自缘身在最高层"(《登飞来峰》)、"苏州司业诗名老,乐府皆言妙入神。看似寻常最奇崛,成如容易却艰辛"(《题张司业诗》)陆游的"西塞山前吹笛声,曲终已过洛阳城。君能洗尽世间念,何处楼台无月明!"(《排闷》)元好问的"眼处心生句自神,暗中摸索总非真。画图临出秦川景,亲到长安有几人?"(《论诗三十首》第十一首)王若虚的"文章自得方为贵,衣钵相传岂是真?已觉祖师低一著,纷纷法嗣复何人!"(《山谷于诗每与东坡相抗,门人亲党遂谓过之,而今之作者,亦多以为然。予尝戏作四绝云》之四)李梦阳的"十八滩都尽,舟人惯不劳。可言滩石险,难测是平涛"(《江行杂诗七首》之一)。这里所举当然并非全部,而只是意旨较为显豁的一些篇什。其实,在笔者看来,诗中之"理"有更为广泛的体现。著名作家王充闾先生揭示此类篇什的美学特征时说:"历代诗人的寓意于象,化哲思为引发兴会的形象符号，则表现为一种恰到好处的点拨，从而唤起诗性的精神觉醒；至于形象、想象、意象与比兴、移情、藻饰的应用，则有助于创造特殊的审美意境，拓展情趣盎然的艺术空间。"[1]对本文的论题有深刻的借鉴意义。多年前，充闾先生编选了中国古代哲理诗300首，由辽宁人民出版社出版，书名为《诗性智慧》，由笔者为之作序；20年后，充闾先生又在人民文学出版社出版《诗外文章》上中下三册，选700余首具有哲理内涵的古诗，并对每篇写下品鉴文章。这里所选之诗比本文所涉多许多倍，而且编选者对诗中之"理"的理解比笔者更为广阔、更为深刻。笔者在《诗性智慧》的序言中如是说："显然，他（充闾先生）是把诗中之理作为一种人类的智慧来理解的。诗性智慧并不仅限于认识论的真理，而且是人的存在的体验。我以为这种理解不仅是一种宏通的识见，并且暗示着对这个问题认识的深化。"[2]中国诗歌经典中的这种理性的存在，是一种审美理性，它当然不是那种抽象的逻辑思维方式（这个问题在下面论述）。这种理性形态不是可有可无的，而是以诗的形式，印证着中华民族的精神历程。"诗者，持也，持人情性"[3]，诗人以诗的形式呈现着、剖白着自己的内心情感世界，也使千百年后的读者能与某一时代心灵相通。尽管诗人们写在作品里的只是个人的微观心灵世界，但却映照出一个时代的社会镜像，也表达出诗人对于时世、人生、历史的洞察。这些东西是历史教科书和哲学教科书都无法取代的。

接着要回答另一个问题，即诗中之"理"以怎样的方式存在？诗中之"理"是将那些以抽象的、说教的方式言理的作品排除在外的。

---

[1] 王充闾：《诗外文章·自序》，北京：人民文学出版社，2018年，第1页。
[2] 张晶：《诗性智慧·序言》，沈阳：辽宁人民出版社，1999年，第6页。
[3] 刘勰：《文心雕龙·明诗》，见范文澜注：《文心雕龙注》，北京：人民文学出版社，1959年，第65页。

古代诗论家批评的那种"理窟""理障"之作，不在我们的讨论范围之内。钟嵘在《诗品序》中所批评的"永嘉时，贵黄老，稍尚虚谈。于时篇什，理过其辞，淡乎寡味"，主要是指玄言诗中那些以诗谈玄的作品。宋人严羽所指斥的"以议论为诗"的倾向，也不时可见。还有那些僧人偈语、道士诗等，都没什么审美趣味，也不可能成为诗中佳作。那类枯燥言理的诗，是诗人以某种义理在写诗时先行置入。而我们所说的诗中之"理"，则是以诗人的审美感兴作为发生契机的。明代理学家兼诗人陈献章，虽是以诗为教，但他作诗却是"鸢飞鱼跃""活泼泼地"，对于那种枯燥言理的诗风，他是明确反对的。其论诗说："若论道理，随人深浅，但须笔下发得精神，可一唱三叹，闻者便自鼓舞，方是到也。须将道理就自己性情上发出，不可作议论说去，离了诗之本体，便是宋头巾也。"[1] 陈献章虽是理学人物，但他的诗却并没有"头巾气"，而是以感兴的方式进行创作，如论者所评："今读先生之诗，风云花鸟，触景而成。"[2] 王夫之论诗特重"神理"，但他明确表示，诗中之"理"与"经生之理"判然两途，"经生之理，不关诗理"[3]。所谓"经生之理"，就是那种腐儒空谈义理，而王夫之以明确简捷的语言划开了诗理与经生之理的区别。王夫之是主张诗中有理的，而且应该是一种"至理"，但他主张这种"至理"要在鲜活的诗兴中呈现。他最推崇谢灵运之诗，在评谢灵运《入华子冈是麻源第三谷》时说："理关至极，言之曲到。人亦或及此理，便死理中，自无生气。此乃须捉着，不尔

---

1 陈献章：《次王半山韵诗跋》，见《陈献章集》，北京：中华书局，1987年，第72页。
2 陈炎宗：《重刻诗教解序》，见《陈献章集》，北京：中华书局，1987年，第700页。
3 王夫之：《古诗评选》卷五，见《船山全书》第十四册，长沙：岳麓书社，1996年，第753页。

飞去。"[1]王夫之明确反对"无理有诗"的偏颇观点,但认为诗中之理不应该是"名言之理"的方式。他说:"王敬美谓:'诗有妙悟,非关理也。'非谓无理有诗,正不得以名言之理相求耳!"[2]笔者以为王夫之对诗中之理的认识是颇为深刻的。诗中之理不是整齐划一的哲学概念,亦非书本传授的知识性真理,而是诗人通过特定的契机,引发了某一类体验的"喷射",从而凝结为审美的形态。它没有一个终极的抽象本体,也明显地不同于给抽象概念穿上感性的、形象的外衣。它是与人生、事态、物理的殊相相伴而生的。

这是一种审美理性,与哲学之理有着不同的形态,却不应低估其对人类精神的作用。它与感性的形式水乳交融,以"感兴"的方式产生。中国诗学中这种对"理"的理解与界定值得我们深入思考。生成这些诗中之理的契机,往往是诗人在特定情景中产生的"此在",而诗人却以其独特的胸襟识度、艺术修养、情感体验及语言功力等主体因素,在刹那间孕化成具有独特的理性光芒和感性形式的诗句,而这类诗句在历史的长河中,为不同时代的人们所体验、所感悟。这种以诗的感性形式闪烁出的理性光亮,可以洞烛无数时代的人心。

包蕴着诗中之理的篇什,是在一种特定的审美感兴状态中产生的。如曹操的"越陌度阡,枉用相存。契阔谈宴,心念旧恩。月明星稀,乌鹊南飞。绕树三匝,何枝可依?山不厌高,海不厌深,周公吐哺,天下归心"(《短歌行》),陶渊明的"结庐在人境,而无车马喧。问君何能尔?心远地自偏。采菊东篱下,悠然见南山"(《饮酒》第五首),王维的"独在异乡为异客,每逢佳节倍思亲。遥知兄弟登高处,遍插

---

1 王夫之:《古诗评选》卷五,见《船山全书》第十四册,长沙:岳麓书社,1996年,第742页。
2 王夫之:《古诗评选》卷五,见《船山全书》第十四册,长沙:岳麓书社,1996年,第687页。

茱萸少一人！"(《九月九日忆山东兄弟》)等。如以刘勰的范畴来说，乃同于"隐秀"之秀句。"隐以复意为工，秀以卓绝为巧"[1]这种诗中之理，当然是"卓绝"的。对于"秀"的性质，刘勰在其赞语中说得更透彻："言之秀矣，万虑一交。动心惊耳，逸响笙匏。"[2]"万虑一交"当然并非止于情景二元，是诗人之思的升华。它所产生的效果，与一般的说理文字、逻辑表述有着明显不同，它产生着强烈的音韵之美，因为诗人在内心中萌生诗句时就是"寻声律而定墨"的。《隐秀》篇中有这样几句尚未引起学者注意，即"篇章秀句，裁可百二：并思合而自逢，非研虑之所求也"。[3]意思是秀句之生成，并非"研虑所求"、刻意而为，而是诗人立意与感兴中的情景自然遭逢，如花开蒂落，水到渠成。这正是诗中之理的产生机制。

难道是随便什么人都可以在"偶然"的感兴中写出具有诗中之理的佳作？当然不是。没有"为人性僻耽佳句，语不惊人死不休"的艺术追求，认为灵感可以光顾任何人，这是不可能的；没有胸襟识度、只会狎风弄月的浪子才人，也罕有写出具有理性光辉的作品的。王夫之紧接着"经生之理，不关诗理"还有一句话应该得到高度重视："犹浪子之情，无当诗情。"这对于我们理解诗学的"情景"范畴，有重要的提醒作用。笔者认为王夫之此语有丰富的理论价值。"诗情"并非一般的"情"，它是一种创造人类文化境界的审美情感，那种仅以感性欲望为内涵的"浪子之情"，是无法承担"诗情"的功能的。

笔者进而要追问的是，诗学中所讲的基本创作模式——情景交融，这个"情"是否只是一般的感性之"情"？这个问题相当复杂，这里只能表达笔者的简单理解：诗中之"情"是对文学艺术创作中审美主

---

[1] 范文澜注：《文心雕龙注》，北京：人民文学出版社，1958年，第632页。
[2] 范文澜注：《文心雕龙注》，北京：人民文学出版社，1958年，第633页。
[3] 范文澜注：《文心雕龙注》，北京：人民文学出版社，1958年，第632页。

体的审美情感的概指,也即中国哲学中所讲的"性情"。诗人的审美情感,以情感的形式融会了主体的理想、意志、识度、同情心、善恶观等,是一个综合体。清代诗论家叶燮以"胸襟"为创作主体内涵的概指,他说:"我谓作诗者,亦必先有诗之基焉。诗之基,其人之胸襟是也。有胸襟,然后能载其性情、智慧、聪明、才辨以出,随遇发生,随生即盛。"[1]这个作为"诗之基"的"胸襟",在某种意义上与"情"是重合的,是"情"的整体底蕴,也可视为"情"的内核部分:"情"的另一层面应是其外引部分,也即受外物的触发而呈现的外在形态。宋代著名思想家张载对"情"的定位是"'旁通情也',情犹言用也"。[2]所谓"用",就是指"情"的这个层面。中国哲学素有"未发已发"之说,未发者体也,已发者用也。心本为未发之性,心用为已发之情。张载认为"情"是外物引发而呈现的已然形态,他说:"情尽在气之外,其发见莫非性之自然,快利尽性,所以神也。情则是实事,喜怒哀乐之谓也,欲喜者如此喜之,欲怒者如此怒之,欲哀乐者如此哀之乐之,莫非性中发出实事也。"[3]笔者之所以对中国诗学中的"情"如此阐发,就是认为其并非仅仅是感性的。从这一意义上说,中国诗学中最为常见的情景关系模式,就一向是处于感性与理性的动态和谐的关系之中。

三、"自然"("天然")作为中华美学精神的审美理想与价值尺度

在中国诗学系统中,"自然"(包括"天然"等)是标志作品臻于

---

[1] 叶燮:《原诗·内篇》上,见丁福保辑:《清诗话》,上海:上海古籍出版社,2015年,第586页。
[2] 张载:《横渠易说》,见《张载集》,北京:中华书局,1978年,第78页。
[3] 张载:《横渠易说》,见《张载集》,北京:中华书局,1978年,第78页。

理想境界的价值范畴，当然也可以作为风格之一类；同时，从艺术创作的角度来说，"自然"是一种审美创造方式。这在中国美学中，是一个源远流长的主脉，也是形成许多文艺经典的风貌的内在成因。"自然"（或"天然""化境"等）当然不止于诗学理论，在不同门类的艺术评论中都广泛存在，但从系统性及学理深度而言，尤以诗学为最。这同样可以看到，中华美学精神一些重要的基因是存在于诗学之中的。

儒家、道家都有其自然观。自然观念在道家哲学中具有更为根本的意义。后来又在玄学中得到了更具思辨色彩的建构。"圣人贵名教，老庄明自然"（见《晋书·阮瞻传》），揭示了"自然"观念在道家哲学中的标志性地位。如我们所熟知的《老子》第十七章："悠兮其贵言。功成事遂，百姓皆谓我自然。"第二十三章："希言自然。故飘风不终朝，骤雨不终日。孰为此者？天地。天地尚不能久，而况于人乎？"第二十五章："人法地，地法天，天法道，道法自然。"第五十一章："道之尊，德之贵，夫莫之命而常自然。"第六十四章："以辅万物之自然，而不敢为。"关于"自然"的理解，是与"道"的关系联系在一起的。陈鼓应先生释曰："道法自然：道纯任自然，无所法也。"[1] 所谓"自然"，也即自然而然，顺性而为之意。童书业先生说得最为清楚："老子书中的所谓'自然'，就是自然而然的意思，所谓'道法自然'就是说道的本质是自然的。"[2] 陈鼓应先生对"自然"作出概括性的阐释说："所谓'道法自然'，是说道以它自己的状况为依据，以它内在原因决定了本身的存在和运动，而不必靠外在其他的原因。可见'自然'一词，并不是名词，而是状词。也就是说，'自然'并不是指具体存在的东西，而是形容'自己如此'的一种状态。……所有关于'自然'一

---

[1] 陈鼓应：《老子注译及评介》，北京：中华书局，1984年，第168页。
[2] 童书业：《先秦七子思想研究》，见陈鼓应：《老子注译及评介》，北京：中华书局，1984年，第168页。

词的运用都不是指客观存在的自然界，乃是指一种不加强制力量而顺任自然的状态。"[1]陈鼓应先生对"自然"的阐释是综合了诸家解老的基本观点，并在客观理解老子"自然"本义的基础上提出来的，应该是颇为中肯的。

"自然"在玄学这里，经由王弼、郭象等人的阐发，成为核心的哲学命题，对老子哲学有了创造性的发展。王弼是玄学"贵无派"的代表人物，主张"以无为本"，也就是主张本体论的。"自然"在王弼这里具有了"本根"或本体的意义。他在阐释老子"道法自然"时说："法自然者，在方而法方，在圆而法圆，于自然无所违也。自然者，无称之言，穷极之辞也。"[2]可见，王弼的"自然"观念，既有"自然而然"之义，亦有本体之义。玄学中后有向秀、郭象，主"独化"论。在郭氏看来，"自然"也即"块然自生"，无需外在之力。如其在《庄子注》中释"自然"云："自然者，不为而自然者也。"《大宗师》注中也说："人皆自然，则治乱成败，遇与不遇，非不为也，皆自然耳。"道家——玄学的自然观，对于中国诗学的影响至为深远，可由下面几个方面以见：

一是以文为道（自然）的外显。如刘勰在《文心雕龙·原道》篇对文学本体的阐述："文之为德也大矣，与天地并生者何哉？夫玄黄色杂，方圆体分，日月叠璧，以垂丽天之象；山川焕绮，以铺理地之形：此盖道之文也。仰观吐曜，俯察含章，高卑定位，故两仪既生矣。惟人参之，性灵所钟，是谓三才。为五行之秀，实天地之心。心生而言立，言立而文明，自然之道也。傍及万品，动植皆文：龙凤以藻绘呈瑞，虎豹以炳蔚凝姿；云霞雕色，有逾画工之妙；草木贲华，无待锦

---

[1] 陈鼓应：《老子注译及评介》，北京：中华书局，1984 年，第 30 页。
[2] 王弼：《老子道德经注》第二十五章注，见楼宇烈校释：《王弼集校释》，北京：中华书局，1980 年，第 65 页。

匠之奇。夫岂外饰，盖自然耳。"[1]刘勰在《原道》篇中表现出的文学思想非常丰富，而其根本点则在于文学乃为道（自然）之外显。"文之为德"，与"德"相对者当然是"道"。道为体，德为用。文之美，都是自然之道的外显。刘勰并不反对形式美感，而是认为发于"自然之道"即是文的功能。从总体上看，《文心雕龙》的文学观念，是以"自然"为根本的。故纪昀在对《原道》篇所作的眉批中说："齐梁文藻，日竞雕华，标自然以为宗，是彦和吃紧为人处。"[2]刘勰的自然文学观，在《文心雕龙》中已成为系统的观念，而非止于个别之处。如论诗歌的发生："人禀七情，应物斯感；感物吟志，莫非自然。"[3]刘勰认为，俪辞偶句，也应该是自然形成而非人为造作的："造化赋形，支体必双；神理为用，事不孤立。夫心生文辞，运裁百虑，高下相须，自然成对。……至于诗人偶章，大夫联辞，奇偶适变，不劳经营。"而那种刻意俳偶，缺少内涵的丽辞，"若气无奇类，文乏异采，碌碌丽辞，则昏睡耳目"。[4]诗中"隐秀"，"故自然会妙，譬卉木之曜英华；润色取美，譬缯帛之染朱绿。朱绿染缯，深而繁鲜；英华曜树，浅而炜烨。隐篇所以照文苑，秀句所以侈翰林，盖以此也"。对于"情采"，刘勰主张"为情造文"而反对"为文造情"，"夫以草木之微，依情待实，况乎文章，述志为本，言与志反，文岂足征！"对于文章体势，刘勰认为应是自然而成："夫情致异区，文变殊术，莫不因情立体，即体成势也。势者，乘利而为制也。如机发矢直，涧曲湍回，自然之趣也。"[5]在《文心雕龙》的诸篇之中，自然论文学观是贯穿前后的。

---

[1] 范文澜注：《文心雕龙注》，北京：人民文学出版社，1958年，第1页。
[2] 黄霖编：《文心雕龙汇评》，上海：上海古籍出版社，2005年，第14页。
[3] 范文澜注：《文心雕龙注》，北京：人民文学出版社，1958年，第65页。
[4] 范文澜注：《文心雕龙注》，北京：人民文学出版社，1958年，第588页。
[5] 范文澜注：《文心雕龙注》，北京：人民文学出版社，1958年，第529页。

二是以"自然"作为诗的审美理想和价值尺度。以钟嵘在《诗品》中的本体观和评论为嚆矢，尽管为学界熟知，也还是列出以见其义。《诗品序》中指出："若乃经国文符，应资博古；撰德驳奏，宜穷往烈。至乎吟咏情性，亦何贵于用事？'思君如流水'，既是即目，'高台多悲风'，亦惟所见；'清晨登陇首'，羌无故实；'明月照积雪'讵出经史？观古今胜语，多非补假，皆由直寻。颜延、谢庄，尤为繁密，于时化之。故大明、泰始中，文章殆同书钞。近任昉、王元长等，辞不贵奇，竞须新事，尔来作者，浸以成俗。遂乃句无虚语，语无虚字，拘挛补衲，蠹文已甚。但自然英旨，罕值其人。"[1]钟嵘在《诗品序》中所表达的观点具有强烈的针对性和批判性，对于齐梁时期那种以"用事"为尚、"拘挛补衲"的诗风予以明确的斥责，而以"自然英旨"为诗的理想审美形态。"自然英旨"则是以"即目""直寻"而吟咏情性，而那种"殆同书钞"的作品与之相比完全是等而下之的。钟嵘认为堪称"自然英旨"的篇什，应该是具有"建安风力"和"滋味"的。他之所以专论五言诗，是因为"五言居文词之要，是众作之有滋味者"[2]。在"赋、比、兴"三种手法中，其以"兴"置其首，并以"文已尽而有余"来界定"兴"，与诸家皆不同。"宏斯三义，酌而用之，干之以风力，润之以丹采，使味之者无极，闻之者动心，是诗之至也。"[3]此亦为"自然英旨"之内涵。

"自然"或"天然"在中国诗学传统中属于最为理想的审美形态，这在诗论家或诗人的作品中都有充分的体现。署名为唐代诗人王昌龄

---

[1] 钟嵘：《诗品序》，见陈延杰注：《诗品注》，北京：人民文学出版社，1961年，第4页。

[2] 钟嵘：《诗品序》，见陈延杰注：《诗品注》，北京：人民文学出版社，1961年，第2页。

[3] 钟嵘：《诗品序》，见陈延杰注：《诗品注》，北京：人民文学出版社，1961年，第2页。

的诗论中有"自古文章,起于无作,兴于自然,感激而成,都无饰练,发言以当,应物便是"。[1] 既是指诗的创作发生,也是指诗的自然风格。《诗格》中还推崇"天然物色",如说:"诗有天然物色,以五彩比之而不及。由是言之,假物不如真象,假色不如天然。如此之例,皆为高手。如'池塘生春草,园柳变鸣禽',如此之例,即是也。中手倚傍者,如'余霞散成绮,澄江静如练',此皆假物色比象,力弱不堪也。"[2] 作者认为如谢灵运的这两句是直接描写物色自然,是天然好诗;而谢朓这两句,转手比拟,在"天然物色"上就输于前者。大诗人李白对"自从建安来,绮丽不足珍"(《古风》其一)的诗风颇为不满,而推崇的是"清水出芙蓉,天然去雕饰"(《经乱离后天恩流夜郎忆旧游书怀赠江夏韦太守良宰》)的天然之美。诗论家皎然论诗尚于"作用",但其认为理想的情况是运思时"深于作用",而诗成后则给人以自然之貌。在谈到诗的"取境"时,皎然说:"又云:不要苦思,苦思则丧自然之质。此亦不然。夫不入虎穴,焉得虎子?取境之时,须至难至险,始见奇句。成篇之后,观其气貌,有似等闲,不思而得,此高手也。"[3] 罗宗强先生也认为"自然"在司空图的"二十四诗品"中是首要的观念:"可以看出,追求自然天成,是司空图的诗歌审美情趣。他的这一审美理想,在《诗品》中得到了很好的反映。崇尚自然的美,这正是司空图创作追求中的基本倾向。"[4] 通过这些材料,可以见出"自然"("天然")作为审美理想在唐代诗学中的普遍存在。当然,在宋代以后的诗学中关于"自然"审美价值观,也是大量存在的,如宋代大诗人

---

[1] 王昌龄:《诗格》,见张伯伟撰:《全唐五代诗格汇考》,南京:凤凰出版社,2002年,第161页。
[2] 王昌龄:《诗格》,见张伯伟撰:《全唐五代诗格汇考》,南京:凤凰出版社,2002年,第155页。
[3] 皎然:《诗式》,见《历代诗话》,北京:中华书局,1981年,第31页。
[4] 罗宗强:《隋唐五代文学思想史》,上海:上海古籍出版社,1986年,第427页。

苏轼对于艺术创作，以"天工""清新"为价值尺度，他在评论艺术的诗中说："诗画本一律，天工与清新。"[1] 金代大文学家元好问有著名的《论诗三十首》，其中第七首赞美北方民歌《敕勒歌》云："慷慨歌谣绝不传，穹庐一曲本天然。中州万古英雄气，也到阴山敕勒川。"第四首推崇陶渊明："一语天然万古新，豪华落尽见真淳。南窗白日羲皇上，未害渊明是晋人。"[2] "天然""真淳"是元好问诗评的标准。明代著名文学家王世贞评谢灵运诗也以"天然"许之："余始读谢灵运诗，初甚不能入，既入而渐爱之以至于不能释手。其体虽或近俳，而其意有似合掌者，然至秾丽之极，而反若平淡，琢磨之极，而更似天然，则非余子所可及也。"[3] 以"自然""天然"为至上，为其审美理想，在中国诗学中的材料是难以计数的。

"自然"作为审美理想，在其他艺术门类中也多有体现。如嵇康对音乐的生成，便认为"音声有自然之和，而无系于人情，克谐之音成于金石，至和之声得于管弦也"。[4] "夫天地合德，万物资生；寒暑代往，五行以成；章为五色，发为五音。音声之作，其犹臭味在于天地之间，其善与不善，虽遭浊乱，其体自若而无变也"。[5] 认为音乐是自然发生的产物。在书法领域内，蔡邕的《九势八字诀》："夫书肇于自然，自然

---

1 苏轼：《书鄢陵王主簿所画折枝二首》，见王水照选注：《苏轼选集》，上海：上海古籍出版社，2014年，第191页。
2 施国祁注：《元遗山诗集笺注》，北京：人民文学出版社，1958年，第524、525页。
3 王世贞：《书谢灵运集后》，见李壮鹰主编：《中华古文论释林·明代下卷》，北京：北京大学出版社，2011年，第62页。
4 嵇康：《声无哀乐论》，见于民、孙通海编：《中国古典美学举要》，合肥：安徽教育出版社，2000年，第253页。
5 嵇康：《声无哀乐论》，见于民、孙通海编：《中国古典美学举要》，合肥：安徽教育出版社，2000年，第245-246页。

既立，阴阳生焉。阴阳既生，形势出焉。"[1]美学家祁志祥指出："为了在书法批评中论述书法形象通向自然，蔡邕先从书法肇于自然说起。这'肇于自然'，即观物取象。"[2]在绘画领域，唐代著名画论家张彦远在画论经典《历代名画记》中立五品以评画："夫失于自然而后神，失于神而后妙，失于妙而后精。精之为病也，而成谨细。自然者为上品之上，神者为上品之中，妙者为上品之下，精者为中品之上，谨而细者为中品之中。余立此五等，以包六法，以贯众妙，其间诠量，可有数百等，孰能周尽？"[3]以品论画，并非始于张彦远，如稍早于张彦远的画论家朱景玄，作《唐朝名画录》，即立"神、妙、能、逸"四品以评画，即以"神"为最上。张彦远以"自然"为"上品之上"，当属首次。自然为上是绘画品评的最高等级，也是其以自然为美的集中体现。

"自然"（包括"天然"等）作为审美理想或价值标准，在诗学、音乐、画论、书论中都有广泛的存在，有着非常深厚的中国哲学的根基，对于中华美学的发展而言，产生了深远的影响。很显然，"自然"美学观处在审美价值系统的上端，与诸多美学范畴及命题，有着内在的逻辑联系。在中国艺术批评的诸多文献中，尤以诗学理论中对"自然"（"天然"）的阐述最早、最多也最具理论含量。

四、小结

"中华美学精神"这个核心命题，对于中华美学史的研究，对于中国人的民族审美意识，对于当代中国的文学艺术创作及评论，都有重

---

1 叶朗主编：《中国历代美学文库・秦汉卷》，北京：高等教育出版社，2003年，第514页。
2 祁志祥：《中国美学全史・先秦至六朝美学》，上海：上海人民出版社，2018年，第286页。
3 张彦远：《历代名画记》卷二，杭州：浙江人民美术出版社，2011年，第28页。

要的指导意义，也有广阔的阐释与研究的空间。"中华美学精神"并非抽象的概念，而是有着源远流长、非常丰富的内涵，同时，它也是活的、发展着的。既称"精神"，就是活在当下。中国与西方在审美上当然会有很多共性的东西，否则美学不会成为属于全人类的人文学科；但是，中国美学又确实有着非常独到的特色，与西方美学形成了鲜明的映照。

中国美学有渊深博大的资源，当然也有内在的发展轨迹及彼此联系的逻辑框架。它们并不是以美学学科的形式存在，而是包蕴作为中华美学精神生成基因的诗学元素在诗学、画学或书法、音乐等理论或批评的文献之中。它有待于当代学者的阐释、提纯、整合，从而建构起中国美学的理论大厦。这方面，历代已经积累了很多卓著的成果。中华美学精神就是蕴含在浩如烟海的文学艺术理论及批评之中，通过具体的门类资源勃发出理论活力。本文虽然篇幅已经不小，但还有很多问题无法展开。本文所论及的三个问题，在笔者看来，能够体现出中华美学精神的几个重要侧面。而笔者认为，这几个侧面，的确是具有中国人审美思维的民族特色的内涵。其实它们都有深厚的哲学土壤，而且成为民族性的思维品格，或许可以说，是作为普遍的艺术思维方式的。"感兴"作为艺术创作发生论，在诸多审美范畴中是具有核心地位的，它可以挽合许多相关的范畴、命题（如感物、天机、神思等）。而作为艺术创作发生论的概括，它涉及到中国艺术理论在创作发生上的诸多方面，同时，也根植于中国哲学的最基本的"天人合一"的思维取向。而有关于理性与感性的动态和谐，同样是中国古代的艺术观念的特征。在中国古代的文学艺术理论中，感性和理性不是分张、对立的，而是彼此涵容的。在诗学中关于"理"的认识，关于"情"的内蕴，都可以说明这种特征。这与中国人哲学思维的方式也是有内在联系的。"自然"作为中国文学艺术的审美理想和价值标准，更是普遍的存在，它所体现的美学意义及内在机理，在诗学文献中得到充分的呈现。

"中华美学精神"给我们提供了关于中国美学研究的深化之路。一方面要在中国哲学思维的根脉中发现它的成因，另一方面要对其在文学艺术的理论与创作中进行提炼与整合。中国诗学所蕴含的美学观念，值得我们更多地探寻。这对当代中国的美学或文论学者而言，是一个重要的契机！

注：本文写作过程中，受章启群先生《论魏晋自然观》（北京大学出版社，2000年），蔡钟翔、曹顺庆先生《自然·雄浑》（中国人民大学出版社，1996年）及陈丽丽《"自然"观念的繁衍与深化》（《中国文学批评》2018年4期）等论著的启发，在此一并致以深深的谢意！

（原载《中国文艺评论》2020年第3期）

中华美学精神与当代审美追求结合的重要命题

习近平总书记在2014年文艺工作座谈会上提出的"中华美学精神"重大命题，近年来得到广大理论工作者和文艺工作者的高度认同，并产生了很多学习与研究的论著，在文艺创作方面，也推出了很多闪烁着"中华美学精神"的精品力作。在2021年12月召开的中国文联十一大、中国作协十大开幕式上，习近平总书记又作了重要讲话，提出了"把中华美学精神和当代审美追求结合起来"的深刻理论命题，这是马克思主义文艺理论的中国化，对当前的中国美学研究和文艺创作实践都有着不可忽视的指导意义。这个命题使得"中华美学精神"似乎更具传统色彩的概念，与更具当代审美实践性质的美学追求得以贯通与融合，从而焕发出勃勃生机。我们要思考的问题在于，"中华美学精神"与"当代审美追求"的理论内涵应该如何理解？二者又在何种层面上贯通起来？对这个问题的理解，关系到马克思主义与中华优秀传统文化相结合的文艺路径的探讨问题，同时关系到实现中华美学精神的当代价值和社会主义文艺事业的走向。本文拟对此作初步的探讨。

一、如何理解"中华美学精神"

习近平总书记在中国文联十一大、中国作协十大开幕式上的重要讲话中指出:"博大精深的中华文明是中华民族独特的精神标识,是当代中国文艺的根基,也是文艺创新的宝藏。中国文化历来推崇'收百世之阙文,采千载之遗韵'。要挖掘中华优秀传统文化的思想观念、人文精神、道德规范,把艺术创造力和中华文化价值融合起来,把中华美学精神和当代审美追求结合起来,激活中华文化生命力。故步自封、陈陈相因谈不上传承,割断血脉、凭空虚造不能算创新。要把握传承和创新的关系,学古不泥古、破法不悖法,让中华优秀传统文化成为文艺创新的重要源泉。"[1]这段论述正是揭示了"中华美学精神和当代审美追求结合起来"这一命题的内在意蕴。文艺创新并非凭空虚造,而是要以中华美学精神作为渊源和内蕴;中华美学精神并非仅是文化遗产,而是应在当代的文艺创新中成为有机的元素。

中华美学精神应该如何理解?这是一个值得追问的问题。自从习近平总书记在文艺工作座谈会上提出"中华美学精神"这个概念后,学术界、理论界发表了许多理解和阐释"中华美学精神"的论著,形成了美学研究的一个热点。但由于中华美学精神的渊深博大,迄今尚无接近一致的理解和诠释。要理解"中华美学精神和当代审美追求结合起来"的命题,应先对"中华美学精神"有一个基本的认识。

我们认为,习近平总书记提出"中华美学精神"的着眼点,是在文学艺术领域中对中华优秀传统文化的传承与弘扬,是深深植根于中华文化的沃土中的,从而开创出具有鲜明中国特色的文学艺术的新生面。对于"中华美学精神"的理解,离不开这个着眼点。在更为宏观

---

[1] 习近平:《在中国文联十一大、中国作协十大开幕式上的讲话》,北京:人民出版社,2021年,第11页。

的背景下，习近平总书记提出了"中国精神"，在文艺工作座谈会上的讲话中第四节就是："中国精神是社会主义文艺的灵魂"。在这里总书记作了深刻的阐述："每个时代都有每个时代的精神。我曾经讲过，实现中国梦必须走中国道路、弘扬中国精神、凝聚中国力量。核心价值观是一个民族赖以维系的精神纽带，是一个国家共同的思想道德基础。如果没有共同的核心价值观，一个民族、一个国家就会魂无定所、行无依归。为什么中华民族能够在几千年的历史长河中生生不息、薪火相传、顽强发展呢？很重要的一个原因就是中华民族有一脉相承的精神追求、精神特质、精神脉络。"[1] 这是习近平总书记关于"中国精神"的重要论述，对我们理解"中华美学精神"至关重要。很明显，中华美学精神是中国精神的审美层面，而中国精神则是中华美学精神的根源和基础。从习近平总书记的论述中可以体会到，中国精神就是中华民族的灵魂，也是核心价值观所系。讲话中尤其强调的是"中国精神"的传承性，它并非止于传统，也非仅限于当下，而是一脉相承、生生不息的。

"中华美学精神"是在"中国精神"这部分中论述的，足见二者之间的内在联系。中华美学精神是中国精神在审美层面的体现，因而，不可能离开中国精神这个"母体"。在某种意义上，中华美学精神并非一个纯粹的美学问题，而是中国精神在审美观念、审美方式上的显现。在文艺工作座谈会上的讲话中，习近平总书记指出："中华民族在长期实践中培育和形成了独特的思想理念和道德规范，有崇仁爱、重民本、守诚信、讲辩证、尚和合、求大同等思想，有自强不息、敬业乐群、扶正扬善、扶危济困、见义勇为、孝老爱亲等传统美德。中华优秀传统文化中很多思想理念和道德规范，不论过去还是现在，都有其永不

---

[1] 习近平：《在文艺工作座谈会上的讲话》，北京：人民出版社，2015年，第22页。

褪色的价值。我们要结合新的时代条件传承和弘扬中华优秀传统文化，传承和弘扬中华美学精神。"[1]习近平总书记高度概括了中华优秀传统文化的基本内涵，也是中华美学精神的文化根基所在。我们可以认为，后者是对前者的审美映像和把握方式。

　　作为一种精神，应该是无形的，或者说是抽象的，但却又是无所不在地呈现于中华民族的审美方式之中的，这其中包括了日常审美和艺术审美。而从艺术审美的角度来看，"美学精神"似应被视为一个民族的特殊的艺术掌握世界的方式。"掌握世界的方式"来源于马克思的美学观念，马克思在其著名的《政治经济学批判导言》中指出："具体总体作为思维总体、作为思维具体，事实上是思维着的、理解的产物；但是，不是处于直观和表象之外或驾于其上而思维着的、自我产生着的概念的产物，而是把直观表象加工成概念这一过程的产物。整体，当它在头脑中作为被思维的整体而出现时，是思维着的头脑的产物，这个头脑用它所专有方式掌握世界，而这种方式是不同地对世界的艺术的、宗教的、实践—精神的掌握的。"[2]这是关于"艺术掌握世界的方式"命题的理论来源。很显然，艺术的掌握世界的方式是不同于其他掌握世界方式的特殊方式。关于"掌握世界方式"的含义，理论界有不同的认识，因而也产生了很多歧义，主要集中在是一种思维方式抑或是实践方式这个问题上。笔者认为，它既是一种思维方式，也是一种实践方式。在这里，笔者引述邢煦寰先生的有关理解，他认为："如果我们仅仅从'思维用来掌握具体并把它当作一个精神上的具体再现出来的方式'来看马克思所说的'掌握世界的方式'，这就是指思维方

---

1 习近平：《在文艺工作座谈会上的讲话》，北京：人民出版社，2015年，第26页。
2 马克思：《政治经济学批判导言》，《马克思恩格斯选集》第二卷，北京：人民出版社，1966年，第215页。

式，如果我们从人的整个头脑与世界的关系的角度来看马克思所说的'掌握世界的方式'，这就是指人类认识、反映世界的方式即意识形态或观念形态；如果我们从人类实践与世界关系的角度来看马克思所说的'掌握世界的方式'，这就是指实践方式。那么，如果我们从人类整体与客观世界的全面精神关系和物质实践关系来看马克思所说的'掌握世界的方式'，这就不但不仅仅是指思维方式，而且不仅仅是指认识和反映世界的方式或单一实践方式，而应该是指人类认识和改造世界的方式。也就是说，人类掌握世界的方式，是一个多层次的统一整体，是一个由多种层次和因素构成的动态系统。具体来说，它起码应该包含和综合这样几大层次：思维方式层次、反映方式层次、实践方式层次等。从整体来说，人类对世界的掌握方式，应该是思维方式、认识方式和实践方式的统一。"[1]从总体上来说，笔者是颇为认同邢煦寰先生的观点的。

艺术掌握世界的方式，不但有思维方式层面的意义，还有认识方式与实践方式层面的意义，在宏观层面上涵容了中华美学精神，在微观层面上呈现着中华美学精神。它不仅是认知，更是创造；不仅是传承，更是弘扬。习近平总书记在文艺工作座谈会上的讲话中论述了中华美学精神的具体表现，并将其凝缩于这样的阐述中："中华美学讲求托物言志、寓理于情，讲求言简意赅、凝练节制，讲求形神兼备、意境深远，强调知、情、意、行相统一。我们要坚守中华文化立场、传承中华文化基因，展现中华审美风范。"[2]可以看出，习近平总书记连续用了三个"讲求"来提炼中华美学精神的核心内容，这三个"讲求"是对中华美学思想系统中的许多美学命题进行概括升华以后所提出的

---

[1] 邢煦寰：《艺术掌握论》，北京：北京时代华文书局，2016年，第5页。
[2] 习近平：《在文艺工作座谈会上的讲话》，北京：人民出版社，2015年，第26页。

新的重要命题。笔者认为,这三个"讲求",分属不同的层面,但都是针对文学艺术创作而言的。"托物言志、寓理于情",是中国文学艺术创作中审美运思的独特方式;"言简意赅、凝练节制",是中国文学艺术创作中审美表现的独特方式;"形神兼备、意境深远",是中国文学艺术作品审美存在的独特方式。[1]每一个"讲求",都是从中国文学艺术的审美观念系统中概括出来的。"言志"是中国诗学传统中的核心观点,所谓"诗言志"。而志又是与情密切相关的,情志并非分离,更非理性与感性的分野。"托物"是中国文学艺术的基本手法,比兴两法,实质都是托物。"寓理于情"也是中国文学艺术所独有的艺术表现方式。抽象言理,是中国文论所反对的。从表现的角度来说,"言简意赅、凝练节制"最能代表中国文艺创作的基本取向,所谓"以少总多""万取一收"等,在中国的艺术表现论中是非常普遍的观念。从作品的角度看,"形神兼备、意境深远"是最具代表性的观念。无论是诗词曲,还是绘画、书法,都主张以形传神,而不满意于形似。这三个"讲求",联系起来体现出中国文艺作品的独特美学意识和操作方式。

二、如何理解"当代审美追求"

对"当代审美追求"又应作何理解?笔者以为,"当代审美追求"是一种当代人进行审美活动的目的性和实践性的概括,是当代中国人审美理想、审美趣味、审美标准的总称。之所以称为"追求",是因为随着物质文明的高度发展、生活水平的飞速提高,人民群众的审美需求也在不断强化与提升。因此作为动态概念的"当代审美追求"蕴含着两层含义:一是要满足当下的审美需求,二是要超越当下的审美需求。"审美追求"这个概念具有充分的实践属性,同时也具有强烈的时

---

[1] 张晶:《中华美学精神的诗学基因》,《人民论坛》2017年第33期,第55页。

代气息。其首先表现在当下的艺术实践中，其中尤其以一部分为人民群众所喜闻乐见的优秀艺术作品中所彰显的美学理念为代表。这些作品取材于人民群众伟大的生活实践，无论是从创作者的角度还是从欣赏者的角度来看，"当代审美追求"都是人民立场的美学表达。在文艺工作座谈会上，习近平总书记就非常明确地提出了"坚持以人民为中心的创作导向"，并指出"以人民为中心，就是要把满足人民精神文化需求作为文艺和文艺工作的出发点和落脚点，把人民作为文艺表现的主体，把人民作为文艺审美的鉴赏家和评判者，把为人民服务作为文艺工作者的天职"。[1]在党的十八大以来的文艺创作中，很多文艺工作者都以习近平总书记"以人民为中心"的重要论述作为创作导向，创作出了许多具有时代气息和满足人民审美需要的精品力作。如小说《装台》《金谷银山》《北上》《暖夏》《战国红》《一日三秋》《人世间》等；电视剧《平凡的世界》《觉醒年代》《跨过鸭绿江》《山海情》《人世间》等；电影《我和我的祖国》《长津湖》《1921》《狙击手》《流浪地球》等。这些精品力作之所以受到人民群众的普遍欢迎，是由于它们在一般层面上满足了人民群众的审美追求。然而，人民群众的当代审美追求并不满足于当前的文艺作品，正如习近平总书记所准确判断的："在文艺创作方面，也存在着有数量缺质量、有'高原'缺'高峰'的现象"[2]，这充分说明了人民群众在这种普遍满足的基础上还有着更高层面上的审美追求。这是马克思主义关于由一般层面的量变向更高级别的质变前进的必然规律，也是文艺实践过程中的关键一环。

这就必然要求文艺工作者要清醒地认识到人民群众这一迫切要求，从为人民群众的当代审美追求"雪中送炭"，进而转变到为人民群众的

---

[1] 习近平：《在文艺工作座谈会上的讲话》，北京：人民出版社，2015年，第13-14页。

[2] 习近平：《在文艺工作座谈会上的讲话》，北京：人民出版社，2015年，第9页。

当代审美追求"锦上添花"。[1] 更具体地说，当代文艺工作者不仅要满足人民群众的普遍审美需求，更要在此基础上提高和引导这种审美需求走向更高层面，从而超越当下的审美需求。

由此又引出了为何要超越当下审美需求和如何超越当下审美需求这两个问题。我们首先回答为何的问题。这需要从文艺的本质来考察。众所周知，文艺来源于生活，又高于生活。这主要体现为"文艺作品中反映出来的生活却可以而且应该比普通的实际生活更高，更强烈，更有集中性，更典型，更理想，因此就更带普遍性"[2]，这也是人类社会需要文艺的根源。随着我国人民物质生活与精神生活水平的提高，人民群众的审美趣味和审美需求也在不断发展变化，审美追求也具有超越性。因此文艺工作和文艺创作不能永远停留在一个水平上，而是要创作出再现生活、说明生活和超越生活的"教科书"般的艺术作品，以此来助力人民群众推动历史和社会的进步。因为文艺能够把日常现象聚集起来，并且能够运用形象思维塑造出在现实中没有见到过的事物，进而会联系到现实去构思成它的理想，为人民群众创造超越当前生活的"世界"。

那么，如何超越当下审美需求呢？马克思主义文艺观要求我们结合实践根源和实践效果来分析文艺创造活动。"从实践的观点出发，马克思主义的创始人一向把文艺创作看作一种生产劳动。"[3] 生产活动作为人类最基本的实践活动，"通过实践而发现真理，又通过实践而证实真理和发展真理。……实践、认识、再实践、再认识，这种形式，循环

---

1 此处出自毛泽东在延安文艺座谈会中描述两种文艺需求的层次。参见毛泽东：《在延安文艺座谈会上的讲话》，《毛泽东选集》第三卷，北京：人民出版社，2008年，第862页。
2 毛泽东：《在延安文艺座谈会上的讲话》，《毛泽东选集》第三卷，北京：人民出版社，2008年，第861页。
3 朱光潜：《西方美学史》，北京：人民文学出版社，2002年，第671页。

往复以至无穷，而实践和认识之每一循环的内容，都比较地进到了高一级的程度"。[1]因此，根据马克思主义的认识论和文艺观，毛泽东同志教导文艺工作者，不能持有"秀才不出门，全知天下事"[2]的观点，"必须到群众中去……到唯一的最广大最丰富的源泉中去，观察、体验、研究、分析一切人，一切阶级，一切群众，一切生动的生活形式和斗争形式，一切文学和艺术的原始材料，然后才有可能进入创作过程"。[3]如是观之，文艺创作只有在不断地实践过程中，才能在满足人民当下审美需求的同时，创作出更高层次的文艺作品，为人民提供超越当下审美需求的作品，以此来帮助人民群众实现从"下里巴人"到"阳春白雪"的审美飞跃。

进入新时代，习近平总书记"希望广大文艺工作者坚守人民立场……把人民放在心中最高位置，把人民满意不满意作为检验艺术的最高标准"[4]，这是对把实践来源和实践效果相结合这一马克思主义文艺观的继承与发展。由于"人民"的概念是具有历史性的，这里所指的"人民"已不是那个处于需要文艺工作普及阶段的历史上的"人民"，而是处于需要文艺工作提高阶段的"人民"。"人民要求普及，跟着也就要求提高，要求逐年逐月地提高"[5]，这是马克思主义"实践论"的内在要求和规律，也是要创造出超越当下审美需求的文艺作品的创作旨

---

[1] 毛泽东：《实践论》，《毛泽东选集》第一卷，北京：人民出版社，2008年，第296-297页。

[2] 毛泽东：《实践论》，《毛泽东选集》第一卷，北京：人民出版社，2008年，第296-297页。

[3] 毛泽东：《实践论》，《毛泽东选集》第一卷，北京：人民出版社，2008年，第296-297页。

[4] 习近平：《在中国文联十一大、中国作协十大开幕式上的讲话》，北京：人民出版社，2021年，第7页。

[5] 毛泽东：《在延安文艺座谈会上的讲话》，《毛泽东选集》第三卷，北京：人民出版社，2008年，第862页。

归。因此，在当今物质文化和精神文化高度发展的语境下，中国人民的审美趣味、审美标准在指涉当下的同时，更是指向着未来，内涵着"实践、认识、再实践、再认识"[1]无限循环的马克思主义辩证唯物论的知行统一观。

此外，超越当下审美需求，要在坚持以人民为中心的文艺观的基础上，批判地吸收古今中外优秀文艺作品中有益的东西，"作为我们从此时此地的人民生活中的文学艺术原料创造作品时候的借鉴"[2]。对中外优秀文学艺术遗产有无借鉴，会使文艺创作"有文野之分，粗细之分，高低之分，快慢之分"[3]。我们要"古为今用、洋为中用、辩证取舍、推陈出新，摒弃消极因素，继承积极思想"[4]。这其中尤其对优秀中华传统文艺作品的吸收和借鉴，是中华美学精神贯通于当代审美追求，实现中华文化创造性转化和创新性发展的重要途径。

"当代审美追求"的另一含义，笔者以为是在当今高科技、信息化、数字化的背景下产生的不同于传统的新的审美体验和文艺生产方式。媒介环境决定了文艺的生产方式和传播形态，在一定程度上也决定了人民群众的审美心理结构和审美方式。虽然在日常审美过程中，人民群众对媒介环境的影响已经习焉不察，然而它却作为一种隐形力量影响着现代审美追求的形成和发展。这也是唯物主义的基本认知，正如马克思主义也是在资产阶级出现之后才诞生的那样，如果没有出现机器就不会有工厂和工人，也就自然不会有工人阶级，更不会有马

---

1 毛泽东：《实践论》，《毛泽东选集》第一卷，北京：人民出版社，2008年，第297页。
2 毛泽东：《在延安文艺座谈会上的讲话》，《毛泽东选集》第三卷，北京：人民出版社，2008年，第860页。
3 毛泽东：《在延安文艺座谈会上的讲话》，《毛泽东选集》第三卷，北京：人民出版社，2008年，第860页。
4 习近平：《在文艺工作座谈会上的讲话》，北京：人民出版社，2015年，第26页。

克思主义诞生的阶级基础。

当前的技术环境不仅带来了丰富的艺术作品，拓展了文艺空间，更重要的是大大增加了人民群众参与艺术实践的可能性，人民群众不仅可以即时进行意见反馈，并且可以通过各种平台进行自己的艺术创作，从而将人民群众真正纳入到文艺创作的过程之中。与传统的文艺形式相比，如习近平总书记指出的，"今天，各种艺术门类互融互通，各种表现形式交叉融合，互联网、大数据、人工智能等催生了文艺形式创新"[1]。比如，北京2022年冬奥会开幕式利用当下媒介技术制造的视觉奇观，使人产生了与以往的艺术创作和体验迥然有异的艺术效果，令全世界大为惊叹。此外人民群众可以利用抖音、快手、微博等平台制作各种文艺类的短视频，利用互联网平台进行网络文艺创作，利用VR设备和人工智能设备体验并参与虚拟艺术的创作，还可以通过弹幕的方式参与文艺评论等，这些都是传统艺术体验和生产无法实现的。

然而，"我们必须明白一个道理，一切创作技巧和手段都是为内容服务的。科技发展、技术革新可以带来新的艺术表达和渲染方式，但艺术的丰盈始终有赖于生活"。[2]新技术所催生的审美追求，必然带有机械的技术理性，这就要求文艺工作者发挥人的主观能动性，剔除技术理性所带来的审美追求同质化和排他性（由于技术条件和社会的局限性所致），回归人的根本价值追求，这样才能产生真正的符合人类和时代发展的当代审美追求。

---

[1] 习近平：《在中国文联十一大、中国作协十大开幕式上的讲话》，北京：人民出版社，2021年，第12页。
[2] 习近平：《在中国文联十一大、中国作协十大开幕式上的讲话》，北京：人民出版社，2021年，第12页。

三、"中华美学精神"与"当代审美追求"如何结合

"中华美学精神"与"当代审美追求"的结合是一个值得我们思考并找出可操作方式的美学命题。习近平总书记在中国文联十一大、中国作协十大开幕式上的重要讲话中加以阐明，其实正是之前关于"中华美学精神"的重要论述的发展。"中华美学精神"并非仅是一个理论问题、一个仅供学院派研究的课题，而是关系到中国文艺事业是否能够走出一条中国特色的繁荣之路的问题。在文艺工作座谈会上，习近平总书记指出了"双创"的正确方向，认为："传承中华文化，绝不是简单复古，也不是盲目排外……'以古人之规矩，开自己之生面'，实现中华文化的创造性转化和创新性发展。"[1]在中国文联十大、中国作协九大开幕式上，习近平总书记的讲话又对此进行了延伸和发展，指出："要加强对中华优秀传统文化的挖掘和阐发，使中华民族最基本的文化基因同当代中国文化相适应、同现代社会相协调，把跨越时空、超越国界、富有永恒魅力、具有当代价值的文化精神弘扬起来，激活其内在的强大生命力，让中华文化同各国人民创造的多彩文化一道，为人类提供正确精神指引。"[2]习近平总书记在这里已经指出了"中华美学精神"和"当代审美追求"相贯通的基本路径，而且，同样是在中国文联和中国作协的全国代表大会上致辞的语境，因而，也是针对文学艺术的创作而言的。这是繁荣我国文学艺术创作的文化本质。

"托物言志、寓理于情"的创作理念，对当代文艺创作有着重要的启示意义。"志"是什么？是作家、艺术家的个人情志，也是中华民族伟大复兴的伟大愿景。志与情不能分离。文论中将"言志"与"缘情"

---

1 习近平：《在文艺工作座谈会上的讲话》，北京：人民出版社，2015年，第26页。
2 习近平：《在中国文联十大、中国作协九大开幕式上的讲话》，北京：人民出版社，2016年，第15-16页。

割裂开来的认知是不可取的。刘勰在《文心雕龙》的《明诗》中就将情、志连为一体:"人禀七情,应物斯感;感物吟志,莫非自然。"[1]史学家、文学家范晔也说:"情志既动,篇辞为贵。抽心呈貌,非雕非蔚。"[2]其都是以情与志为一体化的,它们之间如果说有差异的话,则是在于志更有目的性和动态性。正如《毛诗正义》对《诗大序》中"诗者,志之所之也,在心为志,发言为诗"[3]的阐释所说:"诗者,人志意之所之适也。虽有所适,犹未发口,蕴藏在心,谓之为志。发见于言,乃名为诗。言作诗者,所以舒心志愤懑,而卒成歌咏。故《虞书》谓之'诗言志'也。包管万虑,其名曰心;感物而动,乃呼为志。志之所适,外物感焉,言悦豫之志则和乐兴而颂声作,忧愁之志则哀伤起而怨刺生。"[4]托物言志,即是感于外物而言志,而非"闭门造车"。比、兴两种手法都是托物言志,前者主要是索物而言情,后者则是感物而兴情。我们的文学艺术创作,不应只是凭空想象,而应在自然与社会事物的感发中生成创作冲动,"物"既包含了自然事物,也包含了社会事物。"寓理于情"尤能体现中国美学的特色。好的作品当然是具有理性内容的,能给予人们以向上的精神指引,但若空言性理,则不称其为艺术。南北朝时的诗论家钟嵘指责当时诗坛上那种玄言盛行、空言性理的风气时说:"永嘉时,贵黄老,稍尚虚谈。于时篇什,理过其辞,淡乎寡味。爰及江表,微波尚传,孙绰、许询、桓、庾诸公诗,皆平典似《道德论》,建安风力尽矣。"[5]宋人严羽也认为:"诗有别材,非关

---

[1] 范文澜:《文心雕龙注》上册,北京:人民文学出版社,1958年,第65页。
[2] 范晔:《后汉书·文苑列传赞》,北京:中华书局,1965年,第2658页。
[3] 李学勤主编:《十三经注疏整理本·毛诗正义》,北京:北京大学出版社,2000年,第7页。
[4] 李学勤主编:《十三经注疏整理本·毛诗正义》,北京:北京大学出版社,2000年,第7页。
[5] 钟嵘:《诗品序》,李壮鹰主编:《中华古文论释林·魏晋南北朝卷》,北京:北京大学出版社,2011年,第368页。

书也；诗有别趣，非关理也""不涉理路，不落言筌者，上也。"[1]这是文论史上对于空言性理的倾向的批判；然而，文学艺术创作不应没有理性、缺乏思想导向，严羽又认为："然非多读书，多穷理，则不能极其至。"[2]清初大思想家王夫之反对"无理有诗"的观念，他说："王敬美谓'诗有妙悟，非关理也。'非谓无理有诗，正不得以名言之理相求耳。"[3]文学艺术中的"理"是作品的重要价值，没有"理"的光芒，作品则会黯然失色。那种非理性主义的创作倾向，决非人民的审美需要；但如果空谈政治抽象言理，就谈不上艺术创作。艺术作品可能而且应该包含着多重价值，但这都要包含在具体的可感表现中。正如斯托洛维奇所指出的那样："艺术价值不是独特的自身闭锁的世界，艺术可以具有许多意义，功利意义（特别是实用艺术、工艺品艺术设计和建筑）和科学认识意义、政治意义和伦理意义。但是如果这些意义不交融在艺术的审美冶炉中，如果它们同艺术的审美意义折衷地共存并处而不是有机地纳入其中，那么作品可能是不坏的直观教具，或者是有用的物品，但是永远不能上升到真正艺术的高度。"[4]因此，"寓理于情"对于艺术创作而言，是真正实现作品的价值的运思方式。

"言简意赅、凝练节制"在中国的文艺思想中具有普遍性的审美取向，在艺术表现中成为作家、艺术家共同认可的创作方法。在有限的媒介表现之外，包含着渊远深广的意味。刘勰所说的"以少总多，情

---

[1] 严羽：《沧浪诗话·诗辨》，《沧浪诗话校释》，郭绍虞校释，北京：人民文学出版社，1983年，第26页。
[2] 严羽：《沧浪诗话·诗辨》，《沧浪诗话校释》，郭绍虞校释，北京：人民文学出版社，1983年，第26页。
[3] 王夫之：《古诗评选》卷四，《船山全书》第十四册，长沙：岳麓书社，1996年，第687页。
[4] ［爱沙尼亚］列·斯托洛维奇：《审美价值的本质》，凌继尧译，北京：中国社会科学出版社，1984年，第167页。

貌无遗"[1]，宋代诗人梅尧臣所说的"必能状难写之景，如在目前，含不尽之意，见于言外，然后为至矣"[2]，严羽所说的"言有尽而意无穷"[3]，王夫之所说的"墨气所射，四表无穷，无字处皆其意也"[4]，都是讲"言简意赅、凝练节制"的创作方法。在当下的文艺创作中，这些创作方法同样也是实现审美价值的最佳方式。如电视剧《人世间》对小说原著的再创作，舍弃了原著中周蓉和玥玥在法国12年的大篇幅的描写，而使作品的主线更为集中鲜明。相反，有些网络小说为了经济效益，篇幅惊人地冗长，令人无法卒读，其效果是很差的。

"形神兼备、意境深远"是我国文艺最为追求的作品形态与艺术效果，也是最佳的审美效应。"形神"在传统的艺术理论中指人物的形体和神韵，顾恺之提出"以形写神""传神写照"，有学者提出顾恺之仅是在主张"传神"论，这种观点并不然，他其实是主张形神兼备的。苏轼认为："论画以形似，见与儿童邻。"[5]其出于文人画的立场，所论较为偏颇。宋人晁说之（字以道）则不同意他的观点，认为"画写物外形，要物形不改；诗传画外意，贵有画中态"[6]，论画主张形神兼备。金代文学家王若虚非常推崇苏轼，而在这个问题上他与晁以道同一见解，他以为苏轼辩解的角度说："东坡云：'论画以形似，见与儿童邻。赋

---

1 范文澜注：《文心雕龙注》下册，北京：人民文学出版社，1958年，第694页。
2 欧阳修：《六一诗话》，[清]何文焕辑：《历代诗话》，北京：中华书局，1981年，第267页。
3 严羽：《沧浪诗话·诗辨》，《沧浪诗话校释》，郭绍虞校释，北京：人民文学出版社，1983年，第26页。
4 王夫之：《薑斋诗话》卷二，《薑斋诗话笺注》，戴鸿森笺注，北京：人民文学出版社，1981年，第138页。
5 苏轼：《书鄢陵王主簿所画折枝二首》，王水照选注：《苏轼选集》，上海：上海古籍出版社，2014年，第191页。
6 晁说之：《景迂论形意》，俞剑华编：《中国古代画论类编》，北京：人民美术出版社，1998年，第66页。

诗必此诗，定非知诗人。'夫所贵于画者，为其似耳。画而不似，则如勿画。命题而赋诗，不必此诗果为何语。然则坡之论非欤？曰：论妙于形似之外，而非遗其形似，不窘于题，而要不失其题，如是而已耳。"[1]明代杨慎也持形神兼备的看法，他评价说："东坡先生诗曰：'论画以形似，见与儿童邻。作诗必此诗，定知非诗人。'言画贵神，诗贵韵也。然其言有偏，非至论也。晁以道和公诗云：'画写物外形，要物形不改。诗传画外意，贵有画中态。'其论始为定，盖欲以补坡公之未备也。"[2]可见，主张形神兼备者，在中国文论中是普遍的。

"意境深远"最能体现我国文艺作品的独特审美价值，从古至今，有意境之作为上乘之作。唐代诗人王昌龄就提出了"意境"这个美学范畴，并主张"夫置意作诗，即须凝心，目击其物，便以心击之，深穿其境"[3]。此后以意境论诗者代不乏人。如明代诗论家朱承爵所说："作诗之妙，全在意境融彻，出音声之外，乃得真味。"[4]画论中如清代画家笪重光以意境论画之创作，如说："绘法多门，诸不具论。其天怀意境之合，笔墨气韵之微，于兹编可会通焉。"[5]他还有一段著名画论是画之意境的名言："空本难图，实景清而空景现；神无可绘，真境逼而神境生。位置相戾，有画处多属赘疣；虚实相生，无画处皆成妙境。"[6]王

---

[1] 王若虚：《滹南诗话》卷二，丁福保辑：《历代诗话续编》，北京：中华书局，1983年，第515页。
[2] 杨慎：《升庵诗话》卷十三，丁福保辑：《历代诗话续编》，北京：中华书局，1983年，第897页。
[3] 王昌龄：《诗格》，张伯伟：《全唐五代诗格汇考》，南京：凤凰出版社，2002年，第162页。
[4] 朱承爵：《存馀堂诗话》，[清]何文焕辑：《历代诗话》，北京：中华书局，1983年，第792页。
[5] 笪重光：《画筌》，俞剑华：《中国古代画论类编》，北京：人民美术出版社，1998年，第817页。
[6] 笪重光：《画筌》，俞剑华：《中国古代画论类编》，北京：人民美术出版社，1998年，第814页。

国维论诗词戏曲皆以"有境界"为最上乘，境界也与意境通用。如说："然元剧最佳之处，不在其思想结构，而在其文章。其文章之妙，亦一言以蔽之，曰：有意境而已矣。何以谓之有意境？曰：写情则沁人心脾，写景则在人耳目，述事则如其口出是也。古诗词之佳者，无不如是。元曲亦然。明以后其思想结构，尽有胜于前人者，唯意境则为元人所独擅。"[1]王国维可称为意境论的集大成者。

形神兼备，意境深远，不仅在传统文艺作品中是最佳审美价值的呈现，当代的艺术创作也以此作为价值标准，包括文学、绘画、影视、戏曲等。当代艺术所谓"形神"，不仅是一般所说的"形式"与"内涵"，而且是新的媒介所展现的审美奇观。如2022年的冬奥会开幕式所运用的艺术手法，就是最为经典的例子。

四、结语

习近平总书记所提出的"把中华美学精神和当代审美追求结合起来"，[2]是具有重要理论意义和实践意义的美学命题，是马克思主义文艺理论的中国化，也是对"中华美学精神"的发展。这个命题无疑会切实推动美学理论研究和当代中国的文艺创作实践。这当然也是"文化自信"在美学上的落实与体现。

"中华美学精神"与"当代审美追求"两者之间有明显的区别，但又是互相贯通的。既云"精神"，就不是封闭的、静态的，而是活跃的、充满生命力的。"当代审美追求"是一个富有创新性质的概念，更多地体现在实践层面。当代审美需求是立足于当下人民群众的社会实

---

[1] 王国维：《宋元戏曲考》，《中华古文论释林·近代卷》，北京：北京大学出版社，2011年，第353页。
[2] 习近平：《在中国文联十一大、中国作协十大开幕式上的讲话》，北京：人民出版社，2021年，第8页。

践、艺术文化实践而形成的文化追求，因而自然是受到当下社会政治环境、文化状态、媒介环境综合影响的结果。然而，当代审美追求在当代审美基本需求的基础上，应该具有先导性，这意味着当代审美追求不仅是立足于当下的社会文化状态，还应该是民族文化属性和时代发展趋势的代表。因此，把握和引导当代审美追求，必须与中华美学精神相结合，充分汲取中华优秀传统文化的精华，立足当下，这样才能真正创作出艺术上的高峰作品，才能真正满足人民群众的当代审美追求。

（本文与解英华博士合作，原载《中国文艺评论》2022年第5期）

从"诗用比兴"到"弘扬中华美学精神"

整整一百年,中国共产党走过了何等辉煌卓绝的历程,创造了何等伟大光辉的历史,又书写了何等灿烂夺目的篇章!以习近平同志为核心的党中央,提出的"四个自信",最为重要也是最为根本的是文化自信。中国共产党之所以能够取得这样的伟大胜利,是将马克思主义真理与中国革命的具体实践相结合。而这种结合,又是建立在立足于中华民族文化的根基之上。在今天实现民族复兴的伟大事业中,这种文化强国、文化兴国的理念,成为全党的共识。习近平同志在党的十九大报告中这样阐述:"文化是一个国家、一个民族的灵魂。文化兴国运兴,文化强民族强。没有高度的文化自信,没有文化的繁荣兴盛,就没有中华民族伟大复兴。要坚持中国特色社会主义文化发展道路,激发全民族文化创新创造活力,建设社会主义文化强国。"[1]这是我们党立足于新发展阶段对于"文化自信"的基本立场,同时,也表明了中国共产党对于文化的一贯态度。

---

[1] 习近平:《论党的宣传思想工作》,北京:中央文献出版社,2011年,第10页。

一

　　作为开创中国革命事业、并带领中国人民走向繁荣富强的伟大领袖，毛泽东同志不仅是伟大的政治家、军事家，而且还是划时代的伟大诗人！毛泽东同志非常谙熟中华传统文化，并且高度重视党的文化工作。对于文艺在文化工作中的重要地位和功能，毛泽东也予以前所未有的高度重视。1942年毛泽东亲自主持召开了延安文艺座谈会，并在会上发表了重要讲话，这就是著名的《在延安文艺座谈会上的讲话》（以下简称《讲话》）。《讲话》提出的最根本的问题就是"为什么人"的问题，《讲话》指出，就是为最广大的人民大众，指明了无产阶级文艺发展的根本方向，成为党的文艺工作的总的指导思想。毛泽东作为一个伟大的诗人，一生在从事艰苦卓绝的革命斗争实践的过程中，写下了令无数诗人词人"竞折腰"的壮美诗词，成为20世纪诗坛上的经典。对于美学问题，毛泽东也有独特的理解。《诗刊》1978年1期上发表毛泽东的《给陈毅同志谈诗的一封信》，提出"又诗要用形象思维，不能如散文那样直说，所以比、兴两法是不能不用的"重要美学见解。我们当然可以将这种观点理解为毛泽东同志的个人的美学趣味，但因毛泽东的领袖地位及崇高威望，关于形象思维的论述对文艺理论界、美学界产生了重大影响。而且，毛泽东同志将比兴纳入形象思维问题的内涵之中，使这个莫衷一是的理论命题，有了中国美学的阐释。

　　"形象思维"本来是舶来的概念，却在中国的文艺理论界形成了争议的话题中心。最早正面提出这个概念的是俄国著名文艺理论家别林斯基。别林斯基论述诗歌的民族性时指出："既然诗歌不是什么别的东西，而是寓于形象的思维，所以一个民族的诗歌也就是民族的意识。"[1]"形象思维"在别林斯基的理论体系中绝非偶然,而是作为他的最为基本的创作观念。他认为诗的内涵是真理,而其表现却是形象的形式。别林斯基还在其他文章中也说:"诗是寓于形象的思维""艺术是对真理的直感的观察,或者说是寓于形象的思维"等。马克思主义文艺理论家普列汉诺夫认同并发挥了别林斯基的"形象思维"这个核心范畴,也将其作为艺术创作的根本规律,他说:"我们已经知道,依据别林斯基的定义,诗是直观形式中的真理,它的对象是同哲学的对象一样的,也就是绝对观念,而绝对观念在艺术中是在形象上显现出来的。"[2]普氏还有更为著名的论述:"艺术既表现人们的感情,也表现人们的思维,但是并非抽象地表现,而是用生动的形象来表现。"[3]苏联文学的领袖高尔基也提出用形象来思考"应当描绘,应当用形象来影响读者的想象力,而不是作纪录。叙述不是描绘。思想和印象必须化为形象"[4]。前苏联著名作家法捷耶夫在论述艺术特点时直接用了"形象思维"这个概念,并且颇具系统性地指出[5]:"这些直感形象组成了形象,组成了形象体系,然而,艺术的特殊性就在于作品中这些形象和整个形象体系必须保存直感性外表和现实生活的幻影,否则,就不是艺术作品了。"[6]

---

1 中国社会科学院外国文学研究所外国文学研究资料丛刊编辑委员会编:《外国理论家作家论形象思维》,北京:中国社会科学出版社,1979年,第55页。
2 中国社会科学院外国文学研究所外国文学研究资料丛刊编辑委员会编:《外国理论家作家论形象思维》,北京:中国社会科学出版社,1979年,第129页。
3 中国社会科学院外国文学研究所外国文学研究资料丛刊编辑委员会编:《外国理论家作家论形象思维》,北京:中国社会科学出版社,1979年,第129页。
4 中国社会科学院外国文学研究所外国文学研究资料丛刊编辑委员会编:《外国理论家作家论形象思维》,北京:中国社会科学出版社,1979年,第155页。
5 中国社会科学院外国文学研究所外国文学研究资料丛刊编辑委员会编:《外国理论家作家论形象思维》,北京:中国社会科学出版社,1979年,第168页。
6 中国社会科学院外国文学研究所外国文学研究资料丛刊编辑委员会编:《外国理论家作家论形象思维》,北京:中国社会科学出版社,1979年,第169页。

形象思维问题在中国理论界两度引发了争论。一次是在二十世纪五六十年代，另一次则是在二十世纪七八十年代。主张形象思维如蒋孔阳、李泽厚等，批评"形象思维"者如郑季翘。李泽厚先后发表了《试论形象思维》《关于形象思维》和《形象思维续谈》等文章。关于形象思维，李泽厚的概括是："形象思维却不同。它是'浮想联翩'——自始至终都不断地有较清晰、较具体的形象的活动，而且这形象及其活动，还是越来越清晰、越明确、越具体。它是一个创造性的综合想象的过程。所以，剖析同于一般思维中形象不自觉地、杂乱无章地或孤立静止地、笼统地浮现。它本身是一个思维过程。"[1]批判形象思维论的代表人物最重要的便是郑季翘，他在党中央机关刊物《红旗》1966年5期上发表了《文艺领域里必须坚持马克思主义的认识论——对形象思维论的批判》，宣称形象思维违反马克思主义认识论，是唯心主义。这是否定形象思维的最具代表性的观点。而到1978年，《诗刊》在第1期上发表了一封毛泽东写给陈毅同志谈诗的信，信中几次提到"形象思维"，明确肯定"诗是要用形象思维"。此信的发表，引发了理论界对形象思维的再度关注，出现了很多论形象思维的文章。形象思维再次成为理论焦点，同时，也是进入新时期以来最早的热点美学话题。

毛泽东同志将"比兴"纳入形象思维问题，这是对中国美学的一个重要贡献。同时，也是比兴在文艺美学框架中，发挥其现代性功能的一个基本路向。形象思维作为艺术思维活动的基本范畴，不仅是存在的，而且是值得深入探讨的。这在中国古代美学和文论中也是多有论及的。宋人严羽所说的"诗有别材，非关书也；诗有别趣，非关理

---

[1] 李泽厚：《试论形象思维》，见李泽厚：《美的哲学》，贵阳：贵州人民出版社，2020年，第195页。

也",就是讲艺术思维的特性。毛泽东以比兴论诗,并将其与形象思维联系在一起,当然也就揭示了比兴的形象思维性质。

比兴作为先秦诗学的基本范畴,本是诗"六义"的两种。"诗六义"即风、雅、颂、赋、比、兴。《诗大序》说:"诗有六义焉:一曰风,二曰赋,三曰比,四曰兴,五曰雅,六曰颂。"普遍的理解是,风雅颂是诗的三类,赋比兴是诗的三种表现手法。如孔颖达《毛诗正义》所言:"然则风雅颂者,诗篇之异体,赋比兴者,诗文之异辞耳。大小不同而得并为六义者,赋比兴是诗之所用,风雅颂是诗之成形,用彼三事,成此三事,是故同称为'义',非别有篇卷也。"比兴作为诗经中所用的主要手法,往往都被汉儒赋予了"美刺"的内涵。正如朱自清先生所指出的:"而照《诗大序》说:'风'是'风化''风刺'的意思,《正义》云:'世谓譬喻不斥言也。'那么,比兴有风化、'风刺的作用,所谓'譬喻',不止于是修辞,而且是'谲谏'了。"[1]比是比喻,即以此物比彼物;兴则是兴起,受外物触发以兴起情感。二者虽是不同的艺术表现手法,但因其密切相关,而在文论史上渐而形成一个范畴。刘勰的《比兴》篇,于此起了关键性的作用。《比兴》篇先是分论比兴的不同性质,"故比者,附也;兴者,起也。附理者切类以指事,起情者依微以拟议。起情者故兴体以立,附理者故比例以生。"不仅是在篇名上合而为一,而且还在"赞语"中深刻地揭示了比兴合成为一个范畴的美学特征:"诗人比兴,触物圆览。物虽胡越,合则肝胆。拟容取心,断辞必敢。攒杂咏歌,如川之涣。"这个赞语是指出比兴的共同特征的,而非单论。"触物圆览"指诗人在外物的触发下产生创作冲动,并在内心形成完整的审美意境。在比兴的作用中,本来是相距甚远的外物,却能在作品中成为一个肝胆一体的意境。这在艺术创作的

---

[1] 朱自清:《诗言志辨》,北京:商务印书馆,2011年,第52页。

过程中，是至关重要的环节。

毛泽东同志以"比兴"来阐释形象思维，这为我们理解形象思维这个重要问题，提供了中国美学的路径。形象思维是指文学艺术创作区别于逻辑思维的独特思维方式，笔者认为这种思维方式不仅是存在的，而且是要深入探讨并且进入到创作实践领域的。我们要创造出无愧于时代、无愧于人民的优秀作品，如果没有形象思维，而是以理性思维的方式、以那种"主题先行"的方式，是根本无法创造出人民所喜爱的作品的。而比兴的创作方法，不再停留在思辨的框架里，则是从艺术实践的层面，解决了这个问题。"形象思维"之所以在美学界和文艺理论界引发了如此广泛而且绵延几十年的讨论，就是因为它是一个关系到文学艺术的思维方式的根本问题。形象思维的要义在于"用形象去思维"或是"伴随着形象的思维"，笔者以为它并非只是在艺术创作中的某一特定阶段，而是思维的全过程。形象思维并不是排除理性的作用，而是将理性融贯于其中。形象思维是相对于逻辑思维的形式而言的，如严羽所说的"诗有别趣，非关理也"，王夫之所说的"经生之理，非关诗理"。形象思维论未能很好解决的问题，如形象如何而来？形象与形式的关系如何？在比兴的有关论述中却是有着深有启示意义的说法。比兴的方法都无法脱离外物而起作用。比是"比方于物"，兴则是"触物以起情"。"物"是形象之源。而中国美学中的"物"，是有颇高的抽象程度的。一般以为，"物"只是自然事物，其实不然。在中国古代文艺理论中，物既包括了自然事物，也包括了社会事物，只要是进入审美主体视野的客体，都可称为"物"。"触物圆览"已经将形象的生成缘起及生成机制作了高度概括。由此可见，比兴并非仅是诗歌的艺术表现手法，而且是中国美学中关于艺术创作的主体与客体、思维与物象的关系的范畴概括。

二

2014年10月15日习近平总书记主持召开文艺工作座谈会，并在会上发表了重要讲话。习近平同志在文艺工作座谈会上的讲话具有划时代的伟大意义，是继毛泽东在延安文艺座谈会上的讲话之后，指引新时代党的文艺工作的指南。这个重要讲话，是针对当时文艺界的一些不良倾向进行的深刻批判，提出了"坚持以人民为中心的创作导向"等一系列重大理论命题。从美学的角度上，习近平同志在讲话中提出"中华美学精神"的理论命题，对于美学与文艺理论研究以及对于文艺创作实践，都具有全面而深刻的指导意义。习近平在讲话中说："我们要结合新的时代条件……传承和弘扬中华美学精神。中华美学讲求托物言志、寓理于情，讲求言简意赅、凝练节制，讲求形神兼备、意境深远，强调知、情、意、行相统一。"[1]习近平同志不仅提出了"中华美学精神"这个至关重要的命题，而且深刻地、集中地概括出这个命题的内涵。笔者个人认为，并不能仅从政治的意义上来理解"中华美学精神"，这个命题对于中华美学传统的传承与升华，对于中华民族优秀文化的创新性发展和创造性转化，都有着不可估量的价值。三个"讲求"，作为"中华美学精神"的内涵，是对中华美学传统的经典性概括，而且具有强烈的时代精神。这三个"讲求"，更为全面地揭示了中国人审美思维的独特方式，尤其是文学艺术创作的独特思维方式。"托物言志、寓理于情"，可以视为审美运思的独特方式。这与中国文论中的比兴创作论关系甚为紧密。比兴的本质，无论是"比方于物"还是"触物兴感"，都是主体与外物的直接联系。西方的文论，或是以模仿

---

[1] 习近平：《在文艺工作座谈会上的讲话》，北京：人民出版社，2015年，第26页。

为价值取向，或是以情感的强烈流露为创作之源，都是偏重于主体或偏重于客体的。而"托物言志"，则是主张在现实生活的触发下产生审美情感，以"言志"为创作目的的。以往人们对"言志"的理解，偏于理性的性质，其实，"志"既包含了理性的思想，也包含着情感和意志，所谓"情志一也"。"寓理于情"，也是中国美学的重要主张。曾有那种"平典似《道德论》"的"理窟""理障"之作，后来受到严羽、王夫之、叶燮等诗论家的批评。寓理于情，情理统一，是中国美学的重要特征。三个"讲求"中的第二个是"言简意赅、凝练节制"，笔者认为是中国美学中关于审美表现的独特方式。诗学中的价值体现在于以少总多，言不尽意，主张以凝练节制的语言表现，含蕴更多的情感内容。刘勰所说的"莫不因方以借巧，即势以会奇，善于适要，则虽旧而弥新矣。是以四序纷回，而入兴贵闲；物色虽繁，而析辞尚简，使味飘飘而轻举，情晔晔而更新。"[1]是很有代表性的。宋人严羽主张诗歌创作应该是"言有尽而意无穷"[2]等等。中国古代文艺理论的文献中关于尚简的论述之多，成为一种普遍的价值标准。第三个"讲求""形神兼备、意境深远"，也同样具有一以贯之的理论生命活力。形神兼备对于作品来说，是一个至高的要求。笔者认为它是作品存在的独特方式。"形神"本来是一对哲学范畴，是讲人的肉体与灵魂的关系。而在文艺理论中，则具有了与此不同的美学意义，更多的是讲作品中形象（尤其是人物形象）的外形与内在神韵的关系。南北朝时期著名画家顾恺之提出的"以形传神"的命题，可以为其代表。意境作为中国美学的核心范畴，涵盖面更为广泛。不仅是诗词，而且如绘画、戏曲等，都是以意境深远为上乘的。

---

1 范文澜注：《文心雕龙注》，北京：人民文学出版社，1958年，第693页。
2 严羽：《沧浪诗话·诗辨》，见何文焕辑：《历代诗话》，北京：中华书局，1981年，第688页。

从毛泽东同志的"诗要用形象思维""比兴两法不能不用",到习近平同志提出的"中华美学精神",跨越了不同的时代,却是中国美学最具代表性的重要命题。它们不仅是充满历史感的,同时,也是富有强烈的现代意义的。在中国共产党创建百年的历史时刻,领悟这两个美学命题,可以使我们更为鲜明地感知,在党的旗帜下,中国美学的发展路向。坚持中国道路,从审美意识的层面来看文化自信,可以使中华美学的传统发扬光大,以至无穷世代!

(原载《中国艺术报》2022年5月24日)

中华美学精神的诗性洞照

——《中华美学精神的诗学基因研究》丛书总序

关于中华美学精神的研究，近年来在美学界已有很多成果，展示出广阔的学术空间。《中华美学精神的诗学基因研究》这套丛书则是其中的一簇小花，但是希望她能闪烁出独特的光彩。中华美学精神当然是植根于中国哲学和中国美学的传统之中，却又是活跃在当下中国人的审美生活里，在很大程度上，也是当下的文学艺术精品创作的独特魅力所在。我们对中华美学精神的探研，立足于中国文化的沃土中，着眼点却是新时代的文学艺术的繁荣与发展。

加强中国特色哲学社会科学学科体系、学术体系和话语体系建设，是新时代的民族复兴大业的需要，也是我们这些理论工作者的使命所系。美学作为"三大体系"建设的重要学科内容，虽然已经取得了长足的进展，但还是特别需要中国特色的彰显与建构。我们之所以从诗学作为基因的意义上来探讨中华美学的理论形态，也是立足于创造性转化和创新性发展的文化立场。

传承与弘扬中华优秀传统文化，对于笔者及撰写团队而言，应该是我们的职责所在。笔者在近30年的中国美学研究中，一直是从当代的视域中来阐发、提炼中华美学的一些具有理论价值的范畴与命题，因为它们是中华优秀传统文化的精神标识。

中华美学精神关乎传统，也即优秀的中华文化传统。它并非是孤立的或静态的，而是"中国精神"的审美层面，而且是在不断地传承着和发扬着的。习近平总书记在2014年10月召开的文艺工作座谈会上的重要讲话中提出了"中华美学精神"的重要命题，是将其放在"第四个问题：中国精神是社会主义文艺的灵魂"这部分中进行阐述的，因此，可以视为中国精神的美学层面。习近平总书记在文艺工作座谈会上的重要讲话中指出："中华民族在长期实践中培育和形成了独特的思想理念和道德规范，有崇仁爱、重民本、守诚信、讲辩证、尚和合、求大同等思想，有自强不息、敬业乐群、扶正扬善、扶危济困、见义勇为、孝老爱亲等传统美德。中华优秀传统文化中很多思想理念和道德规范，不论过去还是现在，都有其永不褪色的价值。我们要结合新的时代条件传承和弘扬中华优秀传统文化，传承和弘扬中华美学精神。中华美学讲求托物言志、寓理于情，讲求言简意赅、凝练节制，讲求形神兼备、意境深远，强调知、情、意、行相统一。"[1]

这是对中华美学精神的集中表述。由这段论述我们可以看出，"中华美学精神"是在传承和弘扬中华优秀传统文化的前提下提出来的，也应是说，中华美学精神是中华优秀传统文化的美学部分。这里所说的三个"讲求"，是以文学艺术为落脚点的，也可以认为，这三个"讲求"，是集中体现在文学艺术史和不断呈现的文学艺术作品中的。这三个"讲求"，其实也是融合提炼了许多中国文艺理论的核心理念和命题才提出来的。我这样理解三个"讲求"，托物言志、寓理于情，是文艺创作中的审美运思的独特方式；言简意赅、凝练节制，是文艺创作中审美表现的独特方式；形神兼备、意境深远，是文艺作品审美存在的独特方式。所谓"独特方式"，是指中华民族在长期的文艺发展中形成

---

[1] 习近平：《在文艺工作座谈会上的讲话》，北京：人民出版社，2015年，第26页。

的属于自己的审美观念和操作方式，也是中华美学精神在文学艺术中的呈现。当然不能孤立地认识和理解这三个"讲求"，但我以为这的确是命题的方式对中华美学的最为精到的抽象与升华了。

中华美学精神虽然并非固化的存在，也并非具体的形态，但它又是非常充盈的，呈现于中国的文学艺术的作品之中。中华美学精神当然并非是仅存在于某一门类，而是遍布于各种艺术门类之中的。从理论的角度进行考察，那么，无论是诗论、词论、画论、书论和乐论等，都有着贯通一体的属于中华民族特有的美学气质。而在其中，诗学对其他艺术理论来说，有着更为基础的、更为先在的地位。我们所说的"诗学"既不同于亚里士多德的"诗学"那样宽泛，也不仅限于诗论，而是包含了文学各样式的批评与审美观念的有关理论资源。一些重要的美学观念，虽然是遍布于各个艺术门类的，但却是在诗学传统中更为系统、更为鲜明，更能代表中国文艺理论的民族特色。《中华美学精神的诗学基因研究》这套丛书作为国家社会科学基金重点项目，就是要以中国诗学为着眼点来把握中华美学精神的来龙去脉。既要深入探讨中华美学精神的基本内涵，探寻其在主要艺术门类中的体现，要以此为中介，把握中国古代诗学观念对主要艺术门类的美学观念的原生作用，从而全面阐发中华美学精神的内在机理，且使其当代的精神活力得到充分弘扬。先秦时期的儒家文艺思想就尤为重视诗学的功能，如孔子将学诗作为通向礼乐的津梁，主张"不学诗，无以言"，又将《诗》和礼乐作为培养君子人格的文艺教养方式，强调"兴于《诗》，立于礼，成于乐"。礼乐文化作为中国古代文明的典型体现，是与诗分不开的。而先秦时期对于《诗》即《诗经》的诠释与评价，后来演化为对于一般诗学的理论发源。相对于其他门类的艺术来说，诗学一些经典概念及其阐释，已是相当系统而丰富的。如诗学中关于"赋、比、兴"的理论阐释，很早就确立了关于诗歌艺术表现方式的基本结构。而兴后来演化为"感兴"，又成为中华民族艺术创造的原发性的根本方式。我坚持认为感兴是最能代表中国文学艺术在创作发生及表现上的独特方式的，因此，先后撰写和发表了关于审美感兴的一系列文章。关于中华美学精神，我也主张，感兴是关于文艺创作的根本性范畴。无独有偶的是，文艺理论家陶水平先生和黄力之先生也和我持同样的观点。2014年10月的文艺工作座谈会召开之后，我就特别关注于中华美学精神的研究，在《江西师范大学学报》2015年3期开辟一个专栏探索"中华美学精神"的内涵。我的一篇文章是《试论中华美学精神的基本特质》，同栏第二篇文章就是陶水平先生的《深化文艺美学研究　弘扬中华美学精神》一文，文中的第二节就是"兴论美学是中华美学精神最生动的集中体现"，第三节是"兴论美学是中华艺术与美学精神的文化原型"，第四节则是"兴论美学对于彰显中华美学精神的重要意义"。无疑的，陶水平先生是以感兴作为中华美学精神最集中的体现的。叶朗先生的《现代美学体系》一书，把审美感兴、审美意象和审美体验作为其美学体系的三大核心范畴。王一川先生的《意义的瞬间生成》一书，也是专论感兴的著作。李健先生有《比兴美学》等著作。感兴论在中华美学精神中是一个核心的要素，这也是我所坚信不疑的。在这套丛书中的第三卷《感兴作为中华美学精神的核心观念及其诗学基因》一书，从不同侧面，系统地阐发了这种观念。本书以感兴观念为焦点，透视诗学中的"感兴"论作为核心观念对中华美学精神的升华。我对诗学中的感兴论高度重视，发表了一系列感兴审美的文章。在我看来，感兴在诗学中讲的是"触物起情"，由感兴方式创作的作品，也被认为是创造艺术精品的最佳方式。感兴体现着中国人在审美方式和创作思维与西方美学的明显不同。感兴观念是建立在中国人的"天人合一"的基本世界观上，是以人与自然的遇合作为最佳创作思维方式的，这是与西方的"天才"创作观有明显不同的。感兴在中国人的审美意识中是起着深层的主导作用的。

丛书要回答中华美学精神从哪里来到哪里去的问题。由刘洁博士执笔的第一卷《中华美学的精神之本与诗学之心》，对中华美学精神的深层根性基因作了深刻的思考与分析。是书分为上下两编，上编的核心是"精神之本"，提出中华美学精神研究的方法论起点应该是中国的"精神之学"，并通过思想史的追索和历史文献的梳理、分析与阐释，证明中国的"精神"范畴以及由此推衍思想史逻辑本身就是美学的和诗学的。而中国的"精神之学"中的生成思维、转换逻辑应该是中华美学精神的本质特色。下编核心是论"诗学之心"，提出中国"精神之学"有一个从"性命之学"向"性情之学"再向"心性之学"的进展，并认为这与中国文人审美生活、美学趣味、人格境界的养成经验根本一致，而这一精神的成长的深层推力即是中国人的整个人生都须臾不离的"诗学诗教"。进而得出结论，"诗心"是中华美学精神中最具强大活力的基本基因。这一卷，正面回答了本课题提出的最基本的命题。

对于中华美学精神而言，文学、绘画、书法、戏曲、音乐等艺术门类的创作，文论、画论、书论、曲论、乐论等的理论批评，都有无所不在的体现。而中国古代诗学，往往在其中起着原发性的作用。如意象、意境、比兴、美刺的观念，都是源于诗论的。丛书由董希平教授主编的第二卷《中国诗学对构建美学精神的原生功能研究》，就是以此为研究对象，在一些重要的艺术门类的文艺批评中掘发其诗学根源。是书考察中华美学精神以文字、线条、色彩、声音为主要媒介的基本存在因素，探寻这些门类的核心美学概念、思维、逻辑等发生、发展与运行机制，并从中追溯到其诗学的发生轨迹。是书将诸多艺术门类创作与评论中的中华美学精神的基本内涵呈现出来，并揭示其诗学基因作用于其中的原生功能。

中华美学精神在中国人的精神谱系中有着非常重要的地位，加强文化自信，就要深入理解、研究中华美学精神的实质与内核。也许如刘勰所言，"既乎篇成，半折心始"，但我们一直在路上。

丛书的面世，意味着这个项目作一个小结，这也是我们向祖国献上的一瓣心香！

我们会一直努力，把中国美学的学习和研究推向一个新的境界！

（原载《中国艺术报》2022 年 8 月 17 日）

中华思想文化术语的审美之维

中华思想文化术语传播工程，是近年来学术界参与程度很高的一项重大学术工程，现已举办了四次国际性的学术研讨会，出版了七部专辑（外语教学与研究出版社），梳理阐释翻译了中国思想文化术语七百余条，在海内外形成了广泛的影响，对于构建中国特色哲学社会科学学科体系、学术体系、话语体系，提供了资深保证。然而，纵观已有的相关成果，还停留在草创阶段和自在状态，这些术语的整理与研究，还缺少学科及形态的分类，在某种意义上说，这个大型学术工程，目前处于"瓶颈"的时期。

习近平同志在哲学社会科学座谈会上的讲话，为中华思想文化术语的学术工程建设，提供了方法论上的重要指导和强大的动力。习近平同志提出的"我国广大哲学社会科学工作者要自觉坚持以马克思主义为指导，自觉把中国特色社会主义理论体系贯穿研究和教学全过程，转化为清醒的理论自觉、坚定的政治信念、科学的思维方法"，对于中国思想文化术语的研究是有深刻的启示意义的。以马克思主义的历史唯物主义和辩证唯物主义作为思想方法，使中华思想文化术语进一步厘清学科的分野，进行形态分析，我以为这是中华思想文化术语研究进入更高阶段的任务与契机。

一

关于"中华思想文化术语",相关的定义表述为:"由中华民族主体所创造或构建,凝聚、浓缩了中华哲学思想、人文精神、思维方式、价值观念,以词或短语形式固化的概念和文化核心词。它们是中华民族几千年来对自然与社会进行探索和理性思索的成果,积淀着中华民族的历史智慧,反映中华民族最深沉的精神追求以及理性思索的深度与广度;其所蕴含的人文思想、思维方式、价值观念已经作为一种'生命基因'深深融于中华子孙的血液,内化为中华民族共同的性格和信仰,并由此支撑起中华数千年的学术传统、思想文化和精神世界。它是当代中国人理解中国古代哲学思想、人文精神、思维方式、价值观念之变化乃至文学艺术、历史等各领域发展的核心关键,也是世界其他国家和民族了解当代中国、中华民族和海外华人之精神世界的钥匙。"[1]这里的定义和阐述,较为清晰地揭示了"中国思想文化术语"的内涵与边界,也指出了中国思想文化术语研究与传播的意义所在。中华思想文化术语是中华民族数千年积淀下来的理性和智慧的结晶体,凝聚着这个古老而伟大的民族的历史经验和价值取向,可以认为是中国特色学科体系、学术体系、话语体系的基本资源,是中华民族优秀传统文化的语言表现。

应该看到,中华思想文化术语并不能简单地视为中华文化的历史遗存物,或者说的"非物质文化遗产",同时,它们在当下还有着强大的生命力,在政治、经济、文化、学术、军事等领域中都仍有着非常重要的表意功能。这些思想文化术语,与生俱来地透射出中华民族的精神底色,同时,也蕴含着历史变迁的痕迹。但它们对于当代中国的

---

[1] 《中华思想文化术语》编委会:《中华思想文化术语》第一辑《前言》,北京:外语教学和研究出版社,2015年,第5页。

社会主义核心价值观的建设来说，不仅是不可或缺的，而且是起着重要的承载作用的。说到这里，我们可以申明的是，所谓"中国思想文化术语"，在我们的语言系统中，是经过了提纯和固化之后，淘汰了那些芜杂的、低俗的内容，积淀下来的辞语精华。我们现在经常使用"关键词"的概念，同时也有关于不同学科、不同领域的"关键词"研究。"关键词"与我们所说的"思想文化术语"有相当的重合部分，但它们是从不同角度提出的。一般来说，关键词更多地运用于学术范围，而思想文化术语的外延要远远大于前者。

笔者之所以对"中华思想文化术语"作这样的辨析，是因为目前的研究状况，还是处在较为初期的阶段，其主要标志是缺少学科和形态的分类。笔者在这之前并未涉足这个论域，因为在2019年10月与外研社合作主办了"中国文化，国际共享——2019中华思想文化国际传播研讨会"，方才产生了有所深化的学术执念。本文试图从审美方面来探讨中国思想文化术语的形态，以期对中国美学研究和思想文化术语研究有一点双向的推动。

二

从审美的维度来看中国思想文化术语，这是思想文化术语研究的一个可以向纵深推进的理论空间，对于中国美学，也是敞开了一个新的界面。目前这种尚处在无序状态的术语研究，如果从审美维度进行建构，有可能建立起一种大致的分析模型。虽然审美方面的术语，与其他领域如哲学、政治学、伦理学等会有很多交叉，但对我们洞察中华民族审美意识的一些元素及其历史发展，会产生某种范式转换的意义。美学研究在国内的学术界蔚成气象，从上个世纪的两次美学大讨论，到现在美学研究的热度不减，美学方面的论著也是峰峦叠起。然而，研究方法、思维模式的同质化现象也是普遍存在的。如果以思想文化术语的追问方式，或许能够建立一种新的联系；审美方面的术语，是以国人的审美经验作为底蕴，以中华民族审美意识的发展作为脉络的，（当然其他方面如哲学、史学等也是如此）如在术语的框架内，进行形态分析，并且探索它们的功能、价值方面的不同，也许可能提供某种范式的创新意义。

审美维度的术语，是在中华民族的审美意识中产生的，故此首要的特征在于民族审美意识的标识性。审美意识的民族特性，对于今天的研究者而言，只能从留存于今的术语中窥见。审美意识典型地存在于文学艺术的经典作品和理论遗产之中，但这并不全面。这是因为人们的审美活动，除了文学艺术，还存在于自然审美、生活审美及其他方面。现有的中国美学史已经将文学艺术中的审美观念的理论遗存，作了历史性的梳理与建构，经典性的范畴和命题，大都得到了现代意义的阐释。这些当然都是审美的重要内容；而不同的审美领域遗存的术语，也许并未完全在美学史的体系中充分展现，同样，那些经典的范畴和命题，也并未在术语的框架内呈现其不同的联系与功能。之所以从审美角度提出问题，是因为美学理论是从西方引入而在近代建立起来的学科体系，中国古代是没有"美学"之目的。但是审美意识在中华民族的精神生活中却是尤为重要的部分。这种审美意识，通过文学艺术的创作和鉴赏，通过自然和社会生活的审美过程体现出来，这种体现，在今天的考察中，只能是在相关文献里得以呈现或还原。而作为一脉相承的审美意识发展史，或者作为中华美学精神的表征，都是以术语的方式存在的。术语本身就有一个发展嬗变的过程，同时，术语又是有着经久不衰的生命力的。我们现在整理、研究、翻译、阐释这些术语，首先是因其在当代人的审美生活中仍然是而且主要是我们的审美观念系统中的活性元素，而且在它们的内里，蕴含着源远流长的历史文化基因。以习近平同志2014年10月15日在文艺工作座谈会上的讲话中提出的"中华美学精神"为例，习近平同志指出："我们要结合新的时代条件传承和弘扬中华优秀传统文化，传承和弘扬中华美学精神。中华美学讲求托物言志、寓理于情，讲求言简意赅、凝练节制，讲求形神兼备、意境深远，强调知、情、意、行相统一。"习近平同志阐述"中华美学精神"所用的这些话语，都是对传统的审美维度的术语的发挥熔炼。"中华美学精神"是一个具有强烈现实意义的概念，而它的内涵，却都是传统的美学术语所构成的。将历史性与时代性冶于一炉，正是审美维度的术语的重要特征。

审美维度的术语的另一个特征，则可以表述为直觉观照性和抽象性的统一。审美植根于人们的审美经验，而它的感性观照，则是一个基本的、起码的特性。与人类的其他活动相比，这种感性的直观尤为显得突出。审美是以表象为对象的。这在美学的创始人鲍姆嘉通和大思想家康德那里，是说得非常清楚的。而作为审美的术语，则是对审美经验的提炼与概括，那种认为中国美学以直观见长而缺少抽象的观点，是不客观的。比如"兴、观、群、怨"，作为审美的术语，既是早期对《诗》的审美感受，也是具有很高抽象程度的观念术语。《论语·阳货》："子曰：小子何莫学夫诗？诗可以兴，可以观，可以群，可以怨。迩之事父，远之事君。多识鸟兽草木之名"[1]，"兴观群怨"由是而成为留存至今的审美术语。朱熹解释说，兴为"感发意志"，观为"考见得失"，群为"和而不流"，怨为"怨而不怒"。兴观群怨是从诗的审美效用出发而形成的术语，它们不仅是对《诗三百》而言，而是成为关于诗歌审美功能的最集中的表达。正如清初大思想家王夫之所说的"'诗

---

[1] 朱熹：《四书章句集注》，北京：中华书局，1983年，第178页。

可以兴，可以观，可以群，可以怨'尽矣。辨汉、魏、唐、宋之雅俗以此，读《三百篇》必以此也。'可以'云者，随所'以'而皆'可'也。于所兴而可观，其兴也深；于所观而可兴，其观也审。以其群者而怨，怨愈不忘；以其怨者而群，群乃愈挚。出于四情之外，以生起四情；游于四情之中，情无所窒。作者用一致之思，读者各以其情而自得。"[1]王夫之颇为深刻地阐述了兴观群怨这四种诗歌审美的不同功能，并将这四者之间作为一个互相联系的整体效应。再如刘勰《文心雕龙·物色》中的"物色"，是一个具有充分的感性观照性质而又高度抽象的审美术语。"物色"所指是诗人作为审美主体与自然之间审美关系所摄取的物象。《物色》篇非常生动形象地展开了人与四时景物之间互相映发感应的情形："春秋代序，阴阳惨舒，物色之动，心亦摇焉。盖阳气萌而玄驹步，阴律凝而丹鸟羞，微虫犹或入感，四时之动物深矣。若夫珪璋挺其惠心，英华秀其清气，物色相召，人谁获安？是以献岁发春，悦豫之情畅；滔滔孟夏，郁陶之心凝；天高气清，阴沉之志远；霰雪无垠，矜肃之虑深。岁有其物，物有其容；情以物迁，辞以情发。一叶且或迎意，虫声有足引心。况清风与明月同夜，白日与春林共朝哉！"[2]这里将诗人晤对自然景色时所产生的审美感受，描写得何等生动细致，四时变化对诗人心灵的感发又是何等微妙。又当指出的是，"物色"作为一个审美术语，具有独特的内涵。"物色"并非仅是指自然景物的实体，而是指自然景物的形态。魏晋南北朝时佛学思想影响深远，而刘勰本人又与佛门关系甚深，故以"物色"作为自然审美的对象。刘勰以此作为自然审美的对象性术语，有相当高的思维层次。画论中宋代画家郭熙提出的"三远"，作为绘画的审美术语，既是画家面对山

---

[1] 王夫之：《薑斋诗话》卷一《诗绎》，见戴鸿森笺注：《薑斋诗话笺注》，北京：人民文学出版社，1981年，第5页。
[2] 范文澜注：《文心雕龙注》，北京：人民文学出版社，1958年，第693页。

水时的感性体验,又上升到透视学的学理层面。郭熙、郭思的《林泉高致》中说:"画有三远:自山下而仰山巅谓之高远,自山前而窥山后谓之深远,自近山而望远山谓之平远。高远之色清明,深远之色重晦,平远之色有明有暗。高远之势突兀,深远之意重叠,平远之意冲融而缥缥缈缈。其人物之在三远也,高远者明瞭,深远者细碎,平远者冲澹。明瞭者不短,细碎者不长,冲澹者不大。此三远也。"[1]

无疑,"三远"是中国绘画理论史上非常著名的术语,它是作者郭熙以其画家的眼光,从不同角度对山水进行观照得到的不同感受,同时,作为画家,"三远"又是艺术创作时所应把握的不同角度。这一点,对于中国的山水画家有着特殊的影响。美学大师宗白华先生揭示了"三远"作为中国人山水审美尤其是在山水画上的独特之处,他说:"西洋画法上的透视法是画面上依几何学的测算构造一个三进向的空间的幻景。一切视线集结于一个焦点(或消失点)。正如邹一桂所说:'布影由阔而狭,以三角量之。画宫室于墙壁,令人几欲走进。'而中国'三远'之法,则对于同此一片山景'仰山巅,窥山后,望远山',我们的视线是流动的,转折的。由高转深,由深转近,再横向于平远,成了一个节奏化的行动。郭熙又说:'正面溪山林木,盘折委曲,铺设其景而来,不厌其详,所以足人目之近寻也。傍边平远,峤岭重叠,钩连缥缈而去,不厌其远,所以极人目之旷望也。'他对于高远、深远、平远,用俯仰往还的视线,抚摩之,眷恋之,一视同仁,处处流连。这与西洋透视法从一固定角度把握'一远',大相径庭,而正是宗炳所说的'目所绸缪,身所盘桓'的境界。苏东坡诗云:'赖有高楼能聚远,一时收拾与闲人。'真能说出中国诗人、画家对空间的吐纳与表

---

[1] 郭熙、郭思:《林泉高致·山水训》,见俞剑华编:《中国古代画论类编》,北京:人民美术出版社,1998年,第639页。

现。"[1]宗白华先生是从空间意识的角度上道出了郭熙"三远"说的中华审美特色，无疑的，在中国绘画史或者中国美学史上，"三远"都是具有深刻普遍意义的术语。

在音乐审美方面，"和"是一个从先秦以来就非常流行的术语。"和"在哲学领域、政治领域也都是重要的术语，而在音乐审美方面，尤能体现出当时音乐的风格倾向及审美功能。著名美学家蒋孔阳先生指出："《乐记》的音乐美学思想是'礼乐'思想，因此，强调音乐的社会作用，成了它的一个重要特点。这一作用，归结起来，可以说就是一个'和'字。'乐和民性'、'乐者天地之和'，从个人至天下国家以至整个宇宙，音乐都能起到'和'的作用。""我国早在春秋时，也已提出了'和'的音乐美学思想。晏子指出了'和'与'同'的不同，史伯也说：'夫和实生物，同则不继。以他平他谓之和，故能丰长而物归之。'以后从孔丘开始，儒家都把'和'当成是最高的音乐美学理想。《国语·周语下》中，'乐从和'这句话，可说是儒家音乐美学思想中经典不刊之论。《乐记》正是继承了儒家'和'的音乐美学思想，来阐述音乐的作用的。"[2]在《礼记·乐记》里，乐多是和礼合在一起论述的，礼乐文明在中国文明史上是非常重要的源头。《礼记·乐记》中反复说："大乐与天地同和，大礼与天地同节。"[3]"乐者，天地之和也；礼者，天地之序也。和，故百物皆化；序，故群物皆别。"[4]从大的方面来

---

1 宗白华：《中国诗画中所表现的空间意识》，见《美学散步》，上海：上海人民出版社，1981年，第107页。
2 蒋孔阳：《先秦音乐美学思想论稿》，合肥：安徽教育出版社，2007年2版，第248页。
3 于民、孙通海：《中国古典美学举要》，合肥：安徽教育出版社，2000年，第166页。
4 于民、孙通海：《中国古典美学举要》，合肥：安徽教育出版社，2000年，第167页。

讲,"和"体现着天地万物的和谐;从音乐本身来说,又是不同的表现形式、不同的乐器,所形成的美好乐曲。"异文合爱",就是以不同的音乐形式合成一个令人喜悦的作品。《乐记》中说:"故钟鼓管磬羽籥干戚,乐之器也;屈伸俯仰缀兆舒疾,乐之文也。"[1]"和"并不相同,而是各种器乐、各种乐舞的姿态,合而为音乐美的形式(乐之文也)。故又有"和而不同"的术语,更表现了先秦时期的从音乐出发到社会秩序的基本价值观念。"和"一方面是音乐本身给人的审美感受,另一方面又鲜明揭示了音乐和合人心的社会功能。如《乐记》中所说的"论伦无患,乐之情也;欣喜欢爱,乐之官也。中正无邪,礼之质也;庄敬恭顺,礼之制也。若夫礼乐之施于金石,越于声音,用于宗庙社稷,事乎山川鬼神,则此所与民同也。"[2]在音乐风格及形式上,"和"表现为"平",如《国语》中所说的"声以和乐,律以平声",但音乐之"和"的落脚点,更在于人伦与社会关系的和谐。《乐记》篇所论,正在于此:"是故,乐在宗庙之中,君臣上下同听之,则莫不和敬;在族长乡里之中,长幼同听之,则莫不和顺;在闺门之内,父子兄弟同听之,则莫不和亲。故乐者,审一以定和。比物以饰节,节奏合以成文,所以合和父子君臣,附亲万民也,是先王立乐之方也。"[3]后来魏晋时期的著名思想家嵇康有著名的音乐论文《声无哀乐论》,也认为音乐精神在于"和",著名音乐史家杨荫浏先生在深层意义上谈到嵇康论乐:"这种音乐,是一种精神,就是所谓'无声之乐',它本身从另一个最初自的体(存在)产生出来的,这个体,就是所谓'德',所谓'元化'。这

---

[1] 于民、孙通海:《中国古典美学举要》,合肥:安徽教育出版社,2000年,第166页。

[2] 于民、孙通海:《中国古典美学举要》,合肥:安徽教育出版社,2000年,第167页。

[3] 于民、孙通海:《中国古典美学举要》,合肥:安徽教育出版社,2000年,第179页。

种音乐精神，有怎样的性质呢？嵇康认为它的性质是'和''平和''太和''至和'。他说：'音声有自然之和。''声音以平和为体'。它又是神秘而不可捉摸的，是广涵一节而不受任何限制的，他说：'和声无象''若资不固之音，含一致之声。'讲到这种音乐精神的作用，他以为并不是音乐精神本身有什么具体内容可以使人感染；它并不能用一定的内容去感化人；它与人的情感，并无直接关系，它只能用它拢统而抽象的和的性质，起出诱导作用，使人心中所原来已有的互相殊异的哀乐情感各自表现出来。"[1]可见，"和"在音乐审美中是具有非常重要地位的术语。

除文艺审美之外，人文审美方面的术语也是特别鲜活有生命力的。如先秦时孔子提出的"文质彬彬""温柔敦厚"，孟子所说的"浩然之气""充实之谓美"，魏晋时期形成的"魏晋风度"等，都是在人文审美方面源远流长的术语。《论语》中说："质胜文则野，文胜质则史。文质彬彬，然后君子。"（《论语·雍也》）这是对于君子人格最为经典的表述。当然，"文质彬彬"后来也延伸到对于文艺的评价标准，而其起始以及最广泛的含义，还是在于人格之美。这是形容文质兼备的完美人格。文是人的外在风神气度，质是人的内在品格。朱熹释之云："野，野人，言鄙略也。史，掌文书，多闻习事，而诚或不足也。彬彬，犹班班，物相杂而适均之貌。言学者当损有余，补不足，至于成德，则不期然而然矣。"[2]颇能道其意。一个人如果内在的品质超过外在的文饰，就会显得粗野；而如果外在文采超过内在品格就会显得浮华。只有外在与内在相结合而且适宜，才是完美的君子。"温柔敦厚"本来是指诗教的要求，《礼记》中说："入其国，其教可知也。其为人也，

---

[1] 杨荫浏：《中国古代音乐史稿》，北京：人民音乐出版社，1981年，第175页。
[2] 朱熹：《四书章句集注》，北京：中华书局，1983年，第89页。

温柔敦厚，《诗》教也。疏通知远，书教也；广博易良，乐教也；絜静精微，易教也；恭俭庄敬，礼教也；属辞比事，春秋教也。"[1]人们往往以"温柔敦厚"作为诗教规范，其实更是一种人格修养的气象。孟子所提出的"浩然之气""充实之谓美"，在中国美学史上都是关于人格美的最具普遍性的术语，它们不仅具有理性内涵，更具有感性性状。《孟子》言："敢问夫子恶乎长？曰：我知言，我善养吾浩然之气。敢问何谓浩然之气？曰：难言也。其为气也，至大至刚，以直养而无害，则塞于天地之间。其为气也，配义与道，无是馁也。"[2]孟子所说的"浩然之气"，对于中华民族的苦难历程来说，是一种战胜一切困难和敌人的民族正气，是民族自强自立的强大精神力量。李泽厚先生认为："所以，'浩然之气'不单只是一个理性的道德范畴，而且还同时具有感性的品德。这才是关键所在。从而，感性与超感性、自然生命与道德主体在这里是重叠交融的。道德主体的理性即凝聚在自然的生理中，而成为'至大至刚'，无比坚强的感性力量和物质生命。这就把由美而大，而圣、神的个体人格的可能性过程更加深化了。他们作为道德主体，不只是外观，不只是感受，也不只是品德，而且还是一种感性生成和感性力量。'浩然之气'身兼感性与超感性、生命与道德的双重性质。道德的理性即在此感性存在的'气'中，这正是孔、孟'内圣'不同宗教神学之所在，是儒家哲学、伦理学、美学的特征所在。"[3]魏晋风韵（亦称"魏晋风度"）也是人格审美的重要术语，并带有明显的时代色彩，是指魏晋时期由人物品藻与玄谈风气形成的人格气象。它在很大程度上超越了魏晋时期的特定背景，而成为某一类人格特定术语。

---

1 《礼记·经解》篇，阮元校刻：《十三经注疏》，北京：中华书局，1980年，第1609页。
2 朱熹：《四书章句集注》，北京：中华书局，1983年，第232页。
3 李泽厚：《华夏美学》，桂林：广西师范大学出版社，2001年，第85页。

在人格审美上，魏晋风韵又是有着典型的意义的。于民先生认为："中国古代人物的审美到了魏晋，便由才性转入风韵。风韵或谓风度、风神、韵度等等，是晋宋时一种人物审美的专门用语，而区别于才性，区别于道德。风韵，它不为先天的人性，不指内在的精神，不重所禀之气，也不是纯粹外形体态之美，而是一定内在精神的外在表现，一种形式与内容的统一，外与中的结合。从概念的内涵来讲，它与文艺之风格相似。中国古代只有到了'风韵'的出现，人的审美才算真正发展成熟，获得了真正的审美意义。"[1]于民先生从审美观念发展的角度，颇为透辟地论述了魏晋风韵（风度）作为人格审美的重要术语的意义，魏晋风韵（风度）这个术语，对于人格审美而言，是一个重要的标志。

三

这里我们要从形态分析的角度来看一下中国思想文化术语，我以为这是推动中国思想文化术语进入新阶段、进行研究范式转换的一个重要切入点。

目前已经问世的七辑"中国思想文化术语"，编选了涉及哲学、文学、历史、政治、经济等多方面的思想文化术语，并作了简明扼要的阐释性界定，每条术语下面又都有引例和英文翻译。由此而为这个重大的学术工程，打下了深厚的基础。但是很显明的是，关于这些术语的学术工作，还都是停留在一个初期的状态，即缺少学科的和形态的分类。这种情况，从笔者看来，是应该进入到更加学理化的研究层次的时候了。所谓"更加学理化"，目前看来应该主要是分类为主，笔者能想到的，一是学科的分类，二是形态的分类。关于"分类"，源自于德国F.Richter的《哲学和自然科学词典》这样阐述："在现代

---

[1] 于民：《中国美学思想史》，上海：复旦大学出版社2010年，第258页。

科学产生的过程中，分类曾是非常重要的方法性的辅助手段之一。通过对经验因素的大规模的汇总和整理，创造了克服繁琐哲学的思辨前提，同时也创造了过渡到以解释和认识规律为主导的科学发展阶段的条件。时至今日，尽管认识不能简化为分类，分类仍然是任何一种认识活动的基本因素（比如鉴别、比较、系统化、观察、测量、标准化、概念化、信息贮存和询问）。分类的进行要按照一定的特征，要运用排列的原则，即从属。因此从哲学上看，它是一般和个别，本质和现象的辩证法的特殊形式。按照这一观点那种通常二区分自然（比如元素周期表）和人工的（比如将一组人按照字母来分类）分类的做法是无意义的：分类只能按照本质的特征，也就是说，按照那些邻近类有显著界限的特征来进行。一个事物的本质取决于该事物的关系系统（Bezugssystem），因此一个或同一事物可以在不同的分类中出现。"[1]这对我们考虑中国思想文化术语的分类研究，是很有借鉴意义的。关于学科分类，本文不拟多加涉及，因为这个问题较为明确，相关学者可以从这个角度进行分类研究，比如文学艺术类、哲学类、政治类、心理类、伦理类、历史类等；本文拟就关于审美维度的术语，谈一下形态方面的分类。

关于"形态"，《辞源》的词条意为"形状神态"，很显然，并非科学意义的界定。形态指事物存在的样貌，或在一定条件下的表现形式。关于中国思想文化术语的形态，应该是有很多种类，当然不同种类之间的交叉是普遍存在的。从审美维度来看术语，我们认为主要的是两类，即范畴和命题。关于范畴，学术界并不觉得陌生，从上个世纪后期，在美学领域就出现了很多范畴研究的成果。从范畴的本体来说，如列宁所界定的，范畴"是区分过程中的一些小阶段，即认识世

---

[1] 孙小礼等主编：《科学方法》，北京：知识出版社，1990年，第397页。

界的过程中的一些小阶段，是帮助我们认识和掌握自然现象的网上纽结。"[1]我们对中华民族审美意识的发展，也多从范畴中得到相关的理解。如蔡钟翔、陈良运先生在"中国美学范畴丛书"的总序中所说："美学范畴，同哲学范畴一样，是理论思维的结晶和支点。一部美学史，在一定意义上也可以说是一部美学范畴发展史，新范畴的出现，旧范畴的衰歇，范畴含义的传承、更新、嬗变，以及范畴体系的形成和演化，构成了美学史的基本内容。"[2]在中国美学研究领域，范畴研究已有非常丰富的成果积淀。如由蔡钟翔主编的"中国美学范畴丛书"，前后有20种之多。另如汪涌豪先生的《范畴论》等都是美学、文论范畴研究的卓越成果。遍览中国美学的文献，有关审美的范畴数量很多，如"赋比兴""和""气韵""气象""形神""感兴""意境""兴寄""意象""风骨""神思""自然""天然""物化""势""性情""清""逸""文质""丽""童心""虚静""妙""工拙""含蓄""质直""豪放""神理"等等。这里还是以举例的方式，将这些范畴杂陈在一起，实际上，从范畴角度进行美学或文论研究的学者，已经将范畴进行了体系性的梳理，如胡经之的《中国古典美学丛编》、汪涌豪的《范畴论》《中国文学批评范畴及体系》、陈良运的《中国诗学体系论》及葛路的《中国绘画美学范畴体系》等著作，都对中国美学范畴进行了体系性建构。

中国美学中的范畴，从术语的意义上看，是术语中非常重要的、比重甚大的一类。术语的内涵大于范畴，范畴当然是术语，而术语却不一定都是范畴。在这里有必要引述一下汪涌豪先生对于术语、概念与范畴加以区别的论述，他认为："术语是指各门学科中的专门用语，上述'格律''章法'属此，其情形正同'色彩'之于绘画，'飞白'

---

[1] 列宁：《哲学笔记》，中共中央马克思恩格斯列宁斯大林著作编译局译，北京：人民出版社，1958年，第90页。
[2] 张晶：《神思：艺术的精灵》，南昌：百花洲文艺出版社，2017年，第5页。

之于书法。概念和范畴则不同，概念指那些反映事物属性的特殊称名，与术语一旦形成必能稳定下来不同，它有不断加确自己的冲动，它的规范现实的标准越准确，意味着思维对客体的理性抽象越精确。术语作为它的物质载体或语言用料，是其形成过程中的重要因素，参与其形成的全过程，但就根本性上说，有赖其内涵的确立，至于它本身则是静凝的、稳定的"。关于范畴和概念的区别，涌豪先生的相关论述尤为深刻："简而言之，概念是对各类事物性质和关系的反映，是关于一个对象的单一名言，而范畴则是反映事物本质属性和普遍联系的基本名言，是关于一类对象的那种概念，它的外延比前者更宽，概括性更大，统摄一连串层次不同的概念，具有最普遍的认识意义。"[1] 笔者非常赞同涌豪先生在范畴与术语、概念之间所作的区分，具有精深的思辨性质，这样使范畴的属性得到了明确的规定。而从中华民族的审美实践来看，从现有的术语研究基础来看，范畴当然不能等同于术语，但又是无法剥离的。中国思想文化术语，当然还在陆续地进入研究者的视野，从而得到阐释与界定，而经过漫长的历史过程而留存下来的审美方面的术语，基本上都在我们常见的审美范畴之列。汪涌豪先生指出中国古代文论范畴的"实践性品格"，这一点极有见地。质而言之，中国美学或文论的范畴，并非如西方哲学家或美学家那样，是严密的逻辑体系中的一环，并不是产生在封闭的思辨圆圈中，而是产生在审美实践的沃土之中。它们本身有着明显的经验色彩，是某种审美体验的语言晶体。当然也有在范畴之外的术语，但这些范畴应该是都在术语之列。笔者对此有这样的阐述："我们更应看到，中国古代美学的范畴虽然较为松散，较为直观，却又有着无可比拟的丰富性与审美理论

---

[1] 汪涌豪：《范畴论》，上海：复旦大学出版社，1999年，第5页。

价值。西方的美学范畴,很多是从哲学家的哲学体系中派生出来的,是其哲学体系中很严密的有机部分,而与具体的艺术创作、鉴赏,却较为疏远;而中国古典美学则不然,它们是与具体的文学艺术创作、批评共生的,水乳交融的。大多数范畴都是在具体的艺术评论中产生的。因此,带着浓郁的艺术气质和经验性状。"[1]因为这个情形,中国美学范畴具有本体论性质的并不是很多,而具有审美性质的却是数量很大。从某种意义上来说,这就直接催生了本文的立题。在中国思想文化术语中,涉及到文学艺术的,虽然丰富多姿,却都具有审美的意味。当然,有很多术语是既关涉到审美,又有哲学的或伦理的内容,却仍是因为审美的纽带而使文学艺术的术语与范畴相互重叠,或者说,范畴成为审美方面的术语的主要形态。

关于中国古代的审美范畴的构成特点,或者说它的基本语言形式,笔者觉得吴建民教授对古代文论范畴的分析是适用的,他认为:"古代文论范畴一般都是类似名词的概念,从构成模式上看,最简单的范畴由一个字构成,如兴、味、气、神、志、清、淡、雅、野、远、体、格、势、才、美、物、景、趣等。大多数范畴都是由两个字构成,如意境、意象、比兴、兴会、风骨、神韵、韵味、妙悟、平淡、含蓄、义法、飘逸、虚静等,这是最典型最常见的古代文论范畴构成模式。也有三字甚至四字构成的范畴。如:'味外味''象外象''有我之境''无我之境'等,但此类貌似命题的范畴非常少。这些范畴看似命题,实质上仍是范畴。'味外味'是指诗歌语言之外的审美趣味,'味外'二字只是一个定语,起修饰限制的作用,'味外味'实质上仍是一

---

[1] 张晶:《神思:艺术的精灵》,百花洲文艺出版社,2017年,第3页。

种'味',所以,它不是命题,而是范畴。'象外象'也同样如此。"[1]这种对文论范畴的归纳是很客观确切的,其他如绘画、书法、音乐等领域的范畴也都是如此。如画论中的"形""神""骨""肉""气韵""笔墨"等,都是超出了本门类艺术的局限,而具有普遍性的审美意义的。

作为思想文化术语审美范畴,概括了审美主体的某种特定的审美经验,一般都是由名词担当,也有个别的是动词或形容词,如"妙悟""含蓄"等。审美范畴的运用具有一定的专业性,因此与术语的重合,就是顺理成章的。不同时代、不同主体在这些范畴的使用上会有一些差异,但其基本意涵是一直贯穿过来的。无论是批评家,还是一般的欣赏者,在评价和阐释文学艺术作品时使用这些范畴,都要遵循其基本含义,而在一定程度上注入自己的个性化理解,这也形成了范畴内涵的发展嬗变。如果在评价和阐释作品时完全无视这些范畴或在不相干的意思上使用之,那是不可能为同行乃至社会所接受的。在这个意义上,范畴当然属于术语之列。

思想文化术语在审美方面的另一种主要形态是命题。这在中国古代的审美理论与实践中,都是普遍存在的。在已有的"中华思想文化术语"系列著作中,就有很多条目属于审美方面的命题,如"诗言志""发愤著书""解衣盘礴""神与物游""虚壹而静""诗无达诂""八音克谐""传神写照""绘事后素""迁想妙得""大巧若拙""以形写神""以形媚道""写气图貌""转益多师""思与境偕""诗穷而后工""随物赋形""外师造化,中得心源""以意逆志"等等。命题是一种重要的、普遍的思维形式,无论在哲学、美学,还是其他学科领域,命题都是构成其理论体系的基本元素。在中国美学的研究领域,范畴研究

---

[1] 吴建民:《中国古代文论命题研究》,南京:南京大学出版社,2017年,第13页。

已经成为一个重要的方法论,并已涌现了很多成果,且具有了自觉的研究理念;命题还是往往和范畴混同在一起,很少得到充分的关注和自觉的建构。蔡钟翔先生主持的"中国美学范畴丛书"的研究对象中,绝大多数都是范畴,个别的著作其实是命题,如郁沅先生的《心物感应与情景交融》,就不是范畴而是命题。在笔者看来,命题必然是表达判断的,如果句中无判断,就无法构成命题。因此,命题的语言形式与范畴就可以明显加以区别,前者是句子或短语,后者是单一词性的概念。命题具有客观真理性,命题的陈述,应该是符合事实的。正如海德格尔所指出的:"命题真理的本质在于陈述的正确性,这一点用不着特别的论证。"[1]审美方面的命题也同样要有客观真理性,但这些命题,又处处体现出审美体验的品格。如"陶钧文思,贵在虚静",既有道家哲学的渊源,更有作家的创作体验。"诗无达诂",也是从诗歌鉴赏的切身体验中总结出来的命题。

命题与范畴有区别的地方,更在于其判断的意向性。意向性是现象学的基本概念,指的是意识活动都会朝向一个对象。范畴可以只有一个名词或形容词,而命题就要有"命题动词",如我们所讨论的审美方面的命题,"神与物游""境生象外",其中的动词都是命题动词。《哲学百科全书》中这样论述命题的特质:"命题是精神活动的意向对象。弗朗兹·布伦塔诺(胡塞尔的老师——笔者按)主张:所有的意识活动都针对一个对象,这种针对性称作意向关系(intentional relation)想、害怕、怀疑,就是想、害怕、怀疑某个东西。我们将把'想''相信''判断''猜测''希望''期待''害怕'等诸如此类的动词称作命题动词,把这些动词在想象上所表示的精神活动称作命题活动

---

[1] [德]海德格尔:《路标》,孙周兴译,北京:商务印书馆,2009年,第210页。

(propositional acts)或命题样态（attitudes）。这些动词常常能够把一个代词或适当的名词作为它们的宾语，这是一个语法事实。用这些动词所表示的命题活动或命题样态是一些牵涉两种之间的二元关系的精神活动。这两种成分，一种是构成主体意识的主观成分，一种是构成用名词性'that'从句命名的复合实体的客观成分。我们将这个客观的成分叫作一个命题，它是命题活动的宾语而不是命题活动。"[1]笔者觉得，这里对命题性质的阐述，还是颇为清晰而中肯的。命题作为具有判断属性的短语，是要有命题动词的，这恰恰是区别命题与范畴最具特征的标志！

中国审美命题的意向性，还表现在它们不仅是一种客观表述，更是一种价值取向，它们表达着主体的审美理想，同时还表征着主体对艺术创作和艺术表现、艺术鉴赏的应然状态。如"外师造化，中得心源"，表达了画家那种既师法造化自然、又从内心汲取艺术动力的创作观念，"思与境偕"，是诗人意境创造的最佳理想，等等。

范畴与命题，是从审美维度来观照中国思想文化术语的两种主要形态。也许论及形态未必只有这样两种，但这是目前所及的主要形态。这两种形态对于中国审美文化的发展而言，应该是最重要的理论元素了。恰如韩林德先生所说的那样："在中国古典美学形成和发展的历史长河中，一代代美学思想家和文艺理论家，在探索审美和艺术活动的一般规律时，创造性地运用了一系列范畴和命题。如：'道'、'气'、'象'、'妙'、'逸'、'意'、'和'、'味'、'赋'、'比'、'兴'、'意象'、'意境'、'境界'、'神思'、'妙悟'、'一画'、'法度'、'美'与'善'、'礼'与'乐'、'文'与'质'、'有'与'无'、'虚'与'实'、'形'

---

[1] 见孙小礼等主编：《科学方法》，北京：知识出版社，1990年，第216页。

与'神'、'情'与'景'、'言'与'意'、'阳刚之美'与'阴柔之美'、'立象尽意'、'得意忘象'、'涤除玄鉴'、'澄怀味象'、'传神写照'、'迁想妙得'、'气韵生动'等等。这些范畴和命题，既相互区别，又相互联系和相互转化，彼此形成一种关系结构，共同建构起中国古典美学的宏大理论体系。一定意义上讲，中国古典美学史，也就是上述一系列范畴、命题的形成、发展和转化的历史。可以说，如果我们把握了这些范畴、命题的主旨，也就大体了解中国古典美学的基本面貌了。"[1]韩林德列举了中国美学的一些重要范畴与命题，并且全面地论述了范畴与命题在中国美学发展中的重要价值。这种看法，我们是可以完全认同的。可以不夸张地说，如果抽去了这些范畴与命题，中国美学史也就不复存在了。

还要说明的是，中国的审美范畴与命题，是从数千年以来中华民族的审美实践中产生出来并且留存至今的，经过历代许多文学家艺术家及理论家的运用与整合，其理论价值得到多次的淬炼与融冶，在我们的美学史、文论史、艺术理论史中得到具有现代意义的阐释，并且建构成体系性的状态，但它们仍然不是用西方的形式逻辑和思辨理性所能完全"对标"的，它们的边界仍然有相当大的模糊性。在这个意义上，我们以中华思想文化术语的大体框架来进行分析，却更是要尊重中国美学发展的丰富样态。

我们大致以范畴与命题为术语进行形态分类，意图在于使中华思想文化术语研究进入一个分析的阶段，从而提升到一个新的境界。这个学术工程规模宏大，现在看来也只是一个奠基性的层次。本文的分析也还非常粗略，只是刚刚入门而已。就形态分析本身而言，还有更

---

1 韩林德：《境生象外》，北京：生活•读书•新知三联书店，1995年，第1页。

多的研究话题，如不同的形态在中华思想术语中的不同功能，就是值得我们接下来考察的，其学术含量远非本文所可容纳。然而，中华思想文化术语的学理化深入，对于这个大型学术工程而言，是需要学者们以相关的研究成果务实推动的。

（原载《暨南学报》2020 年第 7 期）

中西文论关键词研究之浅思

近年来的文论界,"关键词"的研究具有强劲的势头,成为中国文论、美学或文化研究新的话语体系和新的开拓空间,而且有了不同凡响的理论成就。学术研究总是要与时代的发展并进,甚至在文化领域起着某种"导夫先路"的作用。反观中国学术界新时期以来的文艺学和美学的讨论热点,也就感受到中国文艺思潮的曲折复杂的发展历程。虽云曲折,但却是螺旋式的上升过程。每一次的理论论争及其成果,都可以视为中国的文艺学和美学界发展道路上的一个重要里程碑。而且,每一个作为理论标志的概念、范畴在学术界的凸显,都有其深刻的历史原因和时代契机。对于"关键词"研究,我是从这样的角度来理解的。

2017年,由著名学者、社科界的领导张江教授倡导的"中外文论关键词比较研究"作为一个国家的重点项目,引发学者们的关注,吸引了很多人发表相关见解,并在文论界和美学界的核心范围中得以推动,加以展开,对中外文论界和美学界来说,是一个值得持续跟进关注的重要论题。但是它的发生契机或者说动因,并非在于具有话语权的重要人物的鼓动,而毋宁说是文论界和美学界的新的研究方法或研究理念的崛起。此前,近年来学术界已有很多以"关键词"研究著称的学者和相关论著。在二十世纪后几十年，文论界和美学界的范畴研究成为异军突起的研究路数，许多学者以范畴研究为自己的方法论，为学术界贡献了难以胜数的文论和美学范畴研究成果。已故著名美学家、文艺理论家蔡钟翔教授，组织了"中国美学范畴丛书"，约请了一批卓有成就的中青年学者，撰写和出版了两辑共20种美学范畴的著作，如《美在自然》《和：审美理想之维》《神思：艺术的精灵》《意境探微》等。在学术界大大推进了范畴研究的深化。从方法上探究范畴研究，则有汪涌豪教授的《范畴论》一书，对范畴研究做了理论上的整合与提升。对于此前的学术界的"宏观研究"和"微观研究"而言，范畴研究应该属于中观层次，从学术研究的发展趋势来说，是颇为有效地超越了那种大而无当的"宏观"和"自说自话"的"微观"，在文学理论界"方法论热"逐渐冷却后，范畴研究在文论界充当了不可取代的重要角色，这在当代中国的学术史上是一个重大的推进。

关键词研究和范畴研究非常相似，可以认为很多关键词就是范畴。但是关键词研究成为当下文论研究或文论研究的"热门"，自有其理由和意义在，当然也还有它的发生原因。从本世纪初英国文化学家雷蒙·威廉斯的《关键词：文化与社会的词汇》一书译介到中国，国内学界以"关键词"研究为新的研究路向的学者以其令人瞩目的研究成果在学界异军突起，蔚成大观。如洪子诚、孟繁华主编的《当代文学关键词》（广西师范大学出版社2002年版）、陈思和的《中国当代文学关键词十讲》（复旦大学出版社2003年版）、赵一凡等主编的《西方文论关键词》（外语教学与研究出版社2006年版）、廖炳惠的《关键词200：文学与批评研究的通用词汇编》（江苏教育出版社2006年版）、王晓路等的《文化批评关键词研究》（北京大学出版社2007年版）、汪民安主编的《文化研究关键词》（江苏人民出版社2007年版）、周宪编的《文化研究关键词》(北京师范大学出版社2007年版)、李建中与高文强主编的《文化关键词研究》(武汉大学出版社2014年版)、胡亚敏主编的《西方文论关键词与当代中国》(中国社会科学出版社2015年版)等。应该说,关键词研究首先是出现在文化研究、文化批评领域,在文学批评中也展现了新的态势。上举关键词研究的论著,就多有文学批评的关键词研究成果。

关键词研究作为一种研究方法,其实古已有之,只是在现代才走向自觉,并且在更为精深的理论指导下,具有更强烈的现代意味。在某种意义上,关键词研究有着更具科学色彩的方法论意识。李建中教授主持的国家社科基金重大项目《中国文化元典关键词研究》,对于关键词研究的方法论进行了系统的建构,并做了有效的个案尝试。李建中从中国文化元典关键词的场域出发,提出了关键词研究的三种入思路径,一曰突破"分科治学"模式,实现对关键词的整体观照和系统阐释;二曰突破"辞典释义"模式,开启关键词阐释的"生命历程法";三曰深入发掘"元典关键词"之文化宝库,为中华文明的现代传承与新变提供语义及思想资源。[1] 笔者以为,建中先生对关键词研究所作的方法论思考,对于我们进行文论的关键词研究来说,是有很重要的借鉴意义的。在文论领域开启关键词研究,与此前的范畴研究关系如何?这是必须要思考的问题。在笔者看来,我们所说的"关键词",很多就是我们已经作的范畴研究;而现在已有的范畴研究论著(如美学范畴研究丛书中的若干种)其实也与关键词研究并无质的不同。然而,"关键词"源于西方的文化研究,现在进入文论领域,究竟在何种意义和操作层面给文论研究带来新的路径的切实的成效?这是值得追问和回答的问题。

---

[1] 李建中、胡红梅:《关键词研究:困境与出路》,《长江学术》2014年第2期。

文论领域的关键词研究，同一般性的文化研究应该是有同有异的。文论当然是文化的一部分，但是文论研究是要把研究的视角聚焦到文学理论话语体系之中的。如果从范畴的意义上看，很多的"关键词"已有相当雄厚的学术成果积淀，如果仅是以此前的范畴研究方法来做，恐怕会有很多的重复和无益的资源浪费。关键词研究应该体现出在以往的范畴研究基础上有所延伸、有所深化，同时也在文论研究领域里形成有机的网络。笔者以为雷蒙·威廉斯关于关键词一书的说明，在这方面会给我们以重要的启示。他指出："我一直在强调《关键词》付梓成书的过程，因为对我而言，这似乎可以说明它的目的以及它所包含的面向。它不是一本词典，也不是特殊学科的术语汇编。这本书不是词典发展史的一串注脚，也不是针对许多语词所下的一串定义之组合。它应该算是对于一种词汇质疑探询的纪录；这类词汇包含了英文里对习俗制度广为讨论的一些语汇及意义——这种习俗、制度，现在我们通常将其归类为文化与社会。我所收集的每一个词在某些时刻里或是在某些讨论过程里，的确曾经引起我的注意；对我而言，其本身的语义问题似乎与当时讨论时所出现的语义问题息息相关。我所做的不只是收集例子、查阅或订正特殊的用法，而且是竭尽所能去分析存在于词汇内部——不管是单一的词或是一组习惯用语——的争议问题。我将这些词称为关键词，有两种相关的意涵：一方面，在某些情境及诠释里，它们是重要且相关的词。另一方面，在某些思想领域，它们是意味深长且具有指示性的词。它们的某些用法与了解'文化''社会'（两个最普遍的词汇）的方法息息相关。对我而言，某些其他的用法，在同样的一般领域里，引发了争议与问题，而这些争议与问题是我们每个人必须去察觉的。对一连串的词汇下注解，并且分析某些词汇形塑的过程，这些是构成生动、活泼的语汇之基本要素。在文化、社会意涵形成的领域里，这是一种纪录、质询、探讨与呈现词义问题的方法。"[1]威廉斯这段话道出了关键词研究的几个具有自觉的方法论意识的问题。一是关键词研究从语义学入手，主要是历史语义学，成为威廉斯的关键词研究的鲜明特色；二是这种关键词要有普遍的意义，能够涵盖思想文化的更大范围；三是要考察其历史流变的轨迹，尤其是要揭示出该词在当代社会所具有的意涵及其广泛影响。与范畴研究相比，关键词研究更为突出研究对象作为词汇的发生、其本义及变化衍生的过程，更为明晰地发掘其来龙去脉。李建中先生对中华元典关键词的研究，以汉语词根性、历史坐标性和现代转义性作为关键词语义考察的方法论支柱，是颇有普遍的方法论意义的。[2]威廉斯的关键词正如他自己所说的，"这个研究领域主要特色之一就是它的词汇；这种词汇很明显不是属于专门学科领域的专门词汇。虽然它与若干学科的词汇经常有所重叠，但它涵盖范围普遍，包含了（一）日常用法中激烈的、难懂的、具说服力的语词，及（二）从专门的、特别的情境衍生出的极普遍语词——用来描述范围较大的思想领域及经验领域。"[3]威廉斯在《关键词》一书中正是以这种方法对有关文化和社会的关键词进行考察。如：Aesthetic（美的、审美的、美学的）、Capitalism（资本主义）、Elite（精英分子）、Masses（民众、大众）等等。威廉斯对它们的原初发生的语义、对于这些关键词在历史发展中的变化沿革以及其当下的意涵，都做了动态的、客观的描述。这对我们进行文论的关键词研究，其借鉴意义是颇为重要的。

---

[1]［英］雷蒙·威廉斯：《关键词：文化与社会的词汇》，刘建基译，北京：生活·读书·新知三联书店，2005年，第7页。
[2] 李建中：《中华元典关键词的原创意蕴与现代价值》，见《文化关键词研究》第一辑，武汉：武汉大学出版社，2014年，第29页。
[3] 李建中：《中华元典关键词的原创意蕴与现代价值》，见《文化关键词研究》第一辑，武汉：武汉大学出版社，2014年，第5页。

说到文论领域里的关键词研究，笔者以为要把选择的范围和意涵限定在文学之中，对于关键词的普遍意义的理解，也无须超出于文学之外，当然可以包括既存在于文学，也存在于其他门类艺术的关键词，比如意象、意境等。但我不赞成那种研究某个范畴、某个问题就泛化到各种领域的做法。在笔者看来，这是学术界存在的一个痼疾，谈论某个问题脱离这个问题产生的具体语义场，在时间上或空间上都随意扩展，最后搞成了大而无当，不知所云。即使看起来颇为"时髦"，实际上没解决什么问题。列宁所说的"在分析任何一个社会问题时，马克思主义理论的绝对要求，就是把问题提到一定的历史范围之内"，在学术研究中具有经典的指导意义，可以使研究取得扎实的成果；而那种把问题泛化的做法，所得出的结论，往往是似是而非的。

在文论领域开展关键词研究，其目的并非仅在于对一些相关的概念范畴进行纵向或横向的考察，如是者我们的研究就没有多大价值了。依笔者的想象，有许多在文论与美学研究上卓有成就的专家学者参与的这项重大研究工程，应该是从关键词研究的方法入手，找到那些在文论系统中处于核心的、关键的词语（范畴、概念等），并且找到它们之间的内在联系，追溯它们的原生语义和转生语义，描述它们的历史沿革，在具体的历史语境中这些关键词又有着什么具体的差异，这些关键词在当下的"存活"（用古风先生语）状态考察。比较理想的状态是能以关键词为网结，将中国文论的内在结构予以还原。这种"还原"以那些关键性的词语为"抓手"，以历史语义学为基本方法，使之呈现出动态的、鲜活的形态，从而激活中国文论的丰富能量。

缘于此，关键词研究的"关键"，在于研究对象的遴选，也就是选择哪些词语作为"关键词"。在笔者的想象中，这些关键词应该是代表着中华民族美学观念的根本性的，具有强劲的辐射力、衍生力的一些基本词语，而且从关键词研究着眼点出发，应该是在当下仍然具有生命活力的。如"气""味""兴""象""神""境"等等。这些关键词又在不同时期、不同语境下衍生或组合成许多相关的词语，举"气"来说，又衍生出诸如"齐气""逸气""和气""奇气""风气""辞气""神气""气象""气脉""气韵""气格""气味""气调""气势"等等。再如"味"作为一个关键词，又衍生了"滋味""韵味""情味""风味""真味""禅味""逸味""体味""玩味""寻味""研味"等文论范畴。它们以作为其"母体"的关键词的内涵为基本意义，而又各有其不尽相同的丰富意蕴。关键词如同动脉，这些衍生的次一级范畴则如静脉，它们共同构成了中国文论的有机体。

说到中西文论关键词的比较，或许会受到质疑。这种质疑大约是针对其可行性的。在笔者看来，中国文论和西方文论的关键词之间的比较，不仅是可能的，而且也是必要的。无论是中国还是西方，在文学创作的审美创造过程，还是作品的存在形态，或是对于文学作品的欣赏接受，都有很多的相通乃至相同之处。正因如此，我们对西方从古希腊时期开始的文论观念并非陌生。钱钟书先生有这样的名言："东海西海，心理攸同；南学北学，道术未裂。"（《谈艺录序》）堪称智者之言。对于这样一个对当下的人文社会科学研究产生重要影响的工程，我们要做的，并非仅是一般性的比较，而是要在语义辨析的基础上，找到对应双方的内在相通之处，也要找出其不同之处。尽管对应双方描述了同样的或相近的创作心理或文学现象，但又有着不尽相同的哲学基础和文化基因，对其间差异的探求就尤为必要。作为比较双方的中西关键词的选择，其慎重的程度则要求更高。新时期以来，文学研究方法的革命性发展，中西比较的方法就曾经扮演过重要的角色。那个过程，激活了学者的思维，产生了许多成果，也留下了不少幼稚的痕迹。"拉郎配"式的胡乱比附，致使很多比较不着边际，乃至贻笑大方。我们现在从事这项工程，当然不能"涉入同一条河流"，应该以更为严谨、更为科学的方法作为原点。中西文论关键词的比较，与一般中西文学作品和现象的比较，当然有其共同之处，但是也还有不同的地方。在确定了可以比较的"双边"关系之后，首先要阐发清楚二者的相同或相通之处，同时更要探求二者的差异之处。文论的关键词，有着本民族的哲学、美学的基因，也有着不同的沿革轨迹，在比较之中，尤能见出其各自的特征所在。中国文论中的关键词，在这种比较中可以凸显其中华美学的民族特色，彰显其"中国气派"。

作为一个牵动学术界核心队伍的理论工程，中西文论关键词的比较研究才刚刚展开，可能现在还难以预期其完成时的样子。而以笔者对参与进来的学者们的了解，各位会以自觉的方法意识和扎实的研究业绩向前推进的。可以想见的是，目前的大口径选择和研究进展，会很快进入有序与有机的轨道，而未来呈现的，将是一座崭新的理论大厦！

（原载《文艺争鸣》2017年第1期）

命题在中国美学研究中的建构性价值

从自觉的意义上来讲，命题研究是近年来才兴起的话题。这并不是说之前就没有过命题研究，关于命题的个案、命题与范畴在中国美学发展中的功能、古代文论命题等，都是有成果问世的。然而时至今日，中国美学研究的现状提出了更为迫切的要求，构建中国特色哲学社会学科体系、学术体系、话语体系，需要从具体的学科角度扎实推进，命题研究的重要意义就凸显了出来。中国美学研究需要一个突破性的提升，突破口在何处？我们认为，命题研究是目前可以具有现实意义的突破口。从学理性的角度，自觉地建构命题的本体与功能，并且描述命题发展的经典化道路，是当前中国美学研究向前推动的重要途径。从这个意义来说，国家社科基金重大项目"中国古代美学命题整理与研究"的立项，其意义也许不在于某一个课题，而可能是整个中国美学研究的范式转换的先声！

与命题关联最为密切的是范畴。改革开放以来的美学领域，范畴研究扮演了非常重要的角色。很多学者在范畴研究上获得了丰硕的成果，无论是文论还是美学，范畴研究都是相当深入且进入体系化的层面了。如陈良运先生的《中国诗学体系论》（中国社会科学出版社2003年版）就是以"志""情""象""境""神"这样五个重要范畴作为整个体系建构的支点的。难以计数的关于范畴研究的论文，见诸各种学术刊物。蔡钟翔先生主持的中国美学范畴丛书计20种范畴研究的专著（如蔡钟翔的《美在自然》、袁济喜的《和：审美理想之维》、张晶的《神思：艺术的精灵》等）已数次再版，成为中国美学研究的标志性成果。汪涌豪先生的《范畴论》《中国文学批评范畴及体系》等著作，是范畴研究之研究，也是范畴研究的本体论研究成果。正如蔡钟翔、陈良运两位先生在"中国美学范畴丛书"的"总序"中所正面阐发的："范畴，是对事物、现象的本质联系的概括。范畴在认识过程中的作用，正如列宁所指出的，它'是区分过程中的梯级，是帮助我们认识和掌握自然现象之网的网上纽结'。人类的理论思维，如果不凭借概念、范畴，是无法展开也无从表达的。美学范畴，同哲学范畴一样，是理论思维的结晶和支点。"中国古代的美学范畴，举例来说，如意境、意象、味、气韵、赋比兴、形神、虚实、势、冲淡等等。纵览上溯三十年左右的中国美学研究，可知范畴研究已是"蔚为大邦"，成绩斐然！

谈命题问题为什么要谈范畴？因为命题与范畴的关系实在是太密切了。很多范畴研究的成果是与命题重合在一起的。"中国美学范畴丛书"郁沅先生的一部《心物感应与情景交融》，其实是谈到两个命题的，但它其中包含了心和物、情和景这两对范畴，"心物感应"和"情景交融"这两个命题是由范畴"生长"出来的。成复旺先生主编的《中国美学范畴辞典》（中国人民大学出版社1995年版），其中有为数众多的美学命题，如"言之无文，行而不远""大象无形""知人论世""境生于象外""不是此诗，恰是此诗""目击道存""澄怀味象""收视反听""课虚无以责有，叩寂寞而求音""迁想妙得""不平则鸣""超以象外，得其环中""知者乐水，仁者乐山""外师造化，中得心源""意存笔先，画尽意在""不著一字，尽得风流""气韵非师""胸有成竹""不涉理路，不落言筌""舍筏登岸""大巧若拙""宁拙毋巧""因情成梦，因梦成戏""独抒情灵，不拘格套""读万卷书，行万里路""咫尺有万里之势"，等等。所举这些，都是典型的命题而非范畴。为什么会产生这种情况？一是如前所述，命题中包含着范畴或由范畴扩展而来，二是当时的美学研究以范畴为主要范式而将很多命题也视为范畴了。命题问题逐渐引起学术界的关注与思考。韩林德先生所著中国美学研究著作《境生象外》，就以"华夏美学的主要范畴、命题和论说"为首章，并且指出："在中国古典美学形成和发展的历史长河中，一代代美学思想家和文艺理论家，在探索审美和艺术活动的一般规律时，创造性地运用了一系列范畴和命题，如道、气、象、神、妙、逸、意、和、味、赋比兴、意象、意境、境界、神思、妙悟、一画、法度、美与善、礼和乐、文与质、有与无、虚与实、形与神、情与景、言与意、阳刚之美与阴柔之美、立象尽意、得意忘象、涤除玄鉴、澄怀味象、传神写照、迁想妙得、气韵生动，等等。这些范畴和命题，既相互区别，又相互联系和相互转化，彼此形成一种关系结构，共同建构起中国古典美学的宏大理论体系。一定意义上讲，中国古典美学史，也就是上述一系列范畴、命题的形成、发展和转化的历史。"（韩林德：《境生象外》，第1页）从这里可知，韩林德先生对范畴与命题是有了较为明确的区分的。同时，他也指出了范畴与命题在中国美学发展中的重要作用。著名哲学家汤一介先生在《文艺争鸣》上发表的《"命题"的意义——浅说中国文学艺术理论的某些"命题"》一文，认为"中西文化的表述方式或常有不同，而这些特殊的表现形式往往包含在'命题'Cproposition)表述之中，从中西文化命题表现的不同，或可有益于我们对两种文化的某些特点有所了解"。王元化先生的《文心雕龙创作论》这部"龙学"名著，多是从命题研究入手的。叶朗先生的《中国美学史大纲》，关于魏晋南北朝美学部分，都是以命题如"得意忘象""声无哀乐""传神写照""澄怀味象""气韵生动"为节目的。成复旺先生的《神与物游》一书，也是关于美学命题的个案研究的名著。吴建民先生有专著《中国古代文论命题研究》，从本体的意义上对古代文论的命题进行了全面系统的研究。笔者也有多篇专论中国美学命题的文章。

当下这个时候，将命题研究作为中国美学研究的重大课题，一是水到渠成的提升，二是建构中国特色的美学话语体系的需要，三是创造性转化和创新性发展的重要途径。范畴是命题的基础，是构成命题的基本要素，命题则是在此基础之上进一步的思想表述。所谓"命题"，通常指具有判断性的短语或短句。范畴则往往是一个单词或复合词，如：感兴、意象、味、中和、法度、本色、逸等等。从语言学的意义上讲，命题不同于一个单词或并列性的复合词，而是一个有意的短语，在这个短语内部，已经有了相对复杂的语法关系。命题是更为明确的主体的美学观念，成为美学学科体系和话语体系的标志性元素。试想一下，很多命题是不是可以代表某位思想家、文艺家的美学观念的核心内容，如蔡邕的"书肇自然"，嵇康的"声无哀乐"，宗炳的"澄怀味象"，顾恺之的"传神写照""迁想妙得"，张璪的"外师造化，中得心源"，韩愈的"不平则鸣"，刘禹锡的"境生于象外"，梅尧臣的"状难写之景，如顾目前；含不尽之意，见于言外"，苏轼的"论画以形似，见与儿童邻""诗中有画，画中有诗"，吕本中的"学诗当识活法"，严羽的"诗有别材，非关书也；诗有别趣，非关理也""不涉理路，不落言筌，上也"，袁宏道的"独抒性灵，不拘格套"，笪重光的"虚实相生，无画处皆成妙境"，王夫之的"经生之理，不关诗理",叶燮的"诗之基,其人之胸襟是也",王国维的"词以境界为上",等等,我们通过这些命题,可以明晰地了解命题的提出者的核心美学思想观念。

作为一种重要的思想表达方式,命题至少有这样两个特点,一是它的客观真理性,也即是它的有效性。如果所言不实,没有客观内涵,那么,这种命题可以视为"伪命题",因为它是虚妄的。作为判断句的命题,客观性是其最为基本的、最为重要的品格。与客观性相联系而又不可缺少的是命题的意向性,或者称之为价值取向性,也就是主体通过命题明确地表述了自己的思想观点。没有自己观点的命题,算不上什么命题,至少是没什么价值的命题。想一想,中国的美学命题,是不是都包含着主体的思想观点呢?回答是确定的。如孟子所说的"充实之谓美",认为美的意思首先在于内容充实,对美的概念,观点是非常明确的。荀子讲的"虚壹而静",王元化先生的阐释是:倘要以心知道,那么就必须由臧而虚,由异而壹,由动而静。(见《文心雕龙创作论》)玄学家王弼提出的"得意忘言",主张超越语言的束缚而获得本体意义。杜甫的"咫尺应须论万里",认为绘画应在尺幅之间表现出阔大的境界。这些命题都是提出了明确的美学观点的。与范畴相比,命题的特点从内涵上说,尤在于它的意向性或价值取向性。中国古代美学命题还有一个特点,在于它的自明性。简洁明快,意义显豁,这是中国的美学命题的突出特征。西方的美学命题,因其以思想家的哲学体系为背景,对它的理解,往往要通过思辨和逻辑推论方能理解其基本内涵;而中国古代美学命题,则是以其自明性为特征。在简明扼要的语言中,已将主体的意向呈现于人了。如"知人论世""以形写神""神用象通""意在笔先""陈言务去"等,使人马上可以直接理解其意向所在。

面对这个命题的研究，研究范畴主要是在美学范围内。命题有深刻的逻辑学基础，命题研究可以从逻辑学的维度进行，而在美学领域又有着学科自身的特点，应主要从美学理论的路向上进行研究和提升。

我们以为中国古代美学命题的系统化研究，目前可以有这样几方面的工作要做。一是关于命题的本体研究。何为"本体"？就是"是什么"的问题。这个当然不能预先设定，不能形而上学，而是要在中国古代美学的大量案例中进行分析，最后确立出它的理论模型。命题是一种什么样的样态？命题的基本构成及其构成范式，命题与范畴的联系与区别，等等，都属于本体研究。本体研究是命题的系统研究的出发点，如果连什么是中国古代美学命题的基本样态都搞不清，那么，这种研究就是无源之水，无本之木。从语言表述特点来看，古代美学命题大致可以分为"直述式"和"象喻式"。前者就是直接的判断句，如"诗言志""以形写神""文从字顺"之类；后者则是以形象的比拟，来表达美学观点，如"水停以鉴，火静而朗""舍筏登岸""鸢飞鱼跃""成竹在胸"之类。二是美学命题的功能研究，也就是"做什么"的问题。在中国美学的理论体系形成过程中，美学命题起了什么作用？这是一个非常值得思考的问题。现在可以想到的是，运思功能、对话功能和实践功能这三个方面。所谓"运思功能"，是以命题作为学术运思的核心要素进行理论思考，从而形成自己的独特审美观点。如苏轼在评王维画时提出了"诗中有画，画中有诗"的美学命题，从而表述其文人画应该有诗性内涵在其中的观念。所谓"对话功能"，指论者以命题作为自己的核心观点，与直接或间接的对象进行对话，从而使自己的观点与逻辑更为鲜明突出，也更能在美学思想史上留下深刻的印记。如魏晋时期的玄学家王弼，提出了"圣人有情"的命题，这是针对另一位著名玄学家何晏提出的"圣人无喜怒哀乐"的命题而进行的对话与讨论，从而广泛地影响了魏晋南北朝时期文艺理论的"重情"倾向。所谓"实践功能"，是指理论家以命题进行文艺批评或美学著述的实践效应。唐代诗人白居易以"文章合为时而著，歌诗合为事而作"的重要命题，概括了他对文学本质的基本认识。再如宋代诗论家严羽以"诗有别材，非关书也；诗有别趣，非关理也"的诗歌美学命题，系统批评宋诗中存在的"以文字为诗，以才学为诗，以议论为诗"的倾向。在当下的文艺批评实践中，命题的实践功能应该得到充分的重视与发挥。中国古代的美学命题，大多是经过了中国文学批评史和文艺理论史的检验与积淀的经典性命题，它们对一些普遍性的文艺现象及审美现实，具有深刻的透视作用，同时具有思辨的高度与抽象的深度，对于一些负面的审美现象，也具有强烈的针砭效应。凭借这些美学命题，在当下的文艺批评和美学建构中可以产生更为鲜明、更为透辟的思想冲击力。

三是美学命题的经典化过程研究。中国古代的美学命题，在其发生阶段，未必是有意为之的，很多时候是古代作家或艺术家在对话、作品批评乃至书信、序跋等形式中存在的，但随着后来人们的不断使用，形成了大家公认的命题，如唐代画家张璪提出的"外师造化，中得心源"的命题，就是他在回答其友人毕宏的问题时谈到的，后来成为颇具美学理论含量的重要命题。这当然，也有很多命题出自于理论家的有意提倡。如刘勰在《文心雕龙·神思》篇赞语中所说的"神用象通，情变所孕"，《物色》篇赞语中所说的"情往似赠，兴来如答"等等，都是理论家的思想凝结。无论是"有意栽花"，还是"无心插柳"，都有一个经典化的过程。这个过程也是值得我们深入考察的。

美学命题可以认为是中国特色的美学学术体系和话语体系的重要

元素，也是具有蓬勃的生命力的理论资源。对于现今的文艺批评，美学命题可以发挥充分的价值尺度的功能。文艺批评不应该是随意褒贬，而应有正确的、深厚的美学理论作为基础和标准，很多命题在批评中能够起到切中要害的作用。习近平总书记明确倡导"结合新的时代条件传承和弘扬中华优秀传统文化，传承和弘扬中华美学精神"，这是我们从事美学研究的指导思想。习近平总书记对于中华美学精神的基本内涵做了这样的说明："中华美学讲求托物言志、寓理于情，讲求言简意赅、凝练节制，讲求形神兼备、意境深远"[1]。这三个"讲求"，其实也是在传统的美学理论的基础上提炼出来的命题。无论是对中国美学史的学术研究，对中国特色的美学学术体系、话语体系的构建，还是对当代的文艺批评，命题都是"大有用武之地"的。

我们从范式转换的角度来认识中国古代美学命题研究，使目前这种同质化的研究现状有所突破，试图从研究方法上有所更新，使现有的理论资源得到系统化的整合，并且注入当代的思想动力，希望在中国美学领域呈现出具有时代感的风貌！

（原载《光明日报》2022年6月29日，收入本书时有改动）

---

[1] 习近平：《论党的宣传思想工作》，北京：中央文献出版社，2020年，114页。

贰 人民主体与文化自信

人民是文艺审美的主体

——对习近平同志在文艺工作座谈会上讲话的美学理解

习近平总书记在文艺工作座谈会上的讲话，是继毛泽东《在延安文艺座谈会上的讲话》之后关于文艺工作的最重要的讲话，是一个划时代的文献。对于当前和今后一段历史时期内的文艺工作有着非常及时、特别重要的指导意义。这个讲话不仅是党在新的历史条件下对文艺工作的总的指导方针，而且创新性地提出了一些重要的美学思想，对于文艺创作和文艺批评都有深刻的启示作用。细读习近平同志的讲话，在美学思想上得到了前所未有的感悟。

习近平同志的讲话，首先揭示了文艺事业的本质属性，同时也指出了文艺工作的出发点和落脚点，这对中华美学的当代建设具有非常重要的意义。作为具有当代中国特色的美学理论、美学观念，习近平同志的讲话高屋建瓴地揭示出了其基础和核心理论，那就是：文艺事业是党和人民的重要事业，文艺战线是党和人民的重要战线。文艺的服务对象是谁？早在毛泽东同志的《在延安文艺座谈会上的讲话》中已经给出了明确的答案——文艺是为人民服务，为工农兵服务的。而在新的历史条件下，很多文学家和艺术家却忘记了这个根本宗旨，而把个人的利益作为文艺工作的出发点，并且把经济利益、市场效益放在第一位，导致相当一部分作品在市场经济大潮中迷失了方向。习近平同志的文艺以人民为出发点和落脚点的观念，并非是对延安文艺座谈会讲话的旧话重提，而是注入了新的时代内涵和强烈的现实指向。习近平同志讲话中最重要的一个词那就是——人民。整个讲话全篇都贯穿着以人民为主体的思想精神。分析起来，关于文艺事业，人民的主体地位可以分为人民是文艺审美的创造主体、人民是文艺审美的鉴赏主体和人民是文艺审美的评判主体这三个主要的维度。

一、人民是文艺审美的创造主体

习近平同志的讲话贯穿着的一个主线是文艺与人民。人民需要文艺，文艺更需要人民。真正的文学精品、艺术经典，无不是与时代和人民息息相关的。在文学史和艺术史上留下地位、闪耀光芒的作品，都是传达着人民的情感和诉求的。作为文学家或艺术家的创作，从有署名的作品来看，往往是作家或艺术家个体精神劳动的结晶，而并非集体合作的产物；作为主人公的"我"，是第一人称的"小我"，也就是表现抒情主体个人的情感、意志和悲欢。但是，真正成为经典，使历代读者、受众能够受到情感兴发，从而历久弥新，跨越千载而不衰的作品，又恰恰撰写出了当时人民的呼声、情感和诉求，通过"小我"表现出了"大我"。而且，人民的生活是文艺创作取之不尽、用之不竭的源泉，这个观点，毛泽东同志的《在延安文艺座谈会上的讲话》已经做出了精彩的表述："一切种类的文学艺术究竟是从何而来的呢？作为观念形态的文艺作品，都是一定的社会生活在人类头脑中反映的产物。革命的文艺，则是人民生活在革命作家头脑中反映的产物。人民生活中本来存在着文学艺术原料的矿藏，这是自然形态的东西，是粗糙的东西，但也是最生动、最丰富、最基本的东西；在这点上说，它们使一切文学艺术相形见绌，它们是一切文学艺术的取之不尽、用之不竭的唯一的源泉。"[1]毛泽东同志的这个论述，成为延安文艺座谈会讲话的重要理论观点，也是马克思主义文艺理论的重要发展。文艺作品的源泉从何而来？就在于人民的生活。毛泽东同志强调这是文艺唯一的源泉，而非源泉之一。如果文学家和艺术家只有一己的情绪，而对人民的生活、人民的情感无所感知，甚至格格不入，那么，这样的文艺作品是不可能感染人、熏陶人的，也就不可能具有生命力。时隔72年，习近平同志再度强调这个问题，把人民与文艺的关系提到最根本的地位，无疑是对延安文艺座谈会精神的继承与发扬。

但是，问题不仅仅在于今天这个《讲话》是对72年前《讲话》的继承或重提，而是习近平同志在看似同样的命题中注入了新的内涵，使之有了新的活力。习近平同志强调"人民是文艺创作的源头活水，一旦离开人民，文艺就会变成无根的浮萍、无病的呻吟、无魂的躯壳……能不能搞出优秀作品，最根本的决定于是否能为人民抒写、为人民抒情、为人民抒怀……要虚心向人民学习、向生活学习，从人民的伟大实践和丰富多彩的生活中汲取营养，不断进行生活和艺术的积累，不断进行美的发现和美的创造。要始终把人民的冷暖、人民的幸福放在心中，把人民的喜怒哀乐倾注在自己的笔端，讴歌奋斗人生，刻画最美人物，坚定人们对美好生活的憧憬和信心"。[2]在继承和发扬了毛泽东同志延安文艺座谈会讲话精神的同时，习近平同志的这段论述表述出新的历史条件下的新的美学内涵。延安文艺座谈会提出"人民生活是文艺唯一的源泉"的观点是在全民族进行艰苦卓绝的抗战背景之下，号召文学家、艺术家讴歌人民的伟大斗争；而在当今时代，改革开放使中国国力空前强大，商品经济环绕着我们的生活，很多人为

---

1 《在延安文艺座谈会上的讲话》，《毛泽东选集》第三卷，北京：人民出版社，1968年，第817页。
2 习近平：《在文艺工作座谈会上的讲话》，北京：人民出版社，2015年，第15-17页。

了自己的"小我"忘却了"大我"，为了"孔方兄"而辜负了人民的期望，致使低俗的东西、庸滥的东西冒充艺术品大行其道。这些东西远远不是什么美的事物，而是玷污人们心灵的东西。习近平同志认为，人民的伟大实践和丰富多彩的生活是真正美的事物的蕴含，是审美活动最为重要的对象。向人民学习、向生活学习，一方面是党对文艺工作的指导原则，一方面也是具有创新性的审美创造原则。

艺术创作是体现艺术家之所以为艺术家的最重要的活动方式。进行艺术创作，先行的活动就是以创造性的方式进行审美活动，在自然物和社会生活中发现美的存在。一般认为，审美活动是审美主体对特定的审美对象的发现与契合，审美对象是某个特定的事物。而习近平同志《讲话》蕴含着这样的观念：美作为对象是在人民的生活之中，是在人民的实践之中。这种美的对象是整体性的，是活生生的。"美是生活"，这是很久以前俄国民主主义思想家车尔尼雪夫斯基最有代表性的美学命题，在当时是非常进步的美学理念；从美学角度看，《讲话》的观点固然有着"美是生活"的历史渊源，但更具有鲜明的时代色彩。

如果说文学家和艺术家的个体的内在世界是一个"小我"，那么这个"小我"不应该是封闭的，也不应该是与人民的生活和情感相隔绝的，恰恰相反，文学家和艺术家的"小我"应该映现人民这个"大我"。从这个意义上说，真正的文艺审美的创造主体——那个隐含着的主体恰恰应该是：人民。

二、人民是文艺审美的鉴赏主体

文艺作品的创造、制作，一定是有其接受者、欣赏者的，尤其在当今社会，自说自话、没有对象的艺术即便是有，也是微乎其微的。按马克思关于"艺术生产"的理论来看，艺术生产和艺术消费是互动的两个方面。马克思在《政治经济学批判导言》中提出"艺术生产"的概念:"就某些艺术形式,例如史诗来说,甚至谁都承认:当艺术生产一旦作为艺术生产出现,它们就再不能以那种在世界史上划时代的、古典的形式创造出来;因此,在艺术本身的领域内,某些有重大意义的艺术形式只有在艺术发展的不发达阶段上才是可能的。"[1]这是马克思"艺术生产"这个命题提出的由来。同是在《政治经济学批判导言》中,在"艺术生产"提出的前面,马克思明确揭示了生产与消费的辩证关系:"消费直接也是生产,正如自然界中的元素和化学物质的消费是植物的生产一样。——生产媒介着消费,它创造出消费的材料,没有生产,消费就没有对象。但是消费也媒介着生产,因为正是消费替产品创造了主体,产品对这个主体才是产品。产品在消费中才得到最后完成。"[2]这里所阐明的生产与消费的辩证关系,正对应着后面所说的"艺术生产"。艺术生产和艺术消费,也同样遵循着这种规律。艺术生产也正是创造着消费艺术品的主体。鉴赏和批评,都属于艺术消费的范畴。

鉴赏与批评,对于艺术生产、文艺创作而言,都是非常重要的。没有鉴赏与批评,创作也就没有了动力。因此,在文艺美学的领域里,对鉴赏与批评(或统称为"接受")一向都是颇为重视的。对于艺术品而言,鉴赏者和批评家也是审美主体,尽管这与创作的主体颇有不同。相当多的文艺理论、文艺美学著作都把鉴赏和批评作为重要的单元加以论述。习近平同志在文艺工作座谈会上的讲话对于鉴赏和批评的问题同样是以人民作为出发点的,但却作出了具有创造性理论内涵的美

---

1 马克思:《政治经济学批判导言》,《马克思恩格斯选集》第二卷,北京:人民出版社,1966年,第223页。
2 马克思:《政治经济学批判导言》,《马克思恩格斯选集》第二卷,北京:人民出版社,1966年,第205页。

学表述,"要把满足人民精神文化需求作为文艺和文艺工作的出发点和落脚点,把人民作为文艺表现的主体,把人民作为文艺审美的鉴赏家和评判者。"在笔者的理解中,这是一个重要的、具有重大创新意义的美学命题。"把人民作为文艺审美的鉴赏家和评判者",这个提法超越了以往在美学上关于接受和鉴赏的观念与表述。从接受的角度,真正把人民作为主体,这是前所未有的,表达出在党的文艺事业的立场上,对人民的主体地位的充分尊重。

人民是真正的鉴赏家,人民是权威的评判者,这在文艺美学领域里,是从来没有过的高度和定位。一般而言,鉴赏和评判(也可以说就是"文艺批评")的主体都是个人,都是个体的,现在习近平同志的讲话将"人民"这种复数的、整体的概念称为主体,意味着什么?这意味着总书记从"文艺为人民"这个总的立场出发,而谆谆告诫艺术家要高度重视人民作为鉴赏家和评判者的水准和功能。

如接受美学所喻示的那样,文学家在创作过程中,自觉地或无意地,都有一个预期的、暗含着的读者,接受美学的代表人物之一伊瑟尔称之为"隐含读者"(Implied Reader)。隐含读者在很大程度上决定了作品的话语方式、结构方式,体现了文本潜在意义的预先构成作用,也体现了读者通过阅读对这种潜在性的发现。说得直白一点,也就是作家心目中自己的作品究竟是为哪一类人而写的。这类读者有什么样的兴趣,有什么样的审美需要,是俗是雅,是文是野,对此作家心目中是大致有数的。不仅是文学作品,其他类型的艺术品又何尝不是如此?譬如现代传媒中的栏目策划,究竟是以哪类人作为收视群体,策划者完全是心中有数的。这里要明确指出的是,一些低俗的节目或读物,在其编导和作者的心目中,对于人民的鉴赏水平、审美趣味和评判标准都出现了严重的误判。在他们的眼里和心里,广大的受众、观众或读者，都喜欢那些浅薄的娱乐、感官的满足，为了市场效益，为了金钱欲望，把文艺当成了市场的奴隶，所谓的"作品"也沾满了铜臭气。这些人其实是以自己的浅薄无聊来揣度广大的受众，用俗话来评价这类人，是"以小人之心，度君子之腹"。这类东西其实是称不上什么艺术的，但确实又在大众传媒中占有不小的份额。这些人心目中的"人民"似乎都是对那些粗俗搞笑的东西、刺激感官的东西趋之若鹜、津津乐道的受众。我说这是"误判"，已经是很留面子的了。这类东西其实是出自于猥琐的、阴暗的心理的。他们制造出的那些东西，通过无聊的语言或动作，有时候博得人们一笑，却实在无法给人以美的感受，反之却是给文艺空间带来了污染。

　　人民是个历史性的范畴。今日之人民的文化水准、价值观念和审美能力，与数十年前（遑论更远的年代）是不可同日而语的。人民是历史的创造者，是社会生活的主体，是不断发展、不断提升精神境界的广大群体。那些颓废的、负能量的东西，是与真正的人民生活背道而驰的。可以肯定地认为，今日之人民，其学历层次、文化修养和审美水平，与旧日相比，提高的幅度是不可以道里计的。人民现今的审美趣味、审美理想，是更加丰富多彩的，同时也是更加超越和升华的。他们当然需要美的享受，需要活生生的、直觉的美的形象，但也需要以新颖的形式呈现出来的真善美。文艺如果表现那些浅薄无聊的"娱乐至死"，无非是将人的灵魂拉向阴暗的所在。而文学艺术在其禀赋中就有着引人向上的理想蕴含。习近平同志强调："追求真善美是文艺的永恒价值。艺术的最高境界就是让人动心，让人们的灵魂经受洗礼，让人们发现自然的美、生活的美、心灵的美。……我们要通过文艺作品传递真善美，传递向上向善的价值观，引导人们增强道德判断力和道德荣誉感，向往和追求讲道德、尊道德、守道德的生活。只要中华民族一代接着一代追求真善美的道德境界,我们的民族就永远健康向上、永远充满希望。"[1]习近平同志所指出的这种文艺的永恒价值,其实也正是人民生活的应然状态或者说是一种理想状态。但这种状态也就在人民的生活之中。最讲真善美的,正是我们的人民。

人民作为文艺审美的鉴赏家,这是我们的文艺接受的一个重要的新的观念,也是有其特定的理论内涵的。对于文艺事业来说,没有鉴赏也就没有创作。鉴赏与批评是催生作品艺术生命的最为重要的环节。

这里先说鉴赏。无论是文学创作,还是其他艺术门类的创作,都是面向自己的读者、受众的,他们就是鉴赏者。鉴赏是审美享受的产生过程,没有鉴赏,也就没有艺术生产。对于文艺创作来说,最可怕的就是没有鉴赏者的参加。假使一个作品问世却无人鉴赏,那么这个作品无论作者如何以为会有空前绝后的成就,其实不过是胎死腹中而已。

就一般意义而言,鉴赏应该是个体的行为。真正的审美感受,应该是在个体的鉴赏中产生的。但是,习近平同志提出的"把人民作为文艺审美的鉴赏家",又是一个令人耳目一新的美学命题。尽管其意义并非全然是在美学的范围内,而带有着政治上的深远考虑,但这仍能从美学上得到领悟和启发。"人民"是一个集合体,是一个复数,也是无数个体性的鉴赏的共同体。从具体的鉴赏而言,人民是文艺审美的鉴赏家,是对当前文艺审美的理论性描述,是使文艺鉴赏得到高度升华的美学预期。个体的鉴赏当然会体现出审美趣味的差异性,正所谓"说到趣味无争辩"。这不仅在审美中是允许的,而且是常态的和健康的。但是,以人民作为鉴赏家进行美学预期,这就为鉴赏注入了共

---

[1] 习近平:《在文艺工作座谈会上的讲话》,北京:人民出版社,2015年,第24-25页。

同美的尺度。鉴赏中的个体性差异，并不排斥寓于个体性的美学通则，或者说是寓于个性中的共性审美尺度。人民作为鉴赏家的提法并不是要消解鉴赏的个体性差异，而是在理论上凝聚和明晰文艺审美中的健康的、积极的、向上的共性审美尺度。伟大的实践、健康的生活和核心价值观就寓于人民之中。人民作为鉴赏家，是最有资格的。

把人民作为文艺审美的鉴赏家，这主要还是对艺术家的创作提出的内在要求。如前所述，文学家艺术家在进行创作时都有自己的隐含读者或预期受众，这个隐含读者或预期受众是什么群体、是什么类型，直接关系到作品的品位和走向。作者如果能以"把人民作为文艺审美的鉴赏家和评判者"这个理念作为创作的前设，真正尊重人民作为鉴赏与批评的"行家里手"，就会倾注最大的热情，以锐意创新的态度来对待创作，从而创造出艺术精品，也就是如习近平同志所说的"精益求精搞创作，把最好的精神食粮奉献给人民。"如果不能把人民作为文艺审美的鉴赏家和评判者，对人民的鉴赏水平和审美能力估计过低，形成错位和误判，甚至揣摩人民大众的审美趣味就是喜欢那些低俗的东西、搞笑的东西，以奇形怪状的动作和无聊搞笑的语言取悦受众，在很大程度上就是把人民群众的欣赏水平和审美趣味想象得非常之低。为什么会产生那些抄袭模仿、千篇一律的问题？为什么会存在着机械化生产、快餐式消费的问题？其原因也就在于此。

把人民作为文艺审美的鉴赏家，是将那些无聊的低俗的东西排除在外的，也是把那些一哄而上、抄袭模仿的东西排除在外的。这些东西不足以言之为艺术。文艺审美是对艺术美的鉴赏和分享，是审美活动中最为重要的部分。文学家艺术家如果有对艺术的追求，有对艺术的执着，有对文艺精品的创造欲望，就要真正把人民作为文艺审美的鉴赏家，这是一个很高的定位，这其实更是对艺术家的定位。能否满足作为鉴赏家的人民的审美需求，是作品成败的关键。

三、把人民作为文艺审美的评判主体

习近平同志在讲话中不仅把人民当作文艺审美的鉴赏家，还看成文艺审美的评判者，这其实也是对艺术家而言的。评判也就是文艺批评，这似乎带有些专业的味道。其实真正的评判还是在人民中间。评判更带有对于价值的针对性。评判与鉴赏是密切相关的，没有鉴赏，评判也就无从谈起，而鉴赏本身也就包含着感性的评判。在艺术创作中，审美价值的创造是其最为核心的意义，即使其他事物中包含着的审美价值并非处于首要地位，但是在艺术作品中，审美价值的追求与创造，就是首要的。艺术作品中当然也含有其他类型的价值，如认识价值、宗教价值、教育价值、民俗价值等，但既然是艺术作品，这些价值都要通过审美价值才能实现和发挥作用。缺少审美价值的作品，尤其是缺少创造特性的审美价值，其他的价值都会大打折扣或难以显现。价值的获取和彰显，关键的活动在于评价。没有评价，就没有价值的产生。评价表现为人们对价值客体的态度。如著名学者李德顺先生对价值评价的概括："评价表明在主客体之间一定的价值关系中，客体是否能够或已经使主体的需要和愿望得到满足，客体是否适合主体的需要或已使主体意识到这种适合。因此，评价有两种基本结果，肯定和否定。主体的满意、满足、接受等表示，是肯定的评价；不满意、不满足、拒斥等表示，是否定的评价。在复杂的客体和复杂的关系中，或者在价值关系的历时变化中，肯定和否定常常以相互并存、相互渗透、相互交叉和转化的面貌表现出来。"[1]这就是评价的本质。对于价值活动，评价是不可或缺的。对此学术界通常的认识是，审美关系是一

---

1 李德顺：《价值论》，北京：中国人民大学出版社，1987年，第245页。

种价值关系，审美活动是一种价值活动，这已得到人们的认同。审美价值的获取和被揭示，是一定要通过评价才能实现的。习近平同志所说的评判，其实也就是审美评价的问题。在艺术活动中，评价或批评都要以鉴赏为基础，但又是鉴赏的升华状态，是对作品中的审美价值的定性考量。习近平同志称人民是文艺审美的评判者，而没有称为批评家，可能是因为后者有更浓厚的理性专业色彩，而前者更多的是感性直观的方式。然而，在审美活动中，评判尽管无须像理论家、批评家那样以逻辑思维来论证，但它的价值属性则是非常突出的。把人民作为文艺审美的评判者，首先是人民掌握着对文学艺术最根本的审美标准，因为审美评价必须是以审美标准作为依据。评价活动往往是由个体的形式进行的，但审美标准却应该是社会的。在人民那里，有着最为根本的标准。习近平同志所说的"社会主义文艺，从本质上讲，就是人民的文艺。……文艺要反映好人民心声，就要坚持为人民服务、为社会主义服务这个根本方向。这是党对文艺战线提出的一项基本要求，也是决定我国文艺事业前途命运的关键……要把满足人民精神文化需求作为文艺和文艺工作的出发点和落脚点"[1]，这是党对文艺事业的要求，其实也是人民对文艺的根本标准。

随着历史条件的变迁，人民的生活也发生了翻天覆地的变化，物质条件得到了极大的提高，社会现代化程度与日俱增。人民对于文艺的需要、对于审美的需要也有了相当大的变化，当下人民的感知能力远非旧时代所能比的。在这种情形下，人民的审美需要愈加丰富，愈加强烈，同时也就愈加具有当代性的特征。正如马克思指出的"人的需要的丰富性，从而生产的某种新的方式的某种新的对象在社会主义的前提下具有何等的意义：人的本质力量的新显现和人的存在的新的

---

[1] 习近平：《在文艺工作座谈会上的讲话》，北京：人民出版社，2015年，第13页。

充实"[1]。人民的审美需要，也就是人民作为评判者的标准。真正地尊重人民作为评判者，就是要深入体察人民的审美需要，并用思想精深、艺术精湛、制作精良的作品使人民得到真正的审美享受。习近平同志还颇为具体地指出："随着人民生活水平不断提高，人民对包括文艺作品在内的文化产品的质量、品位、风格等的要求也更高了。文学、戏剧、电影、电视、音乐、舞蹈、美术、摄影、书法、曲艺、杂技以及民间文艺、群众文艺等各领域都要跟上时代发展、把握人民需求，以充沛的激情、生动的笔触、优美的旋律、感人的形象创作生产出人民喜闻乐见的优秀作品，让人民精神文化生活不断迈上新台阶。"[2]这里从新的历史条件出发，揭示了人民对精神文化和审美的时代性需要，能够满足人民的这种需要，才敢说是具有时代性的审美价值。

艺术作品是否具有审美价值？具有什么样的审美价值？所具有的价值究竟是大是小？这些问题都取决于作品在何种程度上满足了审美主体的审美需要。评判是针对价值而言的，审美评判（或评价、批评）的功能，就是对作品的审美价值的认可和彰显。把人民作为文艺审美的评判者，这当然意味着对人民在审美活动中的地位和作用的肯定与尊重，更重要的是对艺术家自身的目标和取向的提升。人民是艺术的审美标准的掌握者，对于文艺审美，人民是最有话语权的。我们说"人民"，主要的不在于数量的最大化，而在于人民代表了历史前进的方向，代表了时代的发展趋势，也代表了审美的"向上一路"。其实，需要也好，价值也好，是有正负之分的。正面需要的满足使主体得到鲜活的能量，得到创造的力量，得到有益于社会的动力；反之，负面需要，如吸毒者对毒品的需要，盗窃犯对作案工具的需要，只能产生负价值，使主体堕落，对社会造成危害。而真正的文艺审美，是满足

---

[1] [德]马克思：《1844年经济学哲学手稿》，刘丕坤译，北京：人民出版社，1979年，第85页。
[2] 习近平：《在文艺工作座谈会上的讲话》，北京：人民出版社，2015年，第14页。

人民的正面需要、产生的是正价值、是为社会提供正能量的。人民的审美需要得到满足，产生的是积极的、向上的、创造历史的动力。作为文艺审美的评判者，人民在艺术作品中所把握的、所汲取的，是真善美的融合。西方的一位美学家这样说过："公众的艺术评价最终总是对的，批评家的任务只是使这个'最终'尽快到来。"[1] 批评家是通过专业的水准和语言来对作品进行价值判断，而对"人民作为评判者"的理解，可以从这句话中得到一点启发。作为个体的批评家，要以公众或人民的艺术评价作为自己的依据。仅凭个人的好恶而不顾人民的审美感受所做出的判断和定性，很难是中肯的。批评家的个体和人民作为文艺审美的评判者，在逻辑上如何成立？马克思的相关论述可以给我们提供理论的支撑，马克思如是说："因此，如果说人是一个特殊的个体，并且正是他的特殊性使他成为一个个体和现实的、单个的社会存在物，那么，同样地他也是总体，观念的总体，可以被思考和被感知的社会之主体的、自为的存在，正如在现实中，他既作为社会直观和对这种存在的现实享受而存在，又作为属人的生命表现的总体而存在一样。"[2] 以之理解批评家的个体和人民作为评判者，再恰当不过了。

对于一个真正的艺术家而言，把人民作为文艺审美的评判者，是创作文艺精品的自我要求，是创造最佳的审美价值的标尺，也是"立言"以产生经典的追求。真正的艺术家（之所以这样说，是将那些"混迹"于文艺场的庸滥制造者排除在外），当然是追求作品能够成为精品和经典的。如杜甫所说的"为人性僻耽佳句，语不惊人死不休"，这种对艺术的至高追求，对于艺术家而言是题中应有之义。懂得人民是文艺审美的评判者这个道理，感觉到人民的眼光像明月一样洞烛自

---

[1] ［英］梅内尔：《审美价值的本性》，刘敏译，北京：商务印书馆，2001年，第11页。
[2] ［德］马克思：《1844年经济学哲学手稿》，刘丕坤译，北京：人民出版社，1979年，第76页。

己的作品，把作品的价值交付给人民去考量、去检验，才能真正创造出艺术精品；反之，模仿抄袭，千篇一律，低估了人民的鉴赏与评判的能力，也使自己的作品不可能登上大雅之堂！

艺术的消费、文化的消费，不同于一般的物质消费，尽管作品也是带有物性的，并没有伴随着消费而消亡，反之，愈是消费则愈是增值！《诗三百》也好，《牡丹亭》也好，无数的艺术精品、经典之作，都历千载而不衰，在千百年人们的审美鉴赏中生成了更多更好的审美价值。经典也就由此而生。在这里，尤为真切地见出人民作为文艺审美的评判者的伟大功用！

四、人民与文艺审美：美学理论的升华

习近平同志在文艺工作座谈会上的讲话，当然不是专门的美学理论研究，而是党在现阶段对文艺工作的指导方针。学习这个讲话，是全党全国人民的政治任务。正如习近平同志所指出的那样，文艺是时代前进的号角，最能代表一个时代的风貌，最能引领一个时代的风气。实现两个一百年的奋斗目标，实现中华民族伟大复兴的中国梦，文艺的作用不可替代，文艺工作者大有可为。习总书记在这里是把文艺作为治国理政的宏伟事业加以论述的。但是并不妨碍我们从美学理论的角度，对总书记的讲话加以认识，也许可以强化对讲话精神的理解，同时，也可把讲话精神落实到社会科学尤其是美学研究之中。

在政治上作为对我国文艺事业的指导之外，习近平同志的讲话也从美学理论方面给我们以深刻的启示。文艺事业以人民为根本，把文艺事业与人民紧紧联系在一起，这是贯穿讲话的一条红线。从美学和文艺理论的角度看，这与之前"人民性"是有传承的关系的，而将人民和文艺审美的关系作为美学思想加以考量的话，又可以视为美学的

一个新的理论增长点。

　　人类的审美活动，不止于文学艺术，对于其他的活动，也可以从审美的角度进行观照。诸如自然景物、社会事物，可能都蕴藏着某种审美属性，可以对其进行审美活动。然而，最能体现审美活动特征和本质的，当属文学艺术的活动和作品。在物质生活水平日益提高、精神生活不断丰富的今天，文艺审美更是成为人民生活的重要部分。人民与文艺审美的关系也越加密切，成为当今社会文化最受关注的部分。

　　当代的文艺审美本身与传统的审美颇有不同之处，也因其媒介的不同而具有了新的美学属性。电子传媒提供给人们的图像审美，与传统的造型艺术和文学审美在审美经验方面有明显的差异，同时也因视觉文化成为文化的主要模式，审美主体和客体的关系发生了很大变化。

　　审美本应该是个体化的，或者说欣赏者的审美体验是最重要的过程。人民作为文艺审美的主体，是美学领域颇具新意的命题。对艺术家而言，把人民作为文艺审美的鉴赏家和评判者，这是创新式的美学原则。人民既是文艺创造的主体，又是文艺审美的鉴赏家和评判者，这样就把文艺和人民的关系作了美学化的概括。按着一般的美学理论来看，文艺审美应该是个体的方式，才能真正进入体验过程；单个的个体当然不等于"人民"；而将人民作为文艺审美的鉴赏家和评判者的命题，无疑大大提高了对艺术创作的美学要求。人民是总体，总体寓于个体之中。人民在某种意义上是一个带有理想化色彩的概念，它代表着历史发展的方向，呈现着一个民族的美好品质，洋溢着现实生活的芬芳气息。文艺为人民抒写，为人民抒情，为人民抒怀，而我们力倡的社会主义核心价值观，其实就可以理解为人民的核心价值观。在我们中国的大地上唱响的社会主义核心价值观，也正是中国人民应然的生活形态。所以，习近平同志所说的"广大文艺工作者要高扬社会主义核心价值观的旗帜，充分认识肩上的责任，把社会主义核心价值观生动活泼、活灵活现地体现在文艺创作之中，用栩栩如生的作品形象告诉人们什么是应该肯定和赞扬的，什么是必须反对和否定的，做到春风化雨、润物无声。……我们当代文艺更要把爱国主义作为文艺创作的主旋律，引导人民树立和坚持正确的历史观、民族观、国家观、文化观，增强做中国人的骨气和底气"[1]，核心价值就是人民的价值，这也是文艺工作和审美的最大价值。审美关系是一种价值关系，我们的文艺审美，就是要发现和发扬这种价值。

在德国古典哲学时期，伟大的哲学家康德在他的美学体系中，提出的首要的审美原则就是"审美无利害"。康德把其作为审美和非审美的分水岭。康德在《判断力批判》中提出重要的美学命题之一便是："那规定鉴赏判断的快感是没有任何利害关系的"。又说："每个人必须承认，一个关于美的判断，只要夹杂着极少的利害感在里面，就会有偏爱而不是纯粹的欣赏判断了。人必须完全不对这事物的存在有偏爱，而是在这方面纯然淡漠，以便在欣赏中，能够做个评判者。"[2]康德提出的"审美无利害"的美学命题，在传统美学中一向被作为审美的金科玉律，也是不可逾越的雷池。而在当下消费主义盛行、视觉图像充斥的时代，康德的审美定律遭到了严重的质疑和挑战。如果完全按照康德的铁律来判定，那么，无论在文艺领域，还是其他领域，审美将不复存在；而如果消弭了这个界限，审美的超越也同样不复存在。这是一个两难的境地，也是一个美学的悖论。习近平同志关于人民和文艺审美关系的论述，对我们理解这个问题提供了一个方向性的思路。审美与非审美的标准仍然是要有的，否则也就没有了审美的超越感。但

---

[1] 习近平：《在文艺工作座谈会上的讲话》，北京：人民出版社，2015年，第23-24页。
[2] ［德］康德：《判断力批判》，宗白华译，北京：商务印书馆，1964年，第41页。

是，如果绝对地把利害感排除在审美之外，当下的审美事物就会都被过滤掉。我们不妨这样理解：个体的、物质的、直接的利害感是与审美相妨碍的，如果在主体和客体之间夹杂着这些因素，就难以进入审美状态；而对人民是有利的，是有价值的，是真善美的，恰恰是真正的文艺审美所必须具备的。习近平同志所说的"好的文艺作品就应该像蓝天上的阳光、春季里的清风一样，能够启迪思想、温润心灵、陶冶人生，能够扫除颓废萎靡之风"。这是对于人民的大利，是最佳最美的价值，岂能排除在审美之外？对于人民有利的，正是我们文艺审美的主体与审美的必要条件！

学习、领会、理解、落实习近平总书记在文艺工作座谈会上的讲话，是全党全军全国人民的政治任务，更是文艺界和理论界的内在需要。作为社会主义中国的文艺工作者，作为一个理论工作者，主动地、深入地把习近平同志的讲话精神内化到思想观念中去，是搞好文艺工作、提升理论研究的最好动力。从美学的角度对习近平同志在文艺工作座谈会上的讲话所作的理解，也许不乏误解和偏颇之见，但是在美学观念上却得到了启悟。

（原载《现代传播》2015 年第 1 期）

坚守人民立场与秉持人民审美观

中国文联十一大、中国作协十大的胜利召开，为全国的文艺工作者都注满了强劲的动力，鼓足了前进的风帆。习近平总书记在开幕式上的重要讲话中对文艺工作者提出的"五点希望"，给我们指明了繁荣发展社会主义文艺的努力方向，也给文艺工作者的成长照亮了目标与道路。深刻理解、认真践行习近平总书记的讲话精神，对我们来说是必修课。

习近平总书记提出的"五点希望"，无论是对文艺工作者的个人成长还是对中国文艺事业的整体发展来说，都有着明确的、深刻的指导作用。这五个方面环环相扣，是一个有机的整体。我们一定要将这"五点希望"的内容作为立身和创作的根本。首先是"心系民族复兴伟业，热忱描绘新时代新征程的恢宏气象"，这是文艺工作者的光荣使命！"坚守人民立场，书写生生不息的人民史诗"，这是文艺工作者必须坚持的立场，有没有这个立场，是完全不一样的。真正能在文学史上留下经典之作的文学家、艺术家，都是坚守这样的立场的。"坚持守正创新，用跟上时代的精品力作开拓文艺新境界"，这是文艺工作者必须践行的创作理念。"用情用力讲好中国故事，向世界展现可信、可爱、可敬的中国形象"，这是在当下生活着的、创作着的文艺工作者的历史责任。"坚持弘扬正道，在追求德艺双馨中成就人生价值"，这是文艺工作者在个人成长方面的正确轨迹。只有努力践行习近平总书记殷切期望的这五点，才能创造出不负伟大时代的艺术精品力作，成为卓越的文学家和艺术家。

在习近平总书记关于文艺工作的一系列重要论述中，"以人民为中心"是最为核心的观念。从2014年在文艺工作座谈会上的讲话，2016年在中国文联十大、中国作协九大开幕式上的讲话，到这次在中国文联十一大、中国作协十大开幕式上的讲话，贯穿着"以人民为中心"的红线。如何认识人民对文艺事业的重要作用？习近平总书记这样说："人民是历史的创造者，也是时代的创造者。在人民的壮阔奋斗中，随处跃动着创造历史的火热篇章，汇聚起来就是一部人民的史诗。人民是文艺之母。文学艺术的成长离不开人民的滋养，人民中有着一切文学艺术取之不尽、用之不竭的丰沛源泉。文艺要对人民创造历史的伟大进程给予最热情的赞颂，对一切为中华民族伟大复兴奋斗的拼搏者、一切为人民牺牲奉献的英雄们给予最深情的褒扬。"[1] 习近平总书记这段重要论述，是基于历史唯物主义和辩证唯物主义所生发的人民观，是关于文艺与人民关系的根本认识。

无论中外的文学家和艺术家，能在文学艺术史和文明史上创造出经典力作、在人类文明长河中留下璀璨明珠者，都是与人民息息相通的。如中国历史上的杰出文学家屈原、陶渊明、李白、杜甫、白居易、苏轼、陆游、辛弃疾、汤显祖等，外国的如歌德、席勒、巴尔扎克、惠特曼、托尔斯泰、契诃夫、泰戈尔等，都是深深植根于时代土壤中，与人民的立场与情感有着深刻的一致性的。今年恰逢建党100周年的

---

[1] 习近平：《在中国文联十一大、中国作协十大开幕式上的讲话》，北京：人民出版社，2021年，第9-10页。

伟大时刻，同时也是开启新的百年征程的起步时刻，我们的事业就是人民的事业，人民的主题从未像现在这样突出和鲜明。"不忘初心"就是中国共产党为人民谋幸福的初心，"牢记使命"就是为中华民族谋复兴的使命！中国共产党与人民血肉相连，无法分离。党领导的文艺事业，在党培养下成长起来的优秀文学家艺术家，无不是在人民的沃土中生根、发芽、结果的。

人民的立场高于一切，人民的奋斗是文学艺术的丰沛源泉。当今时代，以人民为主角的历史大剧正在上演，在中国特色社会主义新时代，中国人民创造着人类历史上最为辉煌的篇章！要想感悟时代、感悟历史、感悟我们的伟大事业，就要和当代的人民思想情感融为一体，以人民的眼光来看世界、看历史、看未来！屈原的"长太息以掩涕兮，哀民生之多艰"，李绅的"谁知盘中餐，粒粒皆辛苦"，陆游的"夜阑卧听风吹雨，铁马冰河入梦来"，等等，都是这些诗人所处时代与人民的思想感悟密切相通的真切感受。而现在我们这个时代，是中华民族从站起来、富起来到强起来的伟大时代，奋斗是我们这个时代人民的鲜明特色！我们的文艺创作，正是要把握时代脉搏，描绘人民奋斗的身影，吟咏人民的喜怒哀乐，鼓舞人民，激励人民，和人民站在一起，共同创造时代的华章！

文艺工作者在感知世界、激发灵感、进入创作状态时，应坚守人民立场，秉持人民审美观，文学艺术虽然有认识价值、教育价值、社会价值，但在文艺作品中都应内化为审美价值，才能真正使审美主体得到心灵的滋育。因此，我们对时代的认知，对人民生活的理解，对主旋律的高扬，都不应是抽象的、说教式的、高头讲章式的。这方面，我们实在有太多的教训可以反思。文学艺术不可能是没有理性存在的，但通过作品表达自己对世界的认识，表达对时代的赞颂，不应以逻辑的、思辨的思维方式来表现，而是要以充满情感的、个性鲜明的、形象鲜活的审美方式呈现。因此，要将对社会的、时代的认识，通过审美观来感知和表现。审美观与世界观、人生观和价值观都有密切联系，但是不能等同。如果要在文学艺术作品中表达自己的某种观念，也要通过审美的方式来呈现。如杜甫对国破家亡的痛切之感，是以"感时花溅泪，恨别鸟惊心"这样的诗句来表现的。苏联著名美学家斯托洛维奇的一段话至今仍然对我们富有启示意义，他说："艺术价值不是独特的自身闭锁的世界。艺术可以具有许多意义：功利意义（特别是实用艺术、工艺品艺术设计和建筑）和科学认识意义、政治意义和伦理意义。但是如果这些意义不交融在艺术的审美冶炉中，如果它们同艺术的审美意义折衷地共存并处而不是有机地纳入其中，那么作品可能是不坏的直观教具，或者是有用的物品，但是永远不能上升到真正艺术的高度。"审美观是具有健全人格和一定的审美修养的人都具有的观念，不仅是文学家艺术家具有审美观，普通人也都具有审美观。作为"人民"的整体概念的审美观，指的是当代大多数人所具有的审美观念，它包含了一个时代最普遍的审美理想、审美趣味和审美标准。而习近平总书记所说的"人民"概念，具有更为明确的历史主动性和当代性。文学艺术家不应将自己的眼光闭锁在个人的世界或小圈子中，而是要以人民的审美观为自己的审美观。我们当代的文学家和艺术家，能否将人民的审美观内化到自己的审美观中，也是作品能否获得时代认可的前提。在我有限的认知范围内，如像路遥的《平凡的世界》，陈彦的《装台》《主角》，梁晓声的《人世间》，徐贵祥的《马上天下》，张平的《生死守护》，王松的《暖夏》，周大新的《湖光山色》，关仁山的《金谷银山》等就是如此。说教的、抽象的、概念化的东西，与审美观是南辕北辙的。宋代诗论家严羽所说的"诗有别材，非关书也；诗有别趣，非关理也"，明末清初的思想家王夫之也指出"经生之理，不关诗理"，这些都是文艺理论中传之久远的美学命题。我们要描绘新时代的壮丽图景，要表现当代中国人民的伟大形象和心胸，就要以人民的审美观来感知世界。正如习近平总书记所指出的那样："把艺术创造向着亿万人民的伟大奋斗敞开，向着丰富多彩的社会生活敞开，从时代之变、中国之进、人民之呼中提炼主题、萃取题材，展现中华历史之美、山河之美、文化之美，抒写中国人民奋斗之志、创造之力、发展之果，全方位全景式展现新时代的精神气象。"这是从审美的意义上指出如何坚守人民立场的，也就是人民的审美观。

坚守人民立场，书写生生不息的人民史诗，这是对文艺工作者的要求。做一个优秀的文学家艺术家，必须经过长期的、专业的艺术训练，习近平总书记也着力指出："文艺创作是艰辛的创造性工作。练就高超艺术水平非朝夕之功，需要专心致志、朝乾夕惕、久久为功。"[1]卓越的艺术表现能力，是在长期的艺术训练中获得的。审美观起着内在的灵魂作用。而能否将人民的审美观化为自己的审美观，是能否成就经典之作的关键。

（原载《中国艺术报》2021 年 12 月 24 日）

---

[1] 习近平：《在中国文联十一大，中国作协十大开幕式上的讲话》，北京：人民出版社，2016 年，第 18-19 页。

以人民的审美观来创造伟大时代的艺术精品

2021年7月1日，我置身于天安门广场，在庄严而伟大的时刻，聆听了习近平同志在庆祝中国共产党成立100周年大会上的重要讲话，热血沸腾，神思飞越。习近平总书记代表党和人民庄严宣告，经过全党全国各族人民持续奋斗，我们实现了第一个百年奋斗目标，现在，中国共产党又踏上了实现第二个百年奋斗目标的赶考之路。在这个伟大而庄严的时刻，我不能不思考总书记在庆祝中国共产党成立100周年大会上的重要讲话对我国的文艺事业的深刻指导意义，不能不思考作为一个文艺理论工作者的历史使命，不能不思考站在新的一百年的起点上，什么样的文学艺术才能不负伟大时代。

在这篇激动亿万人心灵的讲话中，习近平同志连续讲了八个"以史为鉴、开创未来"。中国共产党的百年历史，就是一部践行党的初心使命的历史，就是一部党与人民心连心、同呼吸、共命运的历史。开创未来，一定始终不离这个基点。讲话中，习近平同志充满激情地说："以史为鉴、开创未来。必须团结带领中国人民不断为美好生活而奋斗。江山就是人民、人民就是江山，打江山、守江山，守的是人民的心。中国共产党根基在人民、血脉在人民、力量在人民，中国共产党始终代表最广大人民根本利益，与人民休戚与共、生死相依，没有任何自己特殊的利益，从来不代表任何利益集团、任何权势团体、任何特权阶层的利益。任何想把中国共产党同中国人民分割开来、对立起来的企图，都是绝不会得逞的！"[1]这段讲话如同洪钟大吕，宣示着党的根本宗旨。人民至上，坚持以人民为中心，正是中国共产党的根本价值取向。

中国共产党在其百年斗争的峥嵘历史中，始终为了人民的解放事业而关注、领导着文艺事业的发展。以人民为中心，不仅是党的文艺政策，也是革命文艺事业的美学原则。从毛泽东同志在延安文艺座谈会上的讲话，到邓小平在全国第四次文代会上的祝词，再到习近平同志在文艺工作座谈会上的讲话，都贯穿着"以人民为中心"的思想。毛泽东同志在延安文艺座谈会上指出"为什么人的问题，是一个根本的问题"，明确了文艺"为人民服务""为工农兵群众服务"的宗旨，成为革命战争时期和社会主义建设时期的党的根本文艺方针政策。邓小平同志提出"文艺为人民服务，为社会主义服务"的口号，取代了"文艺从属于政治""文艺为政治服务"，把文艺同政治的关系提升到人民利益、国家利益和党的利益的高度。习近平同志在文艺工作座谈会上的讲话突出地强调了"坚持以人民为中心的创作导向"，并且揭示了能否创作出优秀作品与是否为人民抒写的内在关系："人民的需要是文艺存在的根本价值所在。能不能搞出优秀作品，最根本的决定于是否能为人民抒写、为人民抒情、为人民抒怀。一切轰动当时、传之后世的文艺作品，反映的都是时代要求和人民心声。"[2]以史为鉴，这里的观点是为中国几千年以来的文学史、艺术史所深刻证明的。

在笔者看来，真正践行"以人民为中心"的文艺活动，创作无愧于时代的优秀作品，有一个审美观的问题。翻过来看，人民的审美观，

---

[1] 习近平：《在庆祝中国共产党成立100周年大会上的讲话》，《求是》2021年第4期。

[2] 习近平：《在文艺工作座谈会上的讲话》，北京：人民出版社，2015年，第16页。

往往是凝缩在有着"民胞物与"情怀的文学家和艺术家的创作观念和实践之中的。无论是中国古代的文学家艺术家，抑或是现当代的文学家艺术家，在其把握世界、观照世界的审美过程中，自觉或不自觉地将人民的审美观内化于心。人民对美好生活的向往，对大自然的"万物一体"的热爱依恋，对丑恶事物的鄙视与嘲讽，对祖国大好河山的深切依恋，对于历史发展和事物规律的深刻洞察，在文学家或艺术家的传世作品中都得到活生生的、不断生发新意的艺术表现。而文学家艺术家，是在与社会、与人民的广泛交融中自觉不自觉地接受了人民的审美观，并以之观察世道人心，以之亲近自然，以之判断美丑好恶。当然，这些都要内化于文学家艺术家的内在世界中去。比如《诗经》中的《女曰鸡鸣》，以何等生动的笔致，描写了恩爱夫妻的情感。屈原的《橘颂》，以比兴手法将"苏世独立，横而不流"的坚贞高洁品格，凝结成橘的经典意象。杜甫的《春望》，将战乱之中人民的情感世界，写得何等真切。元散曲中的《高祖还乡》，则将人民对封建统治者的丑恶形象，以嬉笑怒骂的笔法，写得入木三分。《聊斋志异》中的短篇小说《席方平》，也是将人民对社会的黑暗，作了奇特的揭露。现当代文学艺术中的经典之作，也是以人民的审美观来体验生活、创造艺术形象的产物。少年时读《林海雪原》《红旗谱》《平原枪声》《铁道游击队》等，都为那些作品中的英雄人物所深深感动。这些年来的《平凡的世界》《亮剑》《马上天下》《装台》等，也都是深切体现了人民的审美观。

清代诗论家叶燮力主诗人的"胸襟"，其谓"诗之基，其人之胸襟是也。有胸襟，然后能载其性情、智慧、聪明、才辨以出。随遇发生，随生即盛。"（《原诗》）他说的"胸襟"，是包含了审美观在其中的。而杜甫的胸襟成为其成为伟大诗人的根本所在。叶燮又说："千古诗人推杜甫。其诗随所遇之人之境之事之物，无处不发其思君王、忧祸乱、悲时日、念友朋、吊古人、怀远道，凡欢愉、幽愁、离合、今昔之感，一一触类而起，因遇得题，因情敷句，皆因其有胸襟以为基。"（同上）杜甫的这种包含着审美观的"胸襟"，是与人民的审美观息息相关的。没有这种"胸襟"，当然不能成就伟大的杜甫。

　　为何本文将"人民的审美观"作为一个命题提出？人民的审美观意义何在？笔者认为这并不是一个没有客观价值的命题，也不是一个可有可无的问题。习近平同志在中国文联十大、中国作协九大开幕式上的讲话中深刻指出："人民需要艺术，艺术更需要人民。马克思说：'人民历来就是作家"够资格"和"不够资格"的唯一判断者。'以为人民不懂得文艺，以为大众是'下里巴人'，以为面向群众创作不上档次，这些观念都是不正确的。文艺创作方法有一百条、一千条，但最根本的方法是扎根人民。只有永远同人民在一起，艺术之树才能常青。"总书记在这里的论述，可谓不易之论！人民既是文艺创造的主体，也是文艺鉴赏的主体，同时，人民又是文艺审美的评判主体。文学家和艺术家只有将人民的审美观化为自己的审美观，才能真正创作出不负时代的优秀作品。价值观和世界观容易得到抽象的表述，而审美观则是超越于抽象的逻辑思维，而以形象的方式存在的。而人民的审美观，只有内化于作家艺术家的艺术思维和表现方式之中，并且凝练为艺术个性及独特的艺术语言，才能使优秀作品产生出来。伟大时代是人民创造的，作家艺术家只有和人民同频共振，并以人民的审美观把握世界，优秀作品才有可能破土而出！

（原载《文艺报》2021年7月28日）

把人民作为文艺审美的鉴赏家和评判者

关于当前的文艺评论工作，中宣部等五部门联合印发的《关于加强新时代文艺评论工作的指导意见》，具有鲜明的针对性和深刻的理论意义。《意见》贯彻习近平同志在文艺工作座谈会上提出的"以人民为中心"的主旨，并落实于文艺批评领域。《意见》指出："要开展专业权威的文艺评论，健全文艺评论标准，把人民作为文艺审美的鉴赏家和评判者，把政治性、艺术性、社会反映、市场认可统一起来，把社会效益、社会价值放在首位，不唯流量是从，不能用简单的商业标准取代艺术标准。"《意见》所及，批评了当下文艺批评中一种"唯流量是从"的偏颇倾向，这是网络文艺时代极易泛滥的一种批评取向，也即用简单的商业标准取代艺术标准。在不同的艺术门类中，还有"唯收视率""唯上座率""唯码洋"等，性质都是一样，也就是将文艺批评简单化、降低为商业标准。这不仅会使文艺创作的质量和品位严重下滑，同时，会使一个时代的文艺批评跌入低谷，无法匹配于我们现在这样一个致力于民族复兴的伟大时代。

如何使文艺批评坚持正确导向？从专业的意义上讲，首要的是健全文艺评论标准。不是排斥商业价值和市场维度，而是要把政治性、艺术性、社会反映、市场认可这几个方面统一起来，这是当前的文艺批评的较为健全的标准。较之以往批评标准,《意见》所提出的这个标准是颇为全面的,也是非常符合当下的文艺发展特征的。"政治性"也即是作品的意识形态属性,当然并不是作者要在作品中喊出来,但却是灵魂;艺术性则是作品的生命,没有艺术性或者艺术水准低下的东西,无法称其为"艺术品",哪怕是流量再多,也不能登艺术的大雅之堂。"社会反映"是当代社会对作品的即时反映,它是综合性的,而非单一的,当然也和市场认可并非一回事。

这种健全的批评标准的形成与操作,其根本的基础在于"把人民作为文艺审美的鉴赏家和评判者"这个马克思主义美学的根本出发点。习近平同志在文艺工作座谈会上讲话中的有关观点,如说:"以人民为中心,就是要把满足人民精神文化需求作为文艺和文艺工作的出发点和落脚点,把人民作为文艺表现的主体,把人民作为文艺审美的鉴赏家和评判者。"[1]这段话是对马克思主义美学观的具体化,具有深刻的美学理论价值。"人民作为文艺表现的主体",很容易理解,就是作家艺术家要将表现的对象聚焦于人民的生活与情感;而"把人民作为文艺审美的鉴赏家和评判者",则是需要结合马克思主义美学观来作分析理解的。艺术与人民的关系,从来都是马克思主义的文艺理论和美学理论的核心问题。马克思主义的唯物史观认为人民群众既是社会物质财富的创造者,也是社会精神财富的创造者。马克思在批判当时的书报检查法时犀利地指出:"而上面所解释的那种出版自由却妄图预料历史,压制人民的呼声,而人民历来就是作家'够资格'和'不够资格'的唯一判断者。"[2]无疑的,总书记的论述是继承和发挥马克思主义美学这个思想的。"鉴赏家"和"评判者"密切相关,鉴赏是评判(评论)的基础,评判是鉴赏的升华。鉴赏是出于个体的审美感受,而评判则

---

[1] 习近平:《在文艺工作座谈会上的讲话》,北京:人民出版社,2015年,第13-14页。
[2] 《马克思恩格斯全集》第一卷,北京:人民出版社,1956年,第90页。

带有更为明显的社会性。人民是真正的鉴赏家，人民是权威的评判者！对于文艺评论家来说，是要以人民（当下时代的人民）的审美趣味、鉴赏标准来作为鉴赏主体来面对艺术品的。人民本身就是一个历史性的概念，是随着时代变迁而产生变化的。人民的鉴赏力，也标志着当代社会最为主流的审美价值观。而对于当代的作为鉴赏家的"人民"的鉴赏水平、文化修养、审美能力没有深刻的认知，想当然地以数十年前甚至一个世纪前的那种整体上缺少文化和审美常识的"人民"为隐含读者（受众），或者就是以感性的、欲望的鉴赏取向来揣度人民的审美，从创作者来说，必然造成误判，从而迎合那种低俗趣味；从文艺评论家的角度而言，如果不能体验领悟人民的鉴赏水平、文化修养和审美能力，就无法正确地把握批评标准，偏狭地评判作品的价值，从而造成对文艺创作的误导。事实上，目前有些评论家，或是仅仅从商业标准来衡量作品的价值，迎合那种"饭圈"文化的口味，或者只拘守于政治标准，忽略艺术价值的深入考察，这些都远非将人民作为鉴赏家的应有批评态度。

  进而是以人民作为文艺审美的评判者，这是我们的文艺评论能否有一个质的提升的路径！这里并非只是一种比喻，"评判者"的人民性标准、时代理性的评判导向，对于当前的文艺评论而言，都是非常关键的！如果说鉴赏家还是以感性的趣味出发，那么，评判者则更多地体现了面对文艺创作的理性判断！以人民作为文艺审美的评判者，当然不是让文艺评论家推卸责任，而是要以人民的理性判断来发出评论家的声音，负责任地通过评论活动，进行科学的、全面的文艺评论，发挥价值引导、精神引领、审美启迪作用。人民作为文艺审美的评判者，就是人民作为文艺审美的主体，对当下的文艺创作做出价值判断和审美分析。这当然是在鉴赏的基础上才能做出的评判，但评判之于鉴赏，是更具领悟性的，也更有理性的尺度，更能引导文艺创作的风标！从当下的媒介情况看，作为评判者的媒介渠道较以往更为多元，更为便捷，对于文艺作品进行评论众声喧哗，而对某些作品的总体评价，还是易于了解的。优秀的文艺作品通过人们的评判脱颖而出。如2019年庆祝建国70周年的影视与音乐作品，今年的建党100周年的优秀电视剧作品，虽然有着鲜明的意识形态性质，但因为创作质量的精美，而深受广大人民群众的由衷喜爱。如张藜和秦咏诚先生创作的歌曲《我和我的祖国》，并不是2019年的应景之作，二位词曲作者都已先后在2016年、2015年过世，但这首歌却因其优美的歌词、动人的旋律、真挚的爱国之情而唱遍大江南北。今年的《觉醒年代》《跨过鸭绿江》和《大决战》等纪念建党100周年的电视剧，都使人们的"眼球"欲罢不能，很多人都是看了一遍又在其他频道看第二遍第三遍。这种状态并非仅靠单纯的行政力量，而是人民作为鉴赏家和评判者对文艺作品的历史性选择！

把人民作为文艺审美的鉴赏家和评判者，这是马克思主义美学的中国化和当代化的美学命题。对于文艺评论家来说，并非是可有可无的。如果与人民的鉴赏和评判的总体趋势全然相左，只是以"小我"或小圈子的狭隘趣味为出发点和标准，是无法当好一个被文艺界认可的评论家的。做好这一点，也不意味着评论家就要化身为具体的人民身份或口吻，而是在时代的脉搏中感受、体验人民的审美观，能否真正在你的评论实践中与人民达到深层的一致！在一个时代，文艺评论家对文艺作品的评论，对艺术实践和时代风尚的分析与导引，能够站在时代的前列，为当时或后世的创作和鉴赏提供新的价值能量，其实也就意味着文艺评论家与人民内在一致了。

（原载《中国艺术报》2022年8月23日）

美学的、历史的、人民的、艺术的：新时代文艺批评标准的核心

  文艺批评对于社会主义文艺繁荣来说，其作用是怎样估计都不为过的。文艺创作的高质量发展，离不开文艺批评的深度介入。文艺批评要深入创作现场，紧贴时代，但又有其独立的价值。正如习近平总书记在2014年文艺工作座谈会上的讲话中所指出的："文艺批评是文艺创作的一面镜子、一剂良药，是引导创作、多出精品、提高审美、引领风尚的重要力量。"[1]这是对文艺批评功能的精准定位。文艺批评对作品要有敏锐的审美感知，同时又要有透辟的理性和足以说服人的逻辑力量。文艺批评要起到引导创作、提高审美的作用，就不能仅凭个人好恶随意褒贬，而是要以情感体验和审美感知发现作品动人心魄的艺术魅力与创作个性，同时，以深厚的文艺理论作为学理依据。普希金指出文艺批评的性质时说："批评是科学。批评是揭示文学艺术作品的美和缺点的科学。它是以充分理解艺术家或作家在自己的作品中所遵循的规则，深刻研究典范的作品和积极观察当代突出的现象为基础的。"[2]作为文艺作品的审美评价活动，文艺批评必定有其一定的标准。

---

[1] 习近平：《在文艺工作座谈会上的讲话》，北京：人民出版社，2015年，第29页。
[2] 《论批评》，见中国社会科学院文学研究所编：《古典文艺理论译丛》卷一，2010年，第361页。

文艺批评家在进行评论时，肯定什么作品，否定什么作品，乃至于肯定作品的哪些方面，否定作品中的哪些方面，都有一定的尺度与准则，这就是文艺批评的标准。如孔子所说的："诗三百，一言以蔽之，曰：思无邪！"(《论语·为政》)就是孔子删诗的标准，当然也就是他文学批评的标准。刘勰在他的文论经典《文心雕龙》中提出"六观"说，是其系统的批评标准。他说："是以将阅文情，先标六观：一观位体，二观置辞，三观通变，四观奇正，五观事义，六观宫商，斯术既形，则优劣见矣。"(《文心雕龙·知音》)批评标准当然不能执一而论，但有些是基本的标准。党的十八大以来，文艺界发生了非常深刻的变化，原来的一些不良作品、现象、思潮受到了扭转，涌现了一大批思想精深、艺术精湛、制作精良的艺术精品，同时也营造出良好文艺批评的氛围。具有新时代特征的批评标准，在文艺批评的实践中发挥了更为重要的作用。在批评标准问题上，笔者认为，习近平总书记的论述可以作为新时代文艺批评标准的基本要素。

习近平总书记在2014年文艺工作座谈会上的讲话中提出："要以马克思主义文艺理论为指导，继承创新中国古代文艺批评理论优秀遗产，批判借鉴现代西方文艺理论，打磨好批评这把'利器'，把好文艺批评的方向盘，运用历史的、人民的、艺术的、美学的观点评判和鉴赏作品，在艺术质量和水平上敢于实事求是，对各种不良文艺作品、现象、思潮敢于表明态度，在大是大非问题上敢于表明立场，倡导说真话、讲道理，营造开展文艺批评的良好氛围。"[1]习近平总书记在这里明确提出了文艺批评的标准问题，"历史的、人民的、艺术的、美学的"正是新时代文艺批评的基本标准。这几个批评标准，可以认为是马克思主义中国化时代化文艺观的具体支点，也是习近平总书记关于文艺

---

[1] 习近平：《在文艺工作座谈会上的讲话》，北京：人民出版社，2015年，第30页。

的重要论述的重要组成部分。本文拟谈一点笔者的个人理解。

美学的、历史的观点,是马克思主义文艺观关于文艺批评的基本标准,这也是经典马克思主义关于文艺的立场与方法,在马克思主义文艺理论中早已形成共识。最先提出这个文艺批评标准的是恩格斯,恩格斯在1847年所写的《诗歌和散文中的德国社会主义》一文中谈到,"我们决不是从道德的、党派的观点来责备歌德,而只是从美学的和历史的观点来责备他;我们并不是用道德的、政治的、或'人的'尺度来衡量他"。这是恩格斯就格律恩关于歌德评价的论著所谈到的批评标准观念。恩格斯这段话是针对那种庸俗社会学将文学艺术看作只是政治学社会学的图解的做法而发的。十二年后,恩格斯又在《致斐·拉萨尔的信》中再次重申这个标准:"我是从美学观点和历史观点,以非常高的、即最高的标准来衡量您的作品的,而且我必须这样做才能提出一些反对意见,这对您来说正是我推崇这篇作品的最好证明。"[1]可以看出,恩格斯关于美学的历史的批评标准,并非只是偶然所及,而是一以贯之的。文艺创作是人们按美的规律、美的理想进行的一种创造性活动。文艺批评是一种审美评价活动,须按照美的规律来进行,这样方能揭示出作品的独特的审美价值。历史的观点则是对作品的历史语境、社会状况及作品在历史发展中的意义等进行分析。美学的、历史的观点,可以使人充分理解作品的审美价值及其社会意义。美学的、历史的标准,所代表的是人类的、共同的理性,而非仅是个人的好恶。别林斯基论文艺批评时所说:"根据个人的遐思怪想,直接感受或者个人的信念,是既不能肯定任何东西也不能否定任何东西的:判断应该听命于理性,而不是听命于个别的人,人必须代表人类的理性,而不是代表自己个人去进行判断。"[2]恩格斯之所以一直把美学的和

---

1 《马克思恩格斯全集》29卷,北京:人民出版社,1972年,第586页。
2 [俄]别林斯基:《关于批评的讲话》,《别林斯基选集》第三卷,上海:上海译文出版社,1980年,第573页。

历史的观点连在一起来谈，就是因为它们是一体化的，而非可以分开的，这是一种整体性的批评。在美学的观照中不能离开历史的维度，而在历史的审视中，又应是包含着美学的考量的。在这方面，别林斯基在恩格斯之前就有将二者统一起来的论述，别氏这样说："当一部作品经受不住美学的评论时，它就已经不值得加以历史的批评了。——不涉及美学的历史的批评，以及反之，不涉及历史的美学的批评，都将是片面的，因而也是错误的。批评应该只有一个，它的多方面的看法应渊源于同一个源泉，同一个体系，同一个对艺术的观照。这将正是我们时代的批评，在我们时代里，纷繁复杂的因素不会像从前似的导致细碎性和局部性，却只会导致统一性和共同性。"[1]别林斯基的论述，使我们更深刻地理解美学的和历史的观点在批评中的一体化的性质。马克思主义文艺观关于批评的美学的和历史的观点，在今天是否过时了呢？答曰：没有！这不仅是为我国现当代文学史所验证了的，而且也是为近年来的艺术精品所明确验证了的。在2021年建党百年之际，文艺界推出的一批影视剧作品昭示了这一点。如《觉醒年代》《跨过鸭绿江》等那种雄浑壮丽的美学风格，是建立在历史真实感之上的。没有历史的真实感，没有身临其境的时代还原，也就无法产生巨大的审美价值。

人民的批评标准，这是习近平关于文艺的重要论述中最为核心的价值观，当然也是批评标准。从毛泽东到邓小平等党的领袖，在文艺问题上最根本的立场，就是为人民服务。80年前毛泽东同志在延安文艺座谈会上的讲话中就把"文艺为什么人"的问题作为根本问题提出，明确指出，文艺是为人民的。继承中国和外国过去时代所遗留下来的

---

[1] [俄]别林斯基：《关于批评的讲话》，《别林斯基选集》第三卷，上海：上海译文出版社，1980年，第4页。

丰富的文学艺术遗产和优良的文学艺术传统，目的仍然是为了人民大众。邓小平同志说，"我们的文艺属于人民""人民是文艺工作者的母亲"。将为人民服务作为宗旨，这是党的文艺政策的根本。习近平总书记更是将"以人民为中心"提到前所未有的高度进行强调。这也成为新时代文艺批评的一个主要的标准。在2014年文艺工作座谈会上，习近平总书记指出："人民的需要是文艺存在的根本价值所在。能不能搞出优秀作品，最根本的决定于是否能为人民抒写、为人民抒情、为人民抒怀。一切轰动当时、传之后世的文艺作品，反映的都是时代要求和人民心声。"[1]这个"根本价值"，当然也就是判断艺术作品价值的一个基本标准。在中国文联十大、中国作协九大开幕式的讲话中，习近平总书记又指出："我们的文学艺术，既要反映人民生产生活的伟大实践，也要反映人民喜怒哀乐的真情实感，从而让人民从身边的人和事中体会到人间真情和真谛，感受到世间大爱和大道。关在象牙塔里不会有持久的文艺灵感和创作激情。离开人民，文艺就会变成无根的浮萍、无病的呻吟、无魂的躯壳。"[2]这里谈到了文艺批评的人民标准的具体内涵。习近平总书记在中国文联十一大、中国作协十大开幕式上的讲话中又提出了"希望广大文艺工作者坚守人民立场，书写生生不息的人民史诗"[3]的命题，并且明确指出："广大文艺工作者要坚持以人民为中心的创作导向，把人民放在心中最高位置，把人民满意不满意作为检验艺术的最高标准"。[4]这就将文艺批评的人民标准提到了最高的位

---

[1] 习近平：《在文艺工作座谈会上的讲话》，北京：人民出版社，2015年，第16页。
[2] 习近平：《在中国文联十大、中国作协九大开幕式上的讲话》，北京：人民出版社，2016年，第11页。
[3] 习近平：《在中国文联十一大、中国作协十大开幕式上的讲话》，北京：人民出版社，2016年，第9页。
[4] 习近平：《在中国文联十一大、中国作协十大开幕式上的讲话》，北京：人民出版社，2016年，第9页。

置上。

关于艺术的标准，习近平总书记在关于文艺的重要论述中一直倡导文艺创作的艺术标准。艺术标准的要义，一是艺术创新，二是精益求精。在文艺工作座谈会上，习近平总书记着力强调了艺术创新的重要意义，指出："创新是文艺的生命。文艺创作中出现的一些问题，同创新能力不足很有关系。……要把创新精神贯穿文艺创作生产全过程，增强文艺原创能力。"[1]在中国文联十大、中国作协九大的开幕式讲话中，习近平总书记又谈到创新的具体内涵："要把创新精神贯穿文艺创作全过程，大胆探索，锐意进取，在提高原创力上下功夫，在拓展题材、内容、形式、手法上下功夫，推动观念和手段相结合、内容和形式相融合、各种艺术要素和技术要素相辉映，让作品更加精彩纷呈、引人入胜。"[2]这是文艺创新的致力方向，也是文艺批评的艺术标准的具体内涵。

文学艺术的创作是以审美价值的创造为其目的，文艺与审美的关系至为密切，人们对文艺的欣赏就是审美过程，这是常识，人们不禁要问：美学的标准和艺术的标准难道不是重复叠加吗？这个问题具有重要的理论意义，值得我们深思与追问。笔者的看法是：美学和艺术的关系至为密切，但二者并不能等同或混淆。美学是研究人与社会、自然和艺术的审美关系的学科，美学的标准就是从审美角度来判断作品的审美价值的高下优劣。在人与对象的审美关系中，就艺术与非艺术的分野来看，艺术的审美关系和非艺术的审美关系有共同的审美特点，但也有属于自己的特征。作品的艺术价值也不等同于审美价值。二者关系当然是你中有我，我中有你的，而审美价值又是不能取代艺

---

[1] 习近平：《在文艺工作座谈会上的讲话》，北京：人民出版社，2015年，第11页。
[2] 习近平：《在中国文联十大、中国作协九大开幕式的讲话》，北京：人民出版社，2016年，第16页。

术价值的。前苏联著名美学家斯托洛维奇指出:"艺术可以具有许多意义:功利意义和科学认识意义、政治意义和伦理意义。但是如果这些意义不交融在艺术审美冶炉中,如果它们同艺术的审美意义折中地共存并处而不是有机地纳入其中,那么作品可能是不坏的直观教具,或者是有用的物品,但是永远不能上升到真正艺术的高度。审美和非审美的辩证法——对于艺术是外部的而不是内部的矛盾。艺术价值把审美和非审美交融在一起,因而是审美价值的特殊形式。"[1]这就把审美价值与艺术价值的关系做了颇为中肯的分析。美学的标准与艺术的标准有密切的内在关联,但又各有侧重。艺术标准更加侧重的是创作过程的创造性与艺术形式的精美性。习近平总书记在文艺工作座谈会上的讲话中所说的:"精品之所以'精',就在于其思想精深、艺术精湛、制作精良。"[2]这是关于文艺批评的艺术标准的最集中的表述。

美学的、历史的、人民的和艺术的这几重标准,是新时代文艺批评的最核心的层面,也可以视为马克思主义中国化时代化的文艺观的基本准则。它们是互相依存相为表里的,是融为一体来发挥作用的。习近平总书记在关于文艺的重要论述中,系统地深刻地阐发了这几个批评标准,也是新时代繁荣社会主义文艺的主导方向。

(原载《中国艺术报》2022年12月21日,收录于本书有改动)

---

[1] 斯托洛维奇:《审美价值的本质》,北京:中国社会科学出版社,1984年,第167页。
[2] 习近平:《在文艺工作座谈会上的讲话》,北京:人民出版社,2015年,第10页。

文化自信与传统文化的当代价值

文化是一个国家、一个民族的灵魂。党的十九大将中国特色社会主义文化同中国特色社会主义道路、理论、制度一道，作为中国特色社会主义的重要组成部分，强调要增强"四个自信"，充分体现了我们党高度的文化自觉和文化担当。习近平总书记指出："文化自信，是更基础、更广泛、更深厚的自信，是更基本、更深沉、更持久的力量。坚定文化自信，是事关国运兴衰、事关文化安全、事关民族精神独立性的大问题。"[1]这深刻揭示了文化自信的定位和增强文化自信的重要性。

文化自信，是对自身文化价值的充分肯定和对自身文化生命力的坚定信念。这种自信很大程度上来自历史、来自中华民族优秀的传统文化。中华文化源远流长、灿烂辉煌。5000多年文明发展孕育的中华优秀传统文化，积淀着中华民族最深沉的精神追求，代表着中华民族独特的精神标识，是中国特色社会主义植根的文化沃土，是当代中国发展的突出优势，对延续和发展中华文明、促进人类文明进步发挥着重要作用。在我国经济社会深刻变革、对外开放日益扩大、各种思想文化交流交融交锋更加频繁的大背景下，迫切需要深化对中华优秀传统文化重要性的认识，迫切需要深入挖掘中华优秀传统文化价值内涵。

---

[1] 习近平：《在庆祝中国共产党成立95周年大会上的讲话》，《求是》2021年第8期。

中华文化独一无二的理念、智慧、气度、神韵，增添了中国人民和中华民族内心深处的自信和自豪。中华民族的优秀传统文化，是中国智慧、中国方案的深厚基石。优秀传统文化中蕴含着生生不息的当代价值。习近平总书记提出："要加强对中华优秀传统文化的挖掘和阐发，使中华民族最基本的文化基因与当代文化相适应、与现代社会相协调，把跨越时空、超越国界、富有永恒魅力、具有当代价值的文化精神弘扬起来。要推动中华文明创造性转化、创新性发展，激活其生命力，让中华文明同各国人民创造的多彩文明一道，为人类提供正确精神指引。"[1]这为我们认识传统文化的当代价值提供了理论指南。对于中华传统文化，我们一方面要善于继承和弘扬其精华，另一方面要挖掘和阐发其当代文化价值。认识、阐发传统文化的当代价值是增强文化自信的重要内容。

所谓传统文化的当代价值，简言之，指的是中华文化中有助于提升人的精神境界、有助于培育和践行社会主义核心价值观、有助于实现中华民族伟大复兴的价值内涵。我们的文化自信，并非建立在对传统文化的僵化认识和狭隘立场上，而是在"不忘本来、吸收外来、面向未来"的原则上的自信。我们要坚持辩证唯物主义和历史唯物主义，秉持客观、科学、礼敬的态度，取其精华、去其糟粕，扬弃继承、转化创新，不断赋予新的时代内涵和现代表达形式，使中华民族最基本的文化基因与当代文化相适应、与现代社会相协调。传统文化博大渊深，菁芜并存，判断其成分是否优秀需要有一定标准。我们对传统文化进行取其精华、去其糟粕的扬弃继承，就可以以其当代价值为标准，也就是说，能够提升人的精神境界、滋养社会主义核心价值观、强化民族认同感的文化成分，就是优秀的传统文化。例如，出自《周易》

---

[1] 习近平：《在文化传承座谈会上的讲话》，《求是》2023年第17期。

的"天行健，君子以自强不息"，一直激励着中华民族的仁人志士发奋图强、奋斗不已。无论遇到何种艰难险阻，无论面对何方强敌，中华民族的有志之士都无所畏惧、一往无前，直至达到目标、取得最后的胜利。当前，在实现"两个一百年"奋斗目标的伟大进程中，这种自强不息的精神，仍然是每个人的前进动力所在。又如，中国哲学中素有"天人合一"的基本观念，体现了人与自然的相互和谐。这为加快生态文明体制改革，走绿色发展之路，建设人与自然和谐共生的现代化，提供着深层的文化支撑。

2017年初，中共中央办公厅、国务院办公厅印发《关于实施中华优秀传统文化传承发展工程的意见》(以下简称《意见》)，其中概括优秀传统文化的主要内容包括：核心思想理念、中华传统美德和中华人文精神三个层面。这三个层面无疑能体现传统文化的当代文化价值。它们既是对中华传统文化的一些基本观念的提炼，同时，也紧密契合当前培育和践行社会主义核心价值观的需要。关于核心思想理念，《意见》指出，"如革故鼎新、与时俱进的思想，脚踏实地、实事求是的思想，惠民利民、安民富民的思想，道法自然、天人合一的思想等，可以为人们认识和改造世界提供有益启迪，可以为治国理政提供有益借鉴"。关于中华传统美德，《意见》指出，"如天下兴亡、匹夫有责的担当意识，精忠报国、振兴中华的爱国情怀，崇德向善、见贤思齐的社会风尚，孝悌忠信、礼义廉耻的荣辱观念，体现着评判是非曲直的价值标准，潜移默化地影响着中国人的行为方式"。关于中华人文精神，《意见》指出，"如求同存异、和而不同的处世方法，文以载道、以文化人的教化思想，形神兼备、情景交融的美学追求，俭约自守、中和泰和的生活理念等，是中国人民思想观念、风俗习惯、生活方式、情感样式的集中表达，滋养了独特丰富的文学艺术、科学技术、人文学术,至今仍然具有深刻影响"。这些都对优秀传统文化的当代价值做了集中的阐发。

在中国特色社会主义进入新时代的今天,在中华民族伟大复兴迎来光明前景的今天,推动中华优秀传统文化创造性转化、创新性发展,进一步弘扬跨越时空、超越国界、富有永恒魅力、具有当代价值的文化精神,必将有利于坚定文化自信,推动社会主义文化繁荣兴盛。

(原载《经济日报》2018年7月19日)

以文艺评论推动文化自信自强

习近平总书记代表第十九届中央委员会所作的二十大报告，使我们更加明确新征程的前进方向，是我们党团结带领全国各族人民在新时代新征程坚持和发展中国特色社会主义的政治宣言和行动纲领。报告提出了"推进文化自信自强，铸就社会主义文化新辉煌"的重要命题，这对于文艺工作者和理论工作者来说，都是提振士气、指明路径、提高境界的伟大纲领。在文化自信的基础上提出"文化自信自强"，这是新的百年征程在文化上的必然要求！自信，是对中华民族伟大的文化传统和灿烂成就的自信；自强，是基于自信基础上使新时代的中华文化成为民族复兴的强大力量，这也是新的百年奋斗目标的重要组成部分。通过对文化自信自强的推动，从而铸就社会主义文化的新辉煌，这也是广大文艺工作者的光荣历史使命。

对于繁荣发展中国特色社会主义文艺事业，报告中的重要论述给予了我们非常明确的指引。报告中说："我们要坚持马克思主义在意识形态领域指导地位的根本制度，坚持为人民服务、为社会主义服务，坚持百花齐放、百家争鸣，坚持创造性转化、创新性发展，以社会主义核心价值观为引领，发展社会主义先进文化，弘扬革命文化，传承中华优秀传统文化，满足人民日益增长的精神文化需求，巩固全党全国各族人民团结奋斗的共同思想基础，不断提升国家文化软实力和中华文化影响力。"这是我们在未来的文艺事业中应当遵守的总体指导思想。无论是创作抑或评论，都要以此为出发点和着眼点。

党的十八大以来，尤其是2014年习近平总书记主持召开文艺工作座谈会并发表重要讲话之后，文艺界焕然一新。"以人民为中心"的创作导向得到了普遍性的贯彻落实，那些不良的倾向和负面的审美风气得到了廓清，一大批思想精深、艺术精湛、制作精良的文艺作品成为文艺领域的主流，文化自信成为文艺工作者秉持的基本理念。尤其是2021年在建党百年之际呈现于人们的审美生活中的一批优秀的精品力作，在相当大的程度上刷新了人们的审美认知。以此为时间节点，我们的党、我们的国家、我们伟大的民族踏上新征程，这对社会主义文化建设也提出了更宏伟的目标和更明确的要求。"推动文化自信自强"就是适应这种历史发展需要的纲领性的理论命题。

推动文化自信自强，文艺评论家有重要的使命在肩。对于社会主义文艺事业的繁荣，对于杰出的文艺作品的价值判断与传播，对于不良创作倾向和畸形审美的分析批判，等等，都是评论家的应尽之责。"文化自信自强"对文艺评论提出了更高要求，同时也是更为深刻的批评理念。如何助力这个任务，实现"铸就社会主义文化新辉煌"的目标，这也是文艺评论工作者应该思考的课题。

从文艺的向度推动文化自信自强，绝非虚话套话，而是要以深刻反映我们这个伟大时代精神的为数众多的优秀作品来提高中华民族的文化影响力。杰出的作品可能成为世界文化宝库中的经典，中华文明史上有过许多辉映世界的文学艺术经典，如诗经、楚辞、陶渊明、李白、杜甫等人的诗作，关汉卿、汤显祖的戏剧作品，鲁迅的《阿Q正传》、老舍的《茶馆》等等。当代中国的很多文学艺术作品也可能进入经典行列。进入新时代以来也有很多作品具有经典化的潜质。文艺评论很大程度上是阐发作品的美学价值和思想深度，使之拉近接受美学的经典化过程。实现中华民族伟大复兴本身就是人类历史上的伟大壮举，以深刻的审美魅力表现这一进程，就可能出现史诗性的文艺杰作。正如习近平总书记《在中国文联十一大、中国作协十大开幕式上的讲话》中所指出的那样："广大文艺工作者要深刻把握民族复兴的时代主题，把人生追求、艺术生命同国家前途、民族命运、人民愿望紧密结合起来，以文弘业、以文培元、以文立心、以文铸魂，把文艺创造写到民族复兴的历史上、写在人民奋斗的征程中。"这同样也是文艺评论家的责任。"人民的史诗"，既是作家、艺术家的追求，也是评论家的职责。

经典的形成，往往依赖于文学史、艺术史、美学思想史的纳入与评价，同时，入史也是成为经典的重要条件。文学史、艺术史的撰写与建构，对于文艺经典地位的造就，作用十分突出。选择文艺精品入史，并予以学术性的价值评判及历史分析，本来就是文艺评论的基本职责。我们理应尽到这份责任，使优秀的文艺作品在文学史、艺术史上占有应有的一席地位，进而为文艺经典的造就打下良好基础。

"创造性转化、创新性发展"是中华优秀传统文化得以传承和弘扬的最重要的方式。对于文艺评论家来说，无论自身的修养还是批评实践，都是无可取代的必要条件。中华优秀传统文化所包含的中华美学精神，对于文艺评论而言，既是批评主体的修养与标准，也是作品的活的灵魂。无论是文艺批评史还是美学史都有非常丰富的经典著作和命题，如刘勰的《文心雕龙》，谢赫的《古画品录》，元好问的《论诗三十首》，刘熙载的《艺概》，王国维的《人间词话》《红楼梦评论》等等；还有许多的美学命题，如"大象无形""传神写照""外师造化，中得心源""陈言务去""辞必己出"等等，它们都有着深厚的文化蕴含，同时，也有审美价值判断的生命力。一方面，它们本身就是文化自信自强的重要内容；另一方面，在新的历史条件下重新阐发它们的理论内涵，赋予它们以新的时代精神，并使之及物性地注入当代批评话语体系，对于提升文艺评论的质量而言，无疑充填了更强的中华文化因素。

文艺评论助力于文化自信自强，更在于通过批评实践激发作家艺术家在其作品中发扬民族自豪感和不畏任何强敌的钢铁意志！使"自强不息"的精神成为作品的底色。通过价值判断和审美分析来激发这种民族自强意识，并且成为当代的中华文化的基本元素。

"推动文化自信自强，铸就社会主义文化新辉煌"，是文艺工作者的使命所在，是实现中华民族伟大复兴的基本路径，也是文艺评论家在新时代的光荣使命，是我们既定的方向。

（原载《文艺报》2022 年 11 月 11 日）

文艺的中华文化辨识度与文化自信自强

习近平总书记在二十大报告中向全党全国各族人民提出了新时代新征程中国共产党的使命任务，提出新的百年奋斗目标："从现在起，中国共产党的中心任务就是团结带领全国各族人民全面建成社会主义现代化强国、实现第二个百年奋斗目标，以中国式现代化全面推进中华民族伟大复兴。"对于中华民族伟大复兴的宏伟目标而言，中国式现代化是必经之路和基本内涵。中国式现代化有哪些特征呢？报告中有非常明确的阐述："中国式现代化，是中国共产党领导的社会主义现代化，既有各国现代化的共同特征，更有基于自己国情的中国特色。中国式现代化是人口规模巨大的现代化……是全体人民共同富裕的现代化……是人与自然和谐共生的现代化……是走和平发展道路的现代化。"这五个中国式现代化的特征是互相联系、缺一不可的。其中"物质文明和精神文明相协调"的特征，是与"推进文化自信自强，铸就社会主义文化新辉煌"有着深刻的内在关系的。我们的"精神文明"，是有着中华民族特色的精神文明，是以社会主义核心价值观引领的文明，同时，也是彰显文化自信自强的精神文明。这与我们的文艺创作和文艺理论的民族特色关系至为密切。在报告中总书记又提出："坚持以人民为中心的创作导向，推出更多增强人民精神力量的优秀作品,……增强中华文明传播力影响力。坚守中华文化立场……讲好中国故事、传播好中国声音,展现可信、可爱、可敬的中国形象……推动中华文化更好走向世界。"回顾习近平总书记关于文艺一系列重要论述,提倡"以人民为中心的创作导向"是一以贯之的基本主张,如果分析"人民"的具体内涵,当然是指当代的中国人民。而从增强中华文明的传播力的意义上看,深刻表现中国人民的生活与情感,本身就会彰显中华文明的民族特征。

在如何繁荣文艺创作和文艺理论的问题上,是崇洋媚外,还是守正创新,也就是说,作为文艺工作者是一个怎样的立场?这是一个道路问题,也是一个原则问题。在这个问题上,很多人曾经有过迷失。我们当然不是盲目排外,而是要"立足本来,吸收外来,面向未来"。关键是站在什么立场之上。在2014年的文艺工作座谈会上,总书记在讲话中指出:"举精神之旗、立精神支柱、建精神家园,都离不开文艺。当高楼大厦在我国大地上遍地林立时,中华民族精神的大厦也应该巍然耸立。"[1]这里的论述,其实也就是"物质文明与精神文明相协调"的命题的先声。站在中国文化立场上讲好中国故事,展示中国形象,这是每位文艺工作者应该肩负的历史使命。在中国文联十一大、中国作协十大开幕式上,习近平总书记又指出:"广大文艺工作者要有信心和抱负,承百代之流,会当今之变,创作更多彰显中国审美旨趣、传播当代中国价值观念、反映全人类共同价值追求的优秀作品。"中华文明积淀着中华民族最深层的精神追求,代表着中华民族独特的精神标识。文艺作品是一种审美意识形态,比起普通的意识形态的表达形式,具有更好的表达力和亲和力。无论是文学还是其他门类的艺术作品,都以其生动鲜明的艺术形象和情感表现,使接受者产生审美愉悦与共

---

[1] 习近平:《在文艺工作座谈会上的讲话》,北京:人民出版社,2015年,第6页。

情。在建构中华民族的独特精神标识的问题上，文艺作品有着最具魅力的作用，这种作用是其他方式都无法取代的。

为推动文化自信自强，我们的文艺工作者应该在创作活动中更多地弘扬中华美学精神，在讲好中国故事或抒写情感时，以具有中华民族独特的审美观念及表现方式来进行艺术创造，这样便能够大大增加作品的中华文明辨识度。那么，何谓"中华文明辨识度"？从文艺领域来说，就是以中华文化为内在的根基，作品中能够以审美的风貌，体现出中华文明的外显程度。这里既有相沿于中华民族历史深处的哲学的、伦理的、审美的传统内蕴，又有辉张于当下的属于中华民族的美学力量。习近平总书记在中国文联十大、中国作协九大开幕式上的讲话中有更为直观的论述："要把提高作品的精神高度、文化内涵、艺术价值作为追求，让目光再广大一些、再深远一些，向着人类最先进的方面注目，向着人类精神世界的最深处探寻，同时直面当下中国人民的生存现实，创造出丰富多样的中国故事、中国形象、中国旋律，为世界贡献特殊的声响和色彩、展现特殊的诗情和意境。"总书记所讲的"特殊的声响和色彩""特殊的诗情和意境"，都是具有鲜明的中华文化的辨识度的。这里尽管略有比喻的成分，但也说明了各种艺术门类都应该具有的中华文化辨识度。

文艺作品中的中华文化辨识度，是一个能够为广大人民直观审美所即刻把握的。辨识度不经过理性思辨，也不经过概念思维，而是在直观的审美判断中就能直接得出结论。借用康德的审美判断命题来说："美是不信赖概念而作为一个普遍愉快的对象被表现出来的。"[1] 辨识度不经由概念，而是通过审美途径感知中华文化的精神标识的。从当下中国人的审美理想或审美趣味而言，中华文化辨识度应该是其中

---

[1] 康德：《判断力批判》，北京：商务印书馆，1985年，第48页。

的重要内涵，也是面对文艺作品的主要审美诉求。正如我们所熟知的，习近平总书记关于文艺的重要论述中，"坚持以人民为中心的创作导向"，是一以贯之的核心观念，而在创作和评论中，强化中华文化辨识度，同样是"以人民为中心"的深刻体现。在2014年的文艺工作座谈会上，习近平总书记说："以人民为中心，就是要把满足人民精神文化需求作为文艺和文艺和工作的出发点和落脚点，把人民作为文艺表现的主体，把人民作为文艺审美的鉴赏家和评判者，把为人民服务作为文艺工作者的天职。"[1]这段论述具有重要的理论意义。从文艺的角度来讲，"以人民为中心"一方面是要以人民作为文艺表现的主体，表现人民的思想情感，人民为美好生活奋斗的历史进程，尤其是中国共产党建党一百年来，在党的领导下，中国人民从站起来、到富起来、再到强起来的奋斗历程，把人民作为主角；从文艺的审美接受和文艺批评的角度来讲，以人民为中心，就是要真正地把人民作为文艺审美的鉴赏家和评判者，真正了解人民当下的审美观念和审美趣味。"鉴赏家"和"评判者"关系至为密切，但所指又并非完全同一。"鉴赏家"指人民的鉴赏水准和审美趣味，"评判者"则是人民对文艺的价值判断。这就告诉我们的文艺工作者，不能将人民仅仅当作被动的欣赏者，而是应该把人民作为具有时代的审美趣味和审美理解力、判断力的审美批评主体。而生长在中国大地、植根于中华文化传统中的人民，对于国内创作的文艺作品，包括文学（诗歌、小说、散文、报告文学等体裁的作品）、音乐、舞蹈、绘画、雕塑等艺术门类的作品，都是有着很强的辨识意识和辨识能力的。这种辨识主要在于其中华文化根源的色彩。

中华文化辨识度，体现在文艺作品中有内外两个层面，从内在角

---

[1] 习近平：《在文艺工作座谈会上的讲话》，北京：人民出版社，2015年，第13-14页。

度讲，作品包含着的中华文化传统基因，如哲学思想、审美观念、伦理价值等在作品中的生发与体现；从外在角度讲，作品的艺术形式、艺术媒介以及艺术结构的方式等等，都是中华文化辨识度的内涵。如在中国诗词中，其诗词格律包括近体诗、古体诗、乐府诗等，都有很高的汉语声律的辨识度。在绘画领域，如中国的山水画、人物画、花鸟画等等，都有独特的技法、笔墨、结构，也都体现了中华文化特有的辨识度。从内涵上看，如陶诗所表现出的平淡自然的风格，王维诗的澄明而带禅意的意境，杜甫诗那种充满仁爱之心的情怀，都有很强的中华文化的辨识度。中国画中的山水人物画，也都一望可知地呈现出中华文化的神韵。清人叶燮对诗人胸襟的高度重视，在他的论诗名著《原诗》中说"我谓作诗者，亦必有诗之基焉。诗之基，其人之胸襟是也。有胸襟，然后能载其性情智慧，聪明才辨以出，随遇发生，随生而盛。千古诗人推杜甫，其诗随所遇之人、之境、之事、之物，无处不发其思君王、忧祸乱、悲时日、念友朋、吊古人、怀远道，凡欢愉、幽愁、离合、今昔之感，一一触类而起；因遇得题、因题达情，因情敷句，皆因甫有其胸襟以为基。如星宿之海，万源从出；如钻燧之火，无处不发；如肥土沃壤，时雨一过，夭矫万物，随类而兴，生意各别，而无不具足。"（《原诗·内篇》上）在诗学中，这种对作家主体胸襟的认识，恰也是对中华文化的辨识。当代的文艺作品，大多数都是有着鲜明的中华文化辨识度的。芭蕾舞剧是从西方传入的艺术样式，但是我国的芭蕾舞剧《红色娘子军》《白毛女》《沂蒙颂》等都有着鲜明的中华文化辨识度，成为当代中国文艺的经典之作。交响乐亦然。很显然，交响乐也是西方音乐的经典样式，但中国的小提琴协奏曲《梁祝》，却以极为优美的民族特色，成为蜚声世界的交响乐经典。2022年国庆期间由中国爱乐乐团等五家国内主要的交响乐团举办并演出的系列户外大型交响乐《江山如画》，也是以非常鲜活的、创造性的艺术形式，呈现着明显的中国风，成为中国交响乐史上的奇葩！2022年春节晚会上的舞蹈《只此青绿》，其中华文化的辨识，达到了高光时刻。在新时代的文艺创作中，许多文艺作品都呈现了这种体现鲜活的民族气派、民族特色的文化辨识度。习近平总书记多次向文艺工作者提出殷切希望："希望广大文艺工作者用情用力讲好中国故事，向世界展现可信、可爱、可敬的中国形象。"[1]二十大报告中又以"推进文化自信自强，铸就社会主义文化新辉煌"作为专章，将文化建设纳入成为全面建设社会主义现代化国家的重要有机部分，成为新时代新征程的光荣任务。中国式现代化的五个特征之一是物质文明和精神文明相协调的现代化，这是中华民族伟大复兴的必由之路。中国式现代化并非单一的物质文明，而是物质文明和精神文明高度协调发展。而在精神文明的建设中，文艺所扮演的角色是不可取代、异常重要的。文化自信自强，不仅是要认同中华文化传统，更要开创中华民族文化的新境界。有意识地强化中华文化的辨识度，是我们实现文化自信自强的有力措施。习近平总书记在文艺工作座谈会上的讲话中就深刻指出："文艺是最好的交流方式，在这方面可以发挥不可替代的作用，一部小说，一篇散文，一首诗，一幅画，一张照片，一部电影，一部电视剧，一曲音乐，都能给外国人了解中国提供一个独特的视角，都能以各自的魅力去吸引人、感染人、打动人。京剧、民乐、书法、国画等都是我国文化瑰宝，都是外国人了解中国的重要途径。文艺工作者要讲好中国故事、传播好中国声音、阐发中国精神、展现中国风貌，让外国民众通过欣赏中国作家艺术家的作品来深化对中国的认识、增进对中国

---

[1] 习近平：《在中国文联十一大、中国作协十大开幕式上的讲话》，北京：人民出版社，2021年，第15页。

的了解。要向世界宣传推介我国优秀文化艺术，让国外民众在审美过程中感受魅力，加深对中华文化的认识和理解。"[1]二十大报告中也再次重申这种思想。文化自信自强，当然要使中国优秀文化走向世界。而审美是中国和外国人民沟通的最佳通道。文艺有强大的"外宣"功能，它不是一般性的宣传，也不是论证说理，而是以审美的魅力直击人心。"东海西海，心理攸同。"文艺能使人产生审美的共通感，使人产生强烈的共鸣。在展现中国形象的问题上，文艺作品的作用是非常重要的。强化文艺作品的中华文化辨识度，应该是有效的手段。

文艺经典的创造是文化自信自强的重要因素。我们的新时代，需要具有时代标识的文艺经典。经典当然不可能一蹴而就，需要经过时间的检验和不同时代接受者的认同。但是只有我们克服浮躁情绪，真正沉潜到时代生活的深处，才有可能书写人民的史诗！中国的作家和艺术家，深深浸染于中国的文化传统之中，深刻领悟中国精神和中华美学精神，对于中华优秀传统文化，进行创造性转化和创新性发展，用发现美的眼睛去感受当代中国人的生活和奋斗，以"思想精深，艺术精湛，制作精良"的标准来进行创作，方有可能创造不愧时代的经典之作。走中国道路，弘扬中国精神，凝聚中国力量，是中国的文艺工作者的基本路径。中国文艺之经典，是中国人民史诗的载体，是中国精神的凝聚，也是中国人心灵史的呈现。在中国作家艺术家创造的经典中，中华文化具有鲜明的辨识度。中国文学史上的"四大名著"充分说明了这一点。在文艺作品中强化中华文化辨识度，也是我们的审美风尚建设所需要的。中华文化辨识度的强化与深入，对于以中国式现代化全面推进中华民族伟大复兴，对于铸就社会主义文化的新辉

---

[1] 习近平：《在文艺工作座谈会上的讲话》，北京：人民出版社，2015年，第18-19页。

煌，都是题中应有之义！围绕举旗帜、聚民心、育新人、兴文化、展形象建设社会主义文化强国，文艺创作和理论建设，都是要开辟新的局面的。传承中华优秀传统文化，满足人民日益增长的精神文化需求，巩固全党全国各族人民团结奋斗的共同思想基础，不断提升国家文化软实力和中华文化影响力，作为文艺工作者，应该发挥历史主动精神，为了新的百年征程，为了中国人民的审美需求，多出精品力作！

(原载《中国艺术报》2022年11月4日)

更好把握建设文化强国的方向与思路

文化是一个国家和民族在长期发展历史中积累起来的精神成果，是维系国家和民族生生不息的精神命脉和人民的精神家园。可以说，文化兴国运兴，文化强民族强。我们要实现中华民族从站起来、富起来到强起来的伟大飞跃，必然要同时推动中华文化的发展和繁荣。需要认识到，建设社会主义文化强国，是全面建设社会主义现代化国家的战略任务，也是实现中华民族伟大复兴的基础支撑。

党的十九届五中全会审议通过的《中共中央关于制定国民经济和社会发展第十四个五年规划和二〇三五年远景目标的建议》（以下简称《建议》）将"建成文化强国"纳入到2035年基本实现社会主义现代化远景目标的重要内容，并围绕"繁荣发展文化事业和文化产业，提高国家文化软实力"提出一系列要求，作出重要部署。这是以习近平同志为核心的党中央着眼全局和长远作出的战略决策，为推进社会主义文化强国建设提供了遵循。

"十四五"时期是我国全面建成小康社会、实现第一个百年奋斗目标之后，乘势而上开启全面建设社会主义现代化国家新征程、向第二个百年奋斗目标进军的第一个五年。我们要坚定不移把《建议》部署的一系列重要任务落到实处，坚持马克思主义在意识形态领域的指导地位，坚定文化自信，坚持以社会主义核心价值观引领文化建设，加强社会主义精神文明建设，围绕举旗帜、聚民心、育新人、兴文化、展形象的使命任务，促进满足人民文化需求和增强人民精神力量相统一，努力在"十四五"时期为建设社会主义文化强国打下坚实基础。

更好推进社会主义文化强国建设，必须沿着正确的方向前进，谋划好建设文化强国的思路，大力发展社会主义先进文化，广泛凝聚人民精神力量。

第一，要始终坚持马克思主义在意识形态领域的指导地位。我们要坚定文化自信，建设文化强国，极为重要的一条经验就是要始终坚持马克思主义在意识形态领域的指导地位。应该看到，辩证唯物主义是中国共产党人的世界观和方法论，我们党要团结带领人民实现"两个一百年"奋斗目标、实现中华民族伟大复兴的中国梦，必须不断接受马克思主义哲学智慧的滋养，更加自觉地坚持和运用辩证唯物主义世界观和方法论，增强辩证思维、战略思维能力，努力提高解决我国改革发展基本问题的本领。面向新的发展阶段，我们要更加自觉地将坚持马克思主义在意识形态领域指导地位的根本制度贯彻到文化建设的方方面面。

第二，要以社会主义核心价值观凝心聚力。人类社会发展的历史表明，对一个民族、一个国家来说，最持久、最深层的力量是全社会共同认可的核心价值观。核心价值观承载着一个民族、一个国家的精神追求，是文化软实力的灵魂。一个国家的文化软实力，从根本上说，取决于其核心价值观的生命力、凝聚力、感召力。社会主义核心价值观并非无源之水、无本之木，而是在中华文明独特的价值体系之上发展而来的。建设文化强国，关键是要把培育和弘扬社会主义核心价值观作为凝魂聚气、强基固本的基础工程，将社会主义核心价值观的培育和践行融入社会生活的方方面面，解决好知行合一等问题，将其转化为人们的情感认同和行为习惯，充分激发社会主义核心价值观在文化强国建设中的推动力。

第三，要大力弘扬和发展中华优秀传统文化。中华民族有着深厚文化传统，形成了富有特色的思想体系，体现了中国人几千年来积累的知识智慧和理性思辨，建设文化强国的一条重要路径就是传承和弘扬中华优秀传统文化。习近平总书记提出，"实现中国梦必须弘扬中国精神"，而"中国精神"生长在中华优秀传统文化的沃土之上。建设文化强国，必须大力弘扬和发展中华优秀传统文化，用好中华优秀传统文化作为精神纽带、价值源泉的重要作用，既要薪火相传、代代守护，也要与时俱进、推陈出新，既要实现创造性转化，又要实现创新性发展，不断加强对中华优秀传统文化的挖掘和阐发，使其与当代文化相适应、与现代社会相协调，使其为建设社会主义文化强国提供源源不断的精神滋养。

（原载《经济日报》2020年12月10日）

叁 文艺美学及批评

关于文艺美学的反思

时至2020年，美学研究领域依然是声势煊赫的。美学家们非但没有停息思考与争论，而且使中国美学的学派旗帜更为鲜明。日前由南京大学美学与文化传播研究中心和厦门大学中文系联合主办的"首届美学高端战略峰会"在南京举行。近30位国内顶尖级的美学学者以自由辩论的形式，展开了激烈的交锋，实践美学、生命美学、超越美学、新实践美学、生活美学、身体美学等国内活跃着的美学流派，纷纷阐发各自的学理观点。令人感到奇怪的是文艺美学的"缺席"！作为近数十年来得到充分重视和学理建构的美学领域，不仅是在这次美学界的盛会上没有听到关于文艺美学的声音，而且与前些年相比，相关的论著也大有衰减之势。从上个世纪八九十年代到本世纪初，文艺美学经历了众多美学学者参与建构的阶段。著名美学家如胡经之、周来祥、杜书瀛、曾繁仁等都有系统的文艺美学专著，由北京大学开端，很多学校在研究生教育中设立了文艺美学方向，山东大学成立了国家级的文艺美学研究中心，并且出版了多辑《文艺美学研究》。本世纪初，在《文艺研究》等刊物上也发表了许多关于文艺美学的论文。文艺美学的学理系统、学科构架都得到了初步的创建。但是近年来关于文艺美学的研究论著和发声，都较以往处于减弱的状态，即便是作为教育部社会科学研究基地的山东大学文艺美学中心，也基本上转向做生态美学等方面的研究了。

文艺美学从其名称产生（台湾学者王梦鸥先生于上个世纪70年代初出版了《文艺美学》，可以视为文艺美学的诞生），到其学科化的创立（以胡经之先生的《文艺美学》及"文艺美学精品丛书"的问世，北京大学设立文艺美学的研究生招生专业为标志），其间经历了迅速而充分的发展，同时，文艺美学也经历了独立于文艺学的自我建构过程。现在的问题是，文艺美学近年来为什么处于一种略显滞缓的状态？为什么会缺少明显提升的观点和话语？难道是学者们的兴趣都"移情别恋"了吗？还是文艺美学的学理建设已趋于完成，无须突破？总之，文艺美学的研究现状，是值得我们深思的！那么，文艺美学作为一个美学领域，能否产生突破性的进展呢？笔者认为是可以预期的。

一

从文艺美学自身的情况看，作为学科的初始阶段，本世纪初的几年，辨析文艺美学的学科定位、研究对象等问题，这是文艺美学作为学科的逻辑起点，是文艺美学作为学科得以确立的关键所在。虽然这些问题迄今也还是众说纷纭，并未定于一是，但却也使文艺美学的框架得以建立，体系化的样态得以彰显。这可以视为文艺美学的初期阶段，也是文艺美学奠定基础的阶段。

第一，文艺美学将文学与艺术作为一体化进行审美角度的研究，这是文艺美学区别于文艺理论（文艺学）的鲜明分野。作为学科的文艺理论，并非是将文学与艺术都纳入其中，而只是关于文学的理论。这是延续了苏联的"文艺学"概念，在中国的大学体系中颇为明确的。关于这一点，大学中文系的文艺学学科教师们都非常清楚，并无歧义。

最近这些年来，因为文化研究、非物质文化遗产等成为一部分文艺学学者的学术研究方向，有了所谓文艺学的"扩容"，但这并非文艺学本来的疆界所在。而文艺美学，则是将文学与艺术一体化地进行审美研究，现在看来并非什么新鲜之事，但却有着时代性的意义。早在上个世纪80年代初，胡经之先生在他那篇被视为文艺美学的"宣言"的文章《文艺美学及其他》中就说道："文艺美学，还是得到了独立发展，成为一门专门研究文学艺术的审美特性和规律的学科。这不是根据个别人的命令，而是在社会实践中历史地形成的。"[1]周来祥先生1984年出版的文艺美学专著的书名就是《文学艺术的审美特征和美学规律》[2]。关于文艺美学的学科性质和对象，著名文艺理论家杜书瀛在文艺美学已相对成熟的1998年出版的《文艺美学原理》中指出："在迄今为止的15年左右时间里，在文艺美学的学科建设方面，我们做了一些什么工作呢？第一，初步确定了文艺美学的学科性质和对象范围。大多数学者认为，文艺美学是介于文艺学和美学之间的一门学科，它专门研究文学和艺术的审美特性和美学规律。第二，初步厘定了文艺美学的学科位置。因为文艺美学既相关于美学，又相关于文艺学，因此可以分别从美学和文艺学两个系统测定它的位置。在美学系统中，纵向看，文艺美学处在一般美学和部门艺术美学之间的中介地位上，有人说，一般美学结束的地方正是文艺美学的逻辑起点……这是有道理的。"[3]不必过多举例，将文学与艺术合为一体，这是文艺美学在研究对象上的共同之处。看起来这是不言自明的，但却关联着笔者对文艺美学发展

---

1 文艺美学丛书编委会编：《美学向导》，北京：北京大学出版社，1982年，第36页。
2 周来祥：《文学艺术的审美特征和美学规律》，贵阳：贵州人民出版社，1984年。
3 杜书瀛主编：《文艺美学原理》，北京：社会科学文献出版社，1998年，第6-7页。

提升的重要路径。

第二，文艺美学从审美的视角研究文学艺术，与文艺理论中很多外部规律研究有明显的不同，使之具有了独立存在的学科意义。这个方面，以曾繁仁先生的阐述颇为明确，他认为："文艺学走向审美主义，为文艺美学的提出提供了学术语境；文艺美学学科的提出，进一步使我国文艺学研究摆脱了认识论的模式，可以自由地探讨文艺的审美维度。并且，文艺美学的提出虽然不能解决'审美反映论'和'审美意识形态论'的理论困境，但可以有效规避这种困境。文艺美学主要以美学的方法来研究文艺，把文艺的审美属性、审美规律和审美功能作为主要研究对象，它不在审美与反映的关系、审美与意识形态的关系等问题上做过多纠缠，但它也并不否认对这些问题的研究的学术价值。它也不否认文艺除了审美的属性和价值外还有其他属性和价值，但它把审美属性和审美价值视为文艺的主要属性和价值，并作为自身的研究重心。文艺美学学科并不能完全解决文艺学的基本理论问题，但它对于纠正我国长期以来占据统治地位的认识论文艺学的偏颇，确实有着非常重要的意义。"[1]在笔者看来，文艺学所包含的关于文艺与政治、文艺与意识形态等的问题不仅是不能视而不见的，而且是值得深入研究的问题，而关于文学艺术的审美属性，则交给文艺美学来进行专门研究，这是文艺美学作为学科存在的学理依据！

关于文艺美学的定位、研究对象等问题，关于文学艺术在创作发生、作品形成和接受鉴赏等环节的审美活动及其审美规律，这在之前的文艺美学的专著及诸多论文中都有颇具原理性的阐述。但是，最近若干年，以"文艺美学"为本体的研究论著却大大减少了。山东大学文艺美学研究中心编辑的《文艺美学研究》第一辑，几乎全是关于文

---

[1] 曾繁仁主编：《中国文艺美学学术史》，长春：长春出版社，2010年，第16页。

艺美学本体研究的文章，而我手里能找到的《文艺美学研究》2015年春季卷，却没有一篇正面地、本体性地研究文艺美学的文章。这不能不是一个明显的表征！当然，并不见得没有"文艺美学"字样，就不是文艺美学研究的成果，而从总体上看，近年来的文艺美学的声息确实是相当微弱了，正面地本体性研究文艺美学的论著，较之本世纪初，当可用"锐减"二字来形容！

二

笔者可能算是"慢热型"或是"后知后觉"者，在文艺美学处在巅峰状态时，并未发表关于正面研究文艺美学的著作和文章，而在近些年的美学和文艺学教学实践及博士生指导过程中，则是不断思考文艺美学的进路问题，撰写和发表了《偶然与永恒——中国古代文艺理论对文艺美学的建构意义》[1]和《文艺美学：从奠基走向深化之途》[2]等论著。那么，笔者又是如何认识文艺美学的研究现状以及它的发展走向的呢？

笔者认为，目前文艺美学之所以处在一个略感停滞的状态，首先是因为以学科为框架带来的某种闭锁状态。文艺美学的著名学者们，以创建文艺美学学科为己任，经过了筚路蓝缕的开拓之后，创作了文艺美学作为学科的奠基性著作，使得文艺美学呈现出学科规制应有的形态，而这些著作，从框架结构上多是趋同化的，所研究的基本问题也多是一致的，诸如文艺美学的学科定位、研究对象、文艺美学作为学科的合法性等。大多数的论著，都在回答这样一些问题，同时，也

---

[1] 张晶：《偶然与永恒——中国古代文艺理论对文艺美学的建构意义》，北京：人民文学出版社，2020年。
[2] 张晶：《文艺美学：从奠基走向深化之途》，《现代传播》2015年7期。

谈到文学艺术的创作发生、作品形态和接受鉴赏等环节的审美特征。不同门类的艺术形态及其审美特征，也成为文艺美学的重要内容。如胡经之先生在他的作为文艺美学的经典之作的《文艺美学》中，其第九章《艺术形态：艺术形态学脉动及其审美特性》，就分论了书法艺术的审美特征、建筑艺术的审美特征、绘画艺术的审美特征、文学的审美特征、戏剧艺术的审美特征、音乐艺术的审美特征、舞蹈艺术的审美特征和电影艺术的审美特征等。这也成为文艺美学一些基本问题。而文艺美学研究，由于学科体系性的追求，形成了某种学术思维的同质化及提问方式的单一性。概而言之，近年来文艺美学研究的滞缓，是因其学科体系的初创，令人觉得这个领域已无多少可拓展的空间，已无多少新的问题可以探究了。

笔者认为，将文艺美学研究固化或以封闭的框架视之，是目前文艺美学处于滞缓状态的主要原因所在。文艺美学学科化，对于文艺美学的地位确立，起到了奠基的作用，同时，却也导致了它的固化性思维。如果在前提上学者们认为文艺美学仍有向前发展和提升的空间，笔者乐于贡献有关的思维方式和路径的思考。

文艺美学的发展和提升，致思方式的转换，应是首要的。现在看来，学科化思维使文艺美学获得奠基性的成果，而要使文艺美学研究有较大的突破，到了应该超越这种思维的时候了！应该将文艺美学作为一种开放的方法论，从审美的意义上重新考量和汲取中外文学艺术的理论资源及创作资源，以文艺美学为一种眼光来洞照和分析大量的文艺理论文献，以原有的文艺美学学理作为基础，创建新的研究模型，揭示在当前的高科技、信息化的条件下文艺创作的审美机理。

从笔者的角度看来，文艺美学在建设和创新中国特色的学术体系、学科体系及话语体系方面可以大有作为，在传承和弘扬中华美学精神方面可以有历史性的贡献。"文艺美学诞生在中国"（杜书瀛先生提出的命题），它当然不能简单地等同于中国的文艺理论，不能简单地等同于中国美学，但却是植根于深厚的中华民族优秀传统文化的土壤，由中国学者提出并加以学理性的建构。无论是最早提出"文艺美学"的李长之先生、王梦鸥先生，还是在建构学科意义上的胡经之先生、周来祥先生、杜书瀛先生以及曾繁仁先生，都是地道的中国学者。而且近几十年来的文艺美学研究，也都是以解决中国的文艺理论及实践的问题而提出的。作为面对文学艺术的美学分析立场，文艺美学的资源，当然不可能仅是中国的文艺理论遗产，中西关于文学艺术的理论文献和创作经验文献，都是文艺美学的宝贵资源。这些资源，是难以尽数的，却又是可以在阐释中获得当代美学的生机的。但是，文艺美学又是有着鲜明的时代担当的。在某种意义上，文艺美学是20世纪后半叶在哲学、美学及心理学等学科的充分发展且形成了众多流派的前提下产生的。也可以认为，没有20世纪哲学、美学等学科的深刻变革，没有中国文艺理论界和美学界对于苏联的文艺学体系的反拨，文艺美学也无由诞生！

在很大程度上，文艺美学也是摆脱美学研究上的本质论的新格局，而以艺术的审美经验作为出发点。由这种认识出发，笔者非常认同曾繁仁先生在其《文艺美学教程》中对"文艺美学"的研究对象所作的根本规定，就是：艺术的审美经验。曾繁仁先生正是在文艺美学的现实指向这个维度来提出这个根本命题的，他主张："我们之所以主张文艺美学以审美经验作为由之出发的最基本的审美事实，一个最重要的目的就是使文艺美学研究与当下生活现实和文艺现实联系得更紧密，从而保证它提出和解决的问题是从现实的审美实践中来的，保证它所构建的理论具有真正的实践性和现实性品格。"[1]笔者也认为，这是文艺美学之所以能够兴起与成熟的重要原因。这也是与当代美学在思想方法上的转型同步的。当代美学与传统美学的根本区别在于从抽象的美学本体论向审美经验论的挪移。这一点，英国著名美学家李斯托威尔有颇为深刻的论述，他说："整个近代的思想界，不管它有多少派别，多少分歧，却至少有一点是共同的。这一点，就是近代的思想界鲜明地不同于它在上一个世纪的前驱。这一点，就是近代思想界所采用的方法，因为这种方法不是从关于存在的最后本性那种模糊的臆测出发，不是从形而上学的那种脆弱而又争论不休的某些假设出发，不是从任何种类的先天信仰出发，而是从人类实际的美感经验出发的，而美感经验又是从人类对艺术和自然的普遍欣赏中，从艺术家生动的创造活动中，以及从各种美的艺术和实用艺术长期而又变化多端的历史演变中表现出来的。这主要是一种归纳的、严格说来是经验的方法，是费希纳所大胆开创的'自下而上'的方法。这一方法，伸开双臂接受经验所能提供的全部事实，不管这些事实看起来多么微不足道。这一方法目前支配着美学的广阔领域，并把这一学科研究其特殊问题的做法，与科学思想的总的倾向协调一致起来，而科学思想是随着培根和伽利略最后从中世纪经院派的迷雾中挣脱出来的。"[2]以文学审美经验为研究对象，这也是诸多文艺美学名家的共识。

现在的问题是，文艺美学在近年来的停顿状态，是不是文艺美学的应有状态？文艺美学有没有突破或发展的可能？其原因又究属如何？

在笔者看来，如果以开放式的眼光、以方法论的属性来认识文艺

---

[1] 曾繁仁主编：《文艺美学教程》，北京：高等教育出版社，2005年，第22页。
[2] ［英］李斯托威尔：《近代美学史评述》，上海：上海译文出版社，1980年，第2页。

美学，它就应该是不断发展、不断突破的，也是可以不断提出新的美学观念和命题的。文艺美学近年来之所以处于滞缓状态，最重要的原因便是，研究主体未能对新的审美形态所产生的审美经验做出及时的理论总结，同时，也没有产生那种与传统的艺术形式给人的审美经验相区别的审美体验；在现有的文艺美学论著中，所概括出来的关于创作、作品及鉴赏这样一些环节的审美规律，涉及的也都是传统的艺术形态，而并没有将当下的由数字化、信息化所产生的某些新的艺术形态包含进去，当然也就谈不到与传统的艺术审美不同的审美体验。如网络文艺、VR电影等，都提供给相关的审美主体以全新的审美经验，在我看来，这当然也是文艺美学应该纳入自己的理论框架中的内容。比如，关于网络文学的审美特征，有研究论著这样表述："理解网络文学的特征，关键是要理解'网络'，换言之，是理解'文学'与'网络'结合中产生出来的除'文学性'之外的'网络性'，即在互联网时代，'网络'是一种媒介载体，同时也是一种全新的文学生产机制，而所谓'网感'这一通常用来描述文学风格的术语不过是互联网时代文学生产方式的外在表征。"此项研究提出了与其媒介特征密切相关的不同于传统文学的三个主要特征。其一是，媒介的充裕性、创作的大众性导致了网络文学体量的巨大和内容的丰富；其二是，媒介的互动性、生产的趣缘性助推了网络文学的通俗化、'同人'创作和'梗'文化；其三是，媒介的综合性、生产的衍生性强化了网络文学的跨界性。"[1]也许这里所谈到网络文学的几个方面的审美特征，未必完全精准或深刻，但这种对新的艺术形式所带来的审美经验的考量，却应该纳入文艺美学的范畴的。具体的观点可以探讨、商榷，而且，也应纳入文艺美学的有机结构之中。再如，关于VR给审美主体带来的"沉浸式"审美体验，导致了审美距离的消失。黄今先生指出："从立体视镜、环幕、

---

[1] 中国文联网络文艺传播中心：《中国网络文艺发展研究报告》，北京：社会科学文献出版社，2019年，第54页。

3D 到 VR 的发展，沉浸感的升级体验究其原因是虚拟系统对'双眼模式'这一更符合人类天然特性的视觉模式的回归，……另一方面则是通过增强身体反应而实现，这无疑与传统艺术通过想象制造身临其境的沉浸感有根本的差异。VR 使受众通过界面进入情境控制下的交互体验空间，在场的身体可以通过操纵仪器来控制行动，进入到交互性、操控性、对话性的游戏特征中。"黄今还谈到 VR 的另一个显著的审美经验，那就是画面边框的消解，他认为："VR 消解了传统艺术的画面边框，边框消解使媒介转为隐性，观众身处被包围的沉浸感中，难以将观看对象视作一个自发的美学客体。因此，无论是互动性的加入还是画框的消失，最终都导向了物理性的审美距离的取消。"[1]黄今先生对 VR 带给观众的审美经验的分析是颇为中肯的，这同样是值得文艺美学关注的领域。

　　文艺美学研究对象的一个基本内涵是文学艺术的审美特征与规律，这对于之前将文学与艺术分别开来的文艺学理论，当然是一个巨大的进步。这就大大强化了对文学的艺术审美的认知。笔者认为，文学作品区别于其他文字写作的性质，就在于它的艺术性特征，或者质言之，文学乃艺术之一类。认识文学与艺术的通约性，这对文艺美学来说，是它的学理性基础。笔者坚持认为，文学乃是艺术之一类，或者说，文学的艺术属性。当然在其通约的同时，文学是与其他艺术门类有着明显的不同的。文学与其他非文学文体的分野，文学与其他艺术的通约，关键在于是以创造美感为其终极的目的！其他非文学的文字，如果说有美感的存在，也是附带的，而非终极目的所在。很多美学家在谈到艺术类型时，也是将文学作为艺术种类之一的。黑格尔《美

---

[1] 黄今：《沉浸与诗情——VR 时代中国电影诗性美学的再思考》，《艺术学研究》2019 年第 2 期。

学》即以诗歌为浪漫型艺术的主要类别。文艺美学的始创者之一、台湾的著名学者王梦鸥先生以西方美学家哈德逊的论述表达自己的文学观念:"哈德逊的《文学研究提要》专就娱乐性中提出美感的满足,而把文学与其他著作分开。他说:文学,首则以其对于题材的思考力及其处理方法为大众所喜爱;次则在于以形式要素及所予人们的乐趣为中心,文学作品不同于天文学、政治学、经济学、哲学及史学等等专门著作,一面固因其不是为着特殊的读者而是为着广大的人们而写作,另一面,亦因其目的不在于传达知识,其终极目的,只在于题材的处理及安排方法上给予人们以美感的满足。"[1]文学与其他艺术门类之不同,关键在于媒介的特殊性。韦勒克与沃伦在其著名的《文学理论》中是将文学纳入艺术系统中来界定文学性质的,其言:"文学在各种艺术门类中似乎尤其明显地通过每一部艺术上完整连贯的作品所包含的对人生看法(即世界观)来宣示自己的'真理'。"[2]王梦鸥先生则就此指出文学作为艺术与其他艺术的不同所在,他说:"我们所谓艺术,一向还没有个较深刻而扼要的定义。有之,就是最近韦礼克(即通译之'韦勒克')与华仑(即通译之'沃伦')在其《文学论》中所说的:'艺术是一种服务于特定的审美目的下之符号系统或符号的构成物。'这里所谓符号,当然是指一切艺术品所应用的符号,如声音、色彩、线条、语言、文字,以及运动姿势等等。倘依此定义来看,则所谓'文学'也者,不过是服务于特定的'审美目的'下之文字系统或文字的构成物而已。它之不同于其他艺术,在于所用的符号不同,但它所以成为艺术品之一,则因其同是服务于审美目的。是故,以文学之所以具之艺术特质而言,重要的即在这审美目的。反之,凡不具备这审美目的,

---

[1] 王梦鸥:《文艺美学》,台北:里仁书局,2010年,第27页。
[2] [美]勒内·韦勒克、奥·沃伦:《文学理论》,刘象愚等译,北京:文化艺术出版社,2010年,第25页。

或不合于审美目的,纵使有文字系统或构成,终究不能算作艺术的文学。"[1]王梦鸥作为文艺美学的始倡者,即主张:一、文学乃是艺术之一类;二、文学与其他艺术相通者,在其审美目的,不具备这种审美目的,则非艺术的文学;三、文学与其他门类不同,乃在于符号的不同,所谓"符号",正是艺术媒介。

三

谈及这些,是为了下面的话题,已有的文艺美学论著,都是以文学审美特征与规律为文艺美学的研究对象,这一点,已成不争之共识;而且在探讨文学艺术的在创作发生、作品存在和欣赏接受等环节的审美机制时,也是将文学艺术一并考虑在内的。现在的问题是,现有的文艺美学论著,止步于文学艺术共有的审美特征与规律,而未尝深入到文学何以能与其他门类艺术在审美上相通?文学与其他门类艺术相通所产生的功能与价值何在?文学又在与其他艺术门类相通的意义上,具有哪些审美机制呢?这也正是文艺美学突破与提升的研究进路!已经历时多年,本世纪初如希利斯·米勒教授所提出的"全球化时代文学研究还会继续存在吗"的问题,已被证实是一个不存在的问题,如何作为一个命题,则是一个伪命题。不仅是传统的文学形式依然存在,而且新兴的艺术形态,如网络文艺等,对文学的依赖更为明显。显而易见的事实是,无论是电视剧,还是电影,也无论是网络剧,还是戏曲、小品,都要以文学为根基。音乐、舞蹈等,也无不与文学有密切的关系。文学作为艺术与其他类型的文字写作的不同之处就在于,文学用语言文字来描绘艺术境界、人物形象和讲述故事等,电影、电视剧都要根据文学作品(剧本)来进行二度创作。音乐中的歌词也是一

---

[1] 王梦鸥:《文艺美学》,台北:里仁书局,2010年,第109页。

种文学创作，小品、综艺晚会的主持人语，也都属于当下的文学品类。而笔者认为，文学之所以施影响于其他艺术门类，关键在于文学所具有的这样几个审美特征：

一是"内在视象"。文学以语言文字为其媒介，所创作出的作品并非如造型艺术那样的感性物质形态，而是通过读者的阅读欣赏，在心中产生一种内视性的形象。刘勰在《文心雕龙》中的名言"窥意象而运斤"，是说创作者内心已有一种内在的可视形了。中国诗学中的重要审美范畴如意象、意境，其实都有内视形象在其中。如王昌龄所论述的意象的采撷："夫置意作诗，即须凝心，目击其物，便以心击之，深穿其境。如登高山绝顶，下临万象，如在掌中。以此见象，心中了见。当此即用。"[1]这也是从创作主体的角度来讲的，诗人采物象而为诗的意象，"心中了见"，就是"内在视象"。黑格尔在《美学》中谈到"诗的观念方式"时说："造型艺术通过石头和颜色之类造成可以眼见的感性形状，音乐通过受到生气灌注的和声和旋律，这就是按照艺术方式显现一种内容的外表。诗却不然，它只能通过观念本身去表现，这一点是我们要经常回顾的。所以诗人的创造力表现于能把一个内容在心里塑造成形象，但不外现为实在的外在形状或旋律结构，因此，诗把其他艺术的外在对象转化为内在对象。心灵把这种内在对象外现给观念本身去看，就采取它原来在心灵里始终要采取的那个样式。"[2]诗所创造出的形象是在"观念"中的。黑格尔所说的"观念"，并非抽象的思想，而是指它的内在性。作者在创作作品时，头脑中已经是以内在意象的形式进行构思，也即刘勰所说的"神用象通"；而读者在欣赏

---

1 王昌龄：《诗格》，见张伯伟主编：《全唐五代诗格汇考》，南京：凤凰出版社，2002年，第162页。
2 [德] 黑格尔：《美学》第三卷下册，朱光潜译，北京：商务印书馆，1981年，第57页。

作品时，也是通过文字而在内心转化为一幅画面，或为诗的意境，或为小说中的人物形象。这才是文学的审美对象。依据文学经典名著改编的电影或电视剧，应该是导演受到原作的感动激发，在头脑中形成了一幅幅栩栩如生的画面或人物形象，才用电影或电视剧的艺术形式表现出来。无论是《三国演义》《西游记》，还是《林海雪原》《红高粱》，莫不如此。无论是演员的遴选还是人物的设计，都是与原作给导演的内在视象密切吻合的。

二是文学的审美运思功能。没有运思，也就没有文学创作。无论是抒情作品，抑或是叙事作品，都要以精湛的运思为完整的作品得以创造出来的前提条件。文学作为艺术创作，是不能以逻辑思维规律来进行的。刘勰在《文心雕龙》中所说的"神思"，正是揭示了文学运思的特征："古人云：形在江海之上，心存魏阙之下，神思之谓也。文之思也，其神远矣，故寂然凝虑，思接千载；悄焉动容，视通万里；吟咏之间，吐纳珠玉之声；眉睫之前，卷舒风云之色：其思理之致乎！"[1] "运思"是一个动态的过程，在作家的头脑中，也充满了一种不确定性。文学的运思功能，不仅对于文学创作是重要的，对于一切创造性的艺术创作，都是重要的。影视创作、戏曲小品、综艺节目、网络文艺等艺术形式，如果离开了运思，是无法想象的。

三是语言美感。文学是语言的艺术，语言的粗糙浅陋，作为文学的作品是无法成为精品的，遑论经典。因而，笔者一向认为，语言美感是文学创作的根本要素。这种美感，并非指词语的华丽繁缛，而是文学语言在创造意境、描绘人物、讲述故事等方面的精雕细刻。文学语言的魅力，又在于兴发读者的情感。故刘勰所说："是以在心为志，

---

[1] 范文澜注：《文心雕龙注》，北京：人民文学出版社，1958年，第493页。

发言为诗，舒文载实，其在兹乎！诗者，持也，持人情性。"[1]能够"持人情性"者，方是好的诗歌语言。文学语言的美感，对于其他艺术门类的创作，也同样是需要的。电影、电视剧、戏剧戏曲，如果没有语言美感，是不可能成为优秀的作品的。

　　文艺美学的研究现状，也许是因其缺少面对新的审美经验而使人感到活力不足，但它并非是没有发展空间的领域。笔者认为，文艺美学正面临着一次新的蜕变，可以预期它的理论升华！这里只是想到了文艺美学可能的突破方向，写成此文以供有识者批评！可能引发"引火烧身"的后果，但愿搅动"一池春水"！

（原载《文艺争鸣》2021年第2期）

---

1 范文澜注：《文心雕龙注》，北京：人民文学出版社，1958年，第65页。

新时代文艺美学的建构维度

一

　　中国特色社会主义进入了新时代，对于我们的各项事业来说，都迎来了蓬勃健康发展的新契机。习近平新时代中国特色社会主义思想，是解决人类问题的中国智慧和中国方案，是马克思主义中国化时代化的新的飞跃，是全党全国人民为实现中华民族伟大复兴而奋斗的行动指南。对于我们所从事的人文科学和社会科学研究而言，习近平新时代中国特色社会主义思想，给我们提供了强有力的思想方法保障，也为如何发展人文科学、社会科学指明了前进方向。文化自信，是新时代中国特色社会主义思想的重要组成部分，这在十九大报告中得到了集中的阐述。十九大报告指出："中国特色社会主义文化，源自于中华民族五千多年文明历史所孕育的中华优秀传统文化，熔铸于党领导人民在革命、建设、改革中创造的革命文化和社会主义先进文化，植根于中国特色社会主义伟大实践。发展中国特色社会主义文化，就是以马克思主义为指导，坚守中华文化立场，立足当代中国现实，结合当今时代条件，发展面向现代化、面向世界、面向未来的，民族的科学的大众的社会主义文化，推动社会主义精神文明和物质文明协调发展。要坚持为人民服务、为社会主义服务，坚持百花齐放、百家争鸣，坚持创造性转化、创新性发展，不断铸就中华文化新辉煌。"这是新时代中国特色社会主义文化建设的基本方略，对于当今的文艺创作、文艺理论研究、美学研究，都有极为重要的指导意义。习近平同志的新时代中国特色社会主义思想中，对于文化自信的强调是一以贯之的，而且，是将文艺创作作为文化自信的主要工程。在中国文联十大、中国作协九大开幕式上的讲话中，习近平同志对文艺工作者提出的首要希望就是："第一，希望大家坚定文化自信，用文艺振奋民族精神。实现中华民族伟大复兴，必须坚定中国特色社会主义道路自信、理论自信、制度自信、文化自信。创作出具有鲜明民族特点和个性的优秀作品，要对博大精深的中华文化有深刻的理解，更要有高度的文化自信。广大文艺工作者要善于从中华文化宝库中萃取精华、汲取能量，保持对自身文化理想、文化价值的高度信心，保持对自身文化生命力、创造力的高度信心，使自己的作品成为激励中国人民和中华民族不断前行的精神力量。"[1]这里充分论述了文艺创作和文化自信的深刻联系。如果将文化自信作为一个工程进行建设的话，文艺创作是其中最具操作性、也是最有吸引力的关键部分。从美学理论的角度来讲，文化自信又有着深刻的美学依据，尤其是中华美学精神给民族文化所充填的神韵与风采。习近平同志以对中华美学精神的阐扬强化了文化自信的文艺内涵。在2014年的文艺工作座谈会上，习近平同志的论述特别值得文艺理论工作者的关注："中华优秀传统文化中很多思想理念和道德规范，不论过去还是现在，都有其永不褪色的价值。我们要结合新的时代条

---

[1] 习近平：《在中国文联十大，中国作协九大开幕式上的讲话》，北京：人民出版社，2016年，第5-6页。

件传承和弘扬中华优秀传统文化，传承和弘扬中华美学精神。中华美学讲求托物言志、寓理于情，讲求言简意赅、凝练节制，讲求形神兼备、意境深远，强调知、情、意、行相统一。我们要坚守中华文化立场，传承中华文化基因，展现中华审美风范。"文化自信当然不是盲目的，而是建立在对中华优秀传统文化的理性认识和科学阐释上。习近平同志提出的"中华美学精神"的重要命题，已经作为中华美学传统高度凝练的概念，包含着非常丰富而又充满活力的内涵。其中的三个"讲求"，是从文艺创作的角度对中华美学精神的精准表述。笔者认为："'讲求托物言志、寓理于情'，是中国的文学艺术创作中的审美运思的独特方式；'讲求言简意赅、凝练节制'，是中国文学艺术创作中的审美表现的独特方式；'讲求形神兼备、意境深远'，是中国的文学艺术作品的审美存在的独特方式。"[1]这段具有专业特点的论述，已将文化自信与文艺美学问题直接联系起来。

二

作为美学的重要分支，文艺美学在当代中国文化建设中有着独特的功能，肩负着重要的历史使命。文艺美学自有学科形态，迄今也不过是几十年的时间，但是，文艺美学的学理成果，却使传统的文艺学发生了深刻的变化。诸多学者对文艺美学的定位及研究对象的认识不尽相同，却对"文学艺术的审美特征与规律"作为文艺美学的基本内涵大致认同。这个命题看似简单，却已经突破了原有的文艺学框架，打通了文学与艺术的壁垒，真正将文学艺术进行一体化的审美研究，对于近年来的文艺理论产生了决定性的影响。文艺美学由中华学人提出，由中华学人进行学理性建构，著名文艺理论家杜书瀛先生提

---

[1] 张晶：《三个"讲求"：中华美学精神的精髓》，《文学评论》2016年第3期。

出"文艺美学诞生在中国",这是符合文艺美学的发展事实的。文艺美学有取之不尽的中国古代文艺理论的资源,有渊深博大的中华传统文化的基础,与生俱来地与中国的文学艺术创作有明显的亲和力。

在笔者看来,文艺美学并非是一个封闭的学科体系,而是充满活力的开放式结构。本世纪初,关于文艺美学的定位及研究对象等问题,学术界曾有过深入而活跃的讨论,山东大学文艺美学中心主编的《文艺美学研究》和《文艺研究》等刊物发表了相当数量的文艺美学研究论文,对于文艺美学的性质、定位、研究对象等发表各自的观点。文艺美学在不断发展的过程之中,也应该在新的时代条件下得到新的发展,从而获得学科活力。在笔者看来,在新历史条件下,已经有一些亟须认识和解决的问题摆在文艺美学前面。譬如,第一,文艺美学是以文学和艺术的审美特征和审美规律为研究对象的,那么,文学与艺术各门类之间在审美上的相通性究属如何?以往的"文艺学",是以文学理论为内容,这是从前苏联的文艺学理论延续下来的,文艺学并不研究各门类艺术。而文艺美学显然是要打破这个壁垒,在研究对象上将文学与艺术进行整合性研究,这是文艺美学区别于文艺学的明显标志。作为文艺美学的奠基人之一的胡经之教授,在其最早倡导文艺美学的代表性论文《文艺美学及其他》和奠基性著作《文艺美学》中,都提出了文学艺术有三个层次上的审美规律:一是文学艺术同一切审美活动共有的普遍审美规律;二是文学艺术区别于其他审美活动而独具的审美规律;三是文学艺术的不同样式、种类、体裁之间相互区别的更为特殊的个别规律。[1] 胡经之先生已经提出了专属于文艺美学的问题,在我看来,文艺美学更要回答文学与艺术之间在哪些方面相通的

---

[1] 胡经之:《文艺美学及其他》,《美学向导》,北京:北京大学出版社,1982年,第40页;《文艺美学》,北京:北京大学出版社,1991年,第11页。

审美规律。这个问题在此前的文艺美学论著中并未得到回答，而这恰恰是文艺美学必须面对的重要问题，也是文艺美学进一步开拓提升的主要课题之一。第二，文艺美学领域的诸多论著，主要是对文学艺术创作及欣赏中的一般性审美规律的建构，但对艺术精品乃至经典的生成机制却缺少具体分析，而这却是当前文学艺术创作及文艺美学向前发展所要回答的重要问题。第三，对于文学艺术创作来说，创新是至关重要的。当下的文艺创作更需要突破有高原无高峰的现状。现有的文艺美学论著缺少对艺术创新的内在机理的专门探索，现在应该从文艺美学的框架内分析艺术创新的内在机理。第四，现有的文艺美学论著，对于创作论非常重视，大部分从一般性的创作审美心理的角度切入，而对文学家艺术家的主体条件如道德水准、艺术训练等方面却缺少专门研究，文艺美学应该研究创作主体具备什么样的条件，方能创造出无愧于时代无愧于人民的伟大作品。

以上这四个问题及其回答，对于文艺美学来说，是可以从新时代的视野中加以建构的。而习近平同志新时代中国特色社会主义思想，对于文艺美学的开拓与提升，具有根本性的指导意义。在新时代中国特色社会主义思想中，文化是非常重要的内容。党的十九大报告中关于"坚定文化自信，推动社会主义文化繁荣兴盛"这一单元，是对自十八大以来习近平同志关于文化建设的系列讲话的凝练与概括，在这一单元中，习近平同志提出了"中国特色社会主义文化"的概念，在这里，十九大报告说："中国特色社会主义文化，源自于中华民族五千多年文明历史所孕育的中华优秀传统文化，熔铸于党领导人民在革命、建设、改革中创造的革命文化和社会主义先进文化，植根于中国特色社会主义伟大实践。发展中国特色社会主义文化，就是以马克思主义为指导，坚守中华文化立场，立足当代中国现实，结合当今时代条件，发展面向现代化、面向世界、面向未来的，民族的科学的大众的社会主义文化，推动社会主义精神文明和物质文明协调发展。要坚持为人民服务、为社会主义服务，坚持百花齐放、百家争鸣，坚持创造性转化、创新性发展，不断铸就中华文化新辉煌。"文艺美学是中华文化的一个组成部分，具有鲜明的中国特色，一方面它以中华民族数千年以来积累下来的文学艺术为观照对象，以作家艺术家的审美创造经验、以艺术鉴赏家的审美接受经验（理论形态）为资源，同时又在不断发展、不断创造。坚守中华文化立场，立足中国现实，结合当代时代条件，就显得尤为必要。文艺美学作为学科或学术领域的命名时间并不长，也只有不到半个世纪，但其自身的发展与开创，已经是势在必行的了。十九大报告所确立的新时代中国特色社会主义思想，指明了文艺美学的发展和创新路向。本文所提出的问题，很大程度上是在这种路向上受到启示的。

三

从审美的角度来看，文学和艺术的相通之处究竟何在？（这里不是将各个艺术门类分而论之，而是各门类艺术的一个统称。）这个问题看似简单，追问起来则颇为复杂，但它却有非常迫切的现实意义。回答这个问题，应该是文艺美学的题中应有之义，否则就缺少了文艺美学存在的前提。

文学与艺术并提，在今天有着非常重要的意义与内容。文艺美学将文学艺术的审美问题作为研究对象，意味着文学与艺术的一体化对待，这其实还是大有疑问的。上世纪末本世纪初，在学术界产生了对文学命运的忧惧，认为在视觉文化大行其道的时代条件下，文学已经式微，文学研究也难以存在。著名哲学家德里达断言，在"电信王国"中，文学将不复存在，美国著名学者希利斯·米勒认为，"印刷技术使文学、哲学、精神分析都在劫难逃，甚至连情书也不能幸免。"[1]这种论断在国内的学者中引起了轩然大波，批评之声不绝于耳。但它却代表了普遍性的对文学命运的忧虑。笔者认为这种对文学性质的认识本身就有很大误差。文学不能等同于印刷文化，视觉文化的发达也不能使文学消亡。文学与一般文字的区别，首先在于它是以创造审美价值为目的，其他价值在文学作品中都要通过审美价值来实现。文学以语言文字为媒介，字面意义并非审美对象，通过文字描绘出的意境、情景和人物等等，在读者头脑中产生的内在视像，才作为审美对象。文学与一般文字之区别，正在其艺术品性。符号论美学家苏珊·朗格的论述，可以使我们将文学与艺术各门类之间的审美共性联系起来认识，她说："艺术品是将情感（指广义的情感亦即人所能感受到的一切）呈现出来供人观赏的，是由情感转化成的可见的或可听的形式。它是运用符号的方式把情感转变成诉诸人的知觉的东西，而不是一种征兆性的东西或是一种诉诸推理能力的东西。"[2]在这个意义上，文学与其他艺术门类是有着相通的品性的。苏珊·朗格为艺术所下的定义是"一切艺术都是创造出来的表现人类情感的知觉形式"[3]。这是文学与其他艺术门类都具有的特征。

应该指出的在于，当下的文学形态与以往的文学形态相比，发生了很大变化。这是当前的文艺美学所必须关注并加以研究的。一些传统的文学形态淡出人们的视野，而另外一些以前未曾在文学园囿中扮演重要角色的形态，现在则深刻影响着当代人们的审美方式。譬如说，

---

[1] 希利斯·米勒：《全球化时代文学研究还会继续存在吗？》，《文学评论》2001年第1期。

[2] ［美］苏珊·朗格：《艺术问题》，滕守尧、朱疆源译，北京：中国社会科学出版社，1983年，第24页。

[3] ［美］苏珊·朗格：《艺术问题》，滕守尧、朱疆源译，北京：中国社会科学出版社，1983年，第75页。

近体诗(七律、七绝、五律、五绝、排律等)在唐代文学中扮演着无可置疑的"主角",那么,时至今日,谁还能认为这些样式还占据着文学场域的中心位置?以往我们的文学研究所未尝关注的文学形态,现在却是必须正视的。电影文学已被作为一种重要的文学形态,那么,电视剧文学难道不应该得到更多的关注和研究吗!如果没有好的文学剧本,不可能产生优秀的电视剧。事实证明,剧本是电视剧的生命线,举凡能够使受众产生强烈审美效应的电视剧,必定有一个好的剧本作为基础。电视剧文学有其独特的体式、规律,应该作为独立的文学样式加以研究。还有若干与新兴媒体直接相关的文学样式,如小品、综艺晚会的文学底本,都是值得文艺美学进行认真研究的。

文学与其他艺术的相通之处,在于它们都是以其各自的媒介,表现艺术家们的独特的审美知觉,并将其赋予独特的艺术形式。苏珊·朗格以"基本幻象"来说明艺术的本质,既可适用于文学,也可以适用其他艺术门类,朗格认为:"每一门艺术都有自己的基本幻象,这种幻象不是艺术家从现实世界中找到的,也不是人们在日常生活中使用的,而是被艺术家创造出来的。艺术家在现实世界中所能找到的只是艺术创作所使用的种种材料——色彩、声音、字眼、乐音等等,而艺术家用这些材料创造出来的却是一种以虚幻维度构成的'形式'。"[1]这是可以在某种程度上说明文学与艺术的相通之处的。

然而,文学又是一种特殊的艺术形式,或许可以认为,文学是一种可以施加重要影响于其他艺术门类的艺术。戏剧戏曲、电影、电视剧等都必须有文学基础,而它们的体制特征,则又使文学样式和创作方法得到了不断的发展与丰富。从这个意义上看,文学至少有这样三

---

[1] [美]苏珊·朗格:《艺术问题》,滕守尧、朱疆源译,北京:中国社会科学出版社,1983年,第76页。

个审美特征是对其他艺术门类有深刻影响的。

一是其内视性。文学（无论是叙事抑或抒情）都是以文字描述创造意境或叙写人物、故事，使读者通过阅读而在头脑中产生人物、景物的画面。宋代诗人梅尧臣所说的"必能状难写之景，如在目前，含不尽之意，见于言外"[1]，所谓"如在目前"，并非如绘画或雕塑的实体置于眼前，而是指文字所勾勒的意境画面，通过读者的审美知觉而呈现在读者的头脑之中的画面感。在笔者看来，这也正是文学的审美特征。为什么宋人严羽所提出的"盛唐诸人惟在兴趣，羚羊挂角，无迹可求。故其妙处透彻玲珑，不可凑泊，如空中之音，相中之色，水中之月，镜中之象，言有尽而意无穷"[2]能够在中国诗学史上有非常重要的影响，其实在很大程度上也是因其揭示了诗歌的根本特征，也就是它的内视之美。王国维论词以"有境界为最上"，而判断境界之有无以何者为标准？在王国维这里便是"不隔"与"隔"。"不隔"即有境界，"隔"则无境界。而所谓"不隔"，其实就是作品中呈现出完整而如在目前的内视之美。王国维指出："问'隔'与'不隔'，曰：陶、谢之诗不隔，延年则稍隔矣。东坡之诗不隔，山谷则稍隔矣。'池塘生春草''空梁落燕泥'等二句，妙处唯在不隔。词亦如是。即以一人一词论，如欧阳公《少年游》咏春草上半阕云：'阑干十二独凭春，晴碧远连云。千里万里，二月三月，行色苦愁人'，语语都在目前，便是不隔；至云'谢家池塘，江淹浦畔'，则隔矣。"[3]所谓"语语都在目前"，也就是笔者所说的"内视之美"。推而言之，内视性并非仅存在于中国古典诗词，而属文学的基本审美品性。著名现象学美学家英加登以现象学方法将

---

[1] 欧阳修：《六一诗话》，见何文焕辑：《历代诗话》，北京：中华书局，1981年，第267页。

[2] 严羽：《沧浪诗话·诗辨》，见何文焕辑：《历代诗话》，北京：中华书局，1981年，第688页。

[3] 王国维：《人间词话》，上海：上海古籍出版社，1998年，第10页。

文学作品分为若干层次，包括层次一，语词声音和语音构成以及一个更高级现象的层次；层次二，意群层次：句子意义和全部句群意义的层次；层次三，图式化外观层次，作品描绘的各种对象通过这些外观呈现出来；层次四，在句子投射的意向事态中描绘的客体层次。[1]而这几个层次之中，"图式化外观"是最为核心、最为本质的层次。"图式化外观"是指呈现在读者头脑中的内在视像，它有待于读者对其中的"不定点"加以积极的具体化。英加登反复指出，文学的艺术作品，是一个图式化构成。在他看来，"外观层次在文学的艺术作品中发挥着极其重要的作用，特别是对于具体化中构成审美价值方面有着重要的作用。因此，在阅读过程中图式化外观的现实化和具体化发生的方式，对于文学的艺术作品的审美理解有着极大的重要性。此外，图式化外观比其他要素在更大程度上依赖于读者及其阅读方式。作品本身图式化外观只是处在潜在的待机状态，它在作品中仅仅'包含在待机状态'中。"[2]英加登所说的"图式化外观"，可以视为文学作品最为本质的审美特征，笔者称之为"内在视像"，任何文学作品（英加登称之为"文学的艺术作品"，旨在强调它的艺术品性。）都要凭借这种根本特性来实现其审美功能。最重要的还在于，文学之所以能够成为其他艺术门类的资源或基础，如果没有这种内视性是无法做到的。很多电影、电视剧、戏剧戏曲等都是从文学作品（尤其是小说）改编而成的。试想：如果没有中国的"四大名著"，又哪里能有电视剧中的《西游记》《红楼梦》《水浒传》《三国演义》？导演与编剧都是依据名著中的人物性格、形象和故事进展进行改编性创作的。建国以来的红色经典如《林海雪原》《暴风骤雨》《党的女儿》《红岩》《铁道游击队》《平原枪声》等等，

---

1 [波]罗兰茵·英加登：《对文学的艺术作品的认识》，陈燕谷、晓未译，北京：中国文联出版公司，1988年，第11页。
2 [波]罗兰茵·英加登：《对文学的艺术作品的认识》，陈燕谷、晓未译，北京：中国文联出版公司，1988年，第56页。

改编成了许多电影、电视剧和戏曲。近年来成为艺术精品的电影或电视剧《红高粱》《亮剑》《历史的天空》《马上天下》《人民的名义》等，岂不是都来自于小说作品？近期热映的电影《芳华》，也是改编于严歌苓的小说《你触碰了我》。这种在文学基础上的再创造，都是要依靠文学的内视性特征的。

二是运思性。在各个艺术门类中，文学有着最强的运思性。运思包括了构思，却又并不止于一般的情节、人物和故事的构思，而是指文学创作中那种以情感为动力的整体化和表现性思维驱动方式。无论是叙事性文学，还是抒情性文学，都是通过运思来创造情境，塑造人物，推动情节的。文学运思超越时空的局限，展现出最大的思维自由，如刘勰论"神思"时所说的"文之思也，其神远矣。故寂然凝虑，思接千载；悄焉动容，视通万里；吟咏之间，吐纳珠玉之声；眉睫之前，卷舒风云之色，其思理之致乎！"[1]生动地表述了文学运思的特征。任何作品都应该有一个完整的艺术结构，成为一个整体，从日常生活中的纷纭万象，到作品中的整体结构，这个过程必然是通过运思来完成的。虽然不能断言运思为文学所独具，但文学的运思功能却是最强的，而且对其他艺术门类的支持也是最为普遍化的。电影、电视剧、戏剧戏曲、歌词等的艺术结构、人物性格、故事展开等，都离不开运思的力量。

三是语言表现性。文学以语言为媒介，语言表现的能力对于文学来说至关重要。刘勰主张在"神思"中，语言的表现力是重中之重，即其所谓"辞令管其枢机"。其他艺术门类或样式，同样是需要语言表现力的，如电视剧、电影、歌曲、小品、综艺晚会等等，对语言表现力都有很高要求。而这些都要以文学为根基，为资源。

以上所举出的这三方面文学的审美特征，都是对其他艺术门类的

---

[1] 范文澜注：《文心雕龙注》，北京：人民文学出版社，1958年，第493页。

创作有非常重要的支撑作用的，文学的形态发生了很大的变化，出现了若干新的样式，同时，文学的功能显得更为广泛，更为深入。认为文学的命运是衰微了，近于消亡，真是罔顾事实。

文艺美学的另一个开拓的维度就是艺术精品乃至经典的生成研究。这应该是新时代的文艺美学需要作为一个重要专题加以探索的。十九大报告中指出："要繁荣文艺创作，坚持思想精深、艺术精湛、制作精良相统一，加强现实题材创作，不断推出讴歌党、讴歌祖国、讴歌人民、讴歌英雄的精品力作。"精品创造，这是习近平文艺思想的精华。2014年10月，习近平同志在文艺工作座谈会上的讲话中批评文艺领域存在着的庸滥现象，指出："在文艺创作方面，也存在着有数量缺质量、有'高原'缺'高峰'的现象，存在着抄袭模仿、千篇一律的问题，存在着机械化生产、快餐式消费的问题。"[1]要解决文艺领域存在的这些问题，就必须以精品创造作为文艺工作的不懈追求。对于文艺精品的标准及创作机制，习近平同志也有具体的论述："精品之所以'精'，就在于其思想精深、艺术精湛、制作精良。'充实之谓美，充实而有光辉之谓大。'古往今来，文艺巨制无不是厚积薄发的结晶，文艺魅力无不是内在充实的显现。凡是传世之作、千古名篇，必然是笃定恒心、倾注心血的作品。福楼拜说，写《包法利夫人》'有一页就写了5天'，'客店这一节也许得写3个月'。曹雪芹写《红楼梦》'披阅十载，增删五次'。正是有了这种孜孜以求、精益求精的精神，好的文艺作品才能打造出来。"[2]

作为文艺精品的标准，"思想精深、艺术精湛、制作精良"，是有鲜明的时代性要求的。这三方面的有机结合，才能成为当代的艺术精品。"制作精良"是针对于当今时代的高科技、数字化的制作方式提出来的。只有思想精深、艺术精湛，而缺乏精良的制作，也很难成为当

---

[1] 习近平：《在文艺工作座谈会上的讲话》，北京：人民出版社，2015年，第9页。
[2] 习近平：《在文艺工作座谈会上的讲话》，北京：人民出版社，2015年，第10页。

代的文艺精品。我国历史上许许多多杰出的文学家艺术家，为我们留下了星汉灿烂的艺术经典，使我们对优秀的中华文化充满了自信与骄傲；而我们今天又能给中华民族的文化史、艺术史留下什么呢？我们也应该为中华民族的文学艺术留下属于我们这个时代的经典。习近平同志在中国文联十大、中国作协九大开幕式上的讲话中对经典问题作了深刻而精辟的论述，他认为："经典之所以能够成为经典，其中必然含有隽永的美、永恒的情、浩荡的气。经典通过主题内蕴、人物塑造、情感建构、意境营造、语言修辞等，容纳了深刻流动的心灵世界和鲜活丰满的本真生命，包含了历史、文化、人性的内涵，具有思想的穿透力、审美的洞察力、形式的创造力，因此才能成为不会过时的作品。"[1] 习近平同志对文艺经典的分析，具有深刻的普遍性，同时，也具有鲜明的时代性。可以以之分析中外艺术长河中的许多经典作品，也是我们这个时代对于经典追求的具体目标。

文艺美学是对文学艺术创作与接受的一般审美规律及特征的揭示，其中所涉及的个案，大多数也都是中外文学艺术的经典之作。但我以为，文艺美学研究应该辟出专题来探索文艺经典的发生与形成的规律，上升到学理层面，成为文艺美学的组成部分。

关于文艺创新研究。在新时代文艺美学发展中，创新机制应该成为重要的内容。在笔者的意识之中，文艺美学不应是一种封闭的体系，而应是活着的方法论，文艺美学的宗旨和任务，要能够解决现实中的文艺创作问题。当前文艺领域的一个突出问题在于，浮躁之风、机械化生产的艺术制作还是颇为普遍的，真正具有创新性质的作品还只是少数。要突破这个瓶颈，在创作实践和理论研究两个方面都要下很大功夫。习近平同志对创新问题高度重视，在十九大报告中明确强调："发扬学术民主、艺术民主，提升文艺原创力，推动文艺创新。"在此

---

[1] 习近平：《在中国文联十大、中国作协九大开幕式上的讲话》，北京：人民出版社，2016年，第18页。

前的文艺工作座谈会讲话和在中国文联十大、中国作协九大开幕式讲话中都浓墨重彩地阐述了创新问题。习近平同志《在文艺工作座谈会上的讲话》中着重论述了文艺创新，他说："'诗文随世运，无日不趋新。'创新是文艺的生命。文艺创作中出现的一些问题，同创新能力不足很有关系。刘勰在《文心雕龙》中就多处讲到，作家诗人要随着时代生活创新，以自己的艺术个性进行创新。唐代书法家李邕说：'似我者俗，学我者死。'宋代诗人黄庭坚说：'随人作计终后人，自成一家始逼真。'文艺创作是观念和手段相结合、内容和形式相融合的深度创新，是各种艺术要素和技术要素的集成，是胸怀和创意的对接。要把创新精神贯穿文艺创作生产全过程，增强文艺原创能力。"[1]这段论述尤为重要，对文艺美学研究创新问题，有具体的指导作用。之前的文艺美学论著在文艺创新问题上似乎缺少专门表述，笔者认为这是新时代文艺美学的一个学术上的增长点。

创新问题与作家艺术家的创作个性密切相关，一个真正有追求的作家艺术家，都不会满足于拾人牙慧，人云亦云，而是以创新为自己的艺术生命。陆机《文赋》中提出"立一篇之警策"，"警策"之语必含创新在内。对于作家艺术家而言，创新的观念是最为重要的。创新的观念主要是对创作问题，以创新为第一要务，如杜甫所说的"为人性僻耽佳句，语不惊人死不休"（《江上值水如海势聊短述》），韩愈所说的"惟陈言之务去"[2]都是将创新视为头等重要的事。古代文艺理论中有"自得"一说，有着鲜明的创新色彩，如宋人魏庆之的《诗人玉屑》中所论："诗吟函得到自有得处，如化工生物，千花万草，不名一物一态。若摸勒前人，无自得，只如世间剪裁诸花，见一件样，只做得一

---

[1] 习近平：《在文艺工作座谈会上的讲话》，北京：人民出版社，2015年，第11页。
[2] 韩愈：《答李翊书》，见李壮鹰主编、唐晓敏编著：《中华古文论释林·隋唐五代卷》，北京：北京大学出版社，2011年，第345页。

件也。"[1]"自有得处"才有艺术的生命,而如果仅是"摸勒前人",作品就只能如同纸花,毫无生命力可言。金代诗人王若虚以"自得"为最高的价值,其论诗云:"文章自得方为贵,衣钵相传岂是真。已觉祖师低一著,纷纷法嗣复何人!"[2]等等,这些都是创新观念的体现。而创新问题仅凭观念还是远远不够的,必须要以艺术创作方法即手段的革命方能产生创新的艺术效果。如中国古代画史上唐代著名诗人兼画家王维,以打破时空界限的方式所画的《雪中芭蕉》,就给人以强烈的震撼。宋人沈括评王维此画说:"书画之妙当以神会,难可以形器求也。世之观画者,多能指摘其间形象、位置、彩色瑕疵而已,至于奥理冥造者,罕见其人。如彦远画评言王维画物多不问四时,如画花往往以桃、杏、芙蓉、莲花同画一景。余家所藏摩诘画《袁安卧雪图》中有雪中芭蕉,此乃得心应手,意到便成,故造理入神,迥得天意,此难可以俗人论也。"[3]宋代画家米芾、米友仁以"墨戏"画法画云山,在画史上成为具有独特艺术魅力的一派。前人评米芾画:"米南宫多游江湖间,每卜居,必择山水明秀处。其初本不能作画,后以目所见日渐模仿之,遂得天趣。其作墨戏,不专用笔,或以纸筋,或以蔗滓,或以莲房,皆可入画。纸不用胶矾,不肯于绢上作一笔。"[4]元人许有壬题其子米友仁山水墨戏云:"米家世以书名世,驰誉丹青乃余事。小米触处是天机,扫绝众史庸俗气。家传龙跳虎卧法,分与冰纨作游戏。乱云重重护幽峭,半树纷纷立寒翠。连绵欲尽不尽间,几点苍然入无

---

[1] 魏庆之:《诗人玉屑》,卷十,北京:中华书局,2007年,第304页。
[2] 王若虚:《山谷于诗,每与东坡相抗,门人亲党,遂有言文首东坡,论诗右山谷之语。今之学者亦多以为然,漫赋四诗为之商略之云》其四,见薛瑞兆、郭明志编:《全金诗》第三册,天津:南开大学出版社,1995年,第147页。
[3] 沈括:《梦溪笔谈》卷十七,上海:上海书店出版社,2009年,第141页。
[4] 赵希鹄:《洞天清录》,见陈高华编:《宋辽金画家史料》,北京:文物出版社,1984年,第574页。

际……"[1]这些都是手段上的创新范例。研究创新问题，习近平同志在文艺工作座谈会上的讲话中所提出的几个方面，都可以成为建构的要素。

关于审美创造主体条件的研究。此前的文艺美学论著，往往都是以"创作—作品—接受"这几大板块作为框架的，对于创作过程的审美活动高度重视。如胡经之先生的《文艺美学》，第二章就是"审美体验：艺术本质的核心"，第三章"审美超越：艺术审美价值的本质"，第四章"艺术掌握：人与世界的多维关系"，都是从创作主体的审美创造心理角度来论述的。杜书瀛先生主编的《文艺美学原理》，也是将"创作""作品"和"接受"这三个维度作为文艺美学的基本框架的。其第一编"审美—创作"，就是关于审美创造主体方面的研究。曾繁仁先生的《文艺美学教程》将"文学艺术的审美经验"作为文艺美学的研究对象，其基本框架仍是以"创作""作品"和"接受"为支点的。第三章是"艺术创作的审美特性"，第四章是"艺术文本的审美特性"，第五章是"艺术的接受"，可以看出，曾先生的文艺美学体系也同前面所举论著的基本框架是类似的。将审美创造主体的创作活动进行审美角度的考察，当然是文艺美学的题中应有之义，但是，关于创作方面的研究，是以主体的审美心理为主，而关于作家艺术家之所以能够创造出艺术精品乃至经典的主体条件，却缺少正面研究。习近平文艺思想是新时代中国特色社会主义思想的重要组成部分，而其中对作家艺术家主体条件的论述，又是一个鲜明特色。这对我们进一步开拓文艺美学研究领域，并将文艺美学研究引向深化有深刻的指导作用。习近平同志《在文艺工作座谈会上的讲话》中重点指出："繁荣文艺创作、推动文艺创新，必须有大批德艺双馨的文艺名家。要把文艺队伍建设摆在更加突出的重要位置，努力造就一批有影响的各领域文艺领军人物，建设一支宏大的文艺人才队伍。文艺是给人以价值引导、精

---

[1] 许有壬：《至正集》卷九，见陈高华编：《宋辽金画家史料》，北京：文物出版社，1984年，第585页。

神引领、审美启迪的，艺术家自身的思想水平、业务水平、道德水平是根本。文艺工作者要自觉坚守艺术理想，不断提高学养、涵养、修养，加强思想积累、知识储备、文化修养、艺术训练，努力做到'笼天地于形内，挫万物于笔端'。除了要有好的专业素养之外，还要有高尚的人格修为，有'铁肩担道义'的社会责任感。在发展社会主义市场经济条件下，还要处理好义利关系，认真严肃地考虑作品的社会效果，讲品位，重艺德，为历史存正气，为世人弘美德，为自身留清名，努力以高尚的职业操守、良好的社会形象、文质兼美的优秀作品赢得人民喜爱和欢迎。"[1] 习近平同志在这里讲的是对文艺队伍的人才要求，而从作家艺术家的角度来看，又是对创作主体的自身条件的全面表述。文艺美学关于作家艺术家主体条件的研究，可以从上面的论述中得到有益的启示。一是道德情怀，眼界胸襟；二是坚守理想，志存高远；三是长期的艺术训练，渐悟渐成。在作家艺术家的主体条件方面，中外文艺理论都有很多论述，可以贯通起来进行分析，作为文艺美学的重要部分。

中国特色社会主义进入了新时代，这是我国发展新的历史定位。新时代的文艺事业必须以习近平新时代中国特色社会主义思想为指导思想，以"文化自信"为民族自强的精神基础。文艺美学具有深厚的中华文化根基，同时又有鲜明的现代色彩。文艺美学的发展，必须要与新时代的文艺创作实践同步而行，回答当下文艺创作发生的重大变化的美学成因，并使文艺美学自身获得饱满的活力！"文律运周，日新其业"，这也是文艺美学应有的新形态！

（原载《现代传播》2018年第1期）

---

[1] 习近平：《在文艺工作座谈会上的讲话》，北京：人民出版社，2015年，第11-12页。

文艺美学：经验、抽象与建构

一

文艺美学在当下美学发展中有其独特而重要的功能与担当。从学科的形态而言，美学都算是很年轻的，文艺美学的崛起更是近几十年的事情。李长之、王梦鸥等先生虽然很早提出了"文艺美学"的概念，而作为学科的自觉，恐怕要到胡经之、周来祥、杜书瀛、曾繁仁等美学学者在上个世纪后 20 年的倡导和践行吧。在国家的教育体制中，文艺美学作为一个分支学科，这已经是很稳定的了。若干著名学者撰写的专著或教材，为文艺美学创立了相对成熟的理论体系，使之作为学科的性质和形态得到了较为充分的彰显。进入本世纪以来，更有许多卓越的中青年学者就文艺美学的学科性质、定位、研究对象等学理性问题，发表了大量的论文，使文艺美学在美学研究中的分量得到大幅度的提升。在当代美学研究的学术格局中，其他的美学论域如实践美学、后实践美学、生态美学、生命美学等，都没有像文艺美学这样获得一种学科的"身份"。对于当下的美学研究来说，尤其是中国的美学界，文艺美学是一支主要的"劲旅"，这是客观的事实。

美学本是哲学家族的重要成员，有着明显的思辨品格。这在德国古典美学的经典作家如康德、谢林、黑格尔、鲍姆嘉通的美学著述中得到深刻的体现。对20世纪美学影响深刻的哲学家如胡塞尔、海德格尔等，也同样是具有形而上的思辨性质。从中国美学来看，新中国成立之后的两次美学大讨论，也主要是美的本质的抽象争论。而从上个世纪以来，在美学界已经产生了重视审美经验的转向。这在杜威等人的美学论著中得到了明显的展示。英国著名美学家李斯托威尔的名著《近代美学史评述》一书中对这种经验的转向有明确的表述。文艺美学的发生和发展，其实正是对此应运而生的。如文艺美学的倡导者之一、著名文艺理论家杜书瀛先生所说，"文艺美学诞生在中国"[1]，文艺美学的提出和发展，的确是几代中国学者理论创新的产物。以往的"文艺学"，其实就是文学理论，虽然"文艺学"有时也提到其他门类的艺术，那也只是"捎带"而已。建国之后的中国文艺学有相当明显的意识形态色彩，为政治服务的意识非常突出，而且基本上是前苏联文艺学的"中国版"而已。改革开放以来，学术界对此提出了强烈的质疑，思想解放催生着文艺学的观念革命。那种忽视文学艺术的审美特征、把它们紧紧拴在政治的战车上的"左"的文艺理论已被学界所唾弃。而前些年作为各艺术门类共同的理论基础的"艺术理论"，也还缺少艺术理论自身的本体定位，在很大程度上是文学理论的"克隆"。文艺学要淡化意识形态色彩，还原其审美的本质，就要揭示它的艺术属性。找寻文学与其他艺术的共通的东西，从美学的角度加以提升，这是行之有效的重要途径。文艺美学由此提到自觉的理论建构，成为美学领域的"新秀"，正是恰逢其时的。

从文艺美学自身的情况看，作为学科的初期阶段，本世纪之初的

---

[1] 杜书瀛：《文艺美学诞生在中国》，《文学评论》2003年4期。

几年，辨析文艺美学的学科定位、研究对象等问题，这是文艺美学作为学科的逻辑起点，是文艺美学得以确立的关键所在。虽然这些问题到现在也还是众说纷纭，但却已经使文艺美学的框架得以建立，体系化得以彰显。这可以视为文艺美学的初期阶段，也是文艺美学奠定基础的阶段。时至今日，这个阶段所产生的众多成果仍在美学领域中产生着重大的影响。而在我看来，文艺美学不应该停滞在这个初期阶段，而是到了使之深化、使之提升、使之贯通美学整体格局的阶段了。

比起20世纪的美学来说，新的世纪以来，美学的学术研究还没有什么重要的学理性建树，也许是新的世纪才开端不久吧。可是看不出什么值得关注的苗头。20世纪世界范围内的哲学创造，为美学提供了那么多创造性的思想方法，真是一个令人感叹不已的时代！而对于新的世纪，我们在呼唤美学的创新，能让美学进入一个新的境界。文艺美学有非常丰富的审美经验作为资源，这就使得它与世界范围内的美学转向是相适应而且是更为令人信服的。文艺美学之所以诞生在中国，一是有赖于若干中国美学家如胡经之、周来祥等人的开创之功；二是有中国文艺理论那种非常丰厚的土壤。

审美经验本身并不能成为美学理论的创新形态，对于美学研究来说，思辨的能力与高度是一个思想家所必备的素质。如果不在思辨的能力和水准上下大功夫，仅凭经验是无法为美学研究奉献具有时代高度的理论成果的。从具体到抽象，这是理论成果产生的思维途径。文艺美学作为新的理论形态，足以摆脱传统文艺学的套路，而标志着历史性的转折，对于美学研究的整体格局，也产生着广泛的影响。这要从文艺美学的研究对象上予以认识。无论倡导文艺美学的著名学者们对于文艺美学的定位、功能、研究对象等问题有何种异议，有一点是早就达成共识的就是——文艺美学是一体化地研究文学艺术的审美特征和审美规律的。周来祥先生以"文学艺术的审美特征和美学规律"作为其"文艺美学原理"的正题,就足以说明了这一点。在这方面各位文艺美学学者似乎没有大的分歧。我认为,对文艺美学在文艺学之外另辟蹊径的初衷来说,这个"一体化",一是要更深刻地认识文学与其他艺术门类的共通的审美特征,二是要加深对文学的艺术性的理解。这一点,二十世纪七十年代初期,台湾学者王梦鸥先生的《文艺美学》可以说是真正地开"风气之先"的。有一种看法认为王梦鸥的"文艺美学",有其名而无其实,我是不认同这种观点的。中国的大陆学者,其实读过王梦鸥《文艺美学》的原著者颇为罕见,或者读了未必深究其义。王梦鸥就是把文学作为艺术之一类的,他指出:"我们所谓艺术,一向还没有个较深刻而扼要的定义。有之,就是最近韦礼克与华伦(通译为韦勒克、沃伦)在其《文学论》中所说的:'艺术是一种服务于特定的审美目的下之符号系统或符号的构成物。'这里所谓符号,当然是一切艺术品所应用的符号,如声音、色彩、线条、语言、文字,以及运动姿势等等。倘依此定义来看,则所谓文学也者,不过是服务于特定的'审美目的'下之文字系统或文字的构成物而已。它之不同于其他艺术,在于所用的符号不同,但它所以成为艺术品之一,则因同是服务于审美目的。是故,以文学所具之艺术特质言,重要的即在这审美目的。"[1]王梦鸥先生的意思已经非常明确,文学即是艺术之一类,其与其他艺术门类之区别,在于所用的媒介符号之不同。强调文学的艺术性质,并从美学的立场来观照文学艺术,这对文艺美学来说,是题中应有之义。

对于美学研究而言,艺术美是其主要的领域,同时,在审美对象之中,艺术是以审美创造为终极目的的,也是最为集中地体现着审美

---

[1] 王梦鸥:《文艺美学》,台北:里仁书局,2010年,第109页。

价值的。当代的美学如何发展，现在还看不出更为明确的走向。近年来文化研究等对美学的介入势头强劲，后现代主义思潮也在美学领域有广泛体现，这在很大程度上丰富了美学，而其实并未使美学得到学理上的深化与提升。文艺美学已有的理论成果，已经使美学得到极大的充实，而且沿此方向的理论研究，对于美学的发展来说，可能具有更大的提升空间。

以往的文艺学，包含了很多文学的外部因素，如与政治的关系，如其意识形态的性质，等等。当然也包括对于文学自身的艺术形式的规则等内部因素的研究。但是有一点，是缺少文学与其他艺术门类的相通性的研究的。文艺美学将文学与艺术作一体化的美学研究，是可以将对艺术美的理解大大向前推进的。艺术之为审美的对象，作为一个重要的美的存在领域，这是任何美学著作或教材的共识，这是无须赘语的；但我所说的对文学与艺术作一体化的美学研究，有这样一层含义，也许是未尝受到学者们的关注的，即是：文学与其他门类艺术的互通在何处？文学对不同门类的艺术的审美形态有何种影响？在我看来，文学是艺术之一类，有明显的艺术属性，但它又是一个特殊的艺术品类，其他艺术门类的创作之高下优劣，往往是深受文学的影响的。文艺美学超越了初期的奠基性阶段后，到了应该深化的、发展的阶段，上述的观点，应该是文艺美学的研究对象。而对此问题研究所得到的成果，会将美学研究中的艺术美的内涵向前大大推进一步。

除去学科的意识之外，我们能否将有关文艺美学的观念再放开一点，也就是不仅从学科的角度来看待文艺美学，而且是把文艺美学作为一种开放的方法论。看起来好像是一个简单的说法，其实却是一个相当大的转折。文艺美学在几十年的开创和发展中，在学科的框架中得以成立，使其在美学的园囿中成为强大的一支，这是与倡导文艺美学的著名学者们如胡经之、曾繁仁等的学科意识有直接关系的。在面临深化的情况下，把文艺美学作为一种方法论，也即意味着是以其作为眼光，来观照既有的文艺理论的文献资源，如此可以更为广泛、更为丰富地提炼出文艺美学的内涵。我以为如此才能真正把文艺美学研究引向深化。将文艺美学作为一个学科进行创建，对其学科性的学理结构进行体系性建构，这对文艺美学的崛起有着不可取代的作用；然而，如果停留在这样一个层面，总是在文艺美学的定位、研究对象这些问题上打转，会使文艺美学的发展受到很大的局限。文艺美学有学科作为背景作为依托，有了关于文艺美学的内涵外延等框架性的理论作为基础，现在应该是放开手脚放开眼界进行拓展的时候了。把文艺美学作为一种方法论，来透视、观照当下的文学艺术，可以使文艺美学得到深化，同样的，也可以使当下的文学艺术得到审美意义的提高。

二

深化文艺美学的一个重要维度，就是关注当下的文学艺术生产的现实，把握文学艺术新的审美形态。近年来我对文艺美学的关注与研究，是以此作为出发点的。我主张文艺美学要深入、要发展，就要关注文学和艺术的新的形态、新的存在方式，发现、研究这种新形态下产生的新的审美特征。

电子传媒对文学艺术的冲击是巨大的，视觉文化的提出，也正是由于电子传媒所生产出的海量的图像信息对人们把握世界的方式的深刻影响。20世纪的大思想家海德格尔早就预见了"世界图像的时代"，并且提出了这样的观点："从本质上看来，世界图像并非意指一幅关于世界的图像，而是指世界被把握为图像了。"[1]"世界被把握为图像"，也

---

1 孙周兴选编：《海德格尔选集》，上海：上海三联书店，1996年，第899页。

就是人们用图像的方式来认识、掌握和亲近这个世界。现在看来，海德格尔的这种观点，已经预先把当前视觉文化的现实言中了。对于图像的泛览在很大程度上代替了纸质作品的阅读，这是一个在全世界范围内都不得不承认的事实。于是有人沉痛地宣告文学在视觉文化的挤压下就要不复存在了。美国的著名文学研究学者希利斯·米勒惊呼道："全球化时代文学研究还会继续存在吗？"[1] 米勒转引著名后现代哲学家德里达的话"在特定的电信技术王国中（从这个意义上说，政治影响倒在其次），整个的所谓文学的时代不复存在。哲学、精神分析学都在劫难逃，甚至连情书都不能幸免……"[2] 米勒的质疑非常具有代表性，不少文学研究学者都忧心忡忡。米勒本身并非文学的局外人，而是对于文学研究情有独钟的。这种担忧是他对"电信时代"也即电子传媒时代文学命运的痛心疾首。中国的若干著名文艺学学者对米勒的观点起而批驳，其实也同样是对文学命运的忧虑。

在我看来，电子传媒的大行其道，并没有给文学带来灭顶之灾，而是带来了更为明显的形态变异。真正具有审美价值的图像，是不可能脱离文学的支撑作用的。我认为，如果完全按着传统的文学形态来认识这个问题，那么，无疑地文学是受到了严重的挤压，而且被边缘化了的。对于文学命运的痛心疾首，自然也在情理之中；而从另外的角度来看，电子传媒整合了多种艺术形式，并由此产生了新的审美特征。我提出了"传媒艺术"这样一个新的命题，对传媒艺术的内涵作了界定[3]，并提出了"传媒时代文学与艺术的深度融合"的观点。我认为

---

[1] 希利斯·米勒：《全球化时代文学研究还会继续存在吗？》，《文学评论》2001年1期。

[2] 希利斯·米勒：《全球化时代文学研究还会继续存在吗？》，《文学评论》2001年1期。

[3] 参见《文学与传媒艺术》（《现代传播》2008年第2期）、《传媒艺术的审美属性》（《现代传播》2009年第1期）等笔者的相关文章。

这是文艺美学在进一步的深入研究中需要关注和跟进的。

既是着眼于当代的文艺美学，那又为何如此看重古代的文艺理论对文艺美学的建构意义？我以为这二者之间并不互相矛盾或冲突，而是可以互补，相得益彰。由本课题的主题出发，本书已经对中国古代文艺理论的学理价值、美学属性等基本问题作了阐述，可以部分地回答上述问题，但也还有进一步思考的空间。文艺美学作为美学的重要分支，必然要借鉴西方的哲学和美学的观点方法乃至思维方式等，但是，古代文艺理论对文艺美学的作用是万不可小觑的。文艺美学研究的目的应该不仅在于学科自身，应该对当代文学艺术的审美创造和批评有更鲜明的现实指导意义。对于中国古代文艺理论的价值应该作何看待？这也许并不完全是一个纯粹的理论问题，仅从理论上说它对文艺美学有重要的借鉴意义，也许还是隔靴搔痒的。对于我来说，它更具有难以名言诠解的体验性。因为在我的感受中，古代文艺理论的诸多命题、范畴等等，都是活着的，而非死的，它们在当今的文学艺术创作和鉴赏批评中都成为鲜活的存在。

从文艺美学的理论形态而言，看重古代文艺理论对文艺美学的建构意义，并不等同于要使其话语方式都复古化，所有的概念范畴都用中国古代的。那是行不通的，也是不必要的。即便是研究古代文论的学者，其实也没有谁这么主张，因为这是不现实的；然而，这并不等于古代文艺理论在文艺美学的深化发展中是无所作为的。

虽然在文艺美学的建构中不能完全用古代文艺理论的话语，但并不排除在文艺美学研究中对一些具有普遍性和现实意义的重要范畴、命题进行美学的理论诠释、整合和建构。如意境、意象、形神、感兴等。事实上，我们的一些美学家如朱光潜、梁宗岱、宗白华、叶朗等，都在这个角度已经作出了卓越的成就。对于这样的学贯中西的学者，这是无须刻意为之的事情。而从我们来说，对于中国古代的文艺理论，应当有充分的"理论自信"。中国古代文艺理论，对于作为灿烂的中华文明的主要成分的文学艺术史来说，起了不可分割的支撑作用，可以说，没有这些文艺理论作为那些文学家艺术家的创作意识，就不可能有中国的文学艺术史的现有的独特风采。须知，中国的文艺理论更多的是出于具有丰富创作体验的文学家艺术家本身。从文艺美学的角度来看，很多古代文艺理论的范畴、命题都具有鲜活的生命力，而且已在美学的理论序列中成为有机的重要成分了，它们的理论内涵、审美特征以及不可取代的价值，已经无须多加辨析论证，在美学系统中是浑然一体的。就文艺美学而言，尤其如此。近二三十年的文艺美学的理论建构，经过许多学者的努力，在这方面取得了非常丰富而厚重的成就。无论是对于西方的哲学美学，还是中国古代的哲学美学，在国内外很多学者的自觉探索中，在其多年的互释中，那种食洋不化和食古不化的现象，已经得到了相当程度的解决。学术界讨论"古代文论的现代转换"时的那种焦虑心态已经缓释。还应看到，国内学科建设的充分发展，很多学校语言文学一级学科的建立，比较文学、文艺学、古代文学等学科博士生的颇有规模的招收与培养，相关博士学位论文的选题与研究，对于文艺美学的中西互释，起到了明显的推动作用。于是，本课题在研究中就有了更为雄厚的基础，同时，也不必在原来的起点上打转，而可以从笔者本人的一己的角度，作一点个性化的阐发与建构。在我的理解中，一个国家社科基金的一般项目，没有容量、也没有必要"包打全球"式地解决所有问题，更没有必要什么都从 ABC 说起，而是选择一个独特的角度，解决你自己能够解决的问题，把研究向前推进一步。大而无当的做法并不可取。

关于"中国古代文艺理论对文艺美学的建构意义"这样一个课题

的研究，笔者对于文艺美学的发展现状与内在逻辑，有了自己的理解，同时，对中国古代文艺理论的学理价值、美学属性等学理问题都给出了自己的回答。这些，还都是对这个课题所做的理论建构工作，具有较强的体系性质。即便如此，对于这些问题所提出的有关理论见解，也都是笔者多年以来的独立思考的产物，而非一般性的理论表述。而这个课题的后面数章，则是以文艺美学为方法论，对于若干古代文艺理论范畴命题所作的阐发与建构。这些范畴或命题，当然也还是举例性质的，但我认为它们是特别具有中华美学的民族气质和独特风貌的，而且是具有丰富的文艺美学属性的。它们当然不是古代文艺理论的全部（谁又能敢称"全部"呢？），而只是几个个案而已。而我认为这几个个案可以为文艺美学的深化提供一种路径或一种范式。

延续前面在"古代文艺理论的美学属性"等章节中的观点，这里要对古代文艺理论的特征及对文艺美学的建构意义作更为显豁的阐发，也许这些说法未必能够得到人们的一致认同，但却是能引发人们对中西美学的不同形态作更深入的思考的。

三

谈到古代文艺理论的经验性质，笔者认为这是连接古典与当代的关键性要素。

在缺少艺术的审美经验的人看来，古代文艺理论和当代的美学理论著作，有相当不同的形态，从体系结构的角度来看，是有相当距离的。这也是客观的情况；而如果一个具有较为丰富的审美经验（或创作或欣赏）的人来看，情况则会大不相同了。如一个具有诗歌创作经验的人，对于陆机所描述的"若夫应感之会，通塞之纪，来不可遏，去不可止。藏若影灭，行犹响起。方天机之骏利，夫何纷而不理？"

（《文赋》）一定是心有同感；对于刘勰所说的"独照之匠，窥意象而运斤"（《文心雕龙·神思》）一定会心领神会。对于懂得中国画创作的人来说，谢赫"六法"中的"气韵生动""经营位置"，是其起码的常识；张璪的"外师造化，中得心源"，是其必备的艺术修养。当然，古代文艺理论是以古汉语的语言方式留下来的，但对研究理论的人来说，具备相应的古代汉语知识并非苛求，也是基本的功底。而很多文艺学专业的教师或学者，缺少必要的艺术审美经验，是其感到古今理论之隔的重要原因。古汉语能力的有无或强弱，当然也是一个明显因素，而对中国古代文艺理论是否有"感觉"，更深层的恐怕还是在于研究主体是否具有某一种或几种艺术门类的创作或鉴赏经验。在某种意义上，这种经验并无古今之别，而是相通的。在有较丰富的审美经验的人这里，那些古代文艺理论的话语，是有鲜活生命力的，是不必翻译的，是可以互相贯通的。

正因如此，并不是文艺美学俯下身段来"接收"中国古代文艺理论，而恰恰是，中国古代文艺理论是文艺美学最为丰富的资源，而且是可以取之不竭、用之不尽的。

如前所述，文艺美学已然经过了奠定其学科地位、厘清学科边界的阶段，应该进入到一个深化研究的阶段了。深化研究是以前一阶段的理论界定为其出发点，但不要再停留在学科边界的辨析上，而是应以文艺美学为方法论，或直白地说，就是以文艺美学为一种眼光来分析、把握大量的文艺理论的资料、文献，从而进一步发掘其中蕴含的审美方面的理论价值。以往的文艺理论，更多的是对其进行意识形态方面的阐释，缺少美学意义的发现，而且也缺少几大艺术门类相互连通的审美考量，因而，文艺美学从这个意义上来进行发掘，是大有可为的。本书中研究的几个重要范畴，是有着这样的理论自觉的。这只是其中一种途径，还可以有其他种种途径，但都会有可观的理论建树。在文艺美学的深化研究阶段，作为方法论和研究视角的文艺美学的意义也许会更加重要，成果会更加卓著。

现在要谈的一个值得重视的认识是，以往有一种流行的看法，认为西方文论与美学长于思辨，有严密的体系，有很强的哲学性质；而中国古代文艺理论则以经验和感悟为主要形态，基本上是散在的描述性的存在。中国古代文艺理论看似较为零散，表现出经验描述的性质，而从文艺美学的角度来看，却是以范畴序列的形式显示出其深度的体系性。这个看法，已在本书中的有关章节有所表述。此处再引申论之。

中国古代文艺理论以范畴或命题见长，无论是诗论、词论，还是画论、书论，都有相当多的范畴或命题。最能集中而鲜明地体现出中国美学的性质特征的，正是这些范畴或命题。中国美学研究在近年来的进展，在很大程度上是在范畴研究方面取得的突出成就。蔡钟翔教授主编的"中国美学范畴丛书"前后两辑共20部，早些年在中国人民大学出版社和百花洲文艺出版社推出，可以认为是中国美学范畴研究的最为突出的标志。学术刊物上大量的有关美学范畴的研究论文，以及许多以美学范畴为选题的博士学位论文，都说明了范畴研究的巨大空间。应该看到，中国古代文艺理论深深植根于文学艺术的创作与鉴赏的实践之中，与艺术家和欣赏者的审美经验密切结合在一起，可以说是在艺术家的审美经验抽象出来的理论形态。故此，中国文艺理论的范畴或命题，是最大程度地具有文艺美学的性质的。中国古代文艺理论的范畴与命题更多的不是从哲学观念出发来概括文艺现象，而是文学家或艺术家从文学艺术创作的审美经验中加以升华的。它们与艺术实践的关系至为密切，而且带有非常丰富的创作信息。更为值得提出的是，中国古代的文艺理论范畴或命题，往往并非一般性的艺术经验的概括，而是卓越超群的杰出艺术家对于创作出艺术精品的"高峰体验"的理论升华。如"神思"这样一个关于创作思维的范畴，并非仅指一般性的创作思维，而是指能够创造出达到至高境界也即出神入化的艺术杰作的思维活动。神思不是普通之思，更非滞涩之思，而是状在巅峰之思。刘勰在《神思》篇中所描述的："古人云：形在江海之上，心存魏阙之下，神思之谓也。文之思也，其神远矣！故寂然凝虑，思接千载；悄焉动容，视通万里；吟咏之间，吐纳珠玉之声；眉睫之前，卷舒风云之色：其思理之致乎！"[1]这是作家诗人进入忘我的境界的运思状态。另如画论中的"气韵生动"，是南北朝著名画家谢赫提出的"六法"之首，也是绘画精品所应有的价值标准。"天机"在诗画创作中更是指那种能够创作出艺术杰作的契机。"天机骏利"，指创作灵感迸发的状态。宋代画家董逌也是著名的书画鉴赏家，他在其画论名著《广川画跋》中，推崇一流画家，往往是用"天机"作为赞语的，如其评李伯时的画作时说："伯时于画，天得也。尝以笔墨为游戏，不立寸度，放情荡意，遇物则画，初不计其妍嫭得失，至其成功，则无毫发遗恨，此殆技进乎道，而天机自张者耶！"[2]"天机"在董逌的画评中都是以之推尊最有成就的画家的。诗学中的"妙悟""透彻之悟"，尤其是指谓诗人创作最佳境界的顿悟思维状态。宋代诗论家严羽提出"禅道惟在妙悟，诗道亦在妙悟"，[3]把"妙悟"作为诗之根本。同时，他又认为："透彻之悟"是诗之"第一义"，"惟悟乃为当行，乃为本色。然悟有浅深，有分限，有透彻之悟，有但得一知半解之悟。汉魏尚矣，不假悟也。谢灵运至盛唐诸公，透彻之悟也。他虽有悟者，皆非第一义

---

[1] 范文澜注：《文心雕龙注》，北京：人民文学出版社，1958年，第493页。
[2] 见卢辅圣主编：《中国书画全书》第二册，上海：上海书画出版社，2009年，第114页。
[3] 严羽：《沧浪诗话·诗辨》，见何文焕辑：《历代诗话》，北京：中华书局，1981年。

也。"[1]可见,"妙悟"和"透彻之悟",在严羽诗学中指的是最上乘的创作思维。再如"化境",也是指艺术创作中那种不着痕迹却臻于完美的境界。明代诗论家谢榛论诗说:"诗有不立意造句,以兴为主,漫然成篇,此诗之入化也。"[2]所谓"入化",就是进入化境,这是诗的至境。清代纪昀推崇文章的高境:"风水沦涟,波折天然,此文章之化境,吾闻之于老泉。"[3]化境,是指浑然高妙的艺术境界。这种例子是不胜枚举的。中国古代文艺理论的范畴,大多数含有极高的价值体认,是艺术家对创作的高峰体验的艺术经验所作的理论概括。这对于当代的文艺美学不仅是"不隔",而且是具有直接的借鉴意义。古代与当今,在艺术形态上是有着发展变化的,而且当代的艺术,如传媒艺术,融入了相当多的高科技因素,因而也产生了新的审美感受;但是,一是传媒艺术并没有取消或取代传统艺术,在很大程度上是用电子媒介手段来表现传统艺术。文学、音乐、书法、绘画等艺术门类,在当今仍然有着强大的生命力,仍然在不断地产生着艺术精品。这些产生于古代文艺理论的范畴、命题等,之所以能留存至今,而成为美学的经典之作,正因为它们非常深刻地概括了那些著名的文学家艺术家创作精品时所感受到的审美经验。从文艺美学的立场上看,中国古代文艺理论的范畴、命题,是最有资源价值的。在创作论方面,它们概括的是文学家艺术家在产生创作冲动时的感兴状态,在作品方面,它们所概括的往往是在文学艺术史上成为经典的精品佳作的形态。

论及抽象问题,笔者认为这也是由审美经验进入文艺美学的学理

---

1 严羽:《沧浪诗话·诗辨》,见何文焕辑:《历代诗话》,北京:中华书局,1981年。
2 谢榛:《四溟诗话》卷一,见《历代诗话续编》,北京:中华书局,1983年,第1152页。
3 纪昀:《水波砚铭》,见《纪文达公遗集》卷三。

层面的最基本的也是最重要的途径与方式。相对于文艺美学来说，审美抽象的思维方式才是最符合规律的，也是最能体现文艺美学的性质的。笔者甚至认为，一般美学与文艺美学的区别，从思维方式上，审美抽象与逻辑抽象的差异最能体现之。中国古代文艺理论对于文艺美学至关重要，在相当大的程度上在于这个审美抽象。我之所以不认同中国古代文艺理论的特征是经验化的、感悟式的或者说是散在的说法，关键之处便在于这是从形式逻辑的角度来认识的，从逻辑抽象来看，中国古代文艺理论与西方美学相比，似乎是缺少体系性和形而上的思辨，而实际上，中国古代文艺理论中的范畴与命题，其概括和抽象的程度是非常之高的，并不亚于西方美学。中国古代文艺理论也并不缺少体系性，只是它的体系性不表现在个人的论著中，而是更多地表现为历时性的前后递嬗和踵事增华的过程之中。这种体系性也不表现为西方那种逻辑析理的展开，而更多地表现为由共同语义产生的自明性建构。我认为，中国古代文艺理论的范畴命题，就是产生于审美抽象的思维方式，而它们进入文艺美学之所以顺理成章，更为值得重视者尤在于此。审美抽象对于文艺美学具有特别重要的意义，甚至可以从本体的高度来判断其价值所在，而中国古代文艺理论正是审美抽象的产物。本课题的研究是贯通了这一观点，在这里加以阐明。我们认为，对于文艺美学的学理建构而言，审美抽象是其具有特殊性的思维方式和理论路径，而这正是中国古代文艺理论与其一脉相承的关键所在。

审美抽象与文论史上成为争议焦点的"形象思维"有交集之处，但它们的路向恰恰是相反的。"形象思维"由19世纪俄国著名思想家别林斯基明确提出，是强调文学艺术与理论研究不同的特殊思维方式。别林斯基指出："艺术是对真理的直感的观察，或者说是寓于形象的思维。"[1]这个观点在新时期以来的中国学术界也产生了广泛而深入的理论研讨。形象思维肯定了艺术创作时是有思维形式的，而这种思维却又应该是与作品中的艺术形象融合为一的。审美抽象则是在文学艺术中的意义追问，笔者在书中已经提出，审美抽象又可分为两条路径：一是由艺术品所呈现的整体意味，另一个是古代文学中理论的概念范畴的提出与规范化。这两条路径又是彼此密切相关的。中国古代的艺术品，是虚与实、隐与秀的结合体，"实"和"秀"的部分，是作品可见的部分；而"虚"与"隐"的部分，则是作品的整体意味，而这个整体意味，正是由审美抽象过程得到的。而中国古代文艺理论的范畴或命题，不是自上而下由哲学体系衍生出来的，而是由审美抽象升华而成的。这些范畴和命题，具有反思、概括与整合的性质，它们是由辞语形成的，通过它们把艺术创作的审美经验传承、传播开去，从而构成中国艺术理论史与美学史的链条。

中国的古代文艺理论并不缺乏体系性，还因为它们的哲学基因。反过来说，中国古代的哲学观念体系，对文学艺术的母体作用是客观存在的事实。中国古代文艺理论看似零散，其实它们往往是源出于不同的哲学思潮的。如注重文艺的社会功能的这派理论观点，如"修辞立诚"、"以诚为本"等，都是以儒家哲学为出发点的。而注重阐发艺术创造的审美心理的这派理论观点，又基本上是以道家哲学思想为渊源的。如"澄怀味象"等审美创造方面的命题，又是出于老子庄子的"虚静"哲学。强调"言不尽意""韵外之致"者，又是玄学本体论在文艺理论中的延伸；主张以"妙悟"为艺术思维者，又是以佛教哲学为方法论的。很多相关的范畴与命题，因为出于同一哲学思潮，而有

---

[1] 别林斯基：《艺术的观念》，见《外国理论家作家论形象思维》，北京：中国社会科学出版社，1979年，第59页。

了非常密切的关联性，从而形成了一个范畴或命题的网状结构。中国文艺理论的体系性，不表现在论者的具体说法之中，而在于同一族群的范畴或命题，构成了由元范畴为核心的发散性结构，从而呈现为深层的体系形态。很多范畴或命题，往往是从先秦两汉时期到明清时期甚至至今，都有着理论的活力，同时也都对文艺创作起着内在的理念作用，如形神范畴，心物范畴，等等。因此，中国古代文艺理论不仅是有体系的，而且是有着复杂的、深刻的哲学背景的，只是这种体系不同于西方哲学美学那样具有鲜明的个人性的色彩，而是有着递嬗发展、相互联结的关系。

　　文艺美学超越了初始的、奠基的阶段之后，其自身有一个如何发展、如何深化的问题；对于美学的整体格局而言，有一个如何发挥文艺美学的功能的问题。我坚持认为，对于美学研究的推动，文艺美学应该是首先发力的。传媒艺术作为新的艺术表现的整体概括，应该成为文艺美学的重要内容，而中国古代文艺理论，则是以其异常丰富的审美经验，为文艺美学提供了取之不尽的理论资源。审美抽象作为文艺理论的思维方式，是可以"直通"文艺美学的。自忖本书关于这几个方面的关系，并非牵强附会的"拉郎配"，而是有着内在的有机联系。对这个问题的连续思考，是可以在美学理论上有所创新的。

（原载《南国学术》2022 年第 2 期）

文艺美学的进境在哪里？

文艺美学作为美学的一个新兴的分支学科，走过了数十年的发展历程，取得了辉煌的成就，并且有了学科的建制。上个世纪末和本世纪初，学术界推出了若干部具有代表性的文艺美学专著以及许多见解独特的文艺美学论文。文艺美学的学科构架得以初步形成。关于文艺美学的学科定位及研究对象等论题，虽然有明显的不同观点，但在论争中得以越来越清晰地呈现。在我看来，文艺美学在中国学界的提出与发展，有其历史的必然性，也非其他美学流派所可取代。然而，从最近几年的美学研究来观察，在文艺美学这个领域中，却基本上停滞于以前的研究状态上，鲜有突破性的理论成果出来。而从文艺美学的研究对象和基本定位而言，这个领域不应该是停滞不前的，而可以是大有作为的。如果能够打破学科化的壁垒，而以一种方法论的眼光来认识这个问题，文艺美学是有着非常广阔的拓展和深化的空间的。

文艺美学的研究对象是什么？这个问题已经达成共识：就是研究文学艺术的审美特征与规律。胡经之、周来祥、杜书瀛、王世德、曾繁仁等以倡导文艺美学著称的著名学者，都是以这个命题为其理论出发点的。这个基本命题，规定了文艺美学与传统的文艺学在研究对象以及研究方法上的区别，同时，也将文学与艺术在审美上的共通感突出地呈现了出来，这样，也就把文学和其他类型的文字作品区别了开来，指出其艺术性所在。作为"文艺美学"的滥觞，台湾著名学者王梦鸥先生正是在"审美目的"的前提下，将文学纳入艺术系列的。王梦鸥先生谈到文学的艺术特质时说："所谓'文学'也者，不过是服务于特定的'审美目的'下文字系统或文字的构成物而已。它之不同于其他艺术，在于所用的符号不同，但它所以成为艺术品之一，则因同是服务于审美目的。是故，以文学所具之艺术特质言，重要的即在审美目的。反之，凡不具备这审美目的，或不合于审美目的，纵使有个文字系统或构成，终究不能算做艺术的文学。"[1] 有些学者认为王氏只是提出"文艺美学"之名，而无文艺美学之实，但在我看来，这只是学科建制方面的认识，而王梦鸥先生恰恰是从根本上规定了文艺美学的逻辑起点。从现有的文艺美学著作（大都是可以作为学科性的教材）来看，确乎是将文学艺术一体化地进行审美方面的阐释与建构了，从这个角度来看，胡经之先生、周来祥先生、曾繁仁先生等，都已经开掘得颇为深入。但作为文艺美学来说，可以向前推进一步的则在于，文学具有艺术品格，与其他门类艺术有共通的审美属性，但是，它们之间在审美上的差异又是值得深入探究的，只有深刻认识文学与其他门类艺术的差异，方能找到文学与其他门类相通的方式所在。而这正是文艺美学可以向前推进的地方。这恰恰是一个具有鲜明的时代性的问题。曾有一个时期，学界有个流行的观点，认为视觉文化大行其道，文学受其严重挤压，几无"容身"之所，以至有"全球化时代文学研究还能存在吗？"（希利斯·米勒语）的惊世疑问。当然有很多文艺学的学者反驳这种观点，但它确实反映了把视觉文化和文学对立起来的

---

[1] 王梦鸥：《文艺美学》，台北：里仁书局，2010年，第109页。

一种思潮。在我看来，文学与视觉文化、视觉艺术等当代文化形态，决非对立的关系，而是相融互济的。文学不仅不是视觉文化挤压的对象，反倒是提升视觉文化最为主要的支撑和助力！不必仅从情感上做出痛心疾首的反应，而应从学理上深入探索彼此的相通之处。这正是文艺美学应该回答的问题，这也是其他的学科或论域所无法提供答案的。当代的主要文化形态、艺术形态，与文学之间是否就是对立的关系？在笔者看来，肯定不是！我主张视觉文化、新媒体艺术等，如欲不断发展，不断提升境界，成为适应当代社会人们日益增长的精神需要的主要文化的和艺术的种类，离开了文学的支撑和滋养，不可想象。从文艺美学的学理建构上解决这个问题，可以给当代的文化与艺术健康发展，助力于文化强国战略，提供坚实可靠的理论基础。从文艺美学的角度着眼，我认为文学的审美方式和媒介特征，对于视觉文化及新媒体艺术来说，有这样几方面相通之处：一是文学的内在视像审美特征。文学以语言文字作为媒介，创造艺术形象，这是不言而喻的。文学与其他艺术门类相比，它不是创造出具有物质性外观的作品，而是以文字创造出内在的视像，正如黑格尔所说的："造型艺术通过石头和颜色造成可以眼见的感性形状，……诗人的创造力表现于能把一个内容在心里塑造成形象，但不外现为实在的外在形状或旋律结构。"[1]中国诗学中所说的"窥意象而运斤"（刘勰《文心雕龙·神思》）同样是说文学所创造的是内在的视觉形象。明乎此，对于理解文学与视觉文化之间的内在相通之处，至关重要！经典改编和其他影视作品的剧本创作，都应是以此作为基础。二是文学的运思功能，这也是其他艺术门类所借助于文学创作思维方式的。无论是抒情作品，抑或是叙事作

---

[1] ［德］黑格尔：《美学》第三卷下册，朱光潜译，北京：商务印书馆，1981年，第56页。

品,无论是长篇巨制,抑或是短章小品,运思都是最为重要的。刘勰将《神思》篇置于《文心雕龙》创作论的首篇,在某种意义上,创作论其他篇章,都是《神思》篇的展开。刘勰的"神思",并非是适合于各种文体的,比如公文类写作,而是文学艺术创作的审美运思。所以他说"思理之妙,神与物游""神用象通,情变所孕",是说创作性的运思是伴随着物象并以情感变化孕育而成的。运思对于文学创作而言,是最基本的功能,其他门类,尤其是现在的视觉艺术和新媒体艺术。如果没有运思的介入,是不可能产生精品之作的。三是语言表现力。文学以语言文字为其唯一的媒介,语言表现力是其生命线所在。文学作品的审美价值在很大程度上源自于语言表现的创新与审美价值。俄国形式主义所讲的"陌生化",就是语言的创造性美感。其他门类的艺术作品,同样也应该有独创性的语言表现力。影视、戏剧戏曲,都应该有创造性的语言表现,戏剧戏曲等艺术的经典,又成为文学的经典,如莎士比亚的《哈姆雷特》《李尔王》等,中国的《牡丹亭》《窦娥冤》等。再如歌曲中的歌词,其语言表现力起着非常关键的作用。如乔羽的《我的祖国》、公木的《英雄赞歌》、张藜的《我和我的祖国》、段庆民的《陪你一起看草原》等,其语言表现的审美价值非常突出。现在的视觉艺术作品,如果没有精美的语言表现,也很难成为艺术精品。这里所说的几个方面,都是值得文艺美学研究者深入探索的话题。

以文学艺术的审美经验为研究对象,这是文艺美学研究中较为后起的重要学术观点。曾繁仁教授的《文艺美学教程》,就是最重要的代表。这是特别切合时代发展尤其是 20 世纪美学转向的研究取向,也是文艺美学原理的一个突破性的发展。而在当下,新媒体艺术给受众以与以往的文学艺术作品不同的审美经验,虚拟现实通过各种技术给人以三维视觉形象。模拟真实取代了现实的真实。如 VR 技术在电影、动漫中的广泛运用，给人们带来的"沉浸"式的审美体验，这是与传统的文学艺术样式使人们产生的审美经验有着重要区别的。对这种迥然不同于传统的文学艺术样式的新媒体艺术的审美经验，纳入文艺美学研究的视野，并对这种审美经验予以分析，建构其理论模型，使新媒体艺术成为文艺美学的重要研究对象，这同样是文艺美学可以拓展和深入的领域。

绾合传统，直面当下，放眼未来。不囿于学科化的疆界，以方法论的观念关注文学艺术的审美层面，文艺美学是可以有重要的突破性进展的。

（原载《光明日报》2014年11月9日）

中国古代文艺理论如何进入文艺美学

一、古代文艺理论并非古代文论

本文的论域并非"古代文论"而是"古代文艺理论",这并非是一种简化,而是不同的概念。"古代文论"的研究范围主要是古代的文学理论,而"古代文艺理论"则是包含了文学在内的多个艺术门类的理论资源。这二者是有历史渊源的,却又有着很大的区别。这种区别是有重要的时代因素的。以前的"文艺学",指的是文学理论体系,而"文艺美学"的崛起,所关涉的决不仅仅是文学,还包括其他艺术门类。文艺美学之于文艺学而言,远非仅是研究范围的扩大,更重要的是体现了对于文学和艺术的美学观照及其现代性。文艺美学和文艺学有着深刻的内在因缘,但又有着重要的超越。无疑,作为一个学科的创建,以文学和艺术的审美特征和审美规律作为文艺美学的研究对象,意味着文学与艺术的一体化进入美学的研究视野。这也是文艺美学和通常的文艺学的区别所在。我们通常的文艺学学科对象,即是文学理论。二十世纪五六十年代的《文艺学引论》《文艺学概论》等教材或专著,概莫能外。这是前苏联的文艺理论体系留给我们的"遗产"。文艺美学与原来的文艺学相比的一个重大变化，就是将文学与艺术一体化地作为美学研究对象。胡经之先生在倡导文艺美学之初，便主张将文学与艺术一体化地进行美学研究。周来祥先生也是将文学和艺术都作为文艺美学的研究对象。周先生早年的文艺美学著作，也可以说是开文艺美学的奠基著作之一的《文学艺术的审美特征和美学规律》，也是以文学和艺术一体化地作为文艺美学的研究对象的。然而，周来祥先生是更为重视文学艺术的"艺术美"性质的，他更是将文学纳入"艺术美"的序列的。另一位热心倡导文艺美学的著名学者杜书瀛先生说："我们认为文艺美学有自己特定的、独立的对象；一般美学可以包括但不能代替或取消文艺美学。如果说一般美学是研究人类生活中这一特定审美活动的一般规律；那么，文艺美学则主要是研究人类生活中所有审美活动的特殊规律。大家知道，审美活动和科学技术活动中也有大量审美现象存在，文学艺术更是审美活动的专有领地。与一般美学相比，文艺美学的对象范围要小得多，它集中研究文学艺术领域中的审美活动规律。"[1] 杜书瀛先生也是将文学与艺术一体化地作为文艺美学的研究对象的。但他更认为文艺美学主要是研究艺术的审美性质和规律的，把文学也作为艺术的一类，因而又说："文艺美学主要研究艺术的审美性质和规律，这对于一般美学所揭示的规律来说固然有特殊性；但是，不同的艺术门类又各有自己的特殊的审美性质和规律，文学不同于戏剧，电影不同于音乐，舞蹈不同于建筑，等等，因此，文艺美学所揭示的规律对于各种不同的艺术来说，又具有共同性和普遍性。"[2]

在笔者看来，文艺美学以文学和艺术的审美特征和规律作为研究对象，并非仅是以往文艺学的研究范围的扩大，而是提升了其审美现

---

[1] 杜书瀛：《文艺美学原理》，北京：社会科学文献出版社，1998年，第11页。
[2] 杜书瀛：《文艺美学原理》，北京：社会科学文献出版社，1998年，第12页。

代性。在新的历史条件下，在电子传媒的语境中，文学与艺术的融通，成为文艺美学要观照和思考的着力点。文学是有着艺术审美属性的，也就是说，它可以作为艺术之一类。关于这一点，波兰美学家英加登对我们是有重要的启示的。英加登有两部代表性的论著，一部是《文学的艺术作品》，另一部是《对文学的艺术作品的认识》。其实，英加登所说的"文学的艺术作品"，也就是我们所说的"文学作品"，也可以看成是与一般的、不以审美为主要功能的文字相区别的审美性文字，而且是结构完整的文字。这并非是翻译的原因，而是英加登非常明确的文学观念。在《对文学的艺术作品的认识》中，英加登指出："'文学作品'首先指美文学作品，尽管在以后的研究中，这个词也适用于包括科学著作在内的其他语言作品（笔者按：这也正是与"文学的艺术作品"相区别的文字）。美文学作品根据它们独特的基本结构和特殊造诣，自认为是'艺术作品'，而且能够使读者理解一种特殊的审美对象。"[1]很明显，英加登对于"文学的艺术作品"，是以其艺术的审美属性为基本特征的。英加登所称的"文学的艺术作品"，指的是有成就的佳作，在他看来，这样的作品具有两种价值性质："如果一部文学作品是具有肯定价值的艺术作品，那么它的每一个层次都具有特殊性质。它们是两种价值性质：具有艺术价值的性质和具有审美价值的性质。"[2]英加登还将文学的艺术作品与科学著作等文字相区别，非常有助于我们对文学的艺术属性的认识，他说："与科学著作中占主要地位的作为真正判断句的句子相对照，在文学的艺术作品中陈述句不是真正的判断而只是拟判断，它们的功能在于仅仅赋予再现客体一种现实的外观

---

[1] ［波］罗曼·英加登：《对文学的艺术作品的认识》，陈燕谷、晓未译，北京：中国文联出版公司，1988年，第5页。
[2] ［波］罗曼·英加登：《对文学的艺术作品的认识》，陈燕谷、晓未译，北京：中国文联出版公司，1988年，第11页。

而又不把它们当成真正的现实……文学的艺术作品中出现的拟判断仅仅构成使它们同科学著作相区别的一个特征。其他特征都依附于这一个"[1]。这就说明"文学的艺术作品"中的"拟判断"是其最为核心的特征，其他的文字描述都是围绕着它来进行的。

正是在这个意义上，中国古代文艺理论和文艺美学有了共同的研究对象，相关而又不同的艺术门类之相通的审美问题，成为文艺美学产生的基础所在。

二、传媒时代文学和艺术的深度融合

在当下时代，文学究竟处于什么地位？有着怎样的命运？这成了一个很多文学研究者挥之不去的忧虑。视觉文化似乎已然占据了文化的主导地位，文学在很多人眼里都成了"靠边站"的角色。有一种"终结"的说法，即认为在图像时代，文学已经走到了穷途末路，如美国的米勒教授就发出了"在全球化时代文学研究还会存在吗？"的哀叹。他借用德里达的话说："电信时代的变化不仅仅是改变，而且确定无疑地导致文学、哲学、精神分析学，甚至情书的终结。"[2] 米勒的观点是有典型代表性的。其实米勒并非是站在菲薄文学的立场上说话，他本人是一位著名的文学研究者，对于文学的命运有着深深的关注与牵挂。但是米勒还是对文学的前途命运充满了悲观。对于文学的处境与命运，我的看法与此是大相径庭的。我认为文学是有着深厚的艺术气质的，在当今以传媒艺术为主要形态的情况下，文学非但没有结束它的历史使命，也就是说它没有所谓"终结"或消亡的理由，反倒是因

---

[1] ［波］罗曼·英加登：《对文学的艺术作品的认识》，陈燕谷、晓未译，北京：中国文联出版公司，1988年，第11页。
[2] 米勒：《土著与数码冲浪者——米勒中国讲演集》，长春：吉林人民出版社，2004年。

其自身的特殊审美属性，而发挥着不可取代的作用。

文艺美学是从美学的角度来把握文学艺术的，这里文学和艺术已不再是单纯的并列，而应该是一种深度的融合。文学当然不应该消融在其他艺术门类之中，它是有着明显的特殊性的，并且，在当代艺术的发展中，文学起着非常重要的辐射作用，而文艺美学如欲得到新的提升和开拓，是要将传媒艺术的问题纳入到思考范围之内的。

何谓"传媒艺术"？这是我对当下在传媒条件下的艺术样式的整合性命题。传媒艺术不是哪一种个别的艺术门类的名称，而是在大众传媒序列中艺术因素的概括性称谓。以我的个人观点而言，最为成熟、成就最大的传媒艺术，当属电视艺术。之所以明确倡导"传媒艺术"这样的概念，正是因为考虑到视觉文化作为一种时代性的文化模式对于当代艺术的总体性影响。"文化"是一个非常泛的概念，"文化研究"也是如此。文化研究成为学术界的一种时尚，有其深刻的背景和动因，但也许正是因为它的普泛性，而缺少明确的研究对象，若干年前"日常生活审美化"的命题，在文化研究领域中更成为独领风骚的话题，这固然使美学和日常生活有了更为普遍的联系，但也使美学及审美受到了前所未有的消解。德国著名美学家韦尔施，在其美学名著《重构美学》中曾深刻指责当下审美经验的肤浅。而美国当代著名哲学家思想家詹姆逊，也指出这种在社会审美思潮上呈现出的浅薄化趋势，"我们很快就会明白，在一个如此多地由视觉和我们自己的影像所主宰的文化中，审美经验的概念既太少又太多；因为从那个意义上说，审美经验随处即是，并且广泛地渗透到了社会与日常生活中。但正是这种文化的扩散，使个人艺术作品的观念成为问题，也使审美判断的前提变得不甚恰当"[1]。他们不约而同地指出了当下的文化形态，也就是充斥着影像的视觉文化对于美学的消解性影响。在我看来，这几年来的文化研究，尤其是"日常生活审美化"的大量论著，是对当代文化现象的客观表述，更多的是体现了文化学和社会学的理论视角，而对美学理论的建设本身是没有很大助益的。

但笔者并不是全然站在传统美学的立场上来针砭文化研究的，笔者认为文化研究是紧紧把握了这个图像化的视觉文化造成的深刻社会变迁。我要看到的是由电子图像作为基本要素而贯通的传媒艺术的美学属性，从而将文艺美学延伸到此处，而不是停留在原有的层面；而我谈论古代文艺理论之于文艺美学的建构意义也是着眼于此，而非泛论古代文论的现代转换或价值呈现。也就是说，文艺美学虽然是一个美学中的"新生代"，但它也不能停留在以前的思路上，而是以美学建构的出发点来分析传媒艺术、文学的功能地位等问题，是要放在这里面一并考虑的。

关于文学在传媒时代的命运的悲观结论，也许有误读在其中，但似乎也是题词中应有之义。从描述的角度来看，米勒等学者的观点是颇有代表性的。应该说，在现象层面上，米勒的分析是相当客观的，也是具有历史性的，且看他的论述片段："再现与现实之间的对立也产生了动摇。所有那些电视、电影和因特网产生的大批的形象，以及机器变戏法一样产生出来的那么多的幽灵，打破了虚幻与现实之间的区别，正如它破坏了现在、过去和未来的分野。"[2] 因此，米勒认为文学研究的命运已经难以继续存在。这种对于电子图像的分析和对文学的悲

---

[1] ［美］弗雷德里克·詹姆逊：《文化转向》，胡亚敏等译，北京：中国社会科学出版社，2000年，第99页。
[2] ［美］J.希利斯·米勒：《土著与数码冲浪者——米勒中国讲演集》，长春：吉林人民出版社，2004年，第101页。

慨，是符合当下视觉文化的实际的，而这又是一种隐忧。

米勒的这些看法，在中国大陆地区引发了一些理论学者的强烈反驳。著名文艺理论家童庆炳先生和钱中文先生都写了长文予以批评。而这种否定性的意见，其实同样是出于对文学命运的忧虑。看来是截然不同的两种观点，其实出自于同一种对文学命运的关切。笔者则认为，如果转换一种立场，不是从描述当下的文化情势出发，而是从建构立场出发，文学将在传媒艺术发展中发挥更为普遍、更为深刻的作用，文艺美学也可进入新的层面。文学对传媒艺术的价值与功能，一是在于传媒艺术的特殊审美属性，二是在于文学与传媒艺术相通的自身审美特征。

音像的完美结合是传媒的首要优势。而我所说的文学的审美特征，其实是与传媒艺术有密切关系，且发生着深刻的影响。与以往的文学样态相比，当今的文学发生了深刻的变化，其中最显明的情形就是：以大众传媒为推动因素，文学与其他艺术门类的融合度要比传统的文学高得多。在传统文学与其他艺术门类的关系中，因为不同质的"艺术语言"之间虽然彼此渗透，但却无妨其在形态上的明显区别。应该看到，文学为传媒艺术提供了更为广阔的空间，更具经典形成的可能性。可以这样说，没有文学的支撑，在传媒艺术中产生经典几乎是不可能的。试想一下，如果只有图像的无序堆积，而没有文学的语言美感及审美运思，哪里还能有传媒艺术中的真正的艺术品？哪里还能成其为"有意味的形式"？应该说我们的文学理论教材是相当滞后于文学发展的实际状况的，但从当今的文学实践来看，原来文学的那种自足状态早已过去，代之而起的是文学与传媒艺术的联姻形态。这是当前的文学理论所应面对的文学现实，是一种大文学的概念。与此相关的是文学的审美特性，其中最为重要的是文学的内在视像性质。这不仅是文学审美价值的主要体现,而且也是传媒艺术的基本支柱。如果认为传媒艺术只要有了图像就行了,那是天大的误解!传媒艺术所内含的情节、情思、语言魅力等等,都并非图像所能解决的,而必须倚重于文学因素。

笔者认为内在视像的普遍存在是文学的基本审美特质。何谓内在视像?我尝试着这样说明:是指作家或诗人通过文学语言在作品中所描绘的、可以呈现在读者头脑中的具有内在视觉效果的艺术形象。作为文学的审美活动,这是实现其审美功能的最为关键的一个环节,也是判断其是否是具有审美价值的文学作品的重要标志。可以认为,这种内在视像,对于读者来说是真正的审美对象,至少是审美对象的核心要素。反过来说,如果作品不能在读者的阅读活动中形成完整而清晰的内在视像,那就很难说它是一个好的作品,甚至算不上是一个真正的作品。文学作为艺术创作的媒介就是语言文字,但是文学中的语言文字和科学著作、公文写作等是有重要区别的,这个区别并不在于语言文字的不同,而在于文学是用语言文字来描绘艺术境界,勾勒人物形象和评述故事等,人们在阅读文学作品时所面对的审美对象,其实并非文字本身,而是读者在阅读时通过文字的描绘,在头脑中产生的意境、形象或人物动作、事件发展等。无论是叙事性作品,还是抒情性作品,都要在读者的阅读中产生活动着的内在视像。英加登称之为"图式化外观层次"。这在作品中与我所说的"内在视像"是重合的,内在视像更加强调"如在眼前"的图像化性质。英加登指出:"这些图式化外观就是知觉主体在作品中所体验到的东西,它们要求主体方面有一个具体的知觉或至少是一个生动的再现活动,如果它们要被实际地、具体地体验到的话。只有在它们被具体地体验到时,才能发挥其真正的功能,即使被感知到的对象呈现出来。"[1]英加登是从现象学的角度来阐释作品的"图式化外观"的,它在欣赏者头脑中的呈现,是欣赏者意向性的产物。英加登在这里所作的分析,正是我们所提出的"内在视像",它在创作时便已呈现在作者的头脑中了,而通过文字的描绘,又在欣赏者的头脑中"生动地再现"出来。故事情节、人物造型、人物语言、矛盾冲突等,都是在文学作品上产生的。很多经典的电视剧,也是在小说的基础上进行再度创作的。即便不是源自于现成的小说,而是专门作为影视剧的文学剧本,也同样是文学的典型样式,作为编剧的作家,可以更为直接、自觉地创造动态的"内在视像",以作为导演和演员在拍摄和表演时的依据。文学的内在视像性质,对于传媒艺术来说,是最为重要的支撑。如果没有了文学的内在视像,只是一些杂乱无章的图像,对于传媒艺术来说是不可思议的。

笔者还认为,在文学创作中的审美运思是基本的审美特质,这也涉及到文学与其他艺术的共通审美规律。而且,文学中的运思在广泛意义上也是其他艺术赖以生成的基础,如电影、电视剧、歌曲、综艺晚会等。文学的运思是最重要的,也是最自觉的。运思是指诗人作家以语言文字为思创作出作品的整体境界和整体叙事结构的思维方式及过程。它可以神驰万里,跨越时空,却要以一个完整的结构呈现给世人。文学创作当然不能脱离社会生活,即便是到了今天,说"生活是创作的源泉"也是正确的。艺术的审美经验是与人们的日常生活经验不可分离的。美国著名哲学家杜威就十分反对那种将艺术经验和日常生活经验分裂开来的做法,又提出艺术经验是一个完整的经验,称之为"一个经验"。杜威说:"我们应该在哪儿找到这样一个经验的说

---

[1] [波]罗曼·英加登:《对文学的艺术作品的认识》,陈燕谷、晓未译,北京:中国文联出版公司,1988年,第56页。

明？不是在分类的账目中，也不是在关于经济学、社会学或者人事心理学的论文中，而是在戏剧和小说中。它的性质和含义只是通过艺术才表现出来，这是因为存在着一种经验的统一，它只能表现为一个经验。"[1] "一个经验"强调的是它的完整性，而从杂乱无章的生活经验，到完整的"一个经验"，就必须有一个创造的过程。这就必然要经过运思。运思当然不是逻辑思维的方式，但它其实并不排除内含着的逻辑力量。运思包含着想象、回忆或是虚构，但更为重要的是将这些因素组成为一个新的完整的结构的思致。运思的推动力是作家或诗人的审美情感，作品中呈现的完整的"一个经验"，其实是剥离或超越了日常生活的琐碎与纷杂，运思就是要形成作品中创造性的"一个经验"。传媒艺术虽然以图像为基本元素，但要构成有机的整体，就必须有着内在的运思。无论自觉与否，传媒艺术都是在借助文学的运思方式。单纯强调视觉效果，使图像处在无序的拼凑状态，不可能产生好的艺术品。

语言美感在文学作品中也是最基本的审美尺度。它关系到作品能否成其为真正的作品，也可以说它是文学的存在依据。无法想象平庸、芜杂、缺少个性的语言，能给作品带来声誉。"语言美感"，并不局限于辞藻的华丽炫美。文学作为人类生存状况的审美表达，是以语言为生存基础的。海德格尔时常谈到的一个重要思想就是："词语破碎处，无物可存在"。也可以这样理解，构建艺术的统一的结构，一定是以语言为纽带的。我们所说的语言美感，大致有这几方面的含义：一是作品语言的张力，也即使阅读者产生审美联想的语言力量；二是文学语言兴发情感的功能；三是作品语言表意的确切和个性化特征。这些对

---

1 ［美］约翰·杜威：《艺术即经验》，高建平译，北京：商务印书馆，2005年，第45页。

于传媒艺术都是相当重要的。

文学的这几个基本的审美特征,对于传媒艺术来说,都是不可或缺的。传媒艺术是以电子时代的图像传播为其核心条件的,文学已经不再像以往那样以其原有的、独立的形式发挥着不可替代的作用。从"大文学"的角度对此阐述我的看法,我认为文学在电子传媒时代发生着形态上的巨大变化,但是文学的本质和它的基本功能仍是最为重要的。我所秉持的是一种动态的、与传媒艺术融通的大文学观念。当今文学的存在形式,已经不再拘泥于原来的纸文本印刷的形式,除了原有的基本样态之外,文学还以各种形式存在于传媒艺术的各种类型之中。电视剧、小品、综艺晚会等等,其实都离不开文学的支撑作用。而我说的"传媒艺术",并非是所有大众传媒的节目都可纳入其中,在我看来,传媒平台上的许多节目都不过是为了充斥眼球、打发时间的无聊之物。"传媒艺术"这个概念的成立,其内涵是指以大众传媒为其载体,具有相当高的审美价值和艺术品位的作品。那些令人眼花缭乱、无头无脑,语言杂乱,毫无深度可言的节目,是必须排除在外的。作为传媒艺术作品,我以为至少要有这样几个要素:一是有令人惊奇的视听美感;二是要有深度的人文情怀和思想意蕴;三是要有完整的艺术结构。这些都是能够称得上传媒艺术作品的起码条件。而这些都离不开文学对传媒艺术的支撑作用。可见,如果没有了文学的支撑,传媒艺术将不复存在。如是,文艺美学的向前推进与提升,恰恰应该把这些问题考虑进去。

三、中西美学互释方能构建当代文艺美学

在这样一种前提下,文艺美学应该将文学的审美特征及与传媒艺术的融通纳入到研究视域之中,那么,中国古代文艺理论能够为之提

供什么样的资源呢?

文艺美学在中国的提出,是有着深厚的历史原因和必然条件的。显然,文艺美学的研究对象,不像传统美学将美的本质作为核心,而是将美学延伸到文学艺术的审美经验。这既是西方美学在晚近阶段的转向,同时又是中国古典美学的根本性质所在。文艺美学在很大程度上有着与中国古代文艺理论的同根性。美学界本身从对美的本质问题的无休止的争论,转向对审美经验的重视与研究,正是美学领域晚近时期的重要变化,而这正与中国古代文艺理论彼此契合。皮朝纲先生将中国古代文艺理论径直称为"中国古代文艺美学",并有《中国古代文艺美学概要》一书,他也认为:"我国古代美学,包括哲学美学、心理学美学(审美心理学)、社会学美学(审美社会学)、文艺美学等内容,其中以文艺美学所占的比重最大。因为中国古代美学从哲学上直接探讨美的本质的论述并不多,许多有关美学和文艺理论的著作与论述,乃是文艺家和理论批评家对文艺创作和欣赏经验的总结,许多内容都波及文艺的审美特征,涉及文艺创作和欣赏活动规律的美学特点,实际上都是文艺美学需要研究的问题。"[1] 这都是非常透彻的答案。

但是,人们又会有这样的疑问:中国古代文艺理论和文艺美学二者能够等同起来吗?当然不能!文艺美学虽然重视文学艺术的审美经验的研究,不等于这些审美经验本身,也不同于一般的综合与归纳,它具有中国特色和中国气派,但不能认为它就是中国古代文艺理论的重复。文艺美学是在以往的哲学美学基础上的延伸与推进,是将思辨与经验相结合的产物。世界美学史上的思想精华,都是文艺美学的理论基础。自上而下和自下而上的互动,是文艺美学的思维路径。正像

---

[1] 皮朝纲:《中国古代文艺美学概要》,成都:四川省社会科学院出版社,1986年,第1页。

有的学者认为的那样:"使用文艺美学对古代美学思想加以整理,具有以下优势:一是可以对古代的美学思想进行综合研究,使其更加系统,更加深入。二是突出了中国古典美学对文艺审美特性和审美规律的重视。三是从一个崭新的角度进行研究,使其有别于以往的中国古代文艺理论研究和中国古代文学批评研究。"[1] 从对中国古代美学研究的角度来看,此处所言都是颇为中肯的;从文艺美学的立场上看,古代文艺理论的意义远不止于此。中国古代文艺理论中的很多范畴和命题,其实都是富有强盛的生命力的,而且在当代的艺术创作中成为重要的审美趣味、审美理想,也是取法的标准,这是可以直接进入我们的文艺美学体系的,而这些中国古代文艺理论的范畴和命题,应该成为文艺美学的重要内容,也是有别于传统美学的。这样会使美学产生崭新的机理。

这里对文艺美学的建构问题略加展开。在当前的美学格局中,缺少发展和创新的契机,呈现出整体性的延滞状态。而文艺美学在研究对象上的重新整合,以及从方法上集中于文学艺术的审美经验,而不再依附于其他学科体系,为美学发展提供了新的路向。此前关于文艺美学的研究,已经有了相应的体系性建构,关于文艺美学的定位、对象等的争论尽管还有种种不同观点,却也形成了相对稳定的框架。而到目前看来,文艺美学本身的推进自身也卡在了类似于"瓶颈"的当口。诸位研究者都把文艺美学的研究对象定位于文学艺术的审美特征与规律,这较之以往的文艺学或艺术学都有鲜明的改变,也正因如此,文艺美学才有可能作为学科性质存在。但是仅仅停留在这样一个阶段是远远不够的,也无助于美学的进一步创新性发展。笔者在这里所说

---

[1] 陈伟、神慧:《文艺美学:具有中国特色的学科分支》,《文艺美学研究》第一辑,济南:山东大学出版社,2002年,第189页。

的"建构",其实是在相对文艺美学已有的基础之上进行的"再建构"。这种"再建构"不是一般性地谈论文学与艺术的审美特征及规律,而是具体考察当下文学与艺术的形态变化、在电子技术条件下新兴艺术样式给人们带来的与传统审美经验颇为不同的审美经验,文学与新兴媒体艺术的具体关系,等等。这些应该成为文艺美学的有机组成部分。

从文艺美学的话语方式及体系建构来看,以中国美学为基础当是可行的道路。但这并不意味着可以全然以中国古代的文艺理论的话语系统整体上取代现有的美学话语方式。食洋不化不成,食古不化也是不行的。而作为中国美学系统中的一些具有代表性的范畴或命题进入文艺美学则是可以为之的。因为文艺美学产自于中国本土,具有鲜明的民族特色,并可为世界美学贡献出很多新的元素。其实,中国古代文艺理论中有相当一批范畴或命题在当下也具有充沛的生命力,因为它们是文学家艺术家的审美经验的直接记录或提升,同时,它们还有着鲜明的民族文化特征,这也是西方美学所无法替代的,如感兴、妙悟、意境等都是西方美学中所不曾有的。这些范畴命题具有浓厚的民族文化特色,有着深刻的中国思想史的背景。而这些范畴、命题是从文学艺术的创作和欣赏中直接生发出来的,有着鲜明的经验性质,在当下的文学艺术场域中仍有着强大的生命力,而且,可以裨补现有的文艺美学之不足。选择性地将一些中国古代文艺理论的范畴命题,纳入到文艺美学的话语体系之中,可以大大增强文艺美学的内涵容量及深度,同时可以彰显文艺美学的民族特色。

阐释的工作非常重要。阐释本身就是一种建构。吸纳中国古代文艺理论的若干范畴、命题进入文艺美学体系,目的不在于古典的复活,而在于文艺美学自身的推进和深入。那么,这些范畴或命题尽管来自于中华传统文化的源流,有着其原始的本义,同时,我们更为看重的是它们的当代美学价值。古典与新义并不矛盾，但是对它们的阐释，就必须具有当代美学的视野与话语逻辑。我们之所以把目光投向中国古代文艺理论，恰恰在于它们里面蕴含着一般的美学理论中所缺少的东西。我们对它们的阐释，就是在进行着文艺美学的建构工程。

对于文艺美学的推进，不仅在于对中国古代文艺理论作为文艺美学资源的价值认可，而且要将中国古代文艺理论的美学内蕴加以深刻的阐发，使之得到理论的升华和美学的贯通。文艺美学的学科性质很大程度上在于对文学艺术相通的审美规律的概括，而中国古代文艺理论虽然是出自于不同的艺术门类，如诗论、曲论，或画论、书论、乐论，但之所以它们是可以互通的，对于艺术创作及欣赏有很大的普遍性。发掘出中国古代文艺理论中虽然出自于不同的艺术门类却有普遍的美学价值的范畴、命题，并加以美学的辨析与升华，这对文艺美学来说，是非常重要的。

中西美学的互释从而建立起文艺美学的新框架，可以使美学研究真正向前推进。要使中国文艺美学得到世界美学界的认可，纯粹是中国古代文艺理论的东西还是不够的，那就成了中国美学史而不是文艺美学了。如果是用哲学界美学界都已认可为经典的美学观念对中国文艺理论进行阐释，生发出新的意义，就可以使文艺美学具有真正的世界性，使美学理论向上提升一个新的阶段。

（原载《中国文艺评论》2016年第7期）

习近平关于文艺经典理论的美学诠解

在习近平新时代中国特色社会主义思想的体系中，文艺思想是非常重要的组成部分。党的十八大以来，习近平同志发表了一系列有关文艺和文化的重要讲话，党的十九大报告在第七部分《坚定文化自信，推动社会主义文化繁荣兴盛》中作了集中的概括与升华。从这些重要文献中我们不难看出，习近平同志有关文艺的论述，有着系统的、深邃的内涵，构成了一个完整的思想体系。既有建设新时代中国特色社会主义文化的重要指导意义，又有深刻的美学理论创新。有关文艺经典的论述，就是值得我们深入学习、认真理解的理论命题。经典并非是新的话题，但在习近平关于文艺的论述中，却被赋予了崭新的时代意义，而且也具有鲜明的中华美学色彩。经典当然需要时间的淘洗，需要历久弥新的审美体验，并非当下"立等可取"的。但是，对于文艺经典的自觉追求，是当代文艺工作者不断提高自身修养、创作出"无愧于我们这个伟大时代、无愧于我们这个伟大国家、无愧于我们这个伟大民族的优秀作品"的基本路径。

在中国文联十大、中国作协九大开幕式上，习近平同志发表了重要讲话，其中对经典问题有这样的深刻论述："经典之所以能够成为经典，其中必然含有隽永的美、永恒的情、浩荡的气。经典通过主题内蕴、人物塑造、情感建构、意境营造、语言修辞等，容纳了深刻流动的心灵世界和鲜活丰满的本真生命，包含了历史、文化、人性的内涵，具有思想的穿透力、审美的洞察力、形式的创造力，因此才能成为不会过时的作品。"[1]应该认识到，习近平同志关于经典的这段表述，是在文艺领域的经典理论上的重要突破，是站在新时代的历史高度上对文艺经典内涵的最新建构。既是对中外文学史艺术史上经典的精到概括，也是对新时代经典价值体系的重塑。无疑，习近平关于文艺经典的理论表述，是具有鲜明的中华美学的根基的，也是对于中国的文学艺术发展长河的经典化过程的科学总结，而又从本质上深度契合马克思主义文艺观。

马克思主义中国化，对于当代中国的理论界、学术界来说，是一条将中国的哲学社会科学、人文科学提升到崭新境界的必经之路，同时，也是一个长期的过程。正如习近平同志2016年5月17日在哲学社会科学工作座谈会上的讲话中所指出的："我国哲学社会科学坚持以马克思主义为指导，是近代以来我国发展历程赋予的规定性与必然性。在我国，不坚持以马克思主义为指导，哲学社会科学就会失去灵魂、迷失方向，最终也不能发挥应有作用。"[2]这是值得我们深思的。那种把马克思主义当作教条、当作唬人的工具的做法，肯定是不可取的，事实上这也是曾经有过的教训。从哲学社会科学研究本身而言，马克思主义中国化不是恪守原有的结论，而是从中国革命和建设实践出发，不断进行理论创新。坚持用马克思主义观察时代、解读时代、引领时代，用鲜活丰富的当代中国实践来推动马克思主义发展。习近平同志

---

[1] 习近平：《在中国文联十大、中国作协九大开幕式上的讲话》，北京：人民出版社，2016年，第18页。

[2] 习近平：《在哲学社会科学工作座谈会上的讲话》，北京：人民出版社，2016年，第2页。

关于文艺经典的论述，可以认为是马克思主义中国化在文艺理论和美学领域的典范，同时，也是对经典理论提出的最新命题。以笔者的浅见，习近平同志提出的"隽永的美、永恒的情、浩荡的气"，是从美学角度所揭示的文艺经典的"三要素"。纵览中外文艺经典，这三个方面从接受者的角度来看，是经典生成的必然条件。当然，三者并不一定要均衡地存在于经典作品之中，但从总体而言，舍此三者，文艺经典就无从谈起。本文拟以个人的美学眼光来尝试理解习近平同志文艺思想关于经典的论述。

一、隽永的美

在经典的意义上，"隽永的美"是从美学角度对经典的根本概括。对于文艺经典而言，是否具有隽永的美，是能否成为经典的最为重要的条件。所谓"隽永"，指事物富有意味引人入胜。《汉书·蒯通传》："通论战国时说士权变，亦自序其说，凡八十一首，号曰隽永。"注："隽，肥肉也。永，长也。言其所论甘美，而义深长也。"宋代诗人赵蕃诗中有："窗前内晴景，书味真隽永。"（《次韵斯远三十日见寄》）元代诗人麻革诗中亦有："爱山久成癖，得山真隽永。"（《阻雪华下》）等，都是形容审美对象使审美主体产生意味深长、回甘无穷的魅力。文艺经典是一个民族的文学艺术发展长河中经过了千百年的淘洗而留存下来的瑰宝，它们获得了许多时代人们的审美检验，以其强盛的生命力存在于当下的精神生活和文化生活之中。它们早已超越了时间的局限，历百代而不竭；它们跨越了空间的阻隔，不同民族、不同地域的人都能对它们产生强烈的审美兴趣。我们今天吟诵着《诗经·关雎》中的"参差荇菜，左右采之。窈窕淑女，琴瑟友之"还能感受到爱情追求的兴奋与神秘。读陶渊明《饮酒》其五，如清人王士禛所获得的审美感受:"忽悠然而见南山,日夕而见山气之佳,以悦鸟性,与之往还。山花人鸟,偶然相对,一片化机,天真自具,既无名象,不落言诠,其谁辨之?"(《古学千金谱》)观赏达·芬奇《蒙娜丽莎》,我们仍沉醉于那千古之谜的永恒微笑。听着贝多芬的交响曲,那种尖锐的矛盾冲突、英雄气概和积极因素,还在鼓荡着我们的心灵。超越时空,这正是文艺经典的基本特征。

在现有的美学理论体系中,有若干重要的美学范畴,如崇高、优美、悲剧、喜剧、幽默、荒诞等,却独无"隽永"一目。因而,在美学领域里,"隽永的美"给人以空谷足音之感。思之再三,觉得"隽永之美"确乎又是其他审美范畴所无法取代的。如果不囿于以往的美学理论的话,"隽永的美"恰恰是在审美价值系统方面提出的范畴。对于文艺经典的价值论考量,"隽永的美"是最能从根本上概括经典的审美价值的。倘无隽永,何来经典?果真将"隽永的美"列为审美范畴的话,在时间和空间的无限广延性,应该是它的最核心的属性。

笔者试为"隽永的美"列举两点具体内涵:

第一,隽永是指文学艺术作品中所具有的意在言外、含蕴无穷的审美空间。这在中国诗学中是一种普遍的审美价值观,如刘勰在《文心雕龙·隐秀》篇中所提出的"是以文之英蕤,有秀有隐。隐也者,文外之重旨也;秀也者,篇中之独拔者也。隐以复意为工,秀以卓绝为巧"。以笔者看来,"秀"即是作品中的亮点,"隐"则是其所包含的多重意蕴。唐代司空图所说的"近而不浮,远而不尽,然后可以言韵外之致耳!"(《与李生论诗书》)宋代梅尧臣所说的"诗家虽率意,而造语亦难。若意新语工,得前人所未道者,斯为善也。必能状难写之景,如在目前;含不尽之意,见于言外,然后为至矣"(欧阳修《六一诗话》),如此等等,不一而足。这在中国诗学中是颇为普遍的价值导向。这种审美价值，不仅体现在如王维孟浩然一派"神韵"诗中，那些或沉郁或豪放的作品亦复如是。苏东坡的《念奴娇·赤壁怀古》、辛弃疾的《破阵子》等篇什，也同样有很多意在言外的蕴含。"韵外之致"并非只是对某一类作品的价值体认，而是艺术精品的基本特征。不惟是诗，其他艺术门类的杰作也都有这种审美属性。如魏晋南北朝时期画家王微所说的"以一管之笔，拟太虚之体"（《叙画》），杜甫评唐代著名画家王宰山水画时所说的"咫尺应须论万里"（《戏题王宰画山水图歌》）都是如此。

第二，隽永指文学艺术杰作超越时间和空间的永恒魅力。已经成为一个民族的文艺经典的作品，就一定是超越了时间和空间的限制而具有着永恒的魅力。如果仅是在某一段时间内和一定区域内得到欣赏者的认可，还不能称其为"经典"。只有超越了无数岁月、在最广大的地域都受到欣赏者的喜爱，而非政治的或其他外在力量的制约，才是真正的经典。在经典的建构过程中，政治的或权力的因素虽然可以起到一定作用，但从长久来看，真正经典的形成，一定会超越这些因素的局限。《诗经》《楚辞》距今已有数千年的时间，但是仍然受到人们的由衷喜爱，再过 500 年，再过 1000 年，也一定还是中华民族的文艺经典。王羲之的《兰亭序》，董源的《潇湘图》，吴道子的《钟馗图》，郑思肖的《兰》，无论再过多少年代，都一定还是中华文明中令人称叹的瑰宝。作为人类共同珍爱的经典，也一定会跨越空间的阻隔而受到不同民族的人们的激赏。《蓝色的多瑙河》同样使中国人激动不已，《天鹅湖》是世界芭蕾舞的皇冠，《哈姆雷特》是尽人皆知的戏剧经典。中国的唐诗在世界各地都能找到知音。"隽永"就是这种穿越时间和空间的力量。

二、永恒的情

文艺经典是与人的情感共生的，文艺作品都要以情感人，否则没有资格称之为"文艺作品"。而那些具有历千载而不衰的艺术魅力的文艺经典，在唤起人们的情感方面的功能要求又要远高于一般性的作品。文艺经典之所以能超越时空间距与阻隔，正是因为它们能透过时间的铅幕，拨动当下的或不同时代的人们的心弦。人们的情感有着很多个体性的差异，但又在一些基本情感上有着明显的共通性，如男女之情、骨肉亲情、思乡之情、家国之情、向善恶恶之情等。真正的作家艺术家，在进行艺术创作时，都是以在现实生活中激发起的情感作为创作契机，以具有独创性的艺术形式进行审美表现，创作出作为文本存在的作品；而欣赏者则是从作品中感受到、激发出相近的情感，从而产生审美共鸣。联结欣赏者与作品的纽带，就是人的情感。刘勰揭示了这个互动的过程："夫缀文者情动而辞发，观文者披文以入情。"（《文心雕龙·知音》）引导人们进入作品而至如痴如醉者，就在一个"情"字。

在文艺界早有"永恒主题"之说，如爱与死，都被视为文艺之永恒主题。而笔者理解的"永恒的情"，正是文艺经典与其他经典的特殊存在。人类文化学术的经典不止于文艺经典，如军事学的《孙子兵法》（孙子）、《战争论》（克劳塞维茨），医药学的《本草纲目》（李时珍），哲学的《纯粹理性批判》（康德）、《小逻辑》（黑格尔），心理学的《实验心理学史》（波林）、《近代心理学历史导引》（墨菲、柯瓦奇），经济学的《国富论》（亚当·斯密），文化学的《菊与刀》（本尼迪克特）等都是人类文化的经典，但它们不同于文艺经典，不能把"永恒的情"作为本质特征。而文艺经典则不然，离开了"永恒的情"，文艺经典则无从谈起。

"永恒的情"首先是指人类的基本情感体验。比如男女爱情，当然是人类情感中首要的。古今中外，表现爱情的文学艺术作品数不胜数。爱情题材的表现也是最能打动人心的。爱情在人类情感中是最为基本的，也是最为深刻的。几乎所有人都有自己的爱情体验，以往时代关于爱情的文艺经典，在当下、在未来，都会使人产生强烈的情感共鸣。如金代文学家元好问的两首《摸鱼儿》，一写雁的殉情，一写人的殉情，感人肺腑，催人泪下。尤其是词中那"问世间，情是何物？直教生死相许！"堪称千百年来爱情之绝唱！再看骨肉亲情，如杜甫《月夜》："今夜鄜州月，闺中只独看。遥怜小儿女，未解忆长安。香雾云鬟湿，清辉玉臂寒。何时倚虚幌，双照泪痕干！"诗人与家人的彼此思念之情，读之令人欷歔再三。再如，表现爱国之情与报国之志的，如王昌龄的《从军行》、岳飞的《满江红》，表现思念故国故乡之情的，如屈原的《哀郢》、萨克斯曲《回家》等。

这些作品是由作家艺术家在自然及社会事物中受到感兴，从而产生创作冲动而形成的。创作发生的契机，就是作家艺术家与外物相触而产生的情感波动。中国最早的乐论《礼记·乐记》中即说："凡音之起，由人心生也。人心之动，物使之然也。感于物而动，故形于声。声相应，故生变；变成方，谓之音。比音而乐之，及干戚羽旄，谓之乐。乐者，音之所由生也，其本在人心之感于物也。"这里讲音乐的发生，是人心受外物感应而动形之于声音而成。当时的"乐"，可以认为是诗乐舞之一体。刘勰在《文心雕龙·物色》篇中谈到诗的创作契机时说："情以物迁，辞以情发。"情的感兴发动，是艺术创作的发生条件。作家艺术家与外物相接，所感之情，还是自然情感，其发生还是偶然的随机的，但经过作家艺术家的独特表现，则成为不断激发欣赏者审美共鸣的文本。"永恒的情"首先就是指经典经历无数年代依然能够激发起欣赏者的情感共鸣。《文心雕龙·明诗》篇中所说:"诗者,持也,持人情性。"即是说,诗能使人的情性传之久远。作家艺术家在当时是以偶然的情感触发为创作契机,这种触发使艺术品带有一种天然的个性因素,而不同于那种先入为主的模式化制作,却能使后来的接受者产生历久弥新的审美感受。宋代诗人叶梦得评价谢灵运诗的话很有参考价值,他认为:"'池塘生春草,园柳变鸣禽'。世多不解此语为工,盖欲以奇求之耳。此语江,正在无所用意,猝然与景相遇,借以成章,不假绳削,故非常情所能到,诗家妙处,当须以此为根本,而思苦言难者,往往不悟。"(《石林诗话》卷中)在叶氏看来,谢灵运"池塘生春草"这样的经典名句,在当时是情景猝然相遇的产物,却是一般性的感知经验所没有的,它会给欣赏者带来莫大的审美惊奇,这才是诗家创作的根本。

"永恒的情"还有一个内涵,就是情感的审美化的问题。人的情感本身是观念形态而非物化的,而文艺经典所蕴含的情,则必须是以物化的形式存在。经典之所以能够成为经典,首先是因为它们有着物化的性质。20世纪杰出的思想家海德格尔明确指出:"一切艺术品都有这种物的特性。如果它们没有这种物的特性将如何呢?或许我们会反对这种十分粗俗和肤浅的观点。托运处或者博物馆的清洁女工,可能会按这种艺术品的观念来行事。但是,我们却必须把艺术品看作是人们体验和欣赏的东西。但是,极为自愿的审美体验也不能克服艺术品这种物的特性。建筑品中有石质的东西,木刻中有木质的东西,绘画中有色彩,语言作品中有言说,音乐作品中有声响。艺术品中,物的因素如此牢固地现身,使我们不得不反过来说,建筑艺术存在于石头中,木刻存在于木头中,绘画存在于色彩中,语言作品存在于言说中,音乐作品存在于音响中。"[1]经典的形成与流传，是以它的物性的存在为前提的。文学以语言为媒介，似乎与其他门类的物性比，虚了很多，然而，文学其实仍是一种具有特殊物性的存在。英国著名美学家鲍山葵指出了这种性质："诗歌和其他艺术一样，也有一个物质的或者至少一个感觉的媒介，而这个媒介就是声音。可是这是有意义的声音，它把通过一个直接图案的形式表现的那些因素，和通过语言的意义来再现的那些因素，在它里面密切不可分地联合起来，完全就像雕刻和绘画同时并在同一想象境界里处理形式图案和有意义形状一样。语言是一件物质事实。有其自身的性质和质地。"[2]文艺经典首先是作为文学艺术作品来存在的，它们所表现的主体情感，是通过具有物性的艺术品传达和寄寓的。"永恒的情"，在艺术品中其实表现出来的是一种审美情感。如果说作为艺术创作契机而被唤起的还属于自然情感的范畴，而由艺术品表现出来的情感则已然是审美情感了。审美情感与自然情感的重要区别在于，审美情感是被赋予了形式的，而自然情感没有形式可言。著名符号论美学家苏珊·朗格认为艺术家表现的是"人类情感"，其实也就是审美情感。他认为："一个艺术家表现的是情感，但并不是像一个大发牢骚的政治家或是像一个正在大哭或大笑的儿童所表现出来的情感。艺术家将那些在常人看来是混乱不整的现实变成了可见的形式，这就是将主观领域客观化的过程。但是，艺术家表现的决不是他自己的真实情感而是他认识到的所谓人类情感。"[3]所谓"人类情感"，其实就是经过了形式创造的审美情感。"永恒的情"并非与人的自然情

---

1 ［德］海德格尔：《诗·语言·思》，彭富春译，北京：文化艺术出版社，1991年，第23页。
2 ［英］鲍山葵：《美学三讲》，周煦良译，上海：上海译文出版社，1983年，第33页。
3 ［美］苏珊·朗格：《艺术问题》，滕守尧、朱疆源译，北京：中国社会科学出版社，1983年，第25页。

感相脱节的，而是以作家艺术家所受到触发而被唤起的自然情感，经过主体的形式创造而得到升华的情感。20世纪杰出的思想家卡西尔的论述，也许会对我们理解这个问题有所裨益，他说："审美的自由并不是不要情感，不是斯多葛式的漠然，而是恰恰相反，它意味着我们的情感生活达到了它的最大强度，而正是在这样的强度中它改变了它的形式。因为在这里我们不再生活在事物的直接的实在之中，而是生活在纯粹的感性形式的世界中。在这个世界，我们所有的感情在其本质和特征上都经历了某种质变过程。情感本身解除了它们的物质重负。……我们在艺术中所感受到的不是哪种单纯的或单一的情感性质，而是生命本身的动态过程，是在相反的两极——欢乐与悲伤、希望与恐惧、狂喜与绝望——之间的持续摆动过程。使我们的情感赋有审美形式，也就是把它们变为自由而积极的状态。"[1] 也许卡西尔的论旨与我们所谈论的"永恒的情"并非一回事，但可以肯定的是，如果没有独特的艺术形式创造，审美情感是无所附丽的。习近平谈到经典时提出了"形式的创造力"，这恰是文艺经典生成的基本条件。只有艺术形式的创新，给欣赏者以特殊的审美快感，才能使作品中蕴含的情感直击人心。明代诗论家李梦阳认为："夫诗，比兴错杂，假物以神变者也。难言不测之妙。感触突发，流动情思，故其气柔厚，其声悠扬，其言切而不迫。故歌之心畅，而闻之者动也。"（《缶音序》）所指的正是诗人通过"比兴错杂"的形式创造力所产生的情感冲击。

"永恒的情"关乎作家艺术家的一己之情，更关乎广大人民群众的情感。如果离开了人民群众的喜怒哀乐，永恒的情则无从谈起。习近平同志对此明确指出："我们的文学艺术，既要反映人民生产生活的伟

---

[1] [德]恩斯特·卡西尔：《人论》，甘阳译，上海：上海译文出版社，1985年，第189页。

大实践，也要反映人民喜怒哀乐的真情实感，从而让人民从身边的人和事中体会到人间真情和真谛，感受到世间大爱和大道。关在象牙塔里不会有持久的文艺灵感和创作激情。离开人民，文艺就会变成无根的浮萍、无病的呻吟、无魂的躯壳。一切有抱负、有追求的文艺工作者都应该追随人民脚步，走出方寸天地，阅尽大千世界，让自己的心永远随着人民的心而跳动。"[1]这是习近平同志所讲的"永恒的情"的现实内涵。人民的生活是永恒的，人民的喜怒哀乐也是永恒的。作家艺术家用自己的心灵去感受人民的生活，感受人民的喜怒哀乐，才能有不竭的创作资源，才能不断创作出艺术精品。文艺经典之所以能够历久弥新，在不同的时代唤起人们的情感共鸣，就是因为它们和人民的喜怒哀乐是息息相通的。

三、浩荡的气

习近平同志将"浩荡的气"作为文艺经典的基本义涵之一，最为鲜明地体现出中华文化、中国哲学的底蕴，也是在深刻的"文化自信"的基础上对文艺经典的认识。说到"浩荡的气"，首先会使我们想到孟子所说的"浩然之气"，那种与道俱往、秉义而行的主体之气；然而，习近平同志这里所讲的"浩荡的气"，虽有"浩然之气"作为思想资源，却是有着更为广阔丰富的内涵以及更为鲜明强劲的时代特色的。

"浩然之气"是讲主体的道德修养，体现着高尚而充沛的人格力量，对数千年中国士大夫文化，有着非常深远的影响。习近平同志所讲的"浩荡的气"，则是着眼于文艺经典的精神内蕴，是文本自身所具有的强大力量。它当然是与主体修养有直接关系，但又是揭示文艺经

---

[1] 习近平：《在中国文联十大、中国作协九大开幕式上的讲话》，北京：人民出版社，2016年，第11页。

典的价值标准。"浩荡的气",有深厚的中国气论哲学的传统根基,有经典发展史的客观依据,更有着爱国主义、英雄主义的鲜明导向。"浩荡的气"是存在于那些能给人强烈的心灵感应、精神震撼的文艺经典作品之中,以其"真体内充"的内在气韵、民胞物与的仁者情怀、自强不息的奋斗精神以及"万物一体"的审美境界,使欣赏者、接受者获得深刻隽永的情感体验,受到强烈的心灵震撼,并且获得精神世界的升华!高尚人格、志士节操、英雄襟抱、爱国情怀,都是"浩荡的气"的内在质素。

着眼于中华民族的文艺经典,我们可以看到内充着"浩荡之气"的作品灿若群星,美不胜收。如《诗经·秦风·无衣》,同仇敌忾的壮气和"与子同袍"的情谊,传之百代而不衰。屈原《离骚》"纷吾既有此内美兮,又重之以修能"的高洁人格,"长太息以掩涕兮,哀民生之多艰"的忧国忧民之情,使作品充满了回肠荡气的感染力。南北朝民歌中的《木兰诗》,抒写的是一位女英雄木兰代父从军、英勇报国而又功成身退的情怀,作品流溢着英雄之气。杜甫的《北征》《自京赴奉先县咏怀五百字》,身在战乱之中,忧怀百姓的悲惨命运。岳飞的《满江红》,充满英勇无畏的英雄精神。苏轼的《念奴娇·赤壁怀古》,纵横古今,气势非凡,可谓豪放词之代表。现当代的文艺经典,体现"浩荡的气"者尤多。诗歌中的《女神》《凤凰涅槃》《大堰河,我的母亲》《雷锋之歌》《甘蔗林·青纱帐》等;音乐中的《八路军进行曲》(现在的《中国人民解放军军歌》)、《长征组歌》、《黄河大合唱》、《我爱你,中国》、《北京颂歌》、《我爱五指山,我爱万泉河》等,电影中的《青春之歌》《甲午海战》《铁道游击队》《烈火中永生》《英雄虎胆》等,歌剧《江姐》等,电视剧中的《三国演义》《西游记》《历史的天空》《亮剑》等。

"浩荡的气"不一定都存在于鸿篇巨制的作品之中,一般的规模体制甚至短小精悍的作品仍是以此成为人们精神世界中的明珠。诗歌中如刘邦的《大风歌》,曹操的《观沧海》,嵇康的《赠秀才入军》,王之涣的《登鹳雀楼》,王昌龄的《出塞》,卢纶的《塞下曲》,陆游的《关山月》,张养浩的《潼关怀古》等,小说中如鲁迅的《阿Q正传》《社戏》,散文里如魏巍的《谁是最可爱的人?》,茅盾的《白杨礼赞》等,报告文学中如徐迟的《哥德巴赫猜想》等,都是并不庞大的体制中充满着"浩荡的气"的。

"浩荡的气"也并非仅仅存在于爱国之情和报国之志的描写抒发,凡表现人们对美好事物和理想的追求、反抗黑暗腐朽势力对于人性的摧残的经典作品,都有着一种"浩荡的气",如蔡文姬的《胡笳十八拍》,南北朝的《孔雀东南飞》,元杂剧中的《窦娥冤》《赵氏孤儿》,戏曲《牡丹亭》《白蛇传》等,歌剧《白毛女》,小提琴协奏曲《梁山伯与祝英台》等。

"浩荡的气"存在于文艺经典文本之中,不同于孟子道德修养之气,不同于王充的生理调养之气,也不同于刘勰《文心雕龙·养气》篇所说的"是以吐纳文艺,务在节宣,清和其心,调畅其气"的主体创作之气。"浩荡的气",是存在于、鼓荡于作品内在的气韵和生命感。谢赫《古画品录》中的"绘画六法"首要一条:"气韵生动是也"。虽是在画论中提出,却契合于各个门类的艺术法则。"浩荡的气"之于文艺经典,基本的一点便在于内在的"气韵生动"。这也是超越于作品的媒介语言局限的重要因素。唐代诗论家司空图非常著名的《二十四诗品》中,以四言诗的形式建构了24种诗歌风格类型,其中多涉"气化流行"。如《雄浑》:"大用外腓,真体内充。反虚入浑,积健为雄。具备万物,横绝太空。荒荒油云,寥寥长风。超以象外,得其环中。持之非强,来之无穷。"没有"反虚入浑,积健为雄"的气韵,则雄浑无从谈起。宋代诗人叶梦得论诗时指出:"诗人以一字为工,世固知之,惟老杜变化开阖,出奇无穷,殆不可以形迹捕。如'江山有巴蜀,栋宇自齐梁',远近数千里,上下数百年,只在'有'与'自'两字间,而吞纳山川之气,俯仰古今之怀,皆见于言外。"[1]就是指作品中的气。作品中有了气,才有了生命感,倘然没有,无论形式上如何工整,也如同纸花一般。明代诗论家谢榛所说的:"诗有造物,一句不工,则一篇不纯,是造物不完也。造物之妙,悟者得之。譬诸产一婴儿,形体虽具,不可无啼声也。"[2]这里谢氏所言,也即是作品的生命感。"浩荡的气"最为基本的便是这种作品的内在气韵即生命感。

"浩荡的气"与中国哲学中的气论有直接的渊源关系,它是通于宇宙元气的。道家哲学经典《老子》说:"道生一,一生二,二生三,三生万物。万物负阴而抱阳,冲气以为和。"汉代的《淮南子》认为,"道生虚廓,虚廓生宇宙,宇宙生气。"以"元气"为宇宙之实体。宋代著名思想家张载以"气一元"论著称于哲学史,他认为天地万物皆由气之生成充塞:"太虚无形,气之本体,其聚其散,变化之客形尔。""太虚不能无气,气不能不聚而为万物,万物不能不散而为太虚。"[3]中国美学中的气论,是与哲学中的气论相通相连的。这种流动鼓荡的气,使作品产生着强烈的动感,也即气势。刘勰论"势"说:"如机发矢直,涧曲湍回,自然之趣也。"[4]指出了势的动态性和意向性特征。对于文艺作品的欣赏者而言,气势是审美知觉受到的强烈冲击。"浩荡的气",

---

[1] 叶梦得:《石林诗话》卷中,见《历代诗话》,北京:中华书局,1981年,第420页。
[2] 谢榛:《四溟诗话》卷一,见《历代诗话续编》,北京:中华书局,1983年,第1139页。
[3] 张载:《正蒙·太和篇》,《张载集》,北京:中华书局,1978年,第7页。
[4] 范文澜注:《文心雕龙注》,北京:人民文学出版社,1958年,第530页。

必然是包含着这种气势的。

当然,"浩荡的气"更为重要的是来自于国情、来自于时代的呼唤。2014年10月的文艺工作座谈会上,习近平同志曾深刻而犀利地揭示了文艺界存在的问题:"在有些作品中,有的调侃崇高、扭曲经典、颠覆历史,丑化人民群众和英雄人物;有的是非不分、善恶不辨、以丑为美,过度渲染社会阴暗面;有的搜奇猎艳、一味媚俗、低级趣味,把作品当作追逐利益的'摇钱树',当作感官刺激的'摇头丸';有的胡编乱写、粗制滥造、牵强附会,制造了一些文化'垃圾';有的追求奢华、过度包装、炫富摆阔,形式大于内容;还有的热衷于所谓'为艺术而艺术',只写一己悲欢、杯水风波,脱离大众、脱离现实。"这些问题在当时是普遍存在的,严重影响了我国艺术生产的质量。"浩荡的气"作为文艺经典的基本要素,其实是对民族精神的热切召唤。无论从中华美学的角度,还是从时代意义上来看,爱国主义情怀都是"浩荡的气"最重要的要素。习近平同志在2014年的文艺工作座谈会上的讲话中指出:"在社会主义核心价值观中,最深层、最根本、最永恒的是爱国主义。爱国主义是常写常新的主题。拥有家国情怀的作品,最能感召中华儿女团结奋斗。范仲淹的'先天下之忧而忧,后天下之乐而乐',陆游的'王师北定中原日,家祭无忘告乃翁'、'位卑未敢忘忧国'、'夜阑卧听风吹雨,铁马冰河入梦来',文天祥的'人生自古谁无死,留取丹心照汗青',林则徐的'苟利国家生死以,岂因祸福避趋之',岳飞的《满江红》,方志敏的《可爱的中国》,等等,都以全部热情为祖国放歌抒怀。我们当代文艺更要把爱国主义作为文艺创作的主旋律,引导人民树立和坚持正确的历史观、民族观、国家观、文化观,增强做中国人的骨气和底气。"[1]从现实意义上看,"浩荡的气",正是在

---

[1] 习近平:《在文艺工作座谈会上的讲话》,北京:人民出版社,2015年,第24页。

文艺创作中以这种爱国主义情怀贯穿作品。"浩荡的气"在本质上又是英雄之气，这是从中华美学角度对文艺经典的进一步认识。我们重温习近平同志在中国文联十大、中国作协九大开幕式上讲话中这一段论述可以直接用来理解"浩荡的气"："祖国是人民最坚实的依靠，英雄是民族最闪亮的坐标。歌唱祖国、礼赞英雄从来都是文艺创作的永恒主题，也是最动人的篇章。我们要高扬爱国主义主旋律，用生动的文学语言和光彩夺目的艺术形象，装点祖国的秀美河山，描绘中华民族的卓越风华，激发每一个中国人的民族自豪感和国家荣誉感。对中华民族的英雄，要心怀崇敬，浓墨重彩记录英雄、塑造英雄，让英雄在文艺作品中得到传扬，引导人民树立正确的历史观、民族观、国家观、文化观，绝不做亵渎祖先、亵渎经典、亵渎英雄的事情。"[1]从时代的角度来理解，"浩荡的气"的主要内涵应在于此。

习近平同志以"隽永的美、永恒的情、浩荡的气"作为文艺经典的基本要素，这是马克思主义中国化的一个成功的范例，同时，也是对于中华美学精神的经典阐释。这种对于文艺经典的理论建构，是以往的文艺理论和美学理论都未尝有过的，但它又植根于深厚的中华哲学传统之中。而从另一方面看，习近平关于文艺经典的这种理论建构，又有着鲜明的时代意义、现实指向，对于当下的文艺创作具有明确的导向性质。

（原载《中国文艺评论》2018年第7期）

---

[1] 习近平：《在中国文联十大，中国作协九大开幕式上的讲话》，北京：人民出版社，2016年，第8页。

马克思主义文艺理论中国化时代化赋能文艺评论

强劲的东风，推开了2023年的大门，我们肩负着新的历史使命，满怀信心地跨进了这个新的春天！新的一年，文艺评论何为？这是我们应该思考的问题。党的二十大报告中提出的"马克思主义中国化时代化"的重大理论命题，给我们提供了思考的路标。笔者试图以马克思主义文艺理论中国化时代化为核心观念，来探索新时代文艺评论的发展趋向。

一

学习党的二十大报告，领悟二十大报告的精神，给予我们以深刻的启示。习近平总书记在二十大报告中第二部分，提出了"开辟马克思主义中国化时代化新境界"的重大理论命题，指出：马克思主义是我们立党立国、兴党兴国的根本指导思想。实践告诉我们，中国共产党为什么能，中国特色社会主义为什么好，归根到底是马克思主义行，是中国化时代化的马克思主义行。拥有马克思主义科学理论指导是我们党坚定信仰信念、把握历史主动的根本所在。这是我们在当今时代思考与实践的出发点。马克思主义的中国化时代化，这是我们跨越艰难险阻一路胜利的根本保证，也是我们新征程上谱写华章、再创辉煌的精神支柱。

马克思主义文艺理论，是马克思主义的重要组成部分，是世界文艺理论史上的不可或缺的思想精华。马克思主义文艺理论，包括了马克思主义美学思想和文艺批评标准及实践。马克思主义文艺理论是建立在历史唯物主义和辩证唯物主义基础之上的审美观和文艺观，对于中国文艺理论界建构文学史、艺术史，对于作为批评标准开展对文学艺术创作的批评活动，都是起了最主要的纲领作用的。毛泽东同志在《在延安文艺座谈会上的讲话》和习近平总书记在2014年《在文艺工作座谈会上的讲话》，2016年在中国文联十大、中国作协九大开幕式上的讲话，2021年在中国文联十一大、中国作协十大开幕式上的讲话，都是马克思主义文艺理论中国化时代化的典范。

马克思主义文艺理论的经典部分，是以十九世纪的欧洲文化及其传统为土壤的，其中的美学思想、批评理论，也是在当时的社会、经济、历史的条件下产生的。作为马克思主义的重要组成部分，对于人类的文艺发展，起到了重要的指导作用。尤其是在前苏联和中国，都产生了决定性的影响。新中国成立以后的文艺事业及批评实践，都是在马克思主义文艺理论的指导下进行的。我们现在进行的是中华民族复兴的伟大进程，中国特色社会主义开启了崭新的一页。以高质量的文艺作品增强人民精神力量，是中华民族的需要，也是时代的需要。马克思主义文艺理论的指导作用，非但不能减弱，而是应该得到大力的加强。文艺评论更是要在马克思主义文艺理论的指导下开创新境。加强马克思主义文艺理论的指导，并不意味着以马克思、恩格斯的词句，来充斥文艺理论和批评的论著，而是要结合中华民族的优秀文化传统，针对当下文艺实践的时代特征来提出问题、解决问题。习近平总书记在文艺工作座谈会上讲话中提出的"中华美学精神"的命题，也是马克思主义文艺理论中国化时代化的产物。脱离中华文化传统与时代，即便通篇都是马克思主义理论的词语，也是缺少生命力，也无法产生文艺批评的价值的。这也是在我们的文艺理论史上并不罕见的情形。关于马克思主义美学和文论本体的学术论争，如关于"实践"，关于"异化"，关于"掌握世界的方式"等学术论争，是非常必要的。而在面对具体的文艺现象、文艺作品时，就是要在中国化时代化的前提下来运用马克思主义文艺理论的观点立场和方法。习近平总书记在二十大报告中指出："坚持和发展马克思主义，必须同中华优秀传统文化相结合。只有植根本国、本民族历史文化沃土，马克思主义真理之树才能根深叶茂。中华优秀传统文化源远流长、博大精深，是中华文明的智慧结晶，其中蕴含的天下为公、民为邦本、为政以德、革故鼎新、任人唯贤、天人合一、自强不息、厚德载物、讲信修睦、亲仁善邻等，是中国人民在长期生产生活中积累的宇宙观、天下观、社会观、道德观的重要体现，同科学社会主义价值观主张具有高度契合性。我们必须坚定历史自信、文化自信，坚持古为今用、推陈出新，把马克思主义思想精髓同中华优秀传统文化精华贯通起来，同人民群众日用而不觉的共同价值观念融通起来，不断赋予科学理论鲜明的中国特色，不断夯实马克思主义中国化时代化的历史基础和群众基础，让马克思主义在中国牢牢扎根。"作为根本性的指导思想，马克思主义文艺理论中国化时代化正是遵循着这种融通的原则。

二

对于文艺评论家而言，真正使马克思主义文艺理论中国化时代化，首先是要深入理解中华美学思想的传统，懂得中国人的审美观念中对创作和鉴赏的基本标准，如"知人论世""以意逆志"，如"赋比兴"，如"以形传神"，等等。也要对支撑中华美学的儒道释思想基因，对玄学、理学、心学等学术思潮所滋养的审美观有较为深入的了解，对中国古代和近代、现当代的经典文艺作品有较为系统的认知，同时，也对当下的文艺创作现场有全面的观照。只有对中华民族的哲学思想和审美观念，对于中国的文学艺术发展史有深入系统的了解，才能使马克思主义文艺理论的中国化时代化，有真正的落脚点。马克思主义文艺理论与中华传统的美学思想、批评标准，有很多内在的相通之处，正如钱钟书先生所说的："东海西海，心理攸同；南学北学，道术未裂"（《谈艺录序》）。在人类审美和批评观念方面，马克思主义文艺理论与中国的美学观念与文艺价值理想，有很多可以融通之处。融通首先是要对两方面理解、思考与阐释。譬如"艺术掌握世界的方式"这样一个马克思主义文艺理论的重要命题，使我们对于理解文艺的本质有非常重要的意义。在《政治经济学批判导言》中，马克思从思维方式的角度上提出："整体，当它在头脑中作为被思维的整体而出现时，是思维着的头脑的产物，这个头脑用它所专有的方式掌握世界，而这种方式是不同于对世界的艺术的、宗教的、实践—精神的掌握的。"[1]艺术掌握方式的提出，极大地改变了传统美学与艺术理论的视野，从艺术认识论，到艺术生产论，都是区别于人类其他活动方式的根本方式。邢煦寰先生认为，"艺术掌握世界，要依靠它独特的对世界的思维方式、反映方式和实践方式的统一协作，绝不能说仅仅依靠它的独特的思维方式——一般认为是形象思维方式——就可以完成的。"[2]在马克思主义文艺理论中，艺术掌握世界的方式是我们理解文学艺术本质的一柄关

---

[1] 马克思：《政治经济学批判导言》，见《马克思恩格斯选集》第二卷，北京：人民出版社，1966年，215页。
[2] 邢煦寰：《艺术掌握论》，北京：北京时代华文书局，2016年，第17页。

键性的钥匙。在中国美学思想系统中,"感兴"也可视为文学艺术的独特掌握方式。感兴的基本含义是触物以起情。"感兴"源于"赋比兴"之兴,指诗人或艺术家在与外物的接触下,产生创造性的审美情感,从而进入创作过程。刘勰在《文心雕龙·比兴》篇中为"兴"作的界定是:"兴者,起也。""起"的内涵是什么?是情。所以又说"起情故兴体以立"。感兴的过程即是触物而兴,《比兴》篇的赞语就说:"触物圆览"。这就不仅是一种艺术认识,而且已经包括了艺术生产实践。从艺术掌握世界的方式的意义上看,感兴是最能代表中华民族艺术生产发生方式的范畴。感兴的观念决非仅仅存在于诗学,而且在乐论、画论和书论中也都多有呈现。再如关于文艺的真实性问题。这是马克思主义文艺理论非常重要的理论问题。恩格斯在1888年致玛·哈克奈斯的信中提出"现实主义的真实性"这样的命题,并且成为现实主义文学最基本的原则。在谈典型环境中的典型人物时,恩格斯又指出:"据我看来,现实主义的意思是,除细节的真实外,还要真实地再现典型环境中的典型人物。"[1]这是马克思主义文艺理论最重要的原理之一,也是现实主义文艺必然遵循的创作原则。而在中国美学思想中,对于"真"的理解,还有着不断深化的内涵。庄子主张:"真者,精诚之至也。不精不诚,不能动人。"(《庄子·渔父》篇)盖指情感的真实精诚。五代著名画家荆浩的画论名作《笔法记》中提出"度象取真"的审美观念。据笔者的理解,荆浩所说的"真"并非形似,而是包含着对象的内在生命感,因为荆浩明确表示,这个"真"与"形似"有明确的区别。《笔法记》中说"何以为似?何以为真?叟曰:似者得其形而遗其气,真者气质俱盛。凡气传于华,遗于象,象之死也。"如果没有内在气

---

[1] 《马克思恩格斯选集》第四卷,第462页。

韵，象也就是死的，何谈为真！从中我们可以理解在中国美学中"真"的深刻涵义。这对我们今天的文艺创作及评论，都是有参考价值的。

三

将马克思主义文艺理论与中国美学思想融通起来，是在深层的融合，而非表层的并合。而且，是要以马克思主义文艺理论中国化时代化作为当代文艺评论的基本原则，将当下的文艺理论及创作实践推向一个新的境界。我们的着眼点和落脚点，应该是当下的文艺评论工作。进一步实现马克思主义文艺理论的中国化时代化，是要以"创造性转化，创新性发展"的方法论，用新的目光、新的标准来推动文艺评论的发展与繁荣。习近平总书记在2014年的文艺工作座谈会上的讲话中所提出的"中华美学精神"的重要命题，就是马克思主义文艺理论中国化时代化的理论标识。"中华美学精神"是从中国美学传统中发展而来，但它并非只是对中国美学的总结，而恰恰是以此作为当下文艺理论和创作的活的灵魂。在文艺工作座谈会讲话中，习近平总书记这样指出："我们要结合新的时代条件传承和弘扬中华优秀传统文化，传承和弘扬中华美学精神。中华美学讲求托物言志、寓理于情，讲求言简意赅、凝练节制，讲求形神兼备、意境深远，强调知、情、意、行相统一。我们要坚守中华文化立场、传承中华文化基因，展现中华审美风范。"这段论述无疑是对"中华美学精神"最集中也是最精准的概括。三个"讲求"是从中华美学传统的精华中提炼出来的命题，笔者曾试图这样理解：托物言志、寓理于情，是审美运思的独特方式，言简意赅、凝练节制是审美表现的独特方式，形神兼备、意境深远是作品审美存在的独特方式。这三个讲求有着严密的内在逻辑关系。"独特"

是指中国美学区别于西方美学或其他民族美学传统的民族特征。很明显，"中华美学精神"的提出，并非是在"发思古之幽情"，也非为了中国美学理论研究，而是使之成为新时代繁荣社会主义文艺的内在力量。

马克思主义文艺理论的中国化时代化，为我们的文艺评论事业带来了许多新的生机和能量。党的十八大以来，尤其是2014年文艺工作座谈会召开以来，文艺界发生了非常突出的变化。以人民为中心的创作导向得到了文艺工作者的广泛认同和践行，那些不良的风气得到了明显的遏制。以庆祝新中国七十周年和建党一百年为重要的时间节点，产生了一大批深受人民群众喜爱的优秀作品。那种"有高原，缺高峰"的文艺现状得到了极大的改观。建党一百周年前后产生的很多影视精品，扶贫攻坚和乡村振兴过程中产生的许多文学作品和影视作品，都是既叫好又叫座的。新的媒介形式，数字化技术为现在的文艺作品添上了炫美的翅膀。也许以往的美学理论和批评标准，要注入很多新的内涵。习近平总书记在文艺工作座谈会上的讲话中对于艺术精品的要求是："精品之所以'精'，就在于其思想精深、艺术精湛、制作精良。"这是充满了时代感的标准，同时，也是对马克思主义文艺理论关于"艺术生产"理论的深化与创造性的发展。制作精良，主要是媒介方式的更新与创造，它与艺术精湛是密不可分的。马克思在《政治经济学批判导言》中明确提出"物质生产例如同艺术生产的不平衡关系"的理论，同时，指出"当艺术生产一旦作为艺术生产出现，它们就再不能以那种在世界史上划时代的、古典的形式创造出来。"[1]我们以往主要是将注意力集中在"不平衡关系"上，而马克思的"艺术生产"理论，还包括着艺术生产与物质生产相区别的特殊性的观点。按笔者的

---

[1] 《马克思恩格斯选集》第二卷，第223页。

理解，艺术生产首先是"人也按照美的规律来塑造物体"[1]，同时，艺术生产有其独特的生产加工方式。媒介的创新，应该是艺术生产在当今时代的最重要的变化。数字化时代为我们的艺术生产提供了无限的创造性契机，我们的文艺评论，应该更多地关注和探讨它们。

在近年来若干的精品创作中，中华传统文化的内涵非常深厚，而又充满时代色彩和活力，尤其是新的艺术手段，数字化、VR，都使我们产生了全新的审美体验。2022年春晚的《只此青绿》，2023年春晚的《国色》，都是中国传统的艺术和审美，得到了前所未有的生机，让欣赏者叹为观止！应该看到，在艺术创作上的创新，已经大大冲击了原有的审美观念，传统文化的根基则又使我们浸染在中华民族的文化氛围之中。我们的文艺评论，在审美分析和批评标准方面，都应有很大的发展才是。笔者曾在《现代传播》2022年7期上发表了《数字时代沉浸式艺术的美学考察》一文（与解英华博士后合作），就比较系统地阐发了"沉浸"作为审美范畴的审美机制，同时，也指出了审美理论的开拓路向。举此之例，是为了说明当今时代的文艺创作，给文艺评论提出了许多新的课题，需要文艺评论家在更高更新的历史站位上进行思考。马克思主义文艺理论，给我们的文艺评论事业既提出了新的任务，又赋予了我们新的动力！

文艺评论不仅是对当下的文艺创作进行价值判断，褒优贬劣，同时还肩负着为中华民族的文化史、美学史和文艺发展史进行史的选择的使命。成为民族文化的经典，固然要有接受美学的过程和机制，没有时间的检验，没有历代接受者的认同，一部作品是很难入史的。大量的作品成为了历史的"流沙"，被一浪一浪的后来者所湮灭。只有极少数的精品能够经受住这种大浪淘沙式的考验而进入经典行列。这其

---

[1] 马克思：《1844年经济学—哲学手稿》，北京：人民出版社，1979年，第51页。

中有很多因素。很多作品在当时红极一时，后来却湮没无闻；也有的作品，当时也许并未被人们所看好，却在若干年甚至是多少代之后获得人们的共鸣，成为经典。当然有更多作品是当时就被人们所广泛认同，后来果真进入经典行列的。但我们不要忘记一个因素，就是评论家的功劳！作为大众的口碑，如果只是感性的品评而缺少理论的评价，缺少理论的价值分析，事实上是很难成为文化的或文艺的经典的。评论界的褒贬和取舍，对一个作品能否步入艺术的巅峰地位，其作用是不可限量的。从古到今，从中国到西方，都是如此。作为一个文艺评论家，在这个问题上，应该有为历史负责的态度！

马克思主义文艺理论本身就是一个巨大的宝库，而且是马克思主义的有机组成部分。要对马克思主义文艺理论有全面领悟，是要全面把握马克思主义的理论体系的。马克思主义文艺理论的中国化时代化，是我们在二十大精神的引导下，对当前的文艺评论的路向所作的思考，同时，也应该是践行的轨迹。向第二个百年奋斗目标进军，实现中华民族伟大复兴，是何等伟大的历史进程！"提炼展示中华文明的精神标识和文化精髓，加快构建中国话语和中国叙事体系，讲好中国故事、传播好中国声音，展现可信、可爱、可敬的中国形象"，并不仅是作家艺术家的光荣使命，也是文艺评论家的历史责任！马克思主义文艺理论中国化时代化的重要命题，给文艺评论提出了新的要求，同时也是新的机遇。文艺评论还要引领全社会的审美风尚，通过对文艺思潮、文艺现象、文艺作品的分析与价值判断，使新时代的审美风尚展示中华民族的伟大气象，文艺评论家责无旁贷！

（原载《中国艺术报》2022 年 2 月 13 日）

经典文艺形象：时代文艺的重要标识

习近平总书记在中国文联十一大、中国作协十大开幕式上的讲话，为新的历史条件下我国的文学艺术发展指明了方向，为第二个百年征程开启时的文艺事业吹响了号角。讲话是贯穿着马克思主义真理光芒的历史性文献，同时，也是马克思主义的美学思想与中国实践相结合的典范。从2014年文艺工作座谈会讲话，2016年中国文联十大、中国作协九大开幕式讲话，到中国文联十一大、中国作协十大开幕式的讲话，形成了一脉相承而又不断发展创新的思想体系。

习近平总书记关于文艺的一系列重要论述，有着深刻的、充满生命力的美学内涵。无论是对美学理论研究工作，还是对于文学艺术的创作实践，都有重要的指导意义。如在2014年的文艺工作座谈会上的讲话中提出的"中华美学精神"的重要命题，对于当代中国美学的研究，意义尤为重大！文艺理论界和美学界都以此作为研究课题，产生了许多研究成果。在中国文联十一大、中国作协十大开幕式上讲话中，又提出"把中华美学精神和当代审美追求结合起来"的重要命题，尤为具有美学理论价值和当代的艺术实践指导意义。很明显，这是对"中华美学精神"的历史性发展。我们应该对这个美学命题进行更为深入、更为精准的理解。

笔者在对习近平总书记在中国文联十一大、中国作协十大开幕式上的讲话的学习中，认识到其中的一个重要概念"经典文艺形象"所包含的美学内蕴非常丰富，而且也是关于经典的美学观念的一个重要突破。习近平总书记这样指出："文学艺术以形象取胜，经典文艺形象会成为一个时代文艺的重要标识。一切有追求、有本领的文艺工作者要提高阅读生活的能力，不断发掘更多代表时代精神的新现象新人物，以源于生活又高于生活的艺术创造，以现实主义和浪漫主义相结合的美学风格，塑造更多吸引人、感染人、打动人的艺术形象，为时代留下令人难忘的艺术经典。"[1] "经典艺术形象"这个概念具有丰富的美学理论内涵和鲜明的时代特征，也是对传统的美学和文艺理论的超越！一方面是对文艺理论中的核心范畴"典型"的扩容和超越，可以体现当下文艺创作的美学追求，同时，又能作为更多的艺术门类的精品创作的审美价值尺度。

在传统文艺理论中，塑造典型人物、典型形象，是最重要的任务，也是最高的创作标准。创造出典型形象、典型人物的作品方能作为经典作品。如《红楼梦》中的宝玉、黛玉、王熙凤，《水浒传》中的林冲、武松、李逵，鲁迅《阿Q正传》中的阿Q，《子夜》中的吴荪甫，《复活》中的玛斯洛娃，《哈姆雷特》中的哈姆雷特，等等。在传统文艺学中，"典型"是最高等级的概念，这是稍涉文艺理论的人都熟知的。典型形象、典型人物，基本上都是存在于叙事文学中的，在其他艺术门类中则罕有存在。（戏剧文学中如莎士比亚戏剧，中国的《西厢记》《牡丹亭》等，也是可以归入此类的。）

经典文艺形象有着鲜明的时代感。典型形象、典型人物都需要历

---

[1] 习近平：《在中国文联十一大，中国作协十大开幕式上的讲话》，北京：人民出版社，2016年，第7页。

史性的积淀，通过时间的长河的沙汰，被历代的接受者所公认，方能具有典型的地位。"经典文艺形象"的创造，不需要那么长时间的沉淀，更侧重于当代的文学艺术创作。以笔者的理解，"经典艺术形象"可以包括文学，但并不止于文学，包括人物形象，又不止于人物形象。而是在其他各种艺术门类中都可以繁星般地存在。在绘画、舞蹈、音乐、戏曲、小说、诗歌、摄影、电影、电视剧等艺术样式中，都有大量的艺术创造。典型形象的人物形象是经典文艺形象，而其他艺术样式中，那些无法称其为典型形象的艺术形象，也可能成为经典文艺形象。经典文艺形象当然也要经过接受者的欣赏评价，也要经过一定的时间考验，但意蕴隽永、制作精良、脍炙人口的艺术形象，往往可以成为经典文艺形象。在诸多艺术样式中，小说里的许三观、马缨花，可以是经典文艺形象，电视剧里的李云龙、周秉昆，可以是经典文艺形象。戏曲中的七品芝麻官、穆桂英等也是。音乐中小提琴协奏曲《梁祝》、歌曲中的《我爱你，中国》《天路》《我和我的祖国》，也是经典文艺形象。绘画中如《开国大典》《父亲》，舞剧中《红色娘子军》中的"五寸钢刀舞"，《丝路花雨》中的英娘的"反弹琵琶"，等等。如果这样来理解的话，"经典文艺形象"则比"典型"的外延和内涵都要宽阔许多。尝试这样理解，看看如何：经典文艺形象是指文学艺术创作深为受众喜爱、经过一定时间检验、具有经典意义的艺术形象。经典文艺形象不局限于某一艺术门类，而以不同的审美知觉形式获得不断强化的美好审美经验。

经典文艺形象的前提，是文艺形象具有经典的属性与价值。而能够成为经典，首先应当是有传世性和普适性。传世性主要是在于时间因素，作品和形象是应该经得起时间的考验的。普适性主要在于其空间的传播。既然称之为经典，就不能只是红在一时。赛缪尔·约翰逊谈经典时说:"虽然这些作品并不借助于读者的兴趣和热情,但它们却经历了审美观念的数度变迁和风俗习惯的屡次更改,并且,当它们从一代传给另一代时,在历次移交时,它们都获得了新的光荣和重视。"(赛缪尔·约翰逊:《莎士比亚戏剧集序言》)能称之为"经典",这种传世性是必不可少的。经典不惟要经得起时间的考验,而且要有大多数人都能认可和喜爱的空间能量。只有一小部分人认可的艺术作品,是难以称为经典的。如果能成为经典文艺形象,这两个要素是应当具备的。习近平总书记在中国文联十一大、中国作协十大开幕式上的讲话倡导的"经典文艺形象",是传世性和当下性的结合。他对当代的文艺创作,寄予了殷切的期望。在文艺工作座谈会上的讲话中,第二个问题即是:创作无愧于时代的优秀作品。总书记期待着当代创作的高峰的涌现。而在这次中国文联十一大、中国作协十大讲话中,更是深切地呼吁,"文艺只有向上向善才能成为时代的号角。"讲话中又明确表示:"经典文艺形象会成为一个时代文艺的重要标识。"其实质还是指向当代的文艺创作的。传世与当下的双重契合,应是经典文艺形象的重要属性。

习近平总书记在2016年中国文联十大、中国作协九大开幕式上的讲话对于经典的美学内涵作了精辟的阐发,对我们有非常重要的启示意义。讲话中说:"经典之所以能够成为经典,其中必然含有隽永的美、永恒的情、浩荡的气。经典通过主题内蕴、人物塑造、情感建构、意境营造、语言修辞等,容纳了深刻流动的心灵世界和鲜活丰满的本真生命,包含了历史、文化、人性的内涵,具有思想的穿透力、审美的洞察力、形式的创造力,因此才能成为不会过时的作品。"[1]这里对经典的美学内涵、经典的成因及创造经典的诸要素,作了精准的说明。

---

1 习近平:《在中国文联十大,中国作协九大开幕式上的讲话》,北京:人民出版社,2016年,第11页。

这对我们理解经典文艺形象，是一柄不可替代的"金钥匙"。"隽永的美、永恒的情、浩荡的气"，真可谓是经典的美学三大要素！这三个概念，是习近平同志从源远流长的中华美学传统中提炼出来的，却具有鲜明的创新性。尤其是"隽永的美"，应该是对美学基本范畴的拓展。传统美学的基本范畴中有崇高、优美、悲剧、喜剧等，从现代主义文学兴起之后，"荒诞"也进入了美学范畴之列。但却从未有人提出"隽永"来作为基本美学范畴。因为现行的美学体系是来自于西方。"隽永的美"的提出，不啻于黄钟大吕，但它却有着非常深厚的中华美学基因。在笔者看来，"隽永的美"首先是指文学艺术作品中所具有的意在言外、含蕴无穷的审美空间，其次是指文学艺术杰作超越时间和空间的永恒魅力。"永恒的情"较好理解，这也是为文学艺术的本质所决定的。它首先是指人类的基本情感体验，其次是情感的审美化问题。"浩荡的气"最为鲜明地体现出中华文化、中国哲学的底蕴。它有深厚的中国气论哲学的传统根基，更有经典发展史的客观依据。这三大要素，是对传统美学理论的发展，也是关于经典的美学内涵最为精赅的界定。我们理解"经典文艺形象"，也是应该以此为基础的。

"经典文艺形象"的提出，笔者以为是不限于叙事或人物的，而是可以存在于各个门类的艺术形态之中的。不同门类的艺术媒介，造成了艺术的不同形态，也就形成了各具特征的文艺形象。或是视觉的，或是听觉的，或是想象的，或是综合的。它们不始于人物形象，更不限于桥段或结构，也可能是美好的旋律给人留下的强烈印象，也可能是某种造型给人的心灵震撼。但既然是经典的，应该是稳定的，令人反复回味的。"经典文艺形象"大大拓展了现有的美学理论空间，丰富了经典理论，更是对当下文艺创作的莫大鼓励与指引。

（原载《文艺报》2022年8月19日）

文艺精品的历时增值与生成要素

只有精品,才有成为经典的可能。习近平总书记在文艺工作座谈会上的讲话中明确指出:"文艺不能在市场经济大潮中迷失方向,不能在为什么人的问题上发生偏差,否则文艺就没有生命力。"[1]习近平同志进而告诫说:"低俗不是通俗,欲望不代表希望,单纯感官娱乐不等于精神快乐。……文艺不能当市场的奴隶,不要沾满了铜臭气。"[2]这对当下的文艺领域有鲜明的针对性。

文艺创作应该取法乎上,而不应该仅仅为了经济利益取悦于低俗,这本来是文艺创作题中应有之义。但有些人只顾眼前的"市场效益",而忘却了自己作为文艺工作者的责任,这是一种自甘堕落。伟大诗人杜甫曾言:"文章千古事",这是真正的文学家艺术家所秉持的价值立场。精品是要经得起时间的考验的,要有穿越时空而愈增其审美价值的潜质。文艺精品并非只是小众的,并非与大众的审美趣味相对立,恰恰相反,是要满足为数甚众的人民的审美需要。当"市场奴隶"难以进入真正的艺术范畴,不过是千方百计地制造感官上的刺激而获取一时的经济效益。

---

[1] 习近平:《在文艺工作座谈会上的讲话》,北京:人民出版社,2015年,第9页。
[2] 习近平:《在文艺工作座谈会上的讲话》,北京:人民出版社,2015年,第20页。

在笔者看来，文艺精品当然是不能依附于市场的，但作为精品，应该是经典生成的基础，它依然意味着接受群体的最大化。习近平同志在文艺工作座谈会上的讲话中提出："要把满足人民精神文化需求作为文艺和文艺工作的出发点和落脚点，把人民作为文艺表现的主体，把人民作为文艺审美的鉴赏家和评判者，把为人民服务作为文艺工作者的天职。"[1]这段话可以使我们对文艺精品的问题有更为深刻的认识。满足人民的精神文化需求，当然就不是小众和分众的事，而应该是大众化。但大众化决不意味着庸俗化或低俗化，更不意味着降低艺术标准。人民是一个历史性的范畴，今天的人民，其整体上的学历层次、知识结构、审美修养、认识水平，比以往高出许多。把人民当作真正的鉴赏家和评判者，这对文学艺术创作来说，是一个非常高的要求。如果认为人民只是需要那种无聊搞笑的东西，那只能说明作者本身的浅薄无知。这也正是很多文艺工作者的误区所在。如果你是一个有着真正的艺术理想的作者，就会尊重人民作为鉴赏家和评判者的存在。你如果以创造文艺精品为宗旨，就要懂得能够赋予你的作品以文艺精品地位的，不是权势，不是金钱，而是人民的审美评价。

精品是要经得住时间的检验的，同时更要经得起人民的考验。文艺不做市场的奴隶，不等于说不要市场。文艺精品是不能回避市场的。我在这里还提出一个看法，就是市场还有一时之市场和长久之市场的区别。既然是文艺精品，就不能只是拥有当下的市场，而且一定也会拥有未来的市场，精品必定是穿越时空而具有不断增值的艺术魅力的。

能够成为文艺精品、甚至经过时间的沙汰而成为中外文化史、文学史或艺术史经典，一定是有着真善美的共同价值取向。中外历史上留存下来的文艺作品，产生于不同的时代、不同的民族、不同的地域，

---

[1] 习近平：《在文艺工作座谈会上的讲话》，北京：人民出版社，2015年，第13-14页。

但能够成为世界文明宝库中的艺术瑰宝，能够越千年而不衰，为不同国度、不同民族、不同时代的人们所喜爱、所珍视，必然是体现着真善美于一体的价值观，必然是映射着创作主体那种民胞物与的博大胸怀。所谓"真"，不仅是模写现实之真，更重要的是作家艺术的情感之真。如屈原的《离骚》、左思的《咏史》，西方文艺中如巴尔扎克的小说、莎士比亚的戏剧、湖畔诗人的诗歌等。有些经典之作，看似并非模写现实一路，却因表现了社会本质之真而受到人们的高度推崇，如毕加索的《格尔尼卡》、卡夫卡的《变形记》等。真善美高度融合的价值取向，更重要的表现于作者的情怀与品格。彰显正义、悲天悯人的情怀才能创造出真正的精品。伟大诗人杜甫的作品堪称中国诗史上的经典，清代诗论家叶燮的评价最有代表性，其中说："我谓作诗者，亦必先有诗之基焉。诗之基，其人胸襟是也。有胸襟，然后能载其性情、智慧、聪明、才辨以出，随遇发生，随生即盛。千古诗人推杜甫。其诗随所遇之人之境之事之物，无处不发其思君王、忧祸乱、悲时日、念友朋、吊古人、怀远道，凡欢愉、幽愁、离合、今昔之感，一一触类而起，因遇得题，因题达情，因情敷句，皆因甫有其胸襟以为基。"（《原诗·内篇》）这段话可以说揭示了真善美高度融合的价值观在主体方面的体现。

成为文艺精品，应该有着与人们日常生活情感密切相关的艺术魅力。文艺作品表现主体的审美情感，而又生发于人们的日常情感。由日常情感生发出审美情感。如果与人们的日常情感无关，只是表现狭小的"自我"，是难以得到人们的认同的。真正能够表现人们的情感体验，哪怕是历经千年，都会唤起人们的情感认同，从而走向经典。如《诗经》中有《桃夭》篇的"桃之夭夭，灼灼其华，之子于归，宜其室家"，表现新婚的热烈喜庆，《伯兮》篇中"自伯之东，首如飞蓬。岂无膏沐，谁适为容？"表现思妇对征夫的怀念，李商隐《无题》中"身无彩凤双飞翼，心有灵犀一点通"，表现爱情的相知，都是通过作品表现了人们日常情感中那些共同的东西。叙事性的作品，从接受的角度而言，人们对经典之作的喜爱与认同，更多的是对作品中的主要人物的人格魅力和超凡品行的推崇。如《窦娥冤》中窦娥的善良与抗争，《三国演义》中诸葛亮的智慧、关羽的忠勇，《悲惨世界》中冉阿让历尽艰辛的复仇之路，电视剧《闯关东》中朱开山的大气，《亮剑》中李云龙铁血军人的气概，都是因为人物艺术形象受到人们的高度喜爱，才使人们更多地关注他们的命运。

艺术形式的创造性和个性化是成为艺术精品的另一个重要前提。中国古代杰出的文论家刘勰所指出的"暨乎篇成，半折心始"（《文心雕龙·神思》）就是因为诗人的语言能力的限制所致，所谓"言征实而难巧"也。笔者以为在文学艺术创作中，艺术家的艺术语言能力是第一要素，美国哲学家古德曼在《艺术语言》一书说："'语言'严格地讲，应当代之以'符号体系'"。不同的艺术门类有不同的艺术语言，同一门类的艺术也因艺术家艺术个性的差异而带来艺术语言的丰富与多元。

（原载《福建论坛》2015年第4期）

创新是文艺的生命

——对习近平总书记文艺创新思想的初步理解

"创新是文艺的生命",习近平总书记对于当前的文艺创作提出了这样的命题,足见创新对于文艺事业的重要性。从 2014 年在文艺工作座谈会上的讲话,到 2016 年在中国文联十大、中国作协九大开幕式上的讲话,习近平总书记关于文艺的讲话,突出地强调了创新对于文学艺术生存与发展的至关重要的作用。创新意识,至关重要。然而,他并非空泛笼统地谈创新,而是有着辩证的思维和深刻的内涵。其文艺创新理论包含了丰富的意蕴,并且有若干层次的理论建构。在中国文联十大、中国作协九大开幕式上的讲话(以下简称"文代会讲话")中,习近平总书记提出了四点希望,其中第三点,就是"希望大家勇于创新创造,用精湛的艺术推动文化创新发展。优秀作品反映着一个国家、一个民族文化创新创造的能力和水平。广大文艺工作者要把创作生产优秀作品作为中心环节,不断推进文艺创新、提高文艺创作质量,努力为人民创造文化杰作、为人类贡献不朽作品。"[1]

这是习近平总书记对于文艺创新思想的概括性表述,也是针对当前文艺界存在着的有数量缺质量、有"高原"缺"高峰"的现象,抄

---

[1] 习近平:《在中国文联十大、中国作协九大开幕式上的讲话》,北京:人民出版社,2016 年,第 15 页。

袭模仿、千篇一律的问题，机械化生产、快餐式消费的问题，提出的总体对策，而非局部的、阶段性的要求。在文艺工作座谈会上，习近平总书记也说过："'诗文随世运，无日不趋新。'创新是文艺的生命。文艺创作中出现的一些问题，同创新能力不足很有关系。"[1] 可以看出，从文艺工作座谈会上的讲话，到不久前的文代会讲话，文艺创新是其思想中最为重要的部分之一，而且是不断强化、愈加明晰的。

一、"薪火相传"：继承与创新的辩证关系

在当代中国的文艺领域，创新可谓第一要务。习近平总书记在文艺工作座谈会讲话中指出"创作无愧于时代的优秀作品"，没有创新是做不到的。"无愧于时代的优秀作品"，所说的一般性优秀作品还远远不够，而应是能够体现时代特色、作为时代文化丰碑的杰作，是可以作为我们这个时代之经典而传之后世的精品。这样的作品，之于其他时代，之于其他作品，必然是体现出鲜明的创新性质的。创新并非平地起高楼，并非无中生有，而是在继承人类优秀的文学艺术遗产的基础上的创新。继承是基础，创新是目的。习近平总书记以辩证的思维方式来阐明创新与继承的关系，而这种继承，侧重点在于对中华美学精神和优秀的中华文化的继承；创新并非离开优秀的传统文化的创新，而是延续中华民族文明血脉、发扬光大中华美学精神的创新。习近平总书记在文代会讲话中指出："中华文化延续着我们国家和民族的精神血脉，既需要薪火相传、代代守护，也需要与时俱进、推陈出新。要加强对中华优秀传统文化的挖掘和阐发，使中华民族最基本的文化基因同当代中国文化相适应、同现代社会相协调，把跨越时空、跨越国

---

[1]《习近平总书记在文艺工作座谈会上的重要讲话学习读本》，北京：学习出版社，2015年，第12页。

界、富有永恒魅力、具有当代价值的文化精神弘扬起来，激活其内在的强大生命力，让中华文化同各国人民创造的多彩文化一道，为人类提供正确精神指引。"[1]这段话的主要内涵，更在发掘中华文化中文学艺术的精髓。对于中华优秀传统文化的挖掘和阐发，正是创新创造的前提与基础。没有创新的继承是无生命的继承，也是缺少意义和价值的继承，只有在创新中继承，才能激活中华文化并使之得以光大。在文艺工作座谈会讲话中，习近平总书记指出："传承中华文化，绝不是简单复古，也不是盲目排外，而是古为今用、洋为中用、辩证取舍、推陈出新，摒弃消极因素，继承积极思想，'以古人之规矩，开自己之生面'，实现中华文化的创造性转化和创新性发展。"[2]这里将创新与继承的关系作了十分辩证的阐述。当然，这是在传承和弘扬中华美学精神的框架里来谈的。而传承和弘扬中华优秀传统文化、传承和弘扬中华美学精神，并非一味复古和盲目排外，而是要摒弃消极因素，继承积极思想，其目的和落脚点，还在于创造性转化和创新性发展。

创新一定离不开继承，而真正的继承也离不开创新。无论是继承还是创新，都不能离开中华优秀传统文化的轨道。习近平总书记对文艺创新的提倡，都是立足于优秀中华文化传统的立场之上，如在文代会讲话中，习近平总书记指出："中华民族精神，既体现在中国人民的奋斗历程和奋斗业绩中，体现在中国人民的精神生活和精神世界中，也反映在几千年来中华民族产生的一切优秀作品中，反映在我国一切

---

[1] 习近平：《在中国文联十大、中国作协九大开幕式上的讲话》，北京：人民出版社，2016年，第15-16页。
[2] 《习近平总书记在文艺工作座谈会上的重要讲话学习读本》，北京：学习出版社，2015年，第29页。

文学家、艺术家的杰出创造活动中。"[1] 习近平总书记讲继承与创新的关系，是以中华民族精神为主线的，又是限定于文学艺术领域的。民族精神是文学艺术创新的底色，文学艺术创新又是民族精神的表征。中国的文学艺术长河，可以说是一部继承与创新辩证发展的历史。一方面蕴含了从以往时代的文艺作品中继承下来的文学传统，一方面又鲜明地体现着时代的色彩——这种时代色彩正是创新的体现。习近平总书记又指出："一个时代有一个时代的文艺，一个时代有一个时代的精神。任何一个时代的经典文艺作品，都是那个时代社会生活和精神的写照，都具有那个时代的烙印和特征。"[2] 创新是与时代精神同步的，时代精神是创新的原动力。中国古代杰出的文艺理论家刘勰用"通变"来阐述文艺创新与继承的关系。《文心雕龙·通变》开篇即言："夫设文之体有常，变文之数无方。何以明其然耶？凡诗赋书记，名理相因，此有常之体也；文辞气力，通变则久，此无言之数也。名理有常，体必资于故实；通变无方，数必酌于新声：故能骋无穷之路，饮不竭之源。"[3] 这里表达了刘勰最为基本的文学史观。"通"即是继承，是"有常之体"；"变"即为创新，是"无方之数"。通就是"资于故实"，吸收、继承以往的文学资源；变则是"酌于新声"，借鉴时代新的因素，形成新的风格。在刘勰看来，单纯地通或单纯地变，都会使文路愈狭，生机日萎。只有参酌通变，才能使文统发挥光大，日新月异，驰骋在"无穷之路"上。刘勰讲"通变"，其着眼点在于创造出"颖脱之文"

---

[1] 习近平：《在中国文联十大、中国作协九大开幕式上的讲话》，北京：人民出版社，2016年，第6-7页。
[2] 习近平：《在中国文联十大、中国作协九大开幕式上的讲话》，北京：人民出版社，2016年，第7页。
[3] 范文澜注：《文心雕龙注》，北京：人民文学出版社，1958年，第519页。

即光彩焕然、个性鲜明的作品，因此他说："是以规略文统，宜宏大体：先博览以精阅，总纲纪而摄契；然后拓衢路，置关键，长辔远驭，从容按节，凭情以会通，负气以适变，采如宛虹之奋鬐，光若长离之振翼，迺颖脱之文矣。若乃龌龊于偏解，矜激乎一致，此庭间之回骤，岂万里之逸步哉？"[1]所谓"颖脱之文"就是那种崭露头角、出类拔萃的作品。事实上，中国文学史上能够开一代风气的伟大作家，都是在博采精取前代文学精华的基础之上形成自己自成一家风格的。李白、杜甫、苏轼、黄庭坚、辛弃疾、元好问等，莫不如此。

创新的目的在于创造更为精彩的中国文化，使当代中国在世界之林中彰显出更为鲜明的特色。习近平总书记之所以强调创新与继承的密切关系，其旨归在于坚定文化自信，用文艺振奋民族精神。在文代会讲话中，习近平总书记明确指出："中华文化既是历史的、也是当代的，既是民族的、也是世界的。只有扎根脚下这块生于斯、长于斯的土地，文艺才能接住地气、增加底气、灌注生气，在世界文化激荡中站稳脚跟。正所谓'落其实者思其树，饮其流者怀其源'。我们要坚持不忘本来、吸收外来、面向未来，在继承中转化，在学习中超越，创作更多体现中华文化精髓、反映中国人审美追求、传播当代中国价值观念、又符合世界进步潮流的优秀作品，让我国文艺以鲜明的中国特色、中国风格、中国气派屹立于世。"[2]这段话以充沛的文气表明了在"继承中转化"的现实落点，就在于坚定文化自信，光大中国文化。所继承者不仅在于文艺创作的艺术传承，更在于对博大精深的中华文化基因的获得。谈继承与创新问题，是与前面所谈的坚定文化自信问题

---

[1] 范文澜注：《文心雕龙注》，北京：人民文学出版社，1958年，第527页。
[2] 习近平：《在中国文联十大、中国作协九大开幕式上的讲话》，北京：人民出版社，2016年，第10页。

密切相关的。正如习近平总书记所说："坚定文化自信，是事关国运兴衰、事关文化安全、事关民族精神独立性的大问题。"[1]如果我们仅是在艺术技巧、表现手法等方面来谈继承与创新关系，那未免有些浅薄与狭隘了。习近平总书记在讲到文化自信时如是说："在每一个历史时期，中华民族都留下了无数不朽作品。从诗经、楚辞、汉赋，到唐诗、宋词、元曲、明清小说等，共同铸就了灿烂的中国文艺历史星河。中华民族文艺创造力是如此强大、创造的成就是如此辉煌，中华民族素有文化自信的气度，我们应该为此感到无比自豪，也应该为此感到无比自信。"[2]这里所说的，正是我们所言继承的根本。立足根基，立足中华文化，继承才算是真正的继承。

一个时代有一个时代之文学，有一个时代之文化艺术。我们要创造属于我们这个时代的文艺高峰、文艺经典，仅有继承当然是远远不够的。创新也非仅是艺术形式、艺术表现上的创新，是要创造当今时代的精神地标。习近平总书记于此指出："古今中外，文艺无不遵循这样一条规律：因时而兴，乘势而变，随时代而行，与时代同频共振。在人类发展的每一个重大历史关头，文艺都能发时代之先声、开社会之先风、启智慧之先河，成为时代变迁和社会变革的先导。离开火热的社会实践，在恢宏的时代主旋律之外茕茕孑立、喃喃自语，只能被时代淘汰。"[3]这里论述了创新的时代内涵。只有以时代精神为底蕴，创新才是真正的创新。

---

[1] 习近平：《在中国文联十大、中国作协九大开幕式上的讲话》，北京：人民出版社，2016年，第6页。
[2] 习近平：《在中国文联十大、中国作协九大开幕式上的讲话》，北京：人民出版社，2016年，第7页。
[3] 习近平：《在中国文联十大、中国作协九大开幕式上的讲话》，北京：人民出版社，2016年，第7-8页。

二、创新与艺术价值、经典追求

习近平总书记强调艺术创新，有着重要的现实意义，是对于文艺领域普遍存在着的浮躁之风、猎奇之风的针砭。在文艺领域中，很多人一味标新立异，追求怪诞，以吸人眼球、炫人耳目来获得票房或收视率，却打着创新的旗号。习近平总书记明确指出创新是要"创造质量的标杆"，而那种"一味标新立异，追求怪诞"则是浮躁之风的典型表现。习近平总书记在强调创新时这样指出："与时俱进、自强不息，是中华民族的鲜明禀赋，也是我国文艺不断繁荣发展的强大动力。我国文艺不仅要有体量的增长，更要创造质量的标杆。创新贵在独辟蹊径、不拘一格，但一味标新立异、追求怪诞，不可能成为上品，而很可能流于下品。要克服浮躁这个顽疾，抵制急功近利、粗制滥造，用专注的态度、敬业的精神、踏实的努力创作出更多高质量、高品位的作品。"[1] 应该看到，这段论述对于当前文学家、艺术家的创作实践，有着方向性的警示和引领作用，揭示出"一味标新立异，追求怪诞"的创作倾向假创新、真浮躁的本质。在文艺工作座谈会讲话中，习近平总书记有一段批评当前文艺之弊的论述："改革开放以来，我国文艺创作迎来了新的春天，产生了大量脍炙人口的优秀作品。同时，也不能否认，在文艺创作方面，也存在着有数量缺质量、有'高原'缺'高峰'的现象，存在着抄袭模仿、千篇一律的问题，存在着机械化生产、快餐式消费的问题。在有些作品中，有的调侃崇高、扭曲经典、颠覆历史，丑化人民群众和英雄人物；有的是非不分、善恶不辨、以丑为美，过度渲染社会阴暗面；有的搜奇猎艳、一味媚俗、低级趣味，把作品当作追逐利益的'摇钱树'，当作感官刺激的'摇头丸'；有的胡

---

[1] 习近平：《在中国文联十大、中国作协九大开幕式上的讲话》，北京：人民出版社，2016年，第16-17页。

编乱写、粗制滥造、牵强附会，制造了一些文化'垃圾'；有的追求奢华、过度包装、炫富摆阔，形式大于内容；还有的热衷于所谓'为艺术而艺术'，只写一己悲欢、杯水风波，脱离大众、脱离现实。凡此种种都警示我们，文艺不能在市场经济大潮中迷失方向，不能在为什么人的问题上发生偏差，否则文艺就没有生命力。"[1]他站在总揽全局的高度概括出当前文艺领域的种种乱象，这些乱象使文艺丧失生命力。虽然并不完全是缺少创新的问题，但从创作角度讲，这些都与真正的创新背道而驰。在文代会讲话中，习近平总书记发出了"创新是文艺的生命"的振聋发聩之语，把创新作为疗救当前文艺创作之弊的根本良方。

创新的目的，是要创造最为丰富、最为卓越的艺术价值，是创作出划时代的精品艺术。这需要深厚博大的人文情怀、艰苦卓绝的艺术追求和大胆探索、锐意进取的勇气。当前文艺领域，千篇一律、雷同跟风者颇多，粗制滥造、一哄而上者甚众，究其原因，是原创能力的匮乏、艺术修养浅薄、浮躁之风的流行等，都是阻碍艺术创新的"拦路虎"。在文代会讲话中，习近平总书记这样论述文艺创新："创新是文艺的生命。要把创新精神贯穿文艺创作全过程，大胆探索，锐意进取，在提高原创力上下功夫，在拓展题材、内容、形式、手法上下功夫，推动观念和手段相结合、内容和形式相融合、各种艺术要素和技术要素相辉映，让作品更加精彩纷呈、引人入胜。要把提高作品的精神高度、文化内涵、艺术价值作为追求，让目光再广大一些、再深远一些，向着人类最先进的方面注目，向着人类精神世界的最深处探寻，同时直面当下中国人民的生存现实，创造出丰富多样的中国故事、中

---

[1]《习近平总书记在文艺工作座谈会上的重要讲话学习读本》，北京：学习出版社，2015年，第10页。

国形象、中国旋律，为世界贡献特殊的声响和色彩、展现特殊的诗情和意境。"[1]这段论述有非常丰富的内涵。创新精神在文艺创作中，并不仅仅是形式或手法的问题，而在于观念与手段、内容和形式的深度融合，在于题材、内容、形式、手法的拓展，当下，还有艺术要素与技术要素的交相辉映。仅仅考虑艺术手法和艺术形式的创新，还很难说是真正的创新。在文艺工作座谈会讲话中，他更早地谈到这样的意思："文艺创作是观念和手段相结合、内容和形式相融合的深度创新，是各种艺术要素和技术要素的集成，是胸怀和创意的对接。要把创新精神贯穿文艺创作生产全过程，增强文艺原创能力。"[2]这是对于文艺创新的全面的、具有鲜明时代感的理论表述。试想一下，中外文艺发展长河中具有创新意义的作品，并不仅仅是形式或手法的创新，而是以作家、艺术家对于社会、人生、历史的新理解、新认识为内核的。诗词、戏曲、小说，莫不如此；绘画、音乐、书法，概莫能外。如杜甫的五言长诗《北征》和《自京赴奉先县咏怀五百字》，是唐诗中的巅峰之作，充分体现了诗人的创新能力。而这都出于诗人对"安史之乱"给唐代社会带来的深刻影响的认识及亲身体验。睢景臣的《哨遍·高祖还乡》，以套曲的形式、乡里农人的陌生化眼光，以非常幽默、喜剧化的笔致，把封建帝王的本质写得活灵活现，入木三分。作者将对封建社会本质的深刻认识和套曲的形式融合无间。再如中国画，唐代画家兼诗人王维的《雪中芭蕉图》以其创意与构图之别具一格闻名于画史，宋人沈括的评价尤有代表性："书画之妙当以神会，难可以形器求也。世之观画者，多能指摘其间形象、位置、彩色瑕疵而已，至于奥理冥造者，

---

[1] 习近平：《在中国文联十大、中国作协九大开幕式上的讲话》，北京：人民出版社，2016年，第16页。
[2] 《习近平总书记在文艺工作座谈会上的重要讲话学习读本》，北京：学习出版社，2015年，第12页。

罕有其人。如彦远画评王维画物多不问四时，如画花往往以桃、杏、莲花同画一景。余家所藏摩诘（王维字——笔者按）画袁安卧雪图中有雪中芭蕉，此乃得心应手，意到便成，故造理入神，迥得天意，此难可与俗人论也。"[1]王维此画，可谓是开文人画之先河者。而其中"造理入神"的创意，并非仅是构思上的独出新裁，而是由于大乘佛教的空观给王维带来观察世界的新目光。

对艺术价值的追求是文艺创新的产物，也是文艺作品得以存在并且传世的基本条件。如果一件作品没有真正的艺术价值，即便产生，很快就会被历史遗忘。艺术价值的生成，是以创新作为前提的，如果作品没有创新的风貌，则艺术价值无从谈起。艺术价值对于艺术品而言，是一个综合性的尺度，优秀的艺术品是以包容总括进相关的价值又以审美形式成一整体而存在于文学艺术史上的。前苏联著名美学家斯托洛维奇于此阐析道："艺术价值不是独特的自身闭锁的世界。艺术可以具有许多意义：功利意义（特别是实用艺术、工业品艺术设计和建筑）和科学认识意义、政治意义和伦理意义。但是，如果这些意义不交融在艺术的审美冶炉中，如果它们同艺术的审美意义折衷地共存并处而不有机地纳入其中，那么作品可能是不坏的直观教具，或者是有用的物品，但是永远不能上升到真正艺术的高度。审美和非审美的辩证法——对于艺术是外部的而不是内部的矛盾。艺术价值把审美和非审美交融在一起，因而是审美价值的特殊形式。我们已经指出，有别于其他的审美价值，艺术价值是创造劳动的结果。但不是劳动活动的所有产品乃至于具有审美属性的产品都能成为艺术品的。只有当'按照美的规律'创造的现象同时反映客观现实，表明人的审美意识时，艺术品才能形成。人对世界的审美关系在艺术价值中得到物化和体现。

---

[1] 沈括：《梦溪笔谈》卷十七，上海：上海书店出版社，2009年，第141页。

艺术价值是一种新的、更复杂的审美价值。"[1]斯氏对艺术价值的阐述较为客观、颇为全面地揭示了艺术价值的内涵。他认为在艺术品中体现出的艺术价值，应该是其他方面的意义（如政治意义、伦理意义和科学认识意义等）通过艺术创造交融在审美冶炉之中的整体性价值。习近平总书记提出艺术创作的追求是提高作品的精神高度、文化内涵、艺术价值，则是针对目前文艺领域中存在的问题，使创作有一个更为高远、更能体现民族文化的取向，而这些都应通过艺术价值得以呈现。

与一般性的审美价值不同的是，艺术价值是创造性劳动的结果。古今中外在文化史上能够具有一席之地的文学家、艺术家，都是以其作品独特而卓异的艺术价值，得到人们的认可，直入人们的心灵，从而在文学史艺术史上留下名字。那些不付出艰苦努力，不经过多年的艺术训练，只靠哗众取宠的所谓艺术家，是不可能创作出艺术精品的，当然也不可能有真正的艺术创新。正如黑格尔指出的："但是单靠心血来潮并不济事，香槟酒产生不出诗来；例如马蒙特尔说过，他坐在地窖里面对着六千瓶香槟酒，可是没有丝毫的诗意冲上他脑里来。同理，最大的天才尽管朝朝暮暮躺在青草地上，让微风吹来，眼望着天空，温柔的灵感也始终不光顾他。"[2]艺术价值的创造，一定是倾注心血、厚积薄发的结果。浮躁是创新的死敌。习近平总书记在谈到艺术创新时倡导艺术家孜孜以求、精益求精的精神，在文艺工作座谈会讲话中，他明确批评那种浮躁的不良风气，说："我同几位艺术家交谈过，问当前文艺最突出的问题是什么，他们不约而同地说了两个字：浮躁。一些人觉得，为一部作品反复打磨，不能及时兑换成实用价值，或者说

---

[1] ［苏］列·斯托洛维奇：《审美价值的本质》，凌继尧译，北京：中国社会科学出版社，1984年，第167页。

[2] ［德］黑格尔：《美学》第一卷，朱光潜译，北京：商务印书馆，1996年2版，第364页。

不能及时兑换成人民币，不值得，也不划算。这样的态度，不仅会误导创作，而且会使低俗作品大行其道，造成劣币驱逐良币现象。人类文艺发展史表明，急功近利，竭泽而渔，粗制滥造，不仅是对文艺的一种伤害，也是对社会精神生活的一种伤害。低俗不是通俗，欲望不代表希望，单纯感官娱乐不等于精神快乐。文艺要赢得人民认可，花拳绣腿不行，投机取巧不行，沽名钓誉不行，自我炒作不行，'大花轿，人抬人'也不行。"[1]这里概括揭示的这几种现象，都是浮躁风气的表现，正如他所言，"不仅是对文艺的一种伤害，也是对社会精神生活的一种伤害"[2]，如果对这些浮躁之风听之任之，要想文艺创新，那才是"戛戛乎其难哉"。文艺创新以出精品为旨归，浮躁是当前最大的敌人。习近平总书记又指出艺术精品是精益求精的结果："精品之所以'精'，就在于其思想精深、艺术精湛、制作精良。'充实之谓美，充实而有光辉之谓大。'古往今来，文艺巨制无不是厚积薄发的结晶，文艺魅力无不是内在充实的显现。凡是传世之作、千古名篇，必然是笃定恒心、倾注心血的作品。福楼拜说，写《包法利夫人》'有一页就写了5天'，'客店这一节也许得写3个月'。曹雪芹写《红楼梦》'披阅十载，增删五次'。正是有了这种孜孜以求、精益求精的精神，好的文艺作品才能打造出来。"[3]这段话首先揭示了精品的准确内涵，精品并非仅是形式或手法的上乘，而在于思想精深、艺术精湛、制作精良，这是对当代文艺精品的时代性概括。当下的文艺创作，有很多都是数字化制作的产物，数字化的技术手段，可以使艺术家的创作目的得到更为完美的

---

[1] 《习近平总书记在文艺工作座谈会上的重要讲话学习读本》，北京：学习出版社，2015年，第10-11页。
[2] 《习近平总书记在文艺工作座谈会上的重要讲话学习读本》，北京：学习出版社，2015年，第11页。
[3] 《习近平总书记在文艺工作座谈会上的重要讲话学习读本》，北京：学习出版社，2015年，第11页。

实现。习近平总书记高度重视艺术与技术的结合，视为当代文艺创新不可或缺的因素。在文艺工作座谈会上讲话中主张"各种艺术要素和技术要素的集成"，在文代会讲话中提出"各种艺术要素与技术要素相辉映"，这在其文艺创新思想中不是一时的想法，而是在深刻理解、准确把握文艺创作的时代特征和新的审美机理基础之上的文艺创新观念，值得我们认真领会思索。再者，艺术创新必须以艺术家孜孜以求、精益求精的态度来进行。在文代会讲话中，习近平总书记又指出："文艺创作是艰苦的创造性劳动，来不得半点虚假。那些叫得响、传得开、留得住的文艺精品，都是远离浮躁、不求功利得来的，都是呕心沥血铸就的。我国古人说：'吟安一个字，捻断数茎须。''两句三年得，一吟双泪流。'路遥的墓碑上刻着：'像牛一样劳动，像土地一样奉献。'托尔斯泰也说过：'如果有人告诉我，我可以写一部长篇小说，用它来毫无问题地断定一种我认为是正确的对一切社会问题的看法，那么，这样的小说我还用不了两个小时的劳动。但如果告诉我，现在的孩子们二十年后还要读我所写的东西，他们还要为它哭，为它笑，而且热爱生活，那么，我就要为这样的小说献出我整个一生和全部力量。'广大文艺工作者要有'板凳坐得十年冷'的艺术定力，有'语不惊人死不休'的执着追求，才能拿出扛鼎之作、传世之作、不朽之作。"[1]言之谆谆，习近平总书记反复重申这一点，就是告诫我们，要想文艺创新，必须摒弃浮躁。

创新的最高目标是经典的创造。经典的形成当然不是一朝一夕的事情，而是必须经过后来者许多年代的接受与认可。时间在经典形成中是至关重要的因素。哪部作品能够成为经典？这是我们在当下无法

---

[1] 习近平：《在中国文联十大、中国作协九大开幕式上的讲话》，北京：人民出版社，2016年，第18-19页。

肯定的，但可以肯定的是，缺少创新、浮躁跟风者，绝无成为经典的可能。中华民族的文化史上留下了许多光彩熠熠的文艺经典，它们代表的是不同时代的文化高峰。我们这个时代的文学家、艺术家，也应该有这样的追求。文艺创新的最高指向便是经典的创造。习近平总书记对此充满了殷切的期待。他在文代会讲话中指出："经典之所以能够成为经典，其中必然含有隽永的美、永恒的情、浩荡的气。经典通过主题内蕴、人物塑造、情感建构、意境营造、语言修辞等，容纳了深刻流动的心灵世界和鲜活丰满的本真生命，包含了历史、文化、人性的内涵，具有思想的穿透力、审美的洞察力、形式的创造力，因此才能成为不会过时的作品。"[1]经典一定具有传世性，经典与非经典的差别就在于前者是在时光的流逝中不但没有失去影响和魅力，反而是经过打磨，愈加增添了光彩，具有长久不衰的生命力；而后者则很快湮没于时光的流沙之中。习近平总书记认为举凡经典一定会有隽永的美、永恒的情和浩荡的气，这些都是可以唤起不同时代的人们的审美兴趣，并且在时光的长河中不断增值。这也正是艺术创新的目标所在。

三、文艺创新的主体因素

作为文学家、艺术家，文艺创新是其所怀抱的愿望，把艺术创作视为己任，必以文艺创新作为自己的追求，否则，也就无以言文学家、艺术家了。但是能否真正在创作中做到创新，并不完全取决于自己的美好愿望，还要有许多条件制约，而其中最为重要的，当属作家艺术家的主体因素。如欲在文艺创作中不断产生具有创新意义的作品，创作主体一定要有博大的胸襟、高远的人文情怀，还要有深厚的艺术修

---

[1] 习近平：《在中国文联十大、中国作协九大开幕式上的讲话》，北京：人民出版社，2016年，第18页。

养,精湛的艺术表现能力,更兼如杜甫"语不惊人死不休"式的执着追求。习近平总书记在文代会讲话中所强调的"塑造自己",就是对文艺创新主体因素的阐述。他说:"文艺要塑造人心,创作者首先要塑造自己。养德和修艺是分不开的。德不优者不能怀远,才不大者不能博见。广大文艺工作者要把崇德尚艺作为一生的功课,把为人、做事、从艺统一起来,加强思想积累、知识储备、艺术训练,提高学养、涵养、修养,努力追求真才学、好德行、高品位,做到德艺双馨。"[1] "崇德尚艺",是习近平总书记对文艺创新主体因素的根本概括,虽然非常简明易懂,但却内涵深刻。要真正创造出具有创新意义的艺术精品,"崇德"与"尚艺"必须双修。在文艺工作座谈会上的讲话中,习近平总书记对文学家、艺术家表达了同样的期待,指出:"文艺是给人以价值引导、精神引领、审美启迪的,艺术家自身的思想水平、业务水平、道德水平是根本。文艺工作者要自觉坚守艺术理想,不断提高学养、涵养、修养,加强思想积累、知识储备、文化修养、艺术训练,努力做到'笼天地于形内,挫万物于笔端'。除了要有好的专业素养之外,还要有高尚的人格修为,有'铁肩担道义'的社会责任感。"[2] 这两个讲话中涉及到艺术主体因素时的主张是一脉相承的,概括而言,就是"崇德修艺"。崇德与修艺之间是辩证的结合。只有艺术才华而无好的道德修养,很难创作出优秀的艺术品;而只有高尚的德行,无出神入化的艺术造诣,作品也只能是平庸之制。道德修养、胸怀眼光,清人叶燮称之为"胸襟",叶氏主张:"我谓作诗者,亦必先有诗之基焉。诗之基,其人之胸襟是也。有胸襟,然后能载其性情、智慧、聪明、

---

[1] 习近平:《在中国文联十大、中国作协九大开幕式上的讲话》,北京:人民出版社,2016年,第18页。
[2] 《习近平总书记在文艺工作座谈会上的重要讲话学习读本》,北京:学习出版社,2015年,第13页。

才辨以出，随遇发生，随生即盛。"[1]把"胸襟"作为诗歌创作的根本。然而，仅凭此还远远不够，为使作品能有创新的价值和成就，作家、艺术家还必须在艺术表现能力方面下大功夫。习近平总书记主张艺术家要加强艺术训练，这个提法笔者是大有感触的。创新不是一句空话，只有好的想法而无出类拔萃的表现能力，创新的目标也是枉然。因此，艺术训练对于一个艺术家来说是非常必要的。不要将艺术训练仅仅理解为创作方法、表现手段的掌握，而是以对艺术的执着追求，使自己运用艺术媒介的能力臻于成熟乃至达到化境。习近平总书记在文艺工作座谈会上所说的"'取法于上，仅得为中；取法于中，故为其下。'有容乃大、无欲则刚，淡泊明志、宁静致远。大凡伟大的作家艺术家，都有一个渐进、渐悟、渐成的过程。文艺工作者要志存高远，就要有'望尽天涯路'的追求，耐得住'昨夜西风凋碧树'的清冷和'独上高楼'的寂寞，即便是'衣带渐宽'也'终不悔'，即便是'人憔悴'也心甘情愿，最后达到'众里寻他千百度'，'蓦然回首，那人却在，灯火阑珊处'的领悟"[2]，这种追求和境界，才是文艺创新的主体成因所在。

习近平总书记在中国文联十大、中国作协九大开幕式上的讲话和2014年在文艺工作座谈会上的讲话，其基本观念是完全一致的，而前者又明确突出了文艺创新问题，并将"创新是文艺的生命"的命题提到前所未有的高度，更为系统、更具理论形态，非常丰富深刻，关系到文艺创作质量的整体提升，值得我们反复学习，深入领会。

（原载《中国文艺评论》2017年第5期）

---

[1] 叶燮：《原诗》，北京：人民文学出版社，1979年，第17页。
[2] 《习近平总书记在文艺工作座谈会上的重要讲话学习读本》，北京：学习出版社，2015年，第11-12页。

从意象看审美范畴的规范使用

"意象"作为中国古代文论或美学研究的范畴，处于核心的乃至是"元范畴"的地位，其理论意义和学术价值的重要性是不言而喻的。意象研究的相关论著及论文难以准确以数量统计。作为文艺批评的重要术语，新时期以来的文艺评论、文学史及美学研究，对于意象的运用更为普泛化，很多论者甚至言必称"意象"。从以往用得最多的概念——"形象"，到近些年来处处可见的"意象"，很明显地可以感受到学术及文艺批评领域的时迁世移。这也是新时期以来文论界、美学界发生重大变革的标志之一。对于这种历史性的理论变迁，笔者是身在其中的。"意象"这个概念的大行其道，是文学观念"向内转"的趋向所致，也是美学从认识论到价值论偏移的表现。

而从笔者的眼光来看，在很多论著中，意象取代形象成为处处可见的"主角"，有时并非必要。因为"意象"虽然取代"形象"在文论界崛起，有强烈的时代色彩，但在大多数论者那里，也许是以之为理论时尚，未必深究其义。这在很大程度上造成了"意象"被泛化使用的现象。其实，意象和形象这两个概念，尽管多有交叉重叠，但却又有着内在的区别。不加甄别地混用、泛用，对于文艺批评或学术研究来说，都未必是一件好事。概念术语的趋同化使用，使得批评话语在模糊的含义上重复，也使批评显得无的放矢。尽管"意象"的内涵和用法，在其长期的历史进程中，有所变化和漂移，尽管不同的学者和批评家也从不同角度上来使用这个概念范畴，但其本原性的内涵并未失去活力，而且仍然担负着与"形象"概念不同的功能。

从中国古代美学研究的角度看，还有另外一个问题存在着，那就是从创作论的意义上讲意象，又常常被学者们与"物象"混用。这种混用或不加区别，也许对当下的文艺批评影响不大，却使中国的审美心理研究流于粗放，以至于很难深入下去。古代文论和美学研究中，对"意象"的研究颇具本体意义，但是意象和物象的混同，缺少进一步的分析，阻滞了文艺创作及审美心理研究的向前推进。因此，从本体的意义上对于"意象"概念正本清源，将意象与形象及物象之间的区别进行大致的分析，是这篇小文的意图所在。

意象的本义是什么？它在何种意义上可以与形象混用？这个问题本来并不复杂。意象是意中之象，这个基本含义虽然有些古老，而在笔者看来，至今仍未"失效"。真正将"意象"作为一个完整的、纯粹的文学理论范畴，当然是中国南北朝时期的著名文论家刘勰。他在《文心雕龙》的《神思》篇中提出的命题就是："独照之匠，窥意象而运斤"。无论如何引申理解，这是限定在作家的内在艺术思维的层面，则是确定无疑的。整个《神思》一篇，都是在讲作家的创作思维运行规律和过程的。关于"神思"，或以之为"灵感"，或以之为"想象"，或以之为"构思"，无论何种说法，都是艺术创作的思维方式的层面上。而从笔者的研究中，得出这样的认识："在笔者看来，'神思'是中国古典美学中关于艺术创作思维的核心范畴，其内涵包括了文学创作的准备阶段、创作冲动的发生机制、艺术构思的基本性质、创作灵感的发生状态、审美意象的产生过程以及作品的艺术传达阶段等。'神思'具有自由性、超越性、直觉性和创造性等特点,是一个动态的运思过程及思维方式,而非静止的概念。"[1]"独照之匠",意谓作家独到的观照能力。"窥意象而运斤",指作家根据自己内心生成的形象进行"郢人运斤"般的艺术表现。意象是在作家的内心生成和运化的。这对文学创作而言,是至关重要的。在《神思》篇的赞语中,刘勰又有高度的概括:"神用象通,情变所孕。"就是说,文学创作的运思,是以意象作为基本的元素而进行联通和运行的,是以情感的变化所孕育的。

"意象"这个范畴无论是在刘勰之前的初始阶段,还是在其后的发展阶段,都是作为内在思维的范畴出现的。如汉代思想家王充,在他的《论衡》的《乱龙》一篇中,已将"意象"合成为一个概念,其中说:"天子射熊,诸侯射麋,卿大夫射虎豹,士射鹿豕,示猛服也。名布为侯,示射无道诸侯也。夫画布为熊麋之象,名布为侯,礼贵意象,示义取名也。"这也成为"意象"的直接源头。而后来在传为唐代诗人王昌龄所作之《诗格》中,谈道:"诗有三思。一曰生思,二曰感思,三曰取思。生思,久用精思,未契意象,力疲智竭,放安神思,心偶照境,率然面呈。感思,寻味前言,吟讽古制,感而生思。取思,搜求于象,心入于境,神会于物,因心而得。"[2] 这里无法展开对"三思"的讨论,但其中所说的"未契意象",很显然是诗人内心之象,而后面的"搜求于象,心入于境",也很明确地是于内心中的"搜求"。这类例子尚有许多。

"形象"的基本用法,是指体现在作品文本中的艺术形象。如果说"意象"是生成于创作的内在运思阶段,那么,形象则主要是存在于文本之中。传统的文学理论教材,都是将"形象"作为文学理论体系的

---

[1] 张晶:《神思:艺术的精灵》,南昌:百花洲文艺出版社,2017年,第7页。
[2] 张伯伟:《全唐五代诗格汇考》,南京:凤凰出版社,2002年,第173页。

基本出发点的，可以说概莫能外。文学的基本特征，就是"用形象反映社会生活"，这是以往的文学理论最重要的、最根本的命题。从反映论的哲学基础来立论，权威的文学理论教材一向认为，"作为一种反映现实的特殊形式，文学、艺术与哲学、社会科学又各有不同的特点。哲学、社会科学以抽象的概念的形式反映客观世界；文学、艺术则以具体的、生动感人的形象的形式反映客观世界。"[1]而"文学形象"是专指作品文本所呈现出的形象，这恰恰是形象与意象可以区别之处。"文学作品中的形象包括人物、景物、场面、环境和一切有形的物体。这就是说，文学艺术作品中的每个人物（包括抒情作品中的抒情主体）是一个形象，每个自然景物是一个形象，每一个场面环境也可以是一个形象；而把这三者综合地进行描写，使人物、景物、场面相互联系，共同构成完整的生活画面，也是一个形象。还有，抒情性作品中所创造的意境，虽然主观因素更浓，但往往是寓情于景，情景交融，因此，意境实质上也是一种艺术形象。"[2]这已经把"形象"的性质说得很清楚了。形象是寓于作品文本之中的，需待读者的审美阅读，可以呈现在读者的审美经验中。《西游记》中的孙悟空是形象，《阿Q正传》中的吴妈是形象，龚自珍《病梅馆记》中的"病梅"是形象，茅盾《白杨礼赞》中的白杨是形象，李白《将进酒》中的"君不见黄河之水天上来，奔流到海不复回"是形象，辛弃疾《青玉案》中"蓦然回首，那人却在灯火阑珊处"，也是形象。这些形象都是蕴含在作品的文字中的，读者通过阅读而得之，它们并非是在作家头脑中运思着的人物、场景及意境。著名学者陈伯海先生从"意象"的多方面运用中概括地认为，意象可以有"意中之象"和"艺术文本之象"两种涵义，并且

---

[1] 以群：《文学的基本原理》，上海：上海文艺出版社，1980年，第35页。
[2] 十四院校本：《文学理论基础》，上海：上海文艺出版社，1981年，第6页。

兼容并包地认为,"两者应能统一,就统一在'表意之象'的定位上。"[1]其说甚有见地,在广阔的理论空间解决了这个问题。但我还是以为,体现在文本中的形象,就还是由"形象"这个概念承担它的主要功能,它的特定涵义,也是意象所无法全部承担的。而"意象"作为艺术创作思维的核心范畴的涵义,也是"形象"所无力负荷啊!

还有一个问题,同样是在艺术思维的范围内,"意象"也不宜同"物象"泛化地混用。"物象"和"意象"都是在作家、诗人脑海中呈现着的形象,但它们标示着艺术创作思维的不同阶段,当然它们是相互衔接的,很难区分的,但它们的区分又是具有重要的理论意义的。古人以"触物以起情谓之兴,物动情者也。"(李仲蒙语,见胡寅《斐然集》卷十八《致李叔易书》)笔者认为,这是对"感兴"最准确的界定。"触物"就是作家诗人受到外界事物(包括自然物和社会事物)的触发,而激活内在的创作冲动。进入作家诗人眼帘中、心目中的这个"物",就是"物象",或者如刘勰所称的"物色"。陆机《文赋》中所说的"情曈昽而弥鲜,物昭晰而互进",这里所说的"物",正是"物象"。物象是指作家在外物相触遇时进入眼帘与内心的外物形象,它是生动的、活跃的,是作家进行创作的意象来源,但它是源初性的,尚未经过作家的审美加工的。刘勰在《文心雕龙·物色》中所说的"是以诗人感物,联类不穷,流连万象之际,沉吟视听之区",这里所说的"万象",也正是"物象",还不是"意象"。《神思》篇中所说的"神与物游""物沿耳目"之"物",也是物象阶段。对于诗人而言,物象决非可有可无的,物象也不是外在于诗人的,而是因了诗人的特定的"胸襟"与审美发现,与外物相接而进入眼帘与心灵。意象则是诗人在心中对物象进行改造、升华并以内在媒介加以构形而形成的内在

---

[1] 陈伯海:《意象艺术与唐诗》,上海:上古籍出版社,2015年,第9页。

形象，它以物象为材料，却超越了物象的不确定性，而成为艺术创作最直接的胚胎。物象与意象是有着逻辑上的先后的，物象在先，意象在后。而在杰出的诗人那里，则很可能是瞬间而成的。郑板桥最有名的象喻就是"眼中之竹—胸中之竹—手中之竹"，物象大致是"眼中之竹"，意象大致是"胸中之竹"。至于"手中之竹"，则是艺术家的作品文本了。

意象和形象、物象，都有密不可分的关系，它们在很多时候，就是彼此交叉重叠的。在理论表述和批评实践中的泛化，也是情理之中的。在具体的话语运用中，它们经常处在混和的状态，成为常见的学术现象，用不着大惊小怪。但在学理层面上，对它们进行分析区别，指出它们的差异之处，是有益于学术研究的深入进行的。也许本文的论述，显得不那么宏通包容，但笔者对于学术界、批评界的话语运用是切近地了解的，同时也有富于历史感的判断，而就其学理差异进行辨析，是推进美学文艺学深化的初衷使然。对于加快构建中国特色的哲学社会科学学科体系、学术体系、话语体系，庶几有所裨益。

（原载中国社会科学网 2020 年 11 月 16 日，收入本书时有改动）

生动呈现平凡的真实与可爱

青年作家李司平的小说集《流淌火》甫一问世，就受到文学界的广泛关注，在评论界、媒体和读者中，都产生了强烈反响。2023 年 1 月 18 日，《央视读书精选》节目，有上千部候选书籍，《流淌火》入选最终的 86 部好书。可见，这部篇帙不大、由三部中篇辑成的小说集，的确是有一点不凡的文学力量的。

由春风文艺出版社 2022 年 8 月才出版的《流淌火》，"出炉"才几个月，就取得了这样好的阅读效应，恐非偶然！这部书里收入李司平的三部中篇《流淌火》《猪嗷嗷叫》和《飞将在》，各有不同，又都非常"结实"。这部书（应该是一本"小书"）体现了李司平小说创作的精华，也使文学界看到了这个年轻作家在小说创作方面的爆发力和令人看好的势头。正如作者在书的封底上所说的："我更愿意将《流淌火》这本书视作我这一成长阶段的终结，里面有我不大年纪的全部知识。这个世界允许并且需要青年人发表自己的看法。"说得甚是诚恳。李司平年纪甚轻，看资料好像是 1996 年出生的，算得上是"小荷才露尖尖角"。却足以当得起"新锐"两个字！但看《流淌火》的故事和文字，倒有些"老辣"的味道。

这三个中篇，《流淌火》由《民族文学》2022 年 7 期头题刊发，

《猪嗷嗷叫》首发于《中国作家》2019年5期，作者获得《小说选刊》年度新人大奖，并入选中国小说学会2019年度中篇小说排行榜。《飞将在》由《中国作家》2022年1期发表。这三部小说以奔腾的想象力与幽默讽刺的叙事语言显示出这位当代青年作家出色的文学功力。《流淌火》封面上的提示是"悔与愧之间辟火而行的青年""山林间狼狈前行的寻猪人"及"边境上接力戍守的半路父女"，分别将三部中篇的线索呈现给读者。这是三个面相各异、触击现实的故事，揭开人性隐秘痛感、形塑真实世界面孔的力作。

  小说就是要叙事，要彰显真善美。我们现在的文艺创作，都要"以人民为中心"。然而，很多小说都符合这些要求，却又是没有魅力可言。文学以语言文字为媒介，和音乐、绘画、雕塑等不同的是，文学作品要通过诉诸读者的阅读，而描述出人物、故事和情境。叙事的作品如果没有曲折跌宕的故事，没有性格鲜明的人物形象，没有张力十足的语言，那就失去了它的存在意义。你没有理由命令人家，一定要读哪本小说，哪本诗集，而是人家自家愿意读，千方百计找来读。很有一些小说虽然发表了，但没多少人看，没什么评论，——哪怕是被骂也好，不用说成为经典，传之久远，就在当下也就自生自灭了。李司平的小说不是这样的，而是看了就能进去，看了就能记住，看了就能品出味道。三部中篇其实都是充满了正能量——那种不同寻常的正能量。可是作者的语言，却是特别幽默、朴实，令人忍俊不禁，带着那么一点玩世不恭的调性。正如著名学者陈晓明先生评《猪嗷嗷叫》时所说的："语言朴实而幽默，是一篇讽刺意味很强的现实主义小说，以村民杀猪不成的闹剧为中心，较为全面而深入地展现了当代乡村生活，具有很强的现实性。"说得颇为到位。当然还不止于此。杀猪不成被猪跑掉、众人到山里寻猪的情节，一波三折，本来就令人欲罢不能，而发顺家的这头猪，恰恰又非普通的猪，而是扶贫项目中建档立卡、带着"身份证"的猪！扶贫干部李发康之所以心焦如焚，是因为县里领导要来检查扶贫攻坚的进展与成果，这个本来就万不能杀。寻猪不成又找到另外的猪来替代，最后还是"东窗事发"。李发康作为扶贫干部的形象是充满个性的，是独一无二的，而又是非常合乎逻辑的。他满口骂发顺"狗日的"，还因为他不仅是扶贫干部，还是发顺的族兄。所以，他的话语方式是有依据的。《猪嗷嗷叫》通过这样一个略感荒诞的杀猪跑猪故事，让我们看到了扶贫攻坚过程中的艰辛和琐屑。发康当然不是什么反派人物，而是身在基层的扶贫干部的日常状态。《流淌火》的主人公，是一个一直生着尿床病的人，他见到前女友王晓慧就能不尿床。于是他进入消防队做文职，也就有了充分的理由。（这篇小说据说最初叫《尿床简史》，可见尿床与治病成了小说的主线。）而这篇小说其实是写了消防中队的指战员们的流血牺牲。晓慧的现男友李海成，还有消防中队的马队长，都是为人民献出生命的无名英雄。而主人公梦境中的蛇群和鼠群从一开篇就描写得光怪陆离，而且一直贯穿在梦境之中，这就给小说带来了荒诞的底色。《飞将在》中的老周，身份就是齿轮厂的门卫，关键还是个腿有残疾的人。却能将闹事的十余个小流氓打得满地找牙。后来还是通过"老姨"和老周的婚礼上，五个当年的战友前来贺喜，才知道老周原来是边境线上的缉毒英雄。小说还通过主人公的姨表妹罗单退役后为了爱情到云南文城工作，爱人童威在文城强边固防的故事，写出两代守护边境的底层英雄。

《流淌火》作为书名，既可以概括这三部中篇佳作的内容，又可以显现李司平小说的艺术特征。没有口号的宣示，没有"高大上"的夸张，也不是"主旋律"的演绎，在一读就能进入、再读就能喜欢的叙事中，在类似于反讽的细节中，不露声色地把那些底层的社会脊梁的真实与可爱，呈现给你。那些具有"陌生化"，给人以审美惊奇的语言，包括叙述的和人物的语言，都是令人难忘的。

不是"席勒式"，而是"莎士比亚化"，文学的力量不在于推理，而在于形象和语言。作家当然要有思想，而且要有深刻的思想，但这种思想不应是直接的告白，不是观念的宣示，而是在生动的叙事、美好的意境和令人警醒的语言中存在。这是一种审美化的思想。

司平这么年轻，但他已经发表的作品，却都是张力十足的。其对生活的挖掘，令人感到不可思议的深刻而痛切，现实的剖面在他笔下，显得纤毫毕现，同时，又是起伏跌宕的。每一篇出，似乎都是不同凡响的，至少我看到的这几篇，都如此。富于春秋的司平，已显示出"大器"的势头。继续深耕，会有更多的"重磅"问世。

春风文艺出版社的"布老虎"丛书，好几十年了，我从年轻时就喜欢和关注，现在已经"鬓已星星也"，可是拿到这部《流淌火》，觉得这些"布老虎"还是那么令人喜欢！不能不钦佩春风文艺的出版人，其眼光，其执着，才能捧出这样的好书！

（原载《光明日报》2023年4月5日）

灿烂星空在我头上，道德律令在我心中

——关于《中国文艺评论工作者自律公约》（修订版）的一点感悟

2022年11月15日，在中国文联的文艺家之家，中国文艺评论家协会举办了职业道德建设委员会（简称"道德委"）成立仪式暨文艺评论行风建设研讨会。在会上，当选的15名道德委委员，审议通过了新版的《中国文艺评论工作者自律公约》。道德委的成立和新版公约受到了中国文艺界尤其是文艺评论界的广泛关注，因为这是在全国人民全面学习贯彻党的二十大报告精神的契机中产生的，体现着二十大报告的主题思想，昭示着中国文艺评论工作者在奋进新征程中的精神境界！

二十大报告中提出了"推进文化自信自强，铸就社会主义文化新辉煌"的战略目标，对于我们每一个文艺工作者来说，都是光荣而具体的任务。在新的历史使命面前，文艺评论工作者何为？这是必须回答的课题。报告指出："繁荣发展文化事业和文化产业。坚持以人民为中心的创作导向，推出更多增强人民精神力量的优秀作品，培育造就大批德艺双馨的文学艺术家和规模宏大的文化文艺人才队伍。"这是对文艺事业的基本要求。中华民族伟大复兴，文艺事业、文艺队伍必须发挥更为重要的力量。

新版的《中国文艺评论工作者自律公约》是在2016年版的同名《公约》的基础之上修订而成，广泛征求了文艺评论界的意见和建议。2016版《公约》是针对文艺评论的专业特点和行风现状而制订的，其要义有七：一、爱国为民；二、坚定立场；三、科学说理；四、敢于担当；五、继承创新；六、遵纪守法；七、德艺双馨。新版《公约》进一步凝结为六项：一、爱国为民；二、守正创新；三、紧贴时代；四、科学说理；五、勇于担当；六、德才兼备。这六个要义，呈现出更强的时代性、专业性。这在每项下面的具体说明中有内涵的说明。如爱国为民，内涵说明为："热爱祖国，服务人民，拥护中国共产党的领导和中国特色社会主义制度，坚守人民立场，坚持把满足人民精神需求、增强人民精神力量作为文艺评论的出发点和落脚点，自觉承担起引导创作、推出精品、提高审美、引领风尚的使命任务。坚决抵制一切分裂祖国、破坏民族团结、危害社会和谐稳定和损害人民利益的言行。"这是对"爱国为民"这个公约的首要一条的内涵说明。这也是文艺评论工作者必须具备的根本政治取向和立场。

2016年版《公约》的第二项是"坚定立场"，现在将其合于"爱国为民"这第一要义。"爱国为民"本身就是基本立场的要求。爱国，爱我们的伟大祖国，同时更是爱我们现在这个中国特色的社会主义制度。"为民"，是与爱国有着内在的一体化关系的。作为文艺评论工作者，"为民"在专业上的基本要求是以人民为中心的导向，这与文艺创作中的"以人民为中心"的导向是完全一致的。从文艺评论的专业特点出发，为民就应该如习近平总书记在2014年文艺工作座谈会上讲话中所说的："只有牢固树立马克思主义文艺观，真正做到了以人民为中心，文艺才能发挥最大正能量。以人民为中心，就是要把满足人民精神需求作为文艺和文艺工作的出发点和落脚点，把人民作为文艺表现的主体，把人民作为文艺审美的鉴赏家和评判者，把为人民服务作为文艺工作者的天职。"[1]这段论述，正是文艺评论工作者落实在评论工作上的基本内涵。应该充分了解当下的人民的审美水准与审美趣味，而并非将人民当作艺术的"外行"。一是把人民作为文艺审美的鉴赏家，二是作为评判者，要使自己作为审美评判主体的期待视野与人民的鉴赏眼光接轨。

关于新版《公约》的第二项"守正创新"，与2016年版《公约》之第五项"继承创新"同属文艺评论工作者的专业素质要求，也是文艺评论工作者从事文艺评论创作时的基本工作属性。"守正创新"更加呈现出新时代推进文化自信自强的理论规定性。本项内涵说明是这样的："以中国化时代化马克思主义为指导，坚持中国特色社会主义文化发展道路，以社会主义核心价值观为引领，弘扬中国精神，传播中国价值，推进文化自信自强，推动中华优秀传统文化创造性转化、创新性发展，促进中华美学精神和当代审美追求相结合，吸收借鉴人类文明有益成果，努力构建中国特色文艺评论话语。"守正创新可以视为文艺评论工作者从事专业工作、推出更多评论精品的基本原则。守正是守中国化时代化马克思主义之正，守优秀中华传统文化之正；离开了这个正，评论就会无根无源，就会偏离方向。在守正中必须创新，既有思想观念之新，又有评论话语之新。守正与创新是一对辩证关系，只有在守正中创新，在创新中守正，才能真正创造出更多的具有中国特色的、属于我们这个新时代的文艺评论精品力作。

第三项，"紧贴时代"是在新版的《公约》中突出地提出来的，这也是对2016版《公约》的强化。"紧贴时代"是我们在开启新的一百年奋斗历程的重要历史时刻提出来的，也是文艺评论整个行业的重要

---

1 习近平：《在文艺工作座谈会上的讲话》，北京：人民出版社，2015年，第13-14页。

要求。本项的内涵说明中指出:"心系民族复兴伟业,观照新时代社会实践,深入文艺创作现场,密切关注作品、人物、现象和思潮。增强问题意识,坚持问题导向,发现问题,研究问题,努力回答新时代'审美之问''艺术之问'。积极适应新的媒体传播环境,用好网络新媒体,推动线上线下、创作与评论、专业评论和大众评论有效互动。"可以看出,"紧贴时代"决非虚言,而是有着非常丰富具体的内涵。文艺评论发挥其重要的作用,"紧贴时代"是文艺评论家所必须遵循的原则,当今这个时代的文艺工作者就应该有更为自觉的、迫切的意识。在以往的评论界,有着这样的倾向:蹈空履虚,自说自话,言不及义。看似高深,实则无益于文艺评论的使命。这一项要求文艺评论工作者在当下的文艺领域,一定要深入文艺创作的现场,密切关注当下的创作现实;这一项还要求文艺评论要与当下的新媒体环境相适应,充分运用网络新媒体,在数字化时代使评论站在前沿。

第四项是"科学说理"。这一点是尤能体现文艺评论与其他协会不同的特征的。关于它的内涵说明,《公约》中说:"坚持以理立论,以理服人,运用历史的、人民的、艺术的、美学的观点评判和鉴赏作品,开展真诚的、建设性的文艺评论,营造态度端正、和谐包容的批评氛围,改进评论文风,做到深入浅出、言之有物,文质兼美。自觉摈弃评论中的霸气、戾气,坚决抵制恶意攻讦评论。"这一项对于营造山清水秀的文艺生态而言,尤为重要,也是有着深刻的历史教训的。文艺评论与创作相比,应该是以理性分析为主,以理立论,而不应仅凭个人好恶随意褒贬。文艺评论工作者应有深厚的理论修养,掌握正确的批评标准,这样才能真正对作品的思想价值、社会意义、审美价值等做出实事求是的评判。在"四人帮"统治文艺领域时期,那种打棍子、扣帽子、揪辫子的风气,曾在评论领域大行其道,使评论界乌烟瘴气。

新时代文艺评论肩负着民族复兴的伟大使命，以科学说理的方式评论作品，才能真正营造风清气正的评论氛围。

第五项"勇于担当"，这是文艺评论工作者的社会责任使然，同时也是优秀的评论家的职业素养。关于这项的内涵说明是："牢记文艺评论工作者的社会责任，实事求是评价艺术质量和水平，发挥文艺评论价值引导、精神引领、审美启迪作用。倡导'批评精神'，增强朝气锐气，褒优贬劣，激浊扬清，促进文艺健康发展。对不良文艺作品、现象、思潮敢于表明态度，在大是大非问题上立场鲜明、敢于斗争。"这里所说的，正是一个真正的评论家所应具备的专业素质。不是廉价地唱赞歌，不搞无谓的"和稀泥"，而是面对是非曲直，敢于发声，敢于针砭。在面对不良的作品、风气或不良的审美风气时，敢于挺身而出，"剜烂苹果"。清代诗论家叶燮主张诗人的主体因素在于"才胆识力"，其中的"胆"，就是理论勇气。这种对于文坛艺坛不良风气敢于直面批评的品格，也即是"勇于担当"的涵义所在。

第六项"德才兼备"，这也是根据文艺评论工作者的自身特点而提出的。对文艺工作者的普遍性价值追求是"德艺双馨"，也就是作为艺术家的个人修养应该是道德高尚，艺术卓越。新版《公约》所言之"德才兼备"，主要是就文艺评论工作者的专业属性提出的人才价值观。其内涵说明："坚守初心使命，勤奋敬业，刻苦学习，不断提高学养、涵养、修养。秉持职业操守，树立良好形象，发扬学术民主，尊重审美差异，取长补短，团结协作，共同进步。自觉抵制拜金主义、享乐主义、极端个人主义等错误倾向，反对庸俗吹捧、阿谀奉承，拒绝红包评论、人情评论、跟风炒作式评论，不做'市场的奴隶'。"这是对作为评论家的职业道德的要求。"才"是指评论家的理论修养和批评才华。评论家之才与艺术家之艺，是各具特点的。"才"不能排除先天的

352

因素，但仍要以长期的训练和修养培育之。叶燮论才时说："在我者虽有天分之不齐，更无不可以人力充之。"（叶燮：《原诗·内编》下）提高学养、涵养、修养，这是"酌理以富才"的正确途径！

新版《公约》的面世，是文艺评论界自觉贯彻党的二十大报告精神的重要举措，也是表明文艺评论工作者建功新时代、奋进新征程的精神标识。这个《公约》有着紧贴时代的问题意识，有强烈的现实针对性，同时，还更为深刻地把握了文艺评论的专业特质，使其体现出与中国文联其他协会的道德公约有所不同的行业特征。《公约》当然带着契约的属性，作为职业道德的公约，当然有很强的伦理学色彩。康德的名言，"灿烂星空在我头上，道德律令在我心中"，揭示着"道德律令"对主体的自我约束功能。公约并不具有强制的性质，而是一种自律，而这种自律，却是成就一个合格的乃至优秀的评论家的内生动力！文艺评论工作者当然应该有自己的独特个性，在文风上也应追求其独创性，而《公约》所体现的乃是作为一个文艺评论工作者的在职业道德方面的"底线"，舍此是无法作为一名新时代的合格的文艺评论工作者的。这个公约里面，其实并非都是被动的约制，而在若干方面，都呈现出"增强历史主动"的朝气锐气。相信作为新时代的优秀文艺评论家，都会以此作为修身和育才的基础，充分发挥历史主动，以更多的评论精品，推动文化自信自强，助力于社会主义新辉煌，因为这正是我们这代文艺评论家工作者的光荣使命！

（原载《中国艺术报》2022 年 11 月 2 日）

以美感的神圣荡涤畸形审美

关于当前流行在青少年中的饭圈文化及娱乐圈的某些乱象,已经引起了全社会的关注与警惕,中宣部等五部门联合印发《关于加强新时代文艺评论工作的指导意见》,严肃指出:"不唯流量是从,不能用简单的商业标准取代艺术标准。"中央网信办又发布了《关于进一步加强"饭圈"乱象治理的通知》,有针对性地制定了"取消明星艺人榜单"等10项措施,全面加大了监管力度。各大媒体也发表了多篇批评文章。在很大程度上,有效遏止了这种不良倾向。现在要思考这样一个问题:饭圈文化等乱象,给青少年的价值观、审美观造成的误导,应当如何扭转?如何还青少年的心灵一片明朗的蓝天?监管与整治十分必要,而且要一管到底,舍此走不完最后一公里!与此同时,通过教育与引导,形成新时代的审美风尚,使青少年普遍有着健康的理性的价值观和审美观,方能廓清饭圈文化给青少年心理上带来的负面效应,肩负起时代赋予的伟大历史使命!

对于中国的未来而言,对于中华民族的复兴大业而言,青少年就是我们的全部!中国共产党带领着中国人民走过了艰苦卓绝而又伟大辉煌的一百年,现在站在新的一百年的起点上,以不可阻挡的步伐迈向伟大复兴。不惧风雨,顽强拼搏,敢于担当,乐于奉献,这是伟大事业的继承者不可缺少的品格！英雄模范人物可以成为引领时代的风信标，但是一代人的精神风貌，一代人的历史责任，一代人理想信念，是要绝大多数人共同践行才能形成的。

饭圈文化，使青少年的价值观、审美观、人生观，都发生了严重的扭曲与偏差。若干顶流明星，德艺不佳，甚至悖逆社会公德，行为失范，却被粉丝盲目追捧。"明星"一夜暴富，成为粉丝的"偶像"。这些"偶像"却成为粉丝的人生目标，成为粉丝的审美标准。饭圈文化的低龄化、社群化、极端化等症候，对于青少年的价值观和审美观所造成的误导，已经到了必须扭转的程度！

这里说一下审美观的问题。如果认为审美观是可有可无的，那就大错特错了！审美观应该是个体化的，但是如果形成了弥漫于很多青少年之间的风气，那就成了"传染病"。饭圈文化对于青少年的审美观的影响是严重的、负面的，造成的是青少年审美观的畸形发展，而且是非理性的、极端的。我们当然并不是主张单一的审美，绝不是要搞成"万马齐喑"的局面，提倡审美的多样化是必要的；而由娱乐平台、资本运作带动的粉丝审美，则恰恰是单一的、病态的、畸形的。对那些只有颜值而无德行的偶像，作为美的极致顶礼膜拜，不问是非，饭圈文化在审美观上呈现出的是极端的非理性。那些"娘炮"，那些"耽美"，缺少的就是正大刚方之气，泰山青松之姿，慷慨激昂之风。如果仅是某一个人的审美取向，当然无可厚非；但是如果任其弥漫于数量惊人的青少年的心灵之间，流行的必然是病态的审美风气，这是与我们这个时代格格不入的！

审美是以感性的形态发生或者说以感性的形态进行，这是没问题的；但如果认为审美是可以离开理性而存在，那么笔者是不予认同的。在审美中，理性是内化于感性形态之中的。如果完全以"非理性"来认识审美问题，就会带来偏差，带来极端。美必然与真、与善同行。真善美的一体化，无论在中国，还是在西方，都是审美的题中应有之义！大哲学家张世英先生把人的境界分为四个层次：最低的是"欲求境界"，也即满足个人生存所必需的最低欲望。第二个境界是"求实境界"，人有了自我意识，不再满足于最低的生存欲望，而是进而要求理解外在的客观事物（客体）的秩序——规律，这种要求是一种科学追求的精神，也可以说是一种求实的精神。第三个境界是道德境界。人们领悟了人与自然之间的相通，也领悟了人与人之间的相通，也就是"万有相通"，很自然使人产生了"同类感"。从而产生了道德意识。第四个境界，则是道德境界的极致，开始进入第四境界，即"审美境界"。审美境界包摄道德而又超越道德，高于道德。[1] 张世英先生的观点未必能在美学界定于一尊，但我认为是大有道理的。至少它说明了：一、审美对于人生来说是非常重要的，而非可有可无的；二、审美并非只是感性的，而是包含着道德与理性的内涵的。

再谈一个观点：美感应该是具有神圣性的。这个观点是中国美学和西方美学都曾不断出现的。孟子讲"充实之谓美"，"充实而有光辉之谓大"，"大而化之之谓圣，圣而不知之谓神"。这当然是一种神圣感。孔子讲"尽善尽美"，美与善的一体化，是有神圣感的。孔子还说"里仁为美"，而在儒家思想中，"以天地万物为一体"，是仁的本义。王国维以境界为美，而境界也是具有神圣感的。古希腊的大思想家柏拉图将美的理念分为三个层次，第一是"和谐"，第二是"智慧"，第三是"至善至美"。德国古典哲学的开山人物康德的名言，"灿烂星空在我头上，道德律令在我心中"，也是意味着美的神圣性。在美学原理中讲审美范畴时，总是以"崇高"作为第一个审美范畴，足见"崇高"在美

---

[1] 张世英：《境界与文化》，北京：北京大学出版社，2016年。

学中的重要意义。曾有一个现象，是娱乐界和流行文化中对"崇高"的消解，在后现代主义的某些观念中，"崇高"也成为被摒弃的对象。事实上，抽去了崇高感，审美就会走偏。社会就会充斥着物欲，人的价值观就会失范。真正的美感，是一定具有神圣性在其中的。完全去掉了神圣性，往往是一种审美的矮化、浅化、卑琐化。

我们这个时代是了不起的新时代！它需要一种健康的、向上的充满朝气的审美风尚。想想"盛唐气象"吧。正是盛唐气象那样一种包容而阳刚的审美风尚，才能与中国历史上那样一个巅峰的时代匹配！饭圈文化给我们带来了什么样的审美？一言以蔽之：畸形审美或病态审美。在那些盲目的粉丝眼里，偶像是他们的审美标杆。而无论这位"偶像"是强奸还是偷税漏税，都是他们追捧的目标。这样的审美观已经与我们这个时代无法相容了，它产生的完全是一种负能量！我们必须以全方位地树立、激扬与我们的新时代相适应的审美风尚，调动学校的、社会的一切美育方式，使青少年们有健康的、积极的审美趣味，从感情上、从本能上，对那些坍塌的"人设"产生厌恶感、丑陋感，使青少年们都愉悦地、欣然地接受那些健康的、充满现实精神的美！

美感的神圣性也许并非一个大家都熟悉的命题。而一些著名的美学家如张世英、叶朗、阎国忠等明确地加以提倡。笔者认为，美感的神圣性在美学的历史源流中古已有之，同时，更有现实的印证！我们俯仰星空，我们放眼大好河山，我们聆听穿越时空的钢琴曲，我们欣赏中外绘画经典作品，我们凝望为国奉献的英模，我们仰视巍峨而壮丽的建筑，又怎能不感觉到美的神圣？我们更应该大力倡导审美中的崇高，崇高是我们这个时代审美的主旋律！站在新的一百年的起点上，我们要歌大风，唱金缕，背负着时代和人民赋予我们的历史责任，既仰望星空，又扎根大地，卓绝奋斗，黾勉前行！美的神圣，美的崇高，是我们的审美观中不可或缺的。

新的一百年,青少年当然是主角。饭圈文化使人扭曲,使人极端,这对我们这个时代是一股邪风。审美观的走偏是必须纠正的。畸形的、迷失的审美,会使我们的事业面临后继无人的危险,想想就不寒而栗!

审美风尚并非被动的,是靠我们创造的。风尚与风俗,一字之差,但它是要引领社会的。我们一起来创造健康的审美风尚,以审美的神圣性来荡涤那种畸形的病态的"审美"。

少年强则中国强!

(原载《中国艺术报》2021年12月24日)

后记

这本小书能够入选《啄木鸟文丛——文艺评论家作品集》，当然颇为惊喜，惊喜之余还有那么一点儿底气不足——同行们都知道，我算不上是一个评论家，多半生做的都是中国古代文论和美学的研究工作。这本书也非一部体系严密、结构完整的学术著作，而是近年来学习和理解党的文艺政策以及当前的一些重要理论观念的文章。换言之，也是与当代文艺联系密切的部分文字。好在这些内容合为一帙，似乎也符合《啄木鸟文丛》的宗旨和体例。

2023年的夏天异乎寻常地酷热，据说是六十年以来之最。现在时近中秋，北京最美的季节来临了。开学季校园里都在"迎新"，一张张更为稚嫩的笑脸，在和煦的微风里绽放。回想自己为人师者数十年，除了培养了许多博士生硕士生，可以欣慰的是，自己这些年一直都在努力地从事研究工作。我非天资聪慧之人，那就只好靠"驽马十驾"的韧力了。发表的论著和文章为数不少，有相当部分是理论思考的产物，也有很多是有感于当前文艺现象的即时之作。而我的思维惯性则是，即便是面对当前的文艺现象，也从理论维度入手或是提升到理论层面。这也许是多年从事理论研究的积习吧。

真心地感谢本书责编张凯默老师。她的严谨认真，使这部小书有了现在的样子。凯默既温煦亲切又一丝不苟。在拙著的编校过程中，我们达成了深深的默契。还要感谢我的博士生马晨，从前期申报，到后期整理，都是马晨在做一些非常具体的学术工作。马晨有很高的学术思维素质和很好的文字功夫，这本书里有她太多的劳绩。当然还要感谢中国评协和中国文联出版社的领导和同志们，有了他们的关心与指导，才有这本书的问世。

从文艺评论的角度来说，这本书是近年来对我的工作的一个检视；而它作为物性的存在，也时时提醒我在这个角度的努力，还要继续下去。在理论和评论之间做贯通的工作，似乎是我在这方面的致思方向。

"舒文载实，其在兹乎？""后记"吐露自己的一点心迹吧。

2023 年初秋写于中国传媒大学